周大新文集

香魂女

XIANG HUN NÜ

周大新/著

人民文学出版社

图书在版编目(CIP)数据

香魂女/周大新著.—北京：人民文学出版社，2016
（周大新文集）
ISBN 978-7-02-011496-2

Ⅰ.①香… Ⅱ.①周… Ⅲ.①中篇小说—小说集—中国—当代 Ⅳ.①I247.5

中国版本图书馆 CIP 数据核字(2016)第 058353 号

选题统筹　付如初
责任编辑　付如初　欧阳婧怡
装帧设计　陶　雷
责任校对　刘光然
责任印制　王重艺

出版发行　人民文学出版社
社　　址　北京市朝内大街 166 号
邮政编码　100705
网　　址　http://www.rw-cn.com

印　　刷　三河市鑫金马印装有限公司
经　　销　全国新华书店等

字　　数　330 千字
开　　本　640 毫米×960 毫米　1/16
印　　张　29.5　插页 2
印　　数　3001—5000
版　　次　2016 年 10 月北京第 1 版
印　　次　2017 年 6 月第 2 次印刷

书　　号　978-7-02-011496-2
定　　价　43.00 元

如有印装质量问题，请与本社图书销售中心调换。电话：010-65233595

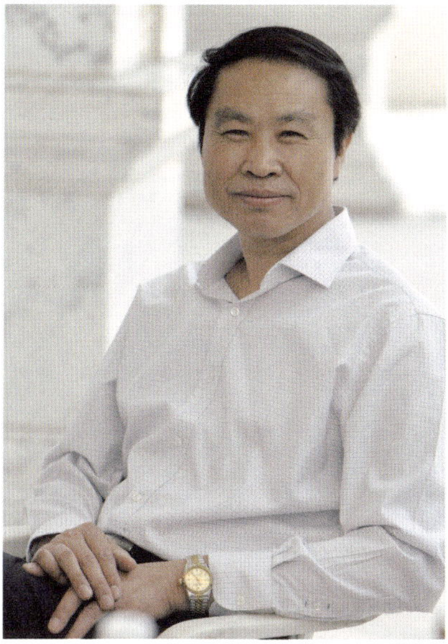

自 序

自 1979 年 3 月在《济南日报》发表第一篇小说《前方来信》至今,转眼已经 36 年了。

如今回眸看去,才知道 1979 年的自己是多么地不知天高地厚,以为自己的生活和创作会一帆风顺,以为自己可支配的时间多得无限,以为有无数的幸福就在前边不远处等着自己去取。嗨,到了 2015 年才知道,上天根本没准备给我发放幸福,他老人家送给我的礼物,除了连串的坎坷和成群的灾难之外,就是允许我写了一堆文字。

现在我把这堆文字中的大部分整理出来,放在这套文集里。

小说,在文集里占了一大部分。她是我的最爱。还在我很小的时候,就对她产生了爱意。上高小的时候,就开始读小说了;上初中时,读起小说来已经如痴如醉;上高中时,已试着把作文写出小说味；当兵之后，更对她爱得如胶似漆。到了我可以不必再为吃饭、穿衣发愁时，就开始正式学着写小说了。只可惜，几十年忙碌下来，由于雕功一直欠佳，我没能将自己的小说打扮得更美，没能使她在小说之林里显得娇艳动人。我因此对她充满歉意。

散文，是文集的重要组成部分。如果把小说比作我的情人的话，散文就是我的密友。每当我有话想说却又无法在小说里说出来时，我就将其写成散文。我写散文时，就像对着密友聊天，海阔天空，话无边际，自由自在，特别痛快。小说的内容是虚构的，里边的人和事很少是真的。而我的散文，其中所涉的人和事包括抒发的感情都是真的。因其真，就有了一份保存的价值。散文，是比小说还要古老的文体，在这种文体里创新很不容易，我该继续努力。

电影剧本，也在文集里保留了位置。如果再做一个比喻的话，电影剧本是我最喜欢的表弟。我很小就被电影所迷，在乡下有时为看一场电影，我会不辞辛苦地跑上十几里地。学写电影剧本，其实比我学写小说还早，1976年"文革"结束之后，我就开始疯狂地阅读电影剧本和学写电影剧本，只可惜，那年头电影剧本的成活率仅有五千分之一。我失败了。可我一向认为电影剧本的文学性并不低，我们可以把电影剧本当作正式的文学作品来读，我们从中可以收获东西。

我不知道上天允许我再活多长时间。对时间流逝的恐惧，是每个活到我这个年纪的人都可能在心里生出来的。好在美国麻省理工学院的布拉德福德·斯科博士最近提出了一种新理论：时间并不会像水一样流走，时间中的一切都是始终存在的；如果我们俯瞰宇宙，我们看到时间是向着所有方向延伸的，正如我们此刻看到的天空。这给了我安慰。但我真切感受到我的肉体正在日渐枯萎,我能动笔写东西的时间已经十分有限,我得抓紧,争取能再写出些像样的作品,以献给长久以来一直关爱我的众多读者朋友。

感谢人民文学出版社给了我出版这套文集的机会!

感谢为这套文集的编辑出版付出大量心血的付如初女士!

2015年春于北京

目 录

铜戟 …………………………………………… 1
香魂女 ………………………………………… 51
军界谋士 ……………………………………… 87
人间 …………………………………………… 125
蝴蝶镇纪事 …………………………………… 195
走廊 …………………………………………… 247
伏牛 …………………………………………… 326
河里太阳 ……………………………………… 398

铜 戟

  时高、时低、时急、时徐、时南、时北、时东、时西。它似乎知道要飞去哪里,又似乎茫无目的地。有一段日子,它停在了北部非洲,去看地中海的水。
  海岸上有一片瓦砾地。
  涂在石牌坊营门上的夕照,缓缓地开始褪去,砌在牌坊上的那些长条石块,渐显出它们苍褐的本色。生了凉意的晚风,轻轻地飘过去,拂弄着营门两侧香亭和鼓亭檐角上的风铃。几只归宿的斑鸠掠过营区,向远郊的那片槐树林里飞,把一阵咕咕声抛下来,扔进副营长杜一川的耳里。
  他摇摇头,把郁郁的目光从悬挂在石牌坊营门下的那个铜戟匣上收回,挪了脚慢慢地向营门外走去。
  生了绿锈的铜戟,静静地卧在玻璃匣里。
  就要分别了,这古老的西校场!这生活了十一年的营房。

1

营门外就是街道。这里虽是宛城的西郊,街两旁高楼不多,但热闹还颇有几分。茶馆、饭铺、酒店、旅栈、卦摊,一家挨一家。买卖人的嗓门,卖唱人的胡琴,录音机里的女声,把一股股音浪向苍茫了的暮空抛。杜一川刚走出营门,一个唱河南坠子的女人的声音,就极清楚地响过来:

……军笛号角领前站,
两杆大旗是杏黄,
一杆写:勇跃战阵,
一杆写:奋争疆场。
步队单刀拿在手,
马队手使虎头枪,
刀枪密摆如麦穗,
大旗空中迎风扬……

一川止步,侧了耳听,这就是有名的坠子戏:《杨宗保扫北》。不过,只一霎,他便又急急地向前走,似要把那声音摆脱掉。

"哟,是杜营长呀!这么急慌慌地要去哪儿?"一个娇滴滴的女声响起,一川被人拉住。这才发现已经走到一家酒馆前,年轻的老板娘正含笑站在身旁。

"不来赏光喝几盅?傍黑喝点酒,一夜都舒服!来吧,大营长!"老板娘偎近身,紧拉着杜一川的胳膊。要在往常,一川早挣开走了,但现在,郁闷的心境使他突然对酒来了兴趣。"中!来二两,宝丰大曲!"他从对方酥软的胸前抽出胳膊,在一张酒桌前坐了。

……坐纛旗下一员将,
年少气盛不寻常,

金盔金甲映浮云，

七尺花枪生冷光……

坠子声又亮亮地传过来。一川一杯大曲落肚，热气正往上升，听到这唱词，一股莫名的烦躁涌出来，"嗵"一下挥拳砸桌上，空酒杯滴溜一转，"啪"地落地，变得粉碎。

老板娘回身看他，俏脸一愣。

"对不起，"他意识到了自己的失态，"杯子我赔！"

"嗨呀，我的大营长，一只杯子，说啥赔？"熟谙人心的老板娘看出了他心绪不好，忙又送上一只杯子。

碎了！是的！那金色的梦和这杯子一样彻底地碎了。营队撤销了，营房明早就要租给宛城国医大学作校舍了，你剩下的就是等待转业！当营长已不可能，军装都得脱了，还上哪儿去当统兵将领？《山地攻坚》《战术概要》《带兵之道》《当代战争》，你没明没夜读的这些书还有什么用？！年已三十，你还能立什么业，成什么景？.

"嗬，副营长，你也来喝了？"随着这个嗡嗡的声，三连司务长在杜一川的对面"嗵"地坐下，朝他咧嘴一笑，跟着便去上衣袋里掏钱，边掏边叫："掌柜的，八两，泸州！"

一张拾元的钱被司务长"啪"一声摔到了桌子上。随了那钱飞出来的，还有一张姑娘的照片飞落到杜一川面前。

司务长忙伸手捡过去。

"未婚妻？"杜一川淡淡地问。

"过去是。"司务长嘲弄地笑了，"听说咱们营撤销，我要转业回乡下，不跟我了！可就她这副模样，不跟我也省得老了以后恶心！怎么样，副营长，你看她能打几分？"他把照片伸到杜一川面前。

杜一川默默端起了自己的酒杯。

3

"他娘的！怕连三分也不值，还跟老子摆谱！"司务长"啪"地把照片扔到桌子上。不过片刻之后，他又伸出一个手指去桌上蘸点酒，粘起照片放进了衣袋："老子还要好好给她展览展览。来，喝！副营长，这年头喝酒好，咱今晚喝他个一醉方休！醉了快活！来，干！现在一说不打仗，上级就不要咱二营了！撤销，多干脆！不过，撤了也好！以后咱再也不受他军规的约束，自由自在！干！"

……征尘滚滚遮日光，
马上众将斗志昂，
大队好似千层浪，
又似瀑布下山冈……

杜一川伸手端杯，杯却被一只白嫩的手拿走了。一个姑娘急切地低叫："副营长！"

杜一川仰脸，一愣：桌旁站着营部的女医助成蓉。

"营里要出事了！"还没容杜一川开口问，成蓉就擦了一把额上细密的汗珠急急地低声道，"营里好多干部都在一连连部聚着。一连长说要领上大伙去师部闹一场，问问这次为什么偏撤我们营！"

"哦？"杜一川眉峰一抖，霍然站起。他这才发现，天已黑了下来。豫西南仲秋的夜晚，悄无声息地到了……

一屋子的烟。每个人嘴上都吐着雾。两毛三的"白河桥"、四毛三的"南阳红"、五毛四的"诸葛庐"，什么牌子的都有，什么味儿都全。一连连部的屋子里都是人。凳子上、铺板上、桌子上，或倚，或坐，或立。正中间的桌前，坐着脸色阴沉的一连长秦田齐。

此刻秦田齐的心里，也像这屋里一样，满是烟、满是雾。

就在那烟雾之中,他的家——豫东兰考县境盐碱滩上的那个小村,那两间破败的土墙草屋,渐渐地显露出来。消瘦的妻子走出草屋,弓了腰拉着粪车向地里走,九岁的女儿在后边推。吱咯、吱咯,平板粪车的车轮在地上慢慢地滚,沉重地转,响声尖得刺心。娘,爹啥时回来领咱去?快了,快了,再有一年。娘,我那时就在城里上学吗?那是!你爹的营房就在宛城西郊,离市里热闹地方近,上学自然在城里。她爹,你说俺娘们明年真能随到队伍上?当然,我熬了十四年,明年就到了带家属的年限。到那时,你去团的家属工厂上班,孩子去十四小上学,多好!

多好!可是,二营撤了!除少数干部平调到没撤的部队外,大部分人等着转业。明日营房都要交出了,还谈什么去办妻子的随军?这么多年辛辛苦苦干下来,到如今就这样再一个人回去?!

他伸出青筋暴突的手,把烟头重重地按灭在烟缸里,而后,抬起了头。络腮胡子多日没刮,粗硬的胡楂立在他那黝黑的脸上,使他的面孔有些可怕。"我们见了他们,主要说些啥?"他的声音阴厉、低沉。

"说啥!主要说一条,为什么偏撤我们营?"倚在窗台上的一连副连长愤愤地叫,"还不是因为我们营在上边没有人!师里、团里的主要头头都不是从咱营出去的,咱们他妈的是前妻的儿子,要扔就扔,谁心疼?!"副连长说到这里,声音中夹了丝哽咽。今天晚上的这场会,最初其实就是他的事引起的。原说要调他到没撤的一个部队去,谁知就在他准备去报到时,又接到通知:不去了,准备这批转业。一打听是人家的领导顶着不要,安排了本单位的干部。事情也巧,就在这时他那怀孕八个月的妻子,按他原来的安排吃力地腆着肚子,来队准备生孩子。一路辛苦的妻子,听说他很快也要转业却又让自己来队,自然要哭几声、吵几句,副连长心里正烦,哪听得下这哭吵声,狠狠地一巴掌就甩过去。这一掌的后果太大,妻子仰身一倒,早产了。婴儿如今还在危险中,这突然而至的灾祸把一连副连长击垮了,今天晚饭后,一个战友来劝他,刚说了句想开点,他便呜一声哭开了。就是这哭声引来了这一屋子人。就是这哭声让每个人想到了营队撤销后自己面临的问题。也就是这哭声让秦田齐想到妻子、女儿的不能随军,想到1979年自己在南疆时的苦战,想到连里那些辛苦争得的奖状和锦旗从此就要被人们忘记。

秦田齐心里蓄满了怨和气!

妈的!闹一场!怕啥?顶多不过是去坐监狱,坐监前也要出出这口气!

"还要说些啥?"他又低沉地开口问……

　　它飞得镇静、自如。有一些日子,它婷婷落在了南亚次大陆,看恒河——印度河平原,看喜马拉雅山余脉上的植被。

　　山里有一道烧红的谷地。

街两旁各种店铺、地摊上的灯都已放亮,白炽灯、日光灯、电石灯、煤油灯、马灯、汽灯、蜡烛,把不宽的街道染紫、涂黄、刷白、抹红。就在这灯光炫目的街道的一侧,杜一川和成蓉急急地向营房走。但快到营门口时,杜一川却突然放慢了脚步。

"怎么了?"前边的成蓉扭过脸问,含了笑。她的微笑浅而不露,几乎没有拉长嘴唇,只腮上依稀显两个酒窝儿。

"教导员不是在家吗,来喊我干啥?"他冷冷地说,乌亮的双眸在成蓉那苗条的身上极快地扫了一下。刚才,当他猛听到一连长要领人到师部闹事的消息时,他想到营长长期因病住院,自己代理营长职务,这样的事应该去管。但随了成蓉往回走,看着成蓉那窈窕的背影,闻着她身上散出的淡淡香味,他却不由自主地想到了教导员——那个副军长的白净、潇洒的儿子,那个赢得了成蓉爱慕的万彬。一股沉在他心底的嫉恨翻上来。

这事应该由他管!

他是教导员,营党委书记!你是什么?归根结底还不是个"代理",过了今夜你是什么?平头百姓!这棘手的事,你管得着?

杜一川一提到教导员,成蓉原本就露红晕的脸,霎时红得更艳。她是那种文静、害羞的姑娘,尽管她和万彬的关系在营里早不成秘密,但每当人们在她面前提到万彬时,她总还禁不住要脸红心跳。"这事他知道,就是他让我出来叫你回去的。"她轻声解释。

"叫我干什么?他不会去处理?!"杜一川依旧冷冷的,随了话音,瞳仁中闪过一丝恨。是的,那种积聚已久质量变得很重的恨。他嫉恨万彬,更恼恨成蓉,当然,对后者的恨是掺了爱的恨!是爱而不能得的恼恨!

他当初曾对成蓉产生了怎样浓烈的爱!

他承认最初让他心动的是成蓉的漂亮。那弯弯淡淡的眉,那温柔沉静的眼,那小巧方正的嘴,那玲珑秀气的鼻,那莹白粉嫩的颊,他的心不能不为之一动。但那不过是一动而已,他并没有因此想到去爱、去获得。他对男女之事有自己的想法,他总认为男人应该在功成业就之时,再把心分一点给那些事,否则,心沉温柔海,业必被抛开!真正激起他爱她是那次他发高烧。云里雾里,整整两天,当他终于醒来时,看到双眼熬红的成蓉正用酒精棉球在他胸前、脚上擦,那么轻、那么柔,接下来她给他喂饭,让他的头靠在她胸前,双手环过来,一手端碗、一手拿匙,一匙一匙,那么耐心,那么仔细。后来她为了不让他心焦,坐在床头给他读他当时正阅读的《水网地的进攻》。那枯燥的军事术语,从她的口中柔柔流出来,竟那样动听、易记。成蓉在尽医生职责时显示出来的那份女性的温柔,把杜一川作为一个男子压在心灵深处的那支古老的、美妙的、自由的乐章唤醒了,把他原来先成业后去爱的决心摧毁了,他的心开始抖起来。于是,爱便不由自主地萌出、漫涨,终至于洋溢。那日,他听说成蓉爱吃虎皮豆,一次上街就买了二十袋。但买来了他却不敢送,怕她拒绝收,怕别人知道了笑,长期的自我压抑,使他爱的胆量已经变得极小。犹犹豫豫,胆胆怯怯。多少次轻步走向卫生所,多少次又悄步退回去。一天傍晚,他发现她一个人向营区后的树林里走,终于下决心悄悄尾随过去要向她倾吐。谁知一到林中他才发现,教导员万彬正站在林中等她,两人一见便拥抱在了一起。他立时觉到了一阵剧烈的头晕……

爱不成就恨,这是爱的普遍法则。只是一川平日把恨压在心底。此刻,他不想再压,反正大家只剩最后一晚在一起了。

成蓉愣了一霎,她猜不出杜一川何以变了态度,刚才那样急地随她往回走,此刻竟冷冷地想推托开。她略略有些生气:营里出了这么大的事他竟然想推!但即使生气,她也是柔柔地说:"他说,叫你回去商量商量。"

商量商量。这四个字堵住了杜一川从心底涌出的恨。是的,你是代理营长,处理这种事情,可以叫你回去商量。他无话再说,便扭开头,径直向营门里走。

"小杜!"石牌坊营门的一侧,突然传出一声苍老喑哑的唤。两个老人蹒跚着向他身边走来。借了营门灯,杜一川认出,走在前边的那个独臂老人就是成蓉的爸爸,二营的老营长成史柱,他是在听说老营队要撤销的消息后,特意来队看望老营队的干部战士和女儿的;那另一个白发白须的老人,是住在营门对面的魏五爷。

"有事,老营长?"杜一川转身迎向二老。尽管他对成蓉恼恨,但对成蓉的爸爸却极尊敬。这老人十几岁时和日军作战被砍去左臂,仍一直坚持在部队战斗,战功卓著。1956年才因独臂不便部队生活,转回老家休息。

"这个戟,"成蓉爸抬手指了一下悬挂在营门正中的铜戟匣,"造的年代不知道,但也算一件文物了。当初国民党的部队弃营南逃时,你魏五爷悄悄取下保存起来,直到我领兵进驻西校场时,才又献出重新挂上营门。后来博物馆几次来人要,都被我顶了回去。听说从明儿起这里已不再做军营,五爷想问问能不能把戟取下来,交到博物馆去?"

"当然可以。"杜一川抬头望一眼那暗绿色的铜戟,点头答。

"那就——"

"爸!"成蓉打断了爸爸的话,"你少说几句,杜副营长有急事——哎,流星!"正说话的成蓉向远天一指。

众人抬头,只见一颗流星向东南坠去。

"八点十分。"成蓉边看表边小声叫。

"这丫头!"成史柱嗔怪地看了一眼女儿,而后朝杜一川笑笑,"小蓉从小喜欢看流星。你有事就忙去吧!"老人挥着独臂……

大约是嫌了这秋夜凉的缘故,上弦月升得有些迟疑,而且刚刚越过城区那边的高楼,就扯些云絮遮了自己,于是它洒下来的光就显得昏黄,这昏黄涂在杜一川的脸上,就使那含着不快的脸庞带了几分阴沉。

思想工作本来是你教导员的事,还找我商量!他踏着重重的步子走到教导员万彬的门前,忽地推开了门。

商量什么?他原本是准备冷冷地这样问的,但眼前的情景却让他一愣:教导员万彬双手捂腹坐在桌前,英俊的脸上露出一丝痛楚。

"怎么了,不舒服?"杜一川因嫉恨而生出的不快顿时飘走,忙关切地问。

"胃疼得厉害。"万彬紧紧咬住牙。

杜一川转身朝外间喊:"成医助,快,给教导员看看病!"

在门外的成蓉听说万彬有病,忙慌慌地奔进来,"快躺到床上,我看看。"她急急地去搀恋人的臂。杜一川看见成蓉那满脸的心疼和关切,心中顿时又有些酸。

"杜副营长,"万彬一边往床上躺一边开了口,"听说一连长要领人去师里闹事,你是不是去看看?"

杜一川点点头。好吧。教导员有病,你是代理营长,当然应该你去。

看到杜副营长出了门,成蓉关切地俯身问:"怎么了?你刚才不是还好好的吗?是吃什么不卫生的东西了?"她是那种爱上一个男人就把心全给了对方的女人,恋人的任何一点不适都会在她心里引起共振。

万彬不答,侧耳听杜一川的脚步声。待那声音越去越远,听不见时,他才扭头望着焦急的成蓉,扑哧笑了。

"你?"成蓉一愣,触诊他胃部的手停住。

"嘿嘿,"万彬露出洁白的牙齿笑了,笑得十分得意,"我不过是略施小计!"

"你的胃不疼?"

"当然不疼!"万彬拍了拍他那强健的裸露着的上腹。"我是不想去处理一连长他们那件事!你知道世上什么人最可怕?除了土匪就是散兵!他们平日在军营受军纪约束,将种种野性压制得死死的,一旦变成散兵,失了约束,野性就会可怕地涌出来!撤销了编制的兵就是散兵,现在去做思想工作,阻止他们闹事,谁敢说不出乱子?所以我让杜一川去处理吧!"

"你?!"成蓉惊呆,双眸凝住,不动,直盯着万彬那英俊的脸。

"呆什么,现在我把好消息告诉你!"万彬又笑了,"刚才接到姐姐的电话,说爸爸给我活动好,把我调到未撤的九师政治部,明天上午就来接我。你先在这里等几天,我一去九师就想办法,很快可以把你调过去!你说,可以吗?"他摇了摇她的手。

成蓉没吭。她的双眼早已从万彬的脸上移开,望向窗外,窗外是昏黄的弯月,弯月上蒙着云翳。她的目光渐渐变得散乱,眸子上浮了迷惑,她似乎不能立刻明白眼前的事。

"来,小蓉。"仰躺在那里的万彬,声音变得极低、极柔,"我亲亲!"抬起手去搂成蓉的腰。有一刹那,成蓉弯了身,那动作有些机械,似乎是出于习惯,但当万彬的嘴就要触到她的唇时,她像是猛地从梦中醒来一样,一下子直起了腰,挣开他的手,转过身。

"小蓉,蓉!"他急忙探身又抓住了她的手。他已摸透成蓉的脾性:怕羞!每当他爱抚她时,她总是要挣脱、抗拒,但只要你顽强坚持,她最终也只好遂你的意。他第一次想把手伸进她的胸衣时,曾遭到了她怎样长时间的抗拒啊!但由于他的执意坚持、顽强进攻,她最后不是也终于遂了他的意吗?不过今晚的情况却出乎他的意料,他刚想把成蓉的身子往床边拉,却听"咚"一下,胳膊被重重甩开。他立时辨出:这不是嗔怪、佯怒。

"你怎么了?"

成蓉已跑了出去……

  它飞姿优雅,神态安详,有时会长久地逡巡在一个地方。好长一段日子,它一直在塞纳河的上空飞,来回地用翅儿拍河水。

  水面上漂些暗红色的东西。

"准备登车!"一连长挥拳砸在了桌上,而后抓起了桌上的一个包裹。

屋里的人也忽地一齐立起。人们讲出的烦、诉出的怨、倾出的恼,聚在一起,膨胀成一股更大的力,左右了群体的情绪。

这时,门开了,杜一川出现在门口。

一团烟雾旋转着向杜一川扑来,他猛地咳了一声,看到一连长那冷极了的眼神。

"老秦,这是要上哪,去师部?"杜一川静静地开了口。虽然他心里对撤销二营也窝着烦躁,但必须制止这个闹事行动。军令如山,二营的撤销令既已下达,现在去闹,就是违令。这会造成影响,二营的历史上还从未有抗拒军令的事情。

"知道了还问什么?!"一连长阴沉地说。

杜一川笑了笑,他没有生气。他和秦田齐当战士时就在一个班里,知道他的倔脾气。"大伙是不是坐下,听我说——"

"少啰唆!"一连长猛地打断了他的话,"愿跟我们走,就出去上车!不愿,就走开!少给我们讲大道理,听够了!"

"我不讲大道理,就讲——"

"好!你既不讲大道理,那你就给我讲讲这个怎么办?"一连长说着呼一下把手中的包裹朝杜一川扔来,杜一川伸手没接住,"啪"一下落地,包裹散开,露出了一堆一连历史上获得的各种奖状和锦旗。

杜一川双眼突然瞪大。看见了,那其中的奖状、锦旗,好多还是他在一连时和弟兄们一块儿争来的。那面写有"攻如猛虎"的暗红色锦旗,不是在南疆前线得的?哒哒哒。枪声骤然响起。弟兄们,冲呀——拿下"747"高地,为祖国效力!一川,别管我,上!田齐,血,你的臂!少啰唆,打!这面旗授给一连!挂好,老秦,这是血换来的!放心……

一股酸热的东西在向眼眶里涌。不,你不能流泪,那是过去,你现在的任务是劝阻他们!杜一川慢慢地弯下腰,手抖着将包裹包好,才颤声说道:"人向前走,也许需要不断忘掉一些过去。否则,就不可能走得松快。这些,就让我们记在心里吧。"

"记心里?"墙角传来一个嘶哑的声音,"心里早被各种难处塞满了!天明以后我们就等着转业了,可你想过转业的难处没有?连排干部千把块钱的转业费,要安家、买便衣,还要为安置工作送礼,再同弟兄们喝场告别酒,剩下的够干什么?二连副指导员这批转业,想买个饭桌,转了几个家具店都不敢买,东西太贵,那点转业费不经花呀……"

"还有三连指导员,"一个粗嘎的声音接道,"老婆本来就有病,这批转业想留到县城,给县人事局局长买了台七百多块钱的收录机,结果就在这当儿老婆病重入了院,钱不够,地方上又没熟人可求,只好跑回连队向弟兄们借……"

"二连副连长,"又一个嗡嗡的口音说道,"上批转业的。单位里没房子,说让他先自己想办法,等以后有了再分。他没钱盖私房,就搭了个油毡棚和妻儿住下。谁知上个月一场大雨,把棚子淋塌了,老婆、孩子压里边,险些送了命,前几天回连还边讲边哭……"

"还有三连一排长……"

杜一川的心一阵悸动。是的,他知道连排干部的经济根底,家里都有老人要赡养,收入就是工资那点死钱,加上一年妻子来一回,本人回去一趟,来回带点烟酒糖茶地一折腾,哪还有什么积蓄?自己没结婚,又是营干,仅仅照顾妈妈和小弟,身边至今尚无什么积蓄,何况他们!这些天只顾自己烦躁,这些事都忘了。也许,这也是导致今晚弟兄们要去闹事的原因。该死!蓦地,他的眼一亮,想起了营部的仓库。那仓库里还放着几十方木材,几个月前买来准备做营具的,后来因为营队撤销,就放在了那里。罢!把那些木材分下去!解决弟兄们的其他困难咱无能为力,分点木材的权还有。团里会怎么说?不管那么多!现在先把大家情绪稳下来,不出乱子,不在军内外造成影响!

"弟兄们,"杜一川开了口,"我代表营里向大家检讨!我们这一段没有注意帮助大家解决实际问题,现在我宣布:分给连以下每个干部半方木材,回去盖房子、打家具都行。请同志们跟我去仓库领!"

屋里的人都一愣。

秦田齐的嘴角上露了一丝嘲弄。

"走,跟我去领!"杜一川又紧跟着催。他估计,只要大多数人跟他一走,闹事行动就不可能付诸实行。

有几个人已经站起来，跟杜一川向门口走去。他知道，从众心理会起作用，只要有几个人跟他走，其他人也就会跟上来。

先把闹事的队伍瓦解掉！

歪了，倒了，模糊了，变色了。这就是我爱的人？这就是我爱的那个优秀教导员？那个潇洒、爽快的男子？那个觉着终生可依的靠山？成蓉头脑昏沉地向一连连部走。

说谎，装假，精明地躲开，轻巧地把责任扔给别人。成蓉感到一阵莫名的痛心！

在最初听到一连长要带人去闹事的消息时，成蓉是把平息这件事的希望全寄在恋人身上的。她非常希望这件事能顺利平息。她知道一连长一旦真的带人去闹，二营就要在它行将结束使命的最后一晚，把它以往的声誉毁掉。她比一般人更关心二营的声誉，因为就是她的爷爷深入国民党的豫西民团，拉出了八十个人，组建了这个抗日独立营。以后，又是她的爸爸把这个营带进了这个西校场。还在她很小时，她就常随爸爸来这个营里玩。她当初从军医学校毕业，所以没留师以上医院而自愿来这里，就是因为她对二营有特殊的感情。

可万彬竟在此时躲了，跑了，把担子甩给别人！

她觉出失望在啃着她的心，一阵一阵疼。她第一次开始对她的选择产生了怀疑。她曾经为万彬感到怎样的自豪！他长得多帅！单说那额头，多宽、多白、多明净！还有他那甩头发的姿势，轻轻一下，幅度不大，漫不经意，多潇洒！特别是在他穿背心、着短裤打篮球时，他的美全显示了出来，四肢强健，骨盆狭窄，肌肉发达，肋骨匀称，胸廓又高又宽。最重要的是他的口才多漂亮！可以说，成蓉就是被万彬的口才最终征服的！

像好多没有选定意中人的姑娘一样，成蓉初到二营时，一边工作，一边也在小心地观察身边那些未婚的男子。有两人引起了她的注意，一个是杜一川，一个是万彬。前者是因为他对军事业务的苦钻和处理军务的干练；后者是因为他的潇洒风度和漂亮外貌。她对两个人都有好感，但对谁也都没有表示出什么。直到那一天团里举行演讲比赛，题目是《我们这个时代的军人》。团里五个营职干部参赛，只有万彬赢得的掌声最多、最久、最热烈。他那抑扬顿挫的话音、那恰到好处的手势、那旁征博引的立论方法、那诙谐幽默的语言，牢牢地抓住了听众的心，也把成蓉心房中紧锁着仰慕的那扇门推开了，以致当万彬演讲结束的最后一次鼓掌时，所有的掌声全落了，成蓉还在忘情地拍。就在那一刻，她感情的天平倾斜了。尽管在这之前，她已经模糊地意识到了杜一川对自己的情意，但天平已经倾斜了。不久之后的一天下午，当万彬大胆地把一张约会条子塞给她时，她便悄悄地赴约了。

她曾对自己的感情生活，怀着多大的幸福希望啊！她从未想到还会生出失望！从万彬的宿舍里奔出，她很想立刻扑到自己的床上，沉入昏睡，把刚才的那一幕忘掉。但她放心不下，她要去一连看看，看看杜一川怎样平息这桩事。

但愿能够顺利平息！

她来到一连连部门口时，杜一川正在宣布那项分木材的决定。她立刻明白了他的用心。是的，这也是个办法！她以女人特有揣摩人心的本领看出，屋里的每个人心里都有一个疙瘩，这疙瘩不是能立时消了的，也许分木材是一个不是办法的办法。

杜一川出门走过她身边,她上前轻声说:"副营长,管理员去他老乡家了,我去喊他拿仓库钥匙。"

"噢。"杜一川看清是她立刻问,"教导员怎么样?"

"没……大事。"话一出口,她就觉着自己的脸因为羞耻涨红了。

"要好好照顾他。"杜一川刚说完,一股酸意又翻上来。妈的,用得着你去嘱咐?她是他的人,他连着她的心,用得着你去闲操心?你倒是想想你自己,以后病了有哪个女人能管你?能管你?!

啪!他抬脚踢飞了路上的一个石块。

月光依旧黄黄的,不均匀地洒下来……

它从不觉得累,有时刚落到这里,又接着飞往异地。有一段日子,它才在阿尔卑斯山停下,跟着又腾空飞去英吉利海峡。

海峡上晃动着一些旗,几种颜色的。

袖珍录音机的磁带在缓缓地转,男中音的歌声轻轻地在屋中旋:"……忘不了那一晚,我俩在河边,你脚伸清水里,头靠我胸前……"就在这舒曼的歌声中,万彬打开箱子,收拾着自己的东西,做着走的准备。"……你含羞地送来樱唇,我们紧紧地接吻——"

门推开,杜一川走了进来:"胃疼好些了?"他问。待看到万彬的举动,又有些意外。

万彬脸上掠过一丝尴尬,急忙含笑点头。

"……你当时已经应允,我们不久就结婚……"歌还在响,万彬赶紧伸手关了录音机。

杜一川根本没注意到万彬的神色变化,先把自己刚才分木材的决定说了出来。这在营里是一件大事,应该让教导员知道,然后再向团里汇报。万彬听罢,沉吟了一霎,而后笑笑:"一川,有件事还没来得及给你说,我明天可能就要调到九师工作了。营里的事你看怎么办好就怎么办吧。"

杜一川吃惊地瞪大了眼,霎时明白了对方收拾东西的原因。很快,一股怒气从他的心中涌起;好哇,你的后路都有了,眼前的事还不管,老子管它干什么?天亮之后我算啥?谁会承认我是副营长?但他知道现在不是生气的时候,终于没说什么,只默默地走去摇电话向团里报告。为了不给二营的声誉造成影响,不给一连长他们今后添上麻烦,他在电话上没提闹事的情况,只讲"为了解决连排干部的困难,我们营决定——"话刚讲到这儿,话筒突然被一只手捂住。

杜一川抬了头,万彬含笑站在面前。

"不应该说'我们营决定',而应该说是你自己的决定!"万彬带着笑说道。

有一刹那,杜一川没弄明白对方的话意。但很快,一缕冷笑出现在嘴角,他从牙缝里迸出了三个字:"明白了!"猛地把对方的手拿开,对着话筒一字一句地更正:"为了解决连排干部的困难,我杜一川决定……"

喊来了营部管理员的成蓉,默默地站在门口。她看得很清楚,望着万彬那俊秀侧影,她心里第一次涌上了一阵厌恶。

当万彬满意地走向门口时,看到了伫立门外的成蓉,先是一愣,跟着抬手扯了一下她的胳膊含笑低声道:"小蓉,走,帮我收拾一下东西。"

"凭啥要帮你?"成蓉冷冷地说,拿掉了他扯她的手。

一丝愠怒升上万彬的心,成蓉连续两次冷冷的反抗伤了他的自尊,他原以为他早就可以驾驭这个文静、羞怯、单纯的姑娘,没料到她还有如此执拗的一面。

"成蓉!"当成蓉随了杜一川向仓库走,他喊了一声,用的是教导员的口吻。

成蓉站住了。

在最初的那一瞬,万彬真想说几句厉害话,训训她的任性。但借着室内的灯光看到成蓉那张莹洁美丽的脸庞,愠怒飞走,心中又溢满了柔情。是的,他挚爱着成蓉。以他的家庭背景和相貌,他接触的上流社会的漂亮姑娘不止一个,但可惜大都是开放型的姑娘,同她们接触不久就可以进入接吻、抚爱的阶段,就能钻入她们的心灵,然而你总觉得两人对等,双方都是胜利者。感到神秘和渴望征服,是男性爱的两种重要成分,这两条不能满足,万彬自然感到乏味。而成蓉是另一种姑娘,她的羞怯、文静和庄重,把她身子的每一部位和心灵的每个角落都变成一座堡垒,变得神秘,使你的每一点进展都要经过一番顽强的进攻。这进攻使人既觉得焦躁急迫,也使人尝到兴奋激动,而每一次进攻的得手,都让人体验到无比的快乐。

他不想再惹成蓉生气,于是用极亲切的口气说:"小蓉,你怎么那么关心分木材的事?军区纪委最近三令五申,在精简整编中严禁私分营具、营产,违者严究。杜一川这样办是要倒霉的,你去掺和什么?你总不会也想去分半方木材吧?"

"说完了?"成蓉平静地问。

万彬点了点头。同时上前,想去握成蓉的手。但成蓉退后一步,冷冷地开口:"谢谢你的提醒!"说罢,转身便走。

万彬僵立在那里,他觉得一股冷气从脚跟升起,缓缓地爬上了脊背。剥去了云翳的弯月,在地上拉出了他清晰的倒影,那倒影好细、好长、好静……

交代了管理员分木材的事,杜一川向宿舍走去,他估计事情会缓过去。待天亮再去找他们谈谈吧,什么事都宜冷处理。

拉开灯,他拿过那本读了一半的《战役学》,摊开学习笔记,拿起笔,低头读起来。这是他早已养成的习惯,每晚睡前读一章兵书。

但刚读两行,他猛地抬起头来,意识克服了惯性:不用读了,你再读这些书还有什么用?什么用?!

他痛楚地坐在那里,一动不动。室内好静,只有日光灯的镇流器轻微的嗞嗞声。

你辛苦摸到的路到底断了!这就等于,你在三十岁之前,什么也没干,没干!

人识字之后带来的寻常后果,就是总让人想干点什么。可当年初中毕业的杜一川,能干成点什么?从政,做官?谁引荐?从文,治学?那个年代哪里去求学,即使能上学又哪里去弄上学的钱?苦闷无奈中,他想到了从军。这是那个时代向底层社会的孩子敞开的唯一一道门。他进了这门,自然知道珍惜这个机会,凭着他从石匠父亲血液中继承过来的坚韧,凭着他从务农母亲的奶汁里汲取过来的耐劳,他成了一个优秀的士兵,并最终挤进了军官的行列。这在他是怎样的一个艰苦过程!人们只看见他是神枪手,却不知道他臂缚砖头练瞄准,累得晕倒在雪地上;人们只看见他是单兵战术尖子,却不知道他独自摸爬滚打时双膝流了多少血;人们只看见他是军体比赛第一名,却不知他的腹肌疼得裤带都不敢勒。他跋涉过一个怎样阔大的艰苦和辛劳的沼泽啊!但那一切,他都忍过来了。他已经明白,自己干的也是一项事业,从这条路也可以像杨振宁一样走向成功,可以像自己从小就敬仰的岳飞、戚继光那样为国尽忠,可以使自己像孙武、孙膑那样青史留名!

他于是有些发疯,发疯地学,发疯地钻,知识和阅历使他开始变,变成了地道的军人,变成了标准的军官!

号角连营,旌旗一片,军帐相接,大军十万,坐指挥车一辆,挥师戍边,这情景已不止一次映在他的脑中,出现在他的梦里,幻在他的眼前。

然而,现在都已化作一股青烟!

二营撤了,等待转业,你还读这些书、还要这些笔记有什么用?有什么用?

你三十岁之前什么也没干!你只是白吃了那么多年的饭!

一丝冷酷的嘲弄爬上了他的嘴角。他的手慢慢拿过那本笔记,另一只手伸过去,抓住一页,刺啦一声,撕下来。响声真脆!

川儿,你在撕什么?鞋样儿?天哪!这是你姐姐剪的,花了几天时间,快放下!

刺啦!

放下!听见了吗?这是你姐姐的心血!她专门跟人家学剪的新样子!

刺啦!

这孩子咋这样不听话?你姐姐费了好大的力气,快,放下!啪!你是找打!

刺啦!

刺啦!

他撕得那样从容、那样认真、那样镇静,一片片白色的写满了字的纸从他的手中滑下,飞落到地上。一本笔记撕完,他又拿起了另一本,当所有的笔记本都撕完之后,他慢慢地蹲下来,掏出了火柴。

21

嗞。火头闪一下。

嗞。燃着了,火光腾起来,好白!

他盯着那火光,火光在变大、变亮,他似乎很开心,突然间咧嘴笑起来,而几乎是同时,两滴晶亮的东西出现在他的眼眶里,摇着、闪着、晃着……

　　它很喜欢在大洋上飞,天高海阔,极有趣。有一段日子,它在太平洋上拍着翅。把褪下的一些柔软羽毛撒向了好多岛屿。

　　洋面上飘散着黑色的烟缕。

人静、风微,营区沐在一片淡淡的月色里,街上的坠子声还在隐隐传过来:"……宗保一听怒满胸,下巴一抖虎目睁,催开坐下白龙马,银枪舞动不留情……"

杜一川摇摇头,把坠子声从耳内赶走,又继续自己的思索:如何去最终说服要闹事的人?刚才,他烧完那些笔记,摇摇晃晃地才站起,管理员跑来告诉他,一连长和另外七八个干部不来领木材。他听后才意识到,那件事还没有算完。他本是要再去一连看看的,走到半截却又迟疑了,折向这条通往操场的小路。

去了说什么?为什么非要撤掉二营不可?他自己心里也在烦,如何去说?

他要先让自己静下心来!

"……那时住在这里的好像是七、八、九三标,我常趴在院墙头看他们练刀……"一个苍老的声音忽然在不远处响起。他循声望去,原来是成蓉爸和魏五爷两位老人,还在蹒跚着踱步。

"你们还没有睡?"一川走了过去。

"没呐,人老,瞌睡少了。"成蓉爸笑着应道,"这营房明天就要变成学校了,我和你五爷想再走走看看。"

"知道吗,小伙子?这西校场清朝时住了清军三个标,我那时常趴在墙头上看他们练刀。"五爷接口朝一川说,"听我爹讲,外国人烧了北京圆明园以后,这西校场的兵两天没吃饭!兵营里到处是哭声。"

"是吗?"杜一川吃惊地环顾了一眼静静的营区,这里曾经响起过清军官兵的哭声?

"那时候空有军营!"成蓉爸闷声说。

"看见了吗,那个石台子!"老人又扬起手中的拐杖,指了一下卧伏在操场边的一个石台,"那叫点将台!听说当初王莽和刘秀开战时,刘秀在这台上点过兵。后来杨家后代杨再兴抗金,在这台上点过将。再后来,张自忠带兵去随州同日本人决战,也在这台上阅过兵。一九四八年成营长领兵进了西校场。历朝历代,咱宛城都驻很多兵,五个校场全驻满,只是到了解放后,兵才越驻越少,先是东校场变成了机床厂,后是北校场变成了农科院,这次又该你们西校场变了。"

"是啊,都在变,"成蓉爸感叹道,"大概,从事军人这项职业的人,是会逐渐减少的吧?一个民族,当兵的越来越多,驻兵的地方越来越大,怕也不是一桩好事情……"

两个老人慢慢地走远,杜一川的双眼直盯着蹲在月色下的点将台,他觉得心中的什么地方被碰一下,似乎有一道缝裂开,让他觉着了一丝疼,那疼痛使他的眼睛蒙上了一层水雾,水雾又使那点将台变得一片迷蒙。迷蒙中,他恍然看见那石台似乎也裂开了一道缝,就在那缝隙中,他看到了黑袍黑马的刘秀、白盔白甲的杨再兴、扬眉按剑的张自忠、独臂拤枪的成史柱。在这几个人影的背后,似乎有些新的什么人,什么人?

看不清,好迷蒙！好迷蒙,看不清！

"杜副营长——"突然有人喊,他的身子一颤。于是,他看见了平平的石台、淡淡的月色和两位老人远去的苍老身影。

"杜副营长——,团长电话找你！"远远地又传过来一声喊。杜一川这次听清,是营部管理员。

团长找我,干啥？一川匆匆向营部走去。

弯月下沉了不少,树影子长了好多,但坠子声仍在断续地飘过来:"……这才是上山虎遇见下山虎,云中龙遇见雾中龙,铜盆遇见铁扫帚,丧门神遇见白虎星,二人杀得难分解,马来马往尘飞腾……"

"谁叫你私分营产的？你还有没有纪律观念？你知不知道上级的三令五申？你是不是也想趁机发财？立即收回分发的木材！马上写出书面检查……"

没有停顿,不准争辩,一顿训斥哗哗啦啦地从话筒里直向杜一川砸来、压来。

他感到了一阵莫名的委屈。

委屈之后便是愤怒:妈的！老子不管了！天亮之后我还是谁的副营长,还管这些鸟事做甚？"我——"他猛对着话筒吼,但只吼了一个字,又突然噤声。不！事已至此,你要对二营的最后声誉负责！起码你要对一连长他们的政治前途负责！另换人来处理,敢保不会使矛盾激化？

放下话筒,他坐在那里,许久未动。

手捏针管的成蓉,默然站在一旁。她刚才在这屋里给通信员打针,团长的训斥听得一清二楚。望着杜一川蹙紧的眉头,她为他感到委屈。她这才注意到,他生的原来是一对卧蚕眉。成蓉像许多强烈专一去爱的姑娘一样,一旦心许一个男子,就不再去留心另外的男人,她把那当做不贞的前奏。此

24

刻,她看到他那两道卧蚕眉紧紧地皱起,不停地搐动,像是蚕身受到了狠命的一击,霎时在心里生出一阵痛惜和着急。他会怎么办?不收,如何回复团长?收了,岂不等于火上浇油,更快地推动他们闹事?

"管理员,"杜一川忽然转过头来问道,"已经分下去的那些木材,总共值多少钱?"

"值——"站在室内的管理员默算了一下,"两千九百五十元,当初因为是价拨,这木材比市面上便宜。"

"这样,这些木材算我买了,送给弟兄们的。我先把两千二百元的存折交给你,你待会儿就骑自行车拿去交到团里,剩下的部分,等我的转业费发下来时再扣!"杜一川慢慢地掏出一根烟,点着,起身走出门。

成蓉和管理员同时一愣。"这……"管理员嗫嚅了一声。

只有成蓉知道,杜一川说的两千二百元是什么款。

三个月前,杜一川的老母来队住了几天,因为成蓉是营部唯一的女兵,老人便常找她说话散心。就是在闲拉家常时成蓉知道,杜一川的大弟弟半年前牺牲在滇南前线,死前留下一封遗书,嘱咐妈妈用他的抚恤金为最小的弟弟盖几间像样的房子。老人来队,就是把两千二百元的抚恤金交给大儿子,让他在这里买木材、钢筋和水泥。

当杜一川返回来把存折塞到管理员手中时,成蓉突然开口大声地对杜一川说道:"你不该……"但没容她把话说完,杜一川忽地扭过头来瞪着她:"不该什么?!"眉心中露出几分可怖的狰狞,他心里窝着的委屈、气恼、烦躁,正无处发泄,听到成蓉这半句含有指责意味的话,看到这个深爱而不能得到的女人,一股恨意又在心头膨胀,使他突然生出一种要使她痛苦的冲动!

"你们什么都应该！应该调走！应该拿钱不管事！应该继续穿军装！我们掏钱买点木材都不应该了?！什么叫该？什么叫不该？我说你该立刻从这里滚出去！去跟你男人一块儿走！不该在这里多嘴！"

成蓉愕然地瞪大了眼,她的脸先是由白转红,随即又由红转白,苍白,煞白。一阵轻微的抖颤从她的下颌生起,极快地向全身蔓延。她的眼前先是腾起一层雾,雾迅疾地变浓,终于变成了水。猛烈地冲出眼睑,向双颊淌。

她转过身,慢慢地向外走……

它也喜欢在有绿色树林的地方飞,有一些日子,它姗姗飞往南美洲,看无边无际的树林,看逶迤的安第斯山脊。

树林中有一堆火冲天而起。

杜一川站在宿舍前,舒舒眉,撮圆嘴,轻轻吐出一串白色的烟圈,那烟圈立时飞进了朦胧的月色里。

一股夜气围过来,带着柔和的、凄凉的,同时又是迷人的秋夜气息,凉凉的、润润的,钻进了他的肺。

他感到了轻松,甚至觉出了几分惬意。对成蓉的那一通怒骂,带走了郁积在他心中的一部分烦躁和怨气。哦,人原来可以这样找到轻松,你过去竟不知道！娘的！

他一边吸烟一边让目光散漫地在营区里游:越障训练场、车库、厨房……蓦地,他看到了营里那几间来队家属接待房,就在那房门口,似乎站着身子伛偻的妈妈。妈妈正抬手抿着她那雪白的头发。

川儿,妈这次来,带了一笔钱,是你大弟死后县上给的,妈带来放你身边,你要看到有卖便宜木头和钢筋、洋灰的,就买一点,待明年春上给你小弟盖几间房……

　　大哥,我这回上去了。你打过仗,心里明白,我就不写别的了。万一我要回不来,你记着用我的那笔抚恤金把咱家的房子翻修翻修,咱那房子太旧了。咱那里的风俗,女的找婆家,第一就是看房子,房子盖好,咱小弟找对象就不难了。这件事办成,也算我为家里出了点力。我知道,这些年你手头钱也很紧,就让我把这件事办了吧……

　　他刚才的那点轻松全飞了。

　　不,不!那钱谁也不能给!那是弟弟的血换来的!你充什么能?这年头还干这一套,谁承你的情?算了,收!木材收起来!谁愿闹事谁去闹,又不是你自己闹!

　　他打算去找管理员,但走出几十米,脚步蓦然又放慢。

　　奶奶的!给!谁稀罕这点破木材,刚分下来又收上去,说话是不是放屁?算什么鸟当官的!……

　　给他吧!这年头,朝令夕改,出尔反尔是常事,咱不发他这个财……

　　全世界都没裁军,就他妈的咱中国逞能,还偏偏把咱二营打发了,你说这不是命?命里三升米,吃不了整四升!命里不该有的东西,拿到了也得交回去!给……

　　杜一川停住脚步,抬手揩了眼睛。

　　近处传来一阵秋虫叫,隐隐的,蟋蟀?雨狗?叫声那么幽。

　　一霎之后,一川放下手,慢慢地转身向自己的宿舍走。刚在屋里站下,门被推开,擦去了泪水的成蓉出现在门外。

　　杜一川一惊:她要找我闹?闹吧!我看着。他昂起头,不看她,眼望着墙角。

　　"这个,添上!"成蓉几步过来,把一个存折往他手中一塞,走了。

"什么?"杜一川诧异地打开那存折。

一千元的活期存折!

杜一川的双眸倏然定住。他把头俯低,似乎想看清存折上"成蓉"那两个字是用什么笔写的,随即,他的嘴张开,像是要喊出一句什么,但终没有一个音节出来……

弯月被乱云缠住,悠悠地向围墙那边坠,树木和房屋的阴影在逐渐地变大、变浓。夜,正缓缓地向终点移。

成蓉没有开灯,坐在卫生所里间自己的床前,隔窗默望着夜空,宝蓝色的天幕,因下弯月的下沉,星儿显得密了、亮了。

噗嗒。一颗泪珠滚下,紧跟着,她那漂亮的双眼里又已注满了泪。为啥?心酸?委屈?屈辱?气恨?说不清!

说不清的事情实在太多!

刚才,杜一川的那顿怒骂,确实使她感到委屈、伤心。但一阵眼泪流过,心中却又慢慢升起一份歉疚:是的,他今晚也受尽了委屈,而那些委屈一半就是你爱着的人抛给他的,他该对你喊、骂!这歉疚使她下决心帮助杜一川,拿出了自己存的钱。

还有,对万彬,她是气恨,但那气恨里却多是恨铁不成钢的成分。她多么希望万彬今晚的那些行为都不曾真的发生,那只是自己的噩梦。天一亮看见他后,他仍是那个令人敬重、钦佩的教导员,她不愿弄碎他在自己心中的形象。女人的爱倾出去时带着坚定,收回时却含了犹豫。这犹豫甚至让她努力寻找理由来安慰自己:也许,人一生,灵魂都有堕落的时候,但人的价值,可能并不仅仅看他堕落的深度和次数,而看他升起来的高度和最终的质地……

泪眼迷蒙中,她忽然看到夜空中又出现一颗流星,好明、好亮、好灿烂,迅疾地向东北方划一道银线,转眼间就落了。她抹去眼泪,拉灯,看表。十点四十七分,今夜的第二颗,划向东北,持续大约两秒,她从抽屉里拿出那本"流星观察记录",很快地记下来,这是她至今为止观察到的第九百四十六颗流星。这记录是她从七岁生日的那一晚开始的。为什么要观察?要记录?是喜欢流星划过的灿烂?是悲哀流星陨落的凄惨?是摸索流星出现的规律?是探究流星出现的道理?似乎都不是,这只是她的爱好和习惯。

记完,扔下笔,她没有像往常那样刷牙、洗脸、洗脚,便脱衣上床睡下。她期望赶紧入睡,好忘记今晚的一切。

一条坦直的沥青路。好光、好平、好直,路旁有花、有草、有鸟,成蓉和哥哥在路上走,走得轻快,哥哥唱起了歌,但唱得不好,嗓子又哑又粗,她拍手、她笑,正笑得高兴,突然间地一动、一摇。不好,路断了,一条巨大的裂缝把她和哥哥隔开。那缝真宽、真深、真怕人,下边还有蛇在盘。快跳!哥哥喊。但她不敢,怕摔下去!快跳!她走到裂缝边,吸一口冷气,又退回去。快跳!她环顾四周,天要黑了,身后有狼嗥。她哭了,跳还是不跳……

纷乱的心绪把她带入了怪异的梦里。

在深深的梦魇中,她没有听到外边的敲门声,没有听到三连司务长那带了几分醉意的喊叫:"成医助,给我包包手。"没有听到外间门被推开的吱呀声。

她睡前没像往常那样去洗漱,因此也忘了把门插上。

"人去哪儿了?"三连司务长嘟嘟囔囔地走进来,摸索着拉开了灯。他酒喝得有些多,在路上绊一跤,手指被蹭破一块皮。"我自己包!"他自语着去找纱布,找不着,又掀开通往里间的门帘,拉开了灯。

他意外地瞪大了眼。

成蓉躺在床上,两条雪白的胳膊放在被子外边。

刺眼的灯光把成蓉从险恶的梦境中解救了出来,她睁开眼。

最初的那一刹那,她似乎不能理解司务长怎么会站在她的房间里,于是探起身,懵懵懂懂地问:"你怎么进来了?"

在看到成蓉睡姿的第一眼,平日严格的军纪养成的惯性,使司务长立刻就想扭头往外走,但随即,在他那被酒精烧得有些昏沉的意识里,一个念头浮出来:营队明天就要撤了,你不再是什么兵了!

他没动脚,反而把眼瞪得更大,直盯着成蓉的胸口。在怪梦中挣扎,成蓉把短袖胸衣上的纽扣撕开了,两峰之间那片莹白的平川,袒露在司务长的眼前。

一股狂野的东西突然从他的眼底升起。

司务长的那种眼神,到底把成蓉从懵懂中惊醒了。她慌忙拉被盖上胸口,同时说道:"你出去!"

司务长拉灭里屋的灯,转身向外间走去。但他拉灭了外间的灯后,反身又进了里屋。

"你要干什么?!"成蓉黑暗中听到他又走进里间,骇然地低叫,本能地揪紧被子。

"我……"司务长哆嗦着向床前走去,一只手紧捂着自己的上衣口袋,手指发狠地按着口袋里那张未婚妻的照片。在那一瞬间,一股强烈的愤恨涌上来:你们这些女人!

"你、你——"成蓉的牙齿在打战。

"臭女人——"

他猛地向床上扑去。

啪！他挨了重重一巴掌……

它有时翅儿扇得很轻，几乎无声；有时扇得很重，响如雷鸣，在一些日子，它轻落在朝鲜半岛，看鸭绿江和大同江的江岸，看那些人参、金矿和烟草。

地面上有好多人在跑。

杜一川感到一阵揪心的愧悔。

你怎么能那样骂她？！

成蓉那愕然、委屈的面影每在他眼前晃一次，他都感到一阵锥心的难受。

明天向她道歉！

他一捶自己的额头，快步向一连连部那边走。他要去那里看看，剩下的那些人到底散了没有？经过卫生所门前时，忽然听到卫生所里传出扑腾、砰、咣啷的响声，他一愣。军人特有的敏感使他意识到：屋里出事了。他迅捷地闪步到门边，半开着门更使他感到不安，他飞快地进了屋，拉开了里外屋的灯。

司务长惊恐地扭过了脸。

一股血忽地涌上杜一川的头。他简直不相信自己的眼睛。

仰躺在地上的成蓉，一只手仍死死地揪着司务长的耳朵，一只手狠推着他的下颚，她的内衣内裤几乎被撕碎，裸露着的雪白胸脯上现出鲜红的血痕。屋里一片狼藉，撞掉的药瓶、书本、衣服、被子撒了满地。

一瞬间的呆愣过后，成蓉松了手，猛地抓起一件衣服捂住身子，扑到床上，发出了令人心碎的低泣。

司务长恐惧地缩到墙角，呆呆地蹲在了那里。

31

"畜生!"愤怒猛烈地冲击着杜一川,他的拳头在攥紧。这愤怒是耻辱和痛苦的化合!在自己治下的军营,竟出现了如此野蛮的事情,这使他感到耻辱!而遭到欺侮的对象,又是自己魂牵梦绕深深挚爱的女人,尽管她已属于别人,但在他的内心深处,毕竟还藏着一丝近乎绝望的爱,这爱加剧了他此时的痛苦。

他猛地向司务长扑去,拎起他的衣领,抡起拳,咣、咣、咣!挥起掌,啪、啪、啪!抬起脚,咚、咚、咚!司务长没反抗,没有防护,没有哀求,听任副营长打着、砸着、踢着。当杜一川终于住手之后,司务长仍摇晃着身子把青肿的脸伸到他面前。

打累了的杜一川在急促地喘息。

司务长见杜一川不再动手,突然转身去旁边的器械盘里抓起一把手术剪。

杜一川一惊:要行凶?

司务长眼中的恐惧消失了,他懊悔地捏住剪子,向自己的胸口扎去,杜一川急忙伸手抓住了剪子。他挣扎着,挣不开副营长铁钳一样捏着的腕,便双眼里全是恳求地望着一川。

杜一川这时愣住了。他看见了对方额头上那道长长的疤痕。半年前的一个傍晚,司务长买菜归营,突见路边三个歹徒要凌辱一位妇女。他没有犹豫,赤手冲上去,一场拼斗,救下了那女人,也落下了疤痕。

那个司务长和这个司务长是一个人?

"杀了我这个畜生吧!"司务长呜咽着跪下去。一张相片从他那撕掉纽扣的衣袋里掉出,飘落到杜一川的脚下。

一个烫发的漂亮姑娘,含着笑躺在那里。

杜一川认出这照片就是傍晚喝酒时司务长掏出来的那

张,是已宣布同他断绝关系的未婚妻。

"当啷"一声,剪子落地。

一阵愧悔的呜咽。

一阵心碎的低泣……

万彬把最后一只皮箱扣上,关了一旁轻响着的袖珍录音机,长舒了一口气。总算收拾完了,明天姐姐带的车一来,东西装上就可以走。就在他想到走的同时,成蓉的身影又浮在脑子里,刚才的不快已经淡了,一股柔情又从心中涌起,她睡了吗?

拉开门,远处的卫生所还亮着灯,他心中立时一喜:没睡。嘴唇顷刻觉得灼热干涩,他记起了她那带着甜味的呼吸。去看看她,说说话,她不再生气了吧？真不知道她今晚何以会生那么大的气。

走到卫生所窗前,忽听屋里有轻轻的男人声音,不禁一愣,这么晚了,谁还在这里？一种作为情人特有的警惕,使他停步,就着窗帘的缝隙往里看看。

只看了一眼,他的头就轰然一嗡。

成蓉侧身躺在床上,裸露着肩臂,杜一川拿着一个瓶子向她很低地俯下身去。

他在给她洒香水？

一想到成蓉那雪白的臂膀,此刻竟裸在杜一川的眼前,万彬的心都裂开了。他觉着自己闻到了一股香水味,那样浓!

他只看一眼,他也只能看这一眼。一股猛烈的妒火转瞬就把他的双眼烧红,把他的头烧蒙了。他只觉得一个巨大的火轮在眼前晃着、飞着,脚下的土地似乎在塌、在陷,心脏猛烈地跳动,似乎要把血喷到体外。好一个女人！现在明白了,你今晚为什么不断地生气,原来勾上了杜一川!奶奶的,老子眼瞎了!杜一川,好小子,你竟然欺负到了我头上!

奇耻大辱!

万彬觉着有一把刀,在一点一点剜着他的自尊心!

从小至今,凡是他想要的东西,还从来没有得不到的时候,更没有被人夺走的先例!那盆菊花,是的,是菊花!花朵是黄的,摆在那个姑娘的窗前。八岁的万彬看见,喜欢,非要搬回家不可,但姑娘不愿给。于是嚷着让妈来买,可姑娘不卖。妈便坐车去了街道办事处,不过半个小时,没花一分钱,搬来摆上了万彬的窗台。万彬想上市一中,妈说:"走!"万彬说想去当兵,爸说:"行!"万彬说想去军校学二年,领导说:"中!"

他的要求、希望从没落过空!

但是现在,杜一川竟夺走了成蓉!

奇耻大辱!杜一川,我会让你知道厉害的!会的!

他摇摇晃晃地隐向一片黑影里。

片刻,卫生所的门开了,杜一川出来,带上门,径直向一连部的方向走,他心里还记挂着一连长他们。刚走出几十米远,一个影子突然挡在了面前。

"教导员?"

借着就要沉下去的弯月,他看到了万彬脸上的怒色,心中莫名地一紧。刚才,三连司务长走后,望着仍伏身低泣的成蓉,杜一川了无主意,不知道怎样安慰。他有心去叫个家属来,又怕把事情张扬开影响成蓉的声誉。就在他手足无措时,成蓉哽咽着说:"副营长,你能不能把消炎粉和纱布拿来,给我包包肩后的伤口?"一川这才注意到,成蓉的肩后有血。当他用剪子去剪成蓉肩后那已快被撕碎的内衣,看到莹白的肌肤上那沁血的伤口时,心里涌起一阵怎样的痛楚……

他做的是他应该做的一切,可不知为何,此刻见到万彬,心里竟有些慌。

"你干得真漂亮!"六个裹着仇恨的字,挟一股冷气,跳出万彬的牙缝。

一川顿时明白,万彬误解了。一种保护自己声誉的本能愿望,驱使他想解释,但口张开,话却又咽了回去,不能!万彬若知道真相,再去找三连司务长,难保不会惹出麻烦,二营今晚不能再出事了!还有,讲出来成蓉受欺的事,万彬会怎么对待?一川已不止一次地听说,好多男人,在知道自己的未婚妻遭受欺侮后,即使是未遂,也觉耻辱而宣布分手。万一万彬也如此,柔弱的成蓉还能承受住这一打击?不!成蓉已经受了不少委屈,不要再让她承受意外的痛苦!

"我是去找她要点药。"他努力地让自己脸上浮点笑。

"咚!"一拳砸在杜一川的胸口上。这一拳太重、太猛、太狠,猝不及防的一川倒退几步,仰倒在了地上。

疼痛使得杜一川蜷起了身,眼前一团金星,金星消失后,怒气使他真想一下子跳起,挥出他最拿手的掏裆拳,也把对方捅在地。一拳,只要一拳,就可以让他晕过去!但他不能!一连的事情尚未处理完,两个营干在这里打起来,成何体统?于是终于咬牙忍住,开口,低低地说:"教导员,万彬同志!你要冷静——"

话未说完,身上又挨了重重两脚。

杜一川紧咬着牙,强抑着自己不还手。

就在这时,卫生所的门"吱呀"一声拉开,被那闷重的倒地声、踢打声惊起的成蓉走了出来。她惊异而默然地看着这边。

35

"知道我不好欺负了吧?!"万彬又咬牙低叫一句,喝醉了酒似的蹒跚着向宿舍走。

杜一川仰躺在地上,一动不动,只把两眼望向宝蓝色的夜空。但随即,他猛地跳起,趔趄着奔向远处的越障跑道,对着那作为障碍的木板墙,咚咚咚地踢着、踹着。在他猛烈而愤怒的攻击下,木板在摇动,响声喑哑、沉重。咔!痛楚的呻吟中,木障裂了。一片木屑飞出来,刺破了杜一川的手。这反抗更加激怒了杜一川,呼哧着粗气,更狠地踢、更猛地踹,终于"哗啦"一声,木障碎裂了一大块。

他定定地站那里,似乎在欣赏自己的胜利。但突然捂住脸,身子萎缩似的蹲下去。

指缝里涌出了晶莹的泪。

一辆夜行的马车,从营外的什么地方辘辘而过,一记鞭响之后,起了一阵马叫,叫声嘶哑、悠长,凄如低泣……

> 它在一个地方有时停得很长,有时又停得很短,停长了就看得仔细,停短了就看得慌急。有一些日子,它停在东南亚,仔细地看了河口三角洲是怎样冲积起来的。
>
> 有些屋子的木柱埋在沙土里。

起风了。风不大,但已可摇动营区里的梧桐树叶,让它们起一阵喧哗。

就要坠地的弯月,光线弱得可怜,营区的石板路面,已经变得十分灰暗,就在这石板路上,响来了缓慢的脚步。

"……我记得很清楚,"又是魏五爷那苍老的声音,"中央军十七团驻西校场时,常有些当兵的开小差。就在那边院墙的小角门旁边,有俩逃跑的小兵被打死。"

"嘀,你的记性真好!那是谁呀?"正应和着老人话的成蓉爸,忽然看到旁边的越障跑道上蹲着一个人。

"是我,老营长。"杜一川慢慢站起来。

"哦,是小杜。你蹲这里干啥?"两个老人摇晃着走过来。

"看看这些木头。"一川有些支吾,"都半夜了,二老还不休息?"他掩饰地扭了话题。

"俺们这就去睡,"成蓉爸点着头,"这院子明天就要交出去了,总想再看看。噢,有件事想给你说一下,你五爷刚才和我商议,明早取下营门口的铜戟时,是不是举行个仪式。"

"哦。"他应一声,扭脸向不远处的营门望去。明亮的营门灯下,铜戟匣默默地悬在那里。看不清匣里铜戟,但一川能够想象出它静卧在那里的暗绿色的身姿。

"这是规矩!"五爷接口道,"过去,只要兵营易主,取戟升戟,都要焚香、擂鼓、行礼的。除了国民党军队逃跑那次,剩下都是这样办的,我见过多次。"

"那好吧。"杜一川低低地应一句,随之叹口气,"反正咱二营也完了。"

"是啊,二营是完了,"成蓉爸暗哑地道,"是叫人不痛快。可是孩子,你想过没有,在二营之前,已经有多少军队的多少营队都完了,不过不像咱这个完法罢了。当年台儿庄血战时,我随我爹正在豫东买弹药。血战结束的那天晚上,我们跑过战场。孩子,你没见过那种场面,不是你在南边见过的那种场面,更不是你在电影上见过的那种场面,是大战之后的场面。那晚也有月亮,月光下只看见一片趴着、跪着、仰着、横着、竖着的死人,就像大片麦田里收割后捆起来的麦个子,数不清楚,看不到边。地上全是血,土都被血泡软,我的脚几次踩到血坑里,鞋都湿透了,漫天的血腥味憋得人都喘不过气来。不知道那一仗日本人和我们抗日的军队究竟完了多少个营队。

那时我十二岁,还不大省事,看着看着害怕了,小声问我爹说:'爹,他们的妈妈咋办?'我爹半天没吭,后来只说了两个字:'哭呗!'于是我就想,那些人的妈妈要是一齐哭起来,声音会有多大,多大……"老人的声音,越加嘶哑了。

杜一川惊异地看着老营长。他第一次发现,在老营长那溢着豪气的脸上的皱纹里,还夹着一缕含义莫名的忧愤和苦痛。

他的心突然起了一阵战栗。与此同时,两个铮亮的光点出现在他的瞳仁里。

他无言地站着,直到一阵汽车的引擎声传来,他才身子一震:"什么车响?"

"哦,大概是一连的汽车。"成蓉爸随口道,"我和你五爷刚才从一连过来,听他们嚷嚷着要开车去师里,不知去干啥。"

"是吗?"杜一川猛一激灵,这么说,一连长闹事的心仍没消!他刚才的不振蓦然抖去,转身往一连连部去,没走出多远,看到了两只雪白的汽车大灯。

汽车向营门开去,可以隐约看见,车上站着七八个人。

一定要拦住他们!

杜一川改向营门没命地跑去。

秦田齐手扶着车前大厢板。车灯如柱,把弯月沉下之后的黑暗撞开,把前边的石板路变成一道光的河流。汽车疾驰带起的夜风,击打着他发热的脸颊,撕扯着那长长的胡楂,推拥着他翻滚的心海。

那海面上横冲直闯着一条船!

船上张着帆!

闹！闹一场！

他看透了杜一川分木材的用心。哼！二营撤销,我们失去的岂是那半方木材所能补偿?虽然杜一川那一下子真动摇了不少人,但剩下了这七八个弟兄态度更坚决。这也已经够了,也足以造成影响。静坐!一个小时之后,就可以静坐在师部门口。那时,师长、军长就会被人从床上喊醒,就不得不中止他们的好梦。就是要让他们知道,撤掉二营不是那么简单的!你们应该考虑到我们基层干部战士的利益!

车到了营门口,前灯照亮悬在营门上的铜戟,它静静地卧在匣里。哨兵看清车上的一连长之后,缓缓拉开了铁栏门。

就在这时,杜一川气喘吁吁地站在了车头前。

秦田齐一愣。

车灯把杜一川草绿色的军装映成了灰白色。

引擎停息。

"回去!"杜一川待自己的喘息平定之后,低声喊。

"让开!"秦田齐冷厉地叫。

"老秦,回去!有话回去说!"杜一川的声音里加了恳求。

"让开!"秦田齐低沉地重复。

"老秦,弟兄们,有什么难处,全给我说,我一定想办法解决,行吧?"

"给你说了你能解决?"秦田齐嘲弄地低叫,"你能把我们二营和每个连的荣誉室保存下来?保证老刘和我的老婆孩子变成随军家属?你能给我们副连长安排个位置?你能把小邹转成志愿兵?你能解决什么?"

"老秦,听我说——"

"少啰唆,让开!"一连长打断杜一川的话,声音愈冷愈沉,"你知道我的脾气!"

39

"我不会让开的！老秦,除非车从我身上开过去！"

"让开！"秦田齐忽地从腰间拔出了手枪,一拉枪栓,枪口指向了杜一川。车上的人一愣,但他们并没觉得惊奇,谁都知道一连长爱枪如命,一年三百六十五天,除了回家探亲,手枪总是别在腰上。掏出来吓唬一下杜副营长也好,只要他让开路。

杜一川眉不跳,色不变,并没有被吓住。他和秦田齐两人是一个班里滚出来的战友,情如兄弟,虽然那黑洞洞的枪口冷森森地对着他,但他不相信对方会向自己动武,甚至脸上浮出一丝笑:"老秦——"

"让开！"一连长又冷厉地叫一句。

"还是先回——"

砰！

枪声清脆,弹头撕裂了滞重的空气。

杜一川脸上的笑意突然间僵住。左腿蓦地一软,想跪下去,但他踉跄一步,上前抓住了汽车保险杠。

鲜血迅疾地涌出杜一川的左裤腿。

车上、车下的人都被这一枪惊呆。

死一般的静寂。

最先从木然中醒过来的是站在一旁的营部管理员,他转身没命地向营部跑,边跑边喊:"成蓉——成医助——"

营门哨兵慌忙伸手扶住杜一川。

几缕淡蓝色的枪烟溢出枪管,飞向明亮的营门灯,掠过铜弹匣,向夜空飘。

秦田齐直直地盯着手中的枪,似乎在怀疑:是它响了?!响了?!

外衣都未来得及扣的成蓉,拎了药包随管理员飞快地跑来,一下扑在杜一川脚前。止血,检查,包扎。还好,小腿肚,贯通伤,没伤骨头。"快,抬到卫生所!"她下令。但杜一川紧抓汽车保险杠,纹丝不动。成蓉无奈,只好双膝跪地,进一步扎紧绷带。

杜一川直盯着一连长,脸上只有惊愕和痛苦,成串的汗珠从额上滚下,砸到汽车的遮叶板上。

左腿!左腿!秦田齐不敢去看杜一川,目光慢慢失去了焦点。左腿!……我是747,我是747,请炮火压制4号,压制4号!一川,我们上!哒哒哒。田齐,小心!没事,上!田齐,闪开——哒哒哒。一川——伤了哪里?左……腿……怨我!一川,你是为我……

咚!他扑倒在驾驶室顶上,手枪在铁质的顶盖上旋转了两下,刺啦滑溜下了地。

"弟兄们,"杜一川极慢地开了腔,声音抖得厉害,"因为二营的撤销,你们都遇到了不少的难处。而这些难处,我大都不能帮你们解决,我向你们表示歉意!"

"昨晚分的那些木材,就是副营长用弟弟的抚恤金买了分送大家的!"管理员突然高声插嘴。

车上的人默立,头垂下去。

杜一川望一眼管理员,又吃力地开口:"营队撤销,离开军队,我和大伙一样难受——"

他的身子一晃,呼吸变急促,脸惨白。"我们快回卫生所!"成蓉着急地去拉他的手,但杜一川执拗地摇了下头,抓保险杠的手,依旧不松。成蓉没法,只好拼力搀住他的胳膊,让他的大半个身子紧倚向自己。她知道,淌走的那些血,已把他的力气全带走了。

"我们……也许……应该……换一个……角度……

去……考虑……换一下……角度……"

他的声音低下去,头软软地靠在了成蓉肩上。

"副营长——"成蓉慌慌地叫一声。

车上站着的人,纷纷跳下了地……

　　它春也飞,夏也飞,秋也飞,冬也飞,很少去注意节气;它冷不怕、热不怕、凉也可、暖也可,很少去抱怨什么?

　　如果是春天飞,它喜欢把花瓣啄满地。

妈,苞谷一窝点几颗?三颗?我都忘了。绿豆角啥时可以摘?早的八月初?那么早?妈,咱家的黑牛这么瘦,没人割草?弟弟呢?忙?我以后不忙了,不打枪了,不打了,乡政府里的事不忙,我常回来割草。妈,这天咋这样热,你拎水来了吗?我喝几口。什么东西这么香?是烙油饼?你闻闻,多香……

杜一川眼睑一动,慢慢地从昏沉的幻境中醒过来,睁开了眼。

最先看到的是成蓉那满是关切、心疼的脸,离他那样近,那样近。随后发现,自己抓着她的手,抓得很紧、很紧;接着注意到,一股淡淡的香味从枕头上向自己的鼻孔飘。这枕头好软和,被子也有香味,被头包着素色的花布。

花布?

他这才意识到,自己躺在成蓉的床上。

营部卫生所没有病床。

他慌忙松开了成蓉那只已被他攥得发红的手。

"疼得轻些了?"成蓉轻轻地问。

"嗯。"他应。成蓉那红润的双唇离他这么近,一股甜甜的气息传过来,使他感到被蛛网般纤细的、柔软的什么网住了。他有了一点醉,随即又有一点酸:虽在眼前,你却永远不能得到,永远!

"一川,"万彬迈着重重的步子从外边走进来,到了他床前说,"我叫人把秦田齐关在营部仓库了,天亮后押送到上边去!"

杜一川乌眸一跳,停住。

"现在还不知道他行凶的真正动机,估计师保卫科审讯后就会清楚。你安心躺着,天亮后送你去师医院。"万彬的语调中含了关切。当那声枪响把他引到营门,看到杜一川腿上涌出的鲜血后,万彬蓦然觉得自己的心被一只无形的手攥紧,他觉得那好多血,似乎是自己让它们流出来的。他没再犹豫,当即出面命人将一连长关起来,令司机将汽车开回车库,又各连走了一遍,做了些安抚和交代。严重的事态,让他暂时抛开了自己与杜一川个人之间的不快。

杜一川静默了一刹那,这才缓缓地开口:"教导员,谢谢。我想,这件事还是让我来处理,可以吗?"

"你的身体——"万彬迟疑地道,他觉着现在再把事情推给对方有些于心不忍,可内心深处,又存着一份担忧,担忧自己被这件事缠住,耽误了去九师报到。

"这个你不用担心!"杜一川摇了摇头。

"那……好吧。"万彬在点头说出这句话的同时,脸颊略略有些泛红。不过很快,他就轻轻地长舒了一口气。

"管理员,"杜一川撑臂坐起身,向站在床尾的管理员说,"请扶我去仓库看看。"

"不,你的伤!"成蓉慌忙伸手去拦,她的一双眼里满是心疼。现在,她早已把自己的苦痛抛到脑后。这一夜,她亲眼看到杜一川受了多少委屈、痛苦。此刻,她心里对这个身子瘦削

43

的副营长,生出近乎母亲卫护孩子的那种责任感,她真想把他抱到怀里,再不让他去受一点苦。

"不要紧,我知道没伤着骨头。"杜一川撩开被,执意要下床。成蓉见拦不住,只好仔细地为他穿袜穿鞋,没待管理员上前,她已扶起他,让他倚在了自己身上。

一步、一步,缓缓地走向门口。

万彬站在那里,望着两人的背影,不动。嘴角现出一丝恨意,不过,只是一闪,极快地。

天,已经显出雪青色,黎明到底艰难地来了。星,稀疏了许多,银河只剩一个模糊的轮廓。

"看,天上!"搀着一川的成蓉突然轻声喊。一川闻声抬头,只见一颗流星在天幕上急速滑行,坠向西北方。

"嗬,是第二颗了。"杜一川记起,晚饭后和成蓉一起回营房时,也曾看到过一颗。

"第三颗。"成蓉轻轻地说,"昨夜十点四十七分,也有一颗。"

"是吗?一晚上就坠了三颗?"

"是的。"成蓉慢慢地扶了一川走,"这是我看到的第九百四十八颗了,我喜欢观察流星,我想看看自己一生究竟能观察到多少颗流星的陨落!"

杜一川扭头,无言地看了一眼成蓉,又仰脸向天,去望那黎明时分的天空。

夜昼的交换,很快就要进行完了,西校场又要迎来一个新的白天,这个白天对于千百年来做着兵营的这块土地,是一个转折点……

蚂蚁,一个、两个、三个,怎么会响了?四个、五个,怎么会响了?六个、七个、八个,你怎么能打他?十、十一、十二,怎么能打他？十四、十五,怎么能打他？十八、十九……

锁响了,有人在开门。

他没动。依旧蹲那里,依旧数蚂蚁。

脚步响进来。保卫股的？但秦田齐依旧没抬头,只是双手一握,两腕并一起,伸到膝盖上,摆那里。

三十、三一、三二……

脚步声到面前。

他的心跳突然停止。他等待着咔一声,那镀铬的钢铁器械。

三九、四十、四一……

没有声息。

四五、四六、四七……

有东西触到了手腕,但不是凉的、硬的、铁的,而是一只手,温的、暖的。

他抬起脸。他看到了杜一川那苍白至极的颊,那露着疲乏的眼,那吃力弯着的腰,那缠了绷带的腿。他的喉结一动。

"起来。"一声低而平和的喊。秦田齐感觉到拉他腕的手在用力。他慢慢地站起身。

杜一川伸手扯了扯对方揉皱的衣襟,平静地说:"老秦,快回去洗漱,今早提前开饭,七点全体在营门口集合,迎接国医大学和上级派来的接收点验组。"就像平时在交代任务,什么事也没发生过。

秦田齐直直地看着杜一川。牙,紧咬了唇,下巴上的长胡楂,微微地晃。

"回去吧!"杜一川又轻轻推了他一下。

一缕鲜红的血,在秦田齐的下唇渗出、集聚,随之越过那些胡楂,缓缓地向下流。片刻之后,他慢慢挪步向门口走去。

45

杜一川长舒一口气,刚要由成蓉扶了走,却又诧异地瞪大眼:在仓库的一角,摆着昨晚分下去的那些木材。

"怎么回事?"

"刚才,大家不吭不哼地送回来,"跟在一旁的管理员答,"我就搬进了仓库里。"

杜一川无语地盯着那些木材。

几只夜宿在屋檐上的斑鸠,呼啦一抖翅,带一阵咕咕的叫,钻进湛蓝的晨空里……

　　它飞得极有耐力,有石斧时它在飞,有马车时它在飞,有机车时它在飞,有电车时它还在飞。

　　它似乎要一直飞下去。

万彬刚刚放下饭碗,姐姐坐的丰田轿车就停在了营部前。他一惊:"来这么早?""早?这种非常时期,早点报到好!懂吗?"姐姐瞪了他一眼。

杜一川受伤,接收点验组还没到。现在走,好吗?万彬有些犹豫,跟姐姐向车上装着东西。几个干部在食堂那边站着,并不过来帮忙。他能感到他们冷冷的目光,觉到了尴尬。这尴尬促使他下了决心:走吧,一走百了,反正马上就散了。

东西装好,他站在车旁,默默四下里望。毕竟,这里是他生活了几年的营房,今后何日能再来?该去同杜一川告个别。但走了几步,他又站住:自己此刻走,他会说什么?

"教导员,"不想杜一川从那边的屋里拄一根木杖走了过来,身后跟着管理员,"不知你一早走,没给你做顿送行饭,真抱歉!"

"别客气。"万彬握住两个人的手,心中觉得一暖。别离能融化人的心,万彬此刻对这营区升起一股真挚的依恋,心中雾时又涌起一股恨。"多保重,再见!"他松开杜一川的手,转身去拉车门。"等等。"杜一川低喊一声,而后去管理员挎着的一个挎包里掏出了一摞书,全是他往日买的那些军事理论著作。他默然摩挲了一会儿,向万彬手上递来,"这些书,我以后用不着,你带上吧。以后万一边地有事,要靠你们了……"

他的声音低下去。

万彬先是意外,随即慢慢伸手,接过了那些书。书在他手中轻轻地抖。

"还有,"杜一川声音有些颤,"昨晚,成蓉没有做对不起你的事,你要给她常来信!这话若不足以使你相信,我只有按俺宛城乡下人的法,发誓!此话若是欺骗,让杜一川的左腿回乡就断!永不能——"

"一川!"万彬猛地抓住对方的手,摇起来,摇得那样快、那样急。一抹艳艳的红晕,倏地蹿上他的耳根,漫向他的脸。

"上车吧,姐姐在等着。"杜一川轻声说。

万彬转身去拉车门,车门似乎很沉重,他拉得那样吃力,又那样慢。

轿车启动,很快便消失在了营门外。

杜一川抬腕看表,而后转对管理员说:"吹号,集合!"

西校场响起了最后的一次军号。号声嘹亮、悠长、激越……

中原西南部的太阳,每天初升时似乎都比别的地方来得吃力。此刻,它又像是被那黑色的黏性极大的土地粘住,费力地从土地上剥离着自己的身体,终于一跃,跳了上去。于是,它便又看到了它久已熟悉的西校场,看到了石碑坊上那苍褐色的长条石块,看到了营门左侧香亭里那陶质鼎状的香炉,看到了营门右侧鼓亭里的丈八牛皮大鼓,看到了那悬挂在营门口的暗绿色的铜戟。

铜戟静静卧在匣里。

当团长和国医大学的领导乘坐的面包车在营门口停下,鱼贯走出车门,杜一川把挂着的短杖靠在左腿旁,发出一声低沉的口令:"立正——"

横排在营门左侧的四列军人唰地并拢脚跟。

队列肃穆、庄重、严整。

"报告团长、校长,二营全体在营军人,欢迎你们来到!"杜一川以尽量平稳的步子上前,敬礼、报告。

"谢谢,谢谢!"校长慌忙鞠躬。团长还了礼后,关切地轻声问:"你的腿怎么了?"

站在后排的一连长身子蓦然一动。

"昨晚查岗绊了石头,摔了一下,不要紧。"杜一川平静地回答。

"要不要看看?"校长身后的一位国医教授急忙趋前。

"不用,不用,你看,不疼!"杜一川为了证明自己的话,咬牙轻轻跺了一脚。

他的额上立时沁出一层汗。

站在队列中的成蓉,眉梢心疼地一耸。

在成蓉身后的一列,三连司务长笔直地站着,保持着标准的军人姿态。刚才,当号声响起,他穿好军衣,却犹豫着站在宿舍门口,不知该不该过来,最后是成蓉看见,扯了一下杜一川的衣角,用目光向司务长那边示意,杜一川才派人把他叫来入列。

"校长,"杜一川转向医大校长,"我们管理员待一会儿向你们移交营房、营具、营产,从今天起,大院就由你们来管!我们二营等待转业的干部,将在几天内搬到另外的地方去住。现在,请你们稍候,我们取下营门上的铜戟!"杜一川说罢,转脸望向队列的后面。那里,站着成蓉爸和魏五爷。

两位老人看见一川的目光,会意,蹒跚着分头向营门两侧走,魏五爷走向香亭,成蓉爸走向鼓亭。

香亭里,魏五爷点着了随身带来的长香,插入香炉,青烟立时腾起,袅袅地飞出香亭,向空中飘去。五爷双膝跪地。

鼓亭里,成蓉爸独臂拎起巨大的鼓槌,向着那一人多高的牛皮大鼓,重重地擂去:咚——鼓声雄浑、苍劲,引来巨大的回声。成蓉爸神色凝重。

杜一川朝营门下的哨兵挥手,示意按下降戟按钮。

带着绿锈的铜戟徐徐下降。

"敬礼!"随着杜一川的口令,所有的军人一齐向着那古老的铜戟,举臂、致礼。

国医大学的领导和营门外拥来的群众,一个个默然肃立。

长香在烧。

大鼓在敲。

当铜戟降至半人高时,杜一川拄杖走过去,慢慢地取下,抱在怀里。只是在这里,杜一川才第一次发现,这生了绿锈的铜戟,似有一层暗红的釉质。

鼓声停息。

站在一旁的国医大学的一个女同志,看见那悬挂铜戟的铁链突然灵机一动,跑回车上,拿下国医大学的校徽:一个铝制的带圆形框架的中药"杜仲"。她将校徽挂上铁链,巨大的"杜仲"又缓缓上升。

静穆的空气中,远处已开始营业的茶馆里,又隐隐飘来了坠子声:"杨宗保勒马在山顶,遥望战后的七里坪,双拳一抱向苍天,人间何日能太平……"

它在湛蓝的晴空里飞,飞得自在、惬意,突然它的翅儿一坠,它惊叫一声,又奋力向高处飞去。

它飞得像是有些吃力……

香魂女

序一

香油,是我们南阳这地方有名的土特产品。据史书载,早在清朝光绪年间,就经汉口"邓帮商行"销往东南亚、日本和德国。在香油中,又以小磨香油最负盛名,如今每年销往京、津、沪三市和日美诸国的几百万斤香油,就是小磨香油。南阳的小磨香油出名,其一是因为此地的芝麻奇异。这地方属暖温带气候,土壤、水质中含有多种矿物质,芝麻籽粒饱满,千粒平均重达三克以上,油脂中富含人体必需的不饱和脂肪酸;而且部分芝麻籽粒形状很怪,其尖端歪向一方,出油率高达百分之五十七。其二是因为榨制工艺独特。它先将芝麻炒到将煳未煳,而后用石磨磨成糊状,接着加水、搅拌,最后澄清、舀盛,原汁原味。

南阳榨制小磨香油的油坊、油厂很多,但你若想尝到小磨香油中的最精最优最上之品,则须出南阳城南行,问:香魂油坊在哪?会立刻有人指给你。

那原是郜家营郜二嫂私人开的一座油坊,两年前日本经营粮油的女商人新洋贞子来油坊参观后,自愿提出投资扩建,如今变成了中日合资经营,不过油坊的一应事务仍由郜二嫂主持。二嫂的大名叫银娥,很好听,只是她使用这名字的机会很少,村人多称她二嫂,连新洋贞子也对她这样叫。

序二

做香油和做啤酒一样,讲究水!

没有崂山矿泉水,青岛啤酒就不会享誉国际。同样,没有香魂塘里的水,郜二嫂的油坊也不会让那么多人着迷。

香魂塘里的水是有些奇!

这水塘坐落在郜家营村南,方形,百米宽窄,最深处不过一丈,然而即使是再大的旱年,塘水也不见稍减,据说塘底通着什么暗河。塘中夏日长满荷叶,花开时香裹全村,然水凉得怕人,很少有人愿下去摸藕,偶有人敢试,也是下水片刻便牙齿发颤嘴唇乌青地慌慌爬上来。塘水颇清,却无鱼无虾无鳖等生存,且喝到嘴里又有一股苦涩味,极像是放了种什么草药。村里的牛羊猪狗再渴,从不喜喝这塘里的水。可就是这塘水用来做小磨香油,特别好。会使油色橙黄微红,味甜润,入口清香醇爽。用这油来煎炸食品和调制凉拌菜肴,可去腥膻而生奇香,使人口生津液食欲大增;若用来配制中药,可滋阴清热解毒、壮精髓、润脾胃;若用来熬膏外敷,具有凉血、润燥、消肿、止痛、生肌等功效。

发现这塘水可做香油,据说是在宋朝,这水塘从那时起便起名叫香塘。又据说在乾隆年间的一个秋天,村人突然在一个早上发现,村东头拥有四百二十五亩土地的郜中雄的千金小姐和村西铁匠林家的小闺女同时投塘自尽,两姑娘时年都十七岁,死因一直无人能说清楚。于是从那以后,人们又在香字后面加了一个"魂"。

郜二嫂的香魂油坊就坐落在香魂塘畔,油坊大门面南,出门五十步即是塘岸。

两年前,新洋贞子所以下决心给郜二嫂的香魂油坊投资,很大程度上也因了这香魂塘。那天,新洋贞子在仔细地品尝了香魂小磨香油之后,特意到香魂塘边用勺子舀了点塘水尝尝,然后又让随行的人带了一壶香魂塘水回去化验,化验后立即拍来电报:愿投资四十万美元扩建香魂油坊。至于新洋贞子的经历以及而后两家如何谈判,如何分配利润,如何外销产品,如何定下仍由郜二嫂主持经营等事,不是本文要介绍的内容,本文只说有关郜二嫂的一桩家事,那桩事开始于一个早晨……

一

六月的那个空气潮润东天泗红的清晨,郜二嫂像往常一样,一边扣着衬衣纽扣一边匆匆出院门向隔壁的油坊走去。每天的这个时辰,香魂油坊要开始它的第一道工序:炒芝麻。二嫂进去时,偌大的油坊炒棚里已是热气滚动白烟飞腾,三十八口铁锅里全已倒上了芝麻,锅灶里都已有火苗乱爬,每口铁锅前都站着一个短裤赤膊的男人,手拿一柄大铁铲在锅里翻炒。随着铲起铲落,先是有缕缕白色水汽蹿出锅沿,渐渐便有一股熟芝麻的香味开始在棚里飘溢。身着短袖衫的二嫂在那些铁锅前巡视,这口锅前叮嘱一句烧火的:火小点!那口锅前催促一下掌铲的:翻快点!炒芝麻是做香油的重要工序,炒得不够和炒得太过都会影响油的颜色和香味,所以每天的这个时辰,作为老板的二嫂不管因算账、筹划熬夜多乏,也决不睡懒觉,总要亲自到炒棚里巡看。天本来就热,三十八口铁锅散发出的热量聚起来更是怕人,尽管有散热器嗡嗡转动,但二嫂的衬衫很快便被汗水湿透,然而二嫂浑然不觉,她的心思全在芝麻上:要正到火候!昨日就有一锅炒得过煳,结果香味不正!正当她从一口锅内抓一把芝麻查看时,炒棚门口突然响起闺女芝儿的尖声急叫:"娘,娘!快,快来!"二嫂闻声一惊,女儿是她的心尖上的肉,她慌慌张张朝棚门口跑:"怎么了,芝儿?"十三岁的芝儿见娘出来,并不说话,上前拉了娘的手就往香魂塘边跑。"出什么事了?"二嫂心中愈发慌,女儿仍不答,直到跑近塘岸,二嫂才明白女儿拉她来的原因:

二十二岁的儿子——那个因得了癫痫病智力不全的墩墩,正站在塘水边上攥住一个洗菜姑娘的两只手腕,嘿嘿地傻笑着往自己身边拉。那姑娘恐骇至极地挣拒着,盛菜的竹筛子正缓缓向塘里漂。"墩子,放手!"二嫂一声断喝,惊得那墩墩一个激灵,手松了,他扭头看定他娘,一丝口水在嘴角上极悠闲地晃荡。

"你想招打呀?还不快滚!"二嫂朝儿子斥道。但墩子不走,又歪头咧嘴笑盯着旁边双手捂脸仍在嘤嘤低泣的姑娘。直到二嫂扬起巴掌朝他肩上打了一下,他才扭头跳上塘岸跑开了。

"娘,环环姐和我同时来这塘边洗菜,我俩正边洗边说着话,哥拎个毛巾来洗脸了,他到塘边先是嬉皮笑脸地直盯着环环姐,后来就上来攥人家的手腕!"芝儿在一旁气咻咻地告状。

"哦,噢,"二嫂扶住那叫环环的姑娘,一边理顺她的头发,抻平她的衣襟,一边柔声劝慰:"好闺女,别哭,看我晚点打他给你出气!"过了好一阵,那环环才停了抽泣。"芝儿,送送你环环姐!"二嫂支使道。芝儿急忙把环环盛菜的竹筛捞起,扶环环上了塘岸。看着芝儿同环环走远,二嫂才重重往塘岸上一坐,望望碧青碧青的塘水,长长叹了一口气:唉,这个儿子,可拿他怎么办?他是因为癫痫连续复发引起的智力下降,男女间的事看来也懂,以后说不定还会去惹别的姑娘,怎么办?二嫂望着空旷的塘岸,坐那里默想。这当儿,一阵喜庆的唢呐声忽由村东飘来,二嫂蓦然记起,今天是村长家娶儿媳妇,村里人都要去送贺礼,自家也该送一份去。唉,人家在为儿子高兴,我却在为儿子发愁,什么时候我也能——倏地,她脑中一亮:娶个儿媳!这些年她把心思全放在办油坊上,加上总以为墩子不懂事,给墩子娶媳妇的念头还一直没有动过。就是,只要给墩子说个媳妇,两人一结婚,事情不就结了?不仅不用再为类似今早上的事操心,也会有人照顾儿子的饮食起居,岂不两全其美?墩子智力上差一点,无非是多花几个钱罢了!花钱怕啥?

对,就娶一个和环环的相貌年纪差不多的姑娘做儿媳!

就在这个早上,就在香魂塘边,二嫂娶儿媳的决心下了。

二

别看二嫂平日寡言少语不苟言笑,却是那种拿了主意就要按主意办的女人。她当初所以能办成油坊,且引得日本的新洋贞子自愿投资,也得益于这一点。她早上动了娶儿媳的念头,午后取水时,便向媒公五叔做了嘱咐。

每天的午后,是油坊去塘中取水的时候。这时,炒熟的芝麻已经磨成了芝麻糊糊,接下来的工序就是去塘里取水,然后把水用锅炉煮开,往芝麻糊糊里兑。按比例兑好之后,一沉淀,油便出了。因为是做油的水,来不得半点马虎,混不得一点脏东西,所以每天午后油坊的小型抽水机开始去塘中抽水时,二嫂总要拿一根细长竹竿,在竿头上绑一块白净纱布,站在塘岸上让纱布在取水处的塘水水面上轻拂,仔细拂走水面上漂着的浮萍、荷叶碎片、草屑和灰尘。郜二嫂这日就是正干这事时瞥见五叔拎一只水桶向塘边走来,便立时停了手中竹竿,急急喊住五叔,跑过去把要给墩子娶媳妇的事说了一遍。

一辈子在媒场上混的五叔,看到这个富得流油的油坊主人来求自己,自然高兴,就眯了眼,拈着下巴上的短须说道:"放心,她二嫂,你交代的事儿我还能不办?你只管在屋里等,不出三天,我就领上姑娘到屋里让你相看!"

"五叔,事成之后,我不会亏着你!"二嫂知道对五叔该有个许诺。

"瞧你说到哪里去了?"五叔抑住欢喜急忙摆手,"墩子好歹是管我叫爷的,替他操心还不应该?"

五叔倒是说到做到,第三天接近响午时,便领了一个长得标致漂亮的姑娘来到油坊门前。二嫂被从油坊里喊出,看见那姑娘,觉着貌相与村中的环环不相上下,十分入眼,就急忙把两人往自家的院子里让,进屋又忙不迭地倒茶让糖。姑娘的高挑身个和银盘圆脸让二嫂很是满意:能娶上这样的儿媳妇,也是郜家的幸运。但二嫂是那种办事三思而行很有心计的女人,并不立刻在脸上露出什么,只淡淡地问些女方本人和家庭的情况。在得知姑娘高中毕业,父亲是柳镇上开茶馆的傅一延之后,二嫂心中生起一丝不安:姑娘这么好的条件,能会看上我的墩墩?是不是五叔向她隐了墩儿的情况?得弄清她图的究竟是什么?于是便说:"闺女,你既是来到我家,我就想把实话给你说了。俺墩儿其他方面都好,就是因为得过癫痫病,智力上略略低些——""这个我知道,"那姑娘立时把二嫂的话拦住,"五爷爷已经都给我说了,我不在乎这个,智力上弱一点我可以照顾他!"二嫂听了这话,心中便已明白,这姑娘图的是钱,这倒使二嫂心安了不少。二嫂知道,一个女人跟一个男人成家,无非是四种情况:一个是图人,二个是图钱,三个是良心上舒展,再一个是图自己事业上有个靠头。这姑娘既是知道了墩儿的真实情况还愿意,显然是图钱。图钱二嫂不怕,一样东西不图来当你儿媳妇的姑娘没有,只要她不是那种大手大脚能喝能赌能挥霍的人就行。接下来二嫂就又不动声色地开口:"我这墩儿平日好玩,我也并不指望他干活,你将来到家,怕要常陪他玩乐。不知你平日会哪些玩法,打牌?玩麻将?""要说玩,不瞒你说,哪种玩法我都会!"姑娘听到二嫂这话,竟有些眉飞色舞起来,"光麻将,我就会五种打法!而且连打一天都行!""输赢呢?一天能赢个多少?"二嫂脸上现出极感兴趣的笑容。"说不准,"姑娘身上原有的那点不多的拘束彻底消失,"有时一夜能赢个几十块钱。"语气中充满了自豪。

一丝冰冷的东西极快地在二嫂眼中一闪,但她脸上仍有笑容,她又同那姑娘说了一阵,便装作忽然想起什么似的站起身,笑对五叔说:"五叔,油坊那边有桩急事,我先去办办,你陪傅姑娘在这里坐,晌午在这儿吃饭。"长期做媒的五叔,自然听得出这是逐客令,他其实早听出傅姑娘语失何处,只是因为这是给精明的油坊老板说儿媳,他不敢巧语代姑娘掩饰,于是就也站起来含了笑说:"她二嫂你快去忙吧,我领傅姑娘去我家坐坐,我们改日再来。"可怜傅姑娘临出门还没看出二嫂的真实态度,还在娇声说:"我也能陪墩子下跳棋、象棋、军棋!而且我也爱学日语!"

二嫂努力让浮上眼中的鄙夷隐去……

三

二嫂原准备在晚饭时把要给儿子说媳妇的事讲给男人听。二嫂虽极不愿想起自己那个独腿丈夫,可娶儿媳是家中的一件大事,好歹他是做父亲的,应该让他知道。但直到她吃完晚饭,还不见男人郜二东的影子。二嫂估计他又在村中的祥凤酒馆里泡着听坠子书,便愤愤地扔下碗,去油坊里装油。每天晚上,香魂油坊都要把当日出的几千斤香油分装在各种型号的瓶子和塑料桶里,然后贴上商标,装入纸箱包好,好在第二日凌晨用汽车运走,这是油坊的最后一道工序。二嫂在油坊里和几个包装工足足干了两个小时,才拖着疲惫的身子往家走,进屋一看,仍不见男人郜二东,心里的火禁不住就蹿了上来,就忍不住咬牙骂了一句:"这个只知道玩的杂种!""娘,你骂谁?"正给她端来一杯开水的女儿芝儿瞪了凤眼诧异地问。"哦,我骂那个偷懒的炒工。"二嫂这才意识到自己的失态,慌忙掩饰道。待女儿去自己的睡屋睡下之后,二嫂扯一条毛巾拎手上去香魂塘擦身,边走边又恨恨地低声骂男人:"挨刀的,为什么还不快死?"

她恨!一想起男人就恨!

这恨自从她被郜家买来当童养媳时就生出了,一直积在心里。

二嫂现在还记得清清楚楚,那一年她才几岁!是一个春荒的头晌,妈把她从剜菜的地里喊回来,一把把她揽在怀里,声音颤着说:"闺女,家里没吃的了,不能让你和你弟弟妹妹们饿死,你爹和我想了个主意,送你去郜家营老郜家,给他家当童养媳。"这时候她看见了郜二东的父亲把一袋苞谷和一沓钱放到了桌上,她心中一喜:有吃的了!她记得她当时还问了一句:"啥叫童养媳?"妈说:"就是先给人家当闺女,长大了再当媳妇。"她虽没听懂后半句话,但前半句已够让她吃惊,她摇头叫:"不,我不去给人家当闺女!我给你们当闺女,我天天去地里剜菜,不会让弟弟妹妹们饿着……"她死死抱紧妈的脖子,但最后爹还是把她的手掰开,抱着她递到了郜二东的父亲怀里。她记得她在二东父亲怀里挣扎着哭叫,还照他的肩头咬了一口,一直哭喊到郜家营郜二东家里,直到郜二东的母亲过来抽她一个耳光,她才吓得噎住了哭声。郜二东那阵竟也嬉笑着走过来,使劲地揪了一下她的头发叫:"哭啥?"对郜二东的恨,就是从那时生了根。

这恨,在此后的日子里逐渐膨大、增加。郜二东家富,她在这里可以吃饱,但每顿饭其实都有代价,她必须不停地在厨房、碾屋、牛棚干活,稍有一点不顺二东妈的心就有可能招来一顿打骂。幸亏时间不长就解放了,郜二东家被划成了富农,这一来她的地位起了根本变化,二东的爹妈怕再打骂会惹她像同村其他几个童养媳一样跑回老家,对她的态度一变而为十分亲昵,闺女长闺女短地叫得如糖似蜜,时不时还额外关心地给她买这买那,使得她竟感动得忘记去探听"童养媳"三字的含义。殊不知这所有的关心其实都是为了那日子的来临!

59

她十三岁的那年秋天的一个傍晚,二东妈拉过她悄声说:"闺女呀,如今咱这样人家办什么事都是不张扬为好,今晚就给你们把房圆了算了!""圆什么房呀?"她茫然不解地问。二东妈眨眨眼睛,说:"待会儿你就知道了!"她饭后还去找邻院的女伴玩了一会儿,回自己的睡屋睡觉时,才意外地发现自己的床上铺了新的蓝印花床单,放了一床红色的洋布面新被子,正在她惊奇的当儿,二十岁的独腿二东拄着他的拐杖咔嗒咔嗒地走进房来,进房后大方地把门插上,而后径直向床边走。"你干什么?我要睡觉了,还不出去!"她生气地叫。她每每看见二东那条生下来就小得惊人的左腿便在心里生出一种害怕和厌恶。她已听村里人说这叫遗传病,郜家每一辈都有一个得这种怪病的人,二东他祖父辈是他三爷爷生下来两耳都无耳轮,到父辈是他大伯生下来右胳膊只有半截,轮到二东,生下来左腿短得只有几寸,且细小得惊人,只能单腿走路。二东当时听到她的话后只是轻轻一笑,说:"妈不是已经告诉你今晚咱俩圆房?""圆什么房?"她有些惊疑。二东没有再用话语解释,而是把拐杖往床帮上一靠,伸手抱起她就往床上放。她惊骇无比地喊爹喊妈你们快来!她听见二东爹妈的脚步在门外响却并无人推门,她在床上挣扎反抗了许久,但结果是衣服差不多全被二东撕碎,随着那阵可怕的疼痛的到来,她心中对二东的恨达到了极点。

　　那天晚上,当二东舒服地放平身子睡熟之后,她曾拉开门向这香魂塘跑来,要不是二东妈尾随着赶来拖住了她,她就要跳进这水味苦涩的池塘。倘是那晚跳进这塘里死了,如今自己在哪里?

　　二嫂手拎着毛巾站在塘边默想,淡淡的月光将她的身影斜放在水上,不大的夜风把水面叠出许多微波,使水中的月亮也变得像一个老皱的果子在枝上摆动,荷叶们在微风中轻轻碰撞嬉戏,发出的声音极像是有人在耳语。假若那年跳进水里,会不会见到乾隆年间跳进去的那两个姑娘?二嫂慢慢地弯腰撩水擦身,原本就凉的塘水在夜晚温度更低,水珠触身时她打了个寒噤,燥热的身子顿时觉到了一阵森森的凉意,她仔细看了看自己在水中的倒影,那是一个胖胖的女人的身形,唉,老了,到郜二东家已经几十年了!

擦洗后她回到屋里躺下不久,院门外响起了丈夫那夹着拐杖捣地的独特脚步声,她听到他走进屋走近床,跟他说说墩子的事吧!她睁开眼睛刚要开腔,不想裹着酒气的丈夫已向她的胸口伸出手来。"干什么?"她厌恶地将他的手拨开。"嘿嘿,你又不是不晓得,人一喝点酒就想这个——""都半夜了,你还叫人歇歇不?"她用抑得极低的声音叫,把那双伸到腹上的手狠狠地打开。"怎么?"郜二东生气了,声音一下子提得很高,"你还是不是我的老婆?"二嫂一听慌忙伸手捂了他的嘴,天呀!隔壁睡的就是女儿,不远处的小楼上还躺着两个日本技工,让他们听见明儿还怎么见人?她不敢再拨开他那双手,听凭他在身上肆意折腾,二东已经摸准了二嫂极要脸面害怕丢人的弱点,常用提高嗓音捅出家丑的办法来把她吓服,尤其是当着日本人的面。

当丈夫终于忙完之后,她才总算把要给墩子娶个媳妇的话说了一遍,但二东只含混地答了一句:你看着办吧。就打起了呼噜……

四

每天的早饭后,香魂油坊要开始它的第二道工序:磨芝麻。就是将清晨炒熟的芝麻,一律用小石磨磨成糊糊。这是最用力气的工序,也是做油过程中最值得一看的地方。香魂油坊有四十九盘小石磨,在磨棚里排成七排,四十九盘石磨被电动机带动着一齐转动时,轰轰声如敲大鼓;七个女工在石磨中往返添续芝麻,似扭一种独特的秧歌。熟芝麻被磨碎后,发出沁人的香气。开磨时倘外人走进磨棚,差不多都会被这幅劳动的景致吸引住,那天上午五叔探头朝磨棚内喊二嫂时,也极有兴味地看起来而忘了开口。倒是二嫂先看见了他,走出来招呼。二嫂出门一看磨棚外还站着一个姑娘,当即明白了这又是一个相看对象,便急忙把两人往自家院子里让。

　　姑娘的身个脸相都还不错,但让进屋内细瞧之后才注意到,原来那姑娘的一只眼珠不动,一问,方知姑娘的眼是先天就有的毛病,这一来二嫂心中一咯噔,原有的那份欢喜散得无影无踪。二嫂如今最怕这种先天就有的病。她在有墩子之前,曾怀过两次身孕,结果生下来都是葡萄胎,她知道这是郜家的遗传在起作用。怀墩子时,心中整日不安不宁,多少次腆着肚子在黑夜中去村西的娘娘庙里烧香磕头,恳求娘娘保佑,没想到生下来的儿子还是有癫痫病。她知道遗传的厉害,儿子已经有病,倘若娶个儿媳也有遗传病,那将来生下的孩子还能好了?她使个眼色和五叔一块儿走到厢房,摇了摇头说:"五叔的心意俺知道,这样的姑娘跟墩子过日子可以久长,只是我担心将来的孙子孙女身体会出毛病。"五叔听了这话,也不敢再坚持,怕惹了这个财神发怒,便说:"那就罢了,这姑娘我待会儿领走就是,我看最好是你看中了哪个姑娘,告诉我,我再去说合,这样兴许就快些。"

　　二嫂沉吟了一霎,在脑中把认识的本村和邻村以及在油坊做工的姑娘们想了一遍,最后不由自主就又想到了环环身上,说:"要说可心如意的姑娘,我觉着还是咱村的环环,那姑娘勤快文静,爹妈也不是那种多事的人,娶这样的姑娘做媳妇,我也放心。"

五叔听了急忙点头:"环环那姑娘貌相不错,不是那种胆大泼辣会算计的人,又上过初中,要真是来到你家,会是一个好媳妇!这样吧,我后晌就去找她爹妈说说,今晚就来给你回话。"

送走五叔和那姑娘之后,整整一天,环环的面影就老在二嫂脑中转悠,二嫂知道环环家的家境不好,估计环环爹妈见五叔去为墩子提媒准会赞成,他们会为能攀上她这个坊主做亲家感到荣幸。她已开始在脑中计划着什么时候为墩子和环环举行婚礼,越早越好,早办早省心!新洋贞子秋末要来,她来后自己要同她商量生意上的好多事,那时就忙了,最好是在这之前办,她万万没有料到傍黑五叔来回话时会说一句:"嗨,不识好歹,环环和她爹妈都不愿意!"二嫂有些意外地瞪大眼:"为什么?""还不是嫌——"五叔擦着汗,把后半句也擦去了。

二嫂的脸阴沉了下来。这是她的疼处,她最怕别人捅!她自己可以在家里大骂墩子傻,但在外边,只要听见别人议论墩子一句,她的脸总要红涨半天,上次连新洋贞子摸着墩子的头叹了一口气,二嫂就一天对她爱搭不理。

自从二嫂办起香魂油坊尤其是新洋贞子投资以来,她办事已很少遭人拒绝。因此,今天这个意料之外的拒绝便格外刺心,她眼皮下耷,将眸子中的冷光盖住,咬牙在心中叫了一句:环环,你这个丫头,你敢跟我别扭,咱们走着瞧,只要我看好了你,你就得做我的儿媳!……

63

五

　　西斜的阳光透过油坊的西窗,照在二嫂那张心不在焉的脸上,她正和几个工人一起在往芝麻糊糊里兑水,这也是做油的一道工序,这道工序的关键是掌握好兑塘水的比例。比例适当,用木棍在水和糊糊中搅拌一阵,上边即浮一层清油;比例不当,兑水少了,出油率低,兑水多了,又会油水分离,减少香味。往日二嫂干这活都是全神贯注,兑一盆准一盆,今日却因为脑子里总想着环环家拒绝提亲的事,兑了两盆都不准,以致不得不重新加水加糊糊来调整比例,气得她连连拍着自己的额头,脸上现出恼怒之色,同干的工人们知道,照惯例,二嫂快要找个借口发火了。正在几个工人提心吊胆的当儿,外边响了三声短促的汽车喇叭,二嫂一听那喇叭响,先是双眸一跳,继而身子极轻地一颤,便疾步向门口走去。

　　棚里的几个工人松了一口气。

　　油坊外,一辆装满芝麻的卡车刚刚熄火停下,村中早先的小货郎如今的个体运输户任实忠正晃着宽大的身架从驾驶室里走出来。看见任实忠,二嫂眼瞳中分明地漾出一股欢喜,两腿显出少有的敏捷很快地向车前奔去,那样子仿佛是要扑过去,但转眼间她的神态变了,脸上布了一层冷淡,脚步变得十分徐缓,打招呼的声音不带任何感情:"回来了,老任,这趟拉的芝麻咋样?啥价钱?""质量没说的,价钱还是老样,就是你得加点运费,"那任实忠瞥一眼围拢来的油坊工人,不容置辩地提出要求,"这两天,汽油的价钱又涨了,再说,这趟跑的山路多,油耗得太厉害!""嗬,你可真会巧立名目要钱呀!"二嫂用的也是绝不肯让步的语气,"谁不知道你早把汽油买到家了,汽油现在涨价你又吃不了亏,告诉你,想多要一分也没门! 不想卖给我,可以拉走!"

空气一时变得很僵。

没有人能够看出,二嫂和任实忠这其实是在演戏!

更没有人知道,二嫂最初之所以能办起香魂油坊,就是因了任实忠的暗中支持。不过倘是聪明人,还是能看出一点蛛丝马迹的,香魂油坊如今是中外合资企业,县里保证其芝麻供应,为什么郜二嫂还要单单同任实忠签订芝麻供应合同?

两人的逼真表演瞒住了工人们的眼睛,工人们纷纷开口帮二嫂说话想解这僵局。有的叫:你老任也是,运费是原先就讲好的,现在变卦太不讲信用! 有的喊:老任,多要点运费就发财了? 有的讲:老任,你收芝麻卖给油坊的生意既是常做就该讲点交情! 任实忠这时便苦着脸不耐烦地摆手说:"罢了,罢了,就让你们香魂油坊沾点光吧! 快给我结账、卸车!"二嫂这时就朝工人们招一下手说:"来,你们把车卸了,一袋一袋地在磅上过过,哪一袋斤两不够,先码到一边,我去给老任结账。"老任就带了不甚满意的神情,随二嫂往院子里走,两人一前一后,一副公事公办的面孔,但刚一进空寂无人的堂屋,二嫂突然回过身来,喜极地朝老任怀里扑去,那老任咧开大嘴一笑,伸臂便把她抱了起来,两张嘴转瞬便胶在了一处,一阵吮吸声立刻响遍全屋。一对黑老鼠从梁上探头,一点也不惊异地看着这一幕。

两人每次的相见,差不多都是从这幕开始!

连二嫂自己也说不清,类似这样的相见已经有了多少次。

这么多年来,正是由于和实忠的这份恋情,才使她对生活还怀着希望,才使她有了去开油坊挣钱的兴趣。差不多从她一到郜家起,她就注意到了住在这个村中的小货郎任实忠。

他那时常挑一个不大的货郎担在本村和邻村间转悠,担子上有糖人、有头绳、有顶针、有她喜欢的许多小东西,但她无钱买,她只能跟在他的担子后看。他自然也注意到了她,有时,他会在无人的时候,从自己的货担上拣一块糖或一截头绳扔给她这个可怜的童养媳。他向她表示关切,她向他表示感激,两人的友谊就从那时悄悄建立,这友谊继续发展,终于在若干年后越过了那个界限。不过这份爱恋不可能有一个美好的结果,她不是那种敢于不要名誉的女人,他也没有可以养活一个女人的家产,于是这爱便必须在极秘密的状态下存在。为了掩盖这份爱,两人都费尽了心机,有时为了获得一次见面的机会,不得不忍痛去演互相仇恨的戏。那个酷热的秋天,两人夜间的来往有些频繁,为了不使人起疑,他们精心策划了一个"阴谋":任实忠故意在一个午后去她家的菜园里偷拔了两个萝卜,她看见后大叫大喊,立即告诉了丈夫,并和丈夫一起骂上实忠的门前,把实忠"贼呀!""小偷呀!""不要脸呀!"狗血淋头地骂一顿。在丈夫郜二东挥着拐杖上前抢了实忠一杖的同时,她也上前抓破了实忠的胳膊,以此在村人面前造成一种两家有冤有仇的印象,巧妙地蒙住了村人的眼睛。那日过去几天后的一个夜里,当她重又躺在实忠怀里时,又心疼至极地去抚他胳膊上的伤口。当她怀上实忠的女儿——芝儿时,因为知道这孩子不会再得什么遗传病,可又要把这孩子说成是郜二东的,她苦想了多少办法,在村里和家里编了多少谎话!先说算命先生算卦讲,正月怀胎的孩子,老天爷正是高兴的时候,不让他们带残带病出生;又说城里的名医讲了,老辈人的遗传病,并不是要传给所有的后代,有的子女照样正常;再说夜里做了一梦,梦见送子娘娘讲,既然郜家已有一个得癫痫病的儿子,下一个孩子该让他聪明伶俐了!正是由于做了这些舆论准备,当好模好样的芝儿出生后,才没引起村人和二东的怀疑,人们才称赞这是她守妇道的回报和福气……

当两人的舌尖尖终于分开之后,二嫂轻声说:"我这两天正忙着想给墩子定个媳妇,你说行吗?"

"有人愿跟?"实忠在椅上坐下,把一块卷着的衣料在桌上放好,"给你和芝儿买的。"

"我看中了村里的环环姑娘,她不愿,可我想我能把这事办成!"二嫂理齐被弄乱的鬓发,语气中满是自信。

实忠没再说话,只深深地吸了一口烟。

"我已经知道有关环环家的两桩事:一桩,环环想跟村西头老周家的二儿子金海,"二嫂汇报似的开口说,"金海家对这事还没上心;另一桩,环环爹去年想靠烤烟叶发财,从信用社贷款六千块修个烤烟炉,谁知第一炉就失火把炉子毁了,收的青烟叶大部分被沤烂,把六千块全赔了进去,前些天信用社在催贷款——"

"这些你别给我说,"实忠笑着把她的话截断,"墩子不是我的儿子,他的事我不便插言,将来给芝儿找女婿时我再拿主意。"说罢起身,走一步又嬉笑着回头,"我夜里来?"

二嫂的脸红了一下,低低地答:"你记着先看院门外的笤帚!"

那天的晚饭吃完时,二嫂装作随口对丈夫提起似的说:"听说今晚南边范庄的汇丰酒馆里来了帮说坠子书的,说'樊梨花'说得好极了!""真的?"二东一听兴致来了,急忙问。二嫂此时又眉头一皱:"我也是听人说的,真不真不知道,反正你不能去!三里来地,你挂个拐杖能去成?""哟!"郜二东一顿拐杖,"别说三里地,就是十里我也不怕!""要是这消息不准的话,你可要快去快回,不能又在那里喝开了!"二嫂假装生气地交代。"给我点钱吧。"郜二东笑着向二嫂伸手。自油坊办成后,家里的钱从来都是二嫂管,郜二东每次出门喝酒听戏,都是先要零钱。二嫂从口袋里摸出一张拾元的票子朝他一扔:"没零钱了,就拿这张去,可不能都喝光!"

郜二东捏起钱就兴高采烈地往外晃。

二嫂安顿好儿子和女儿睡下后,伸手在院门外放了个笤帚。不久,一个黑影熟练地推开院门,溜进了二嫂的睡屋……

六

当落日把香魂塘水浸成红色的时候,香魂油坊一天的主要工作算是基本做完,十几缸新出的香油正放在棚里做最后的澄清沉淀,预备晚饭后进行包装。这时,工人们边在晚风中歇息边为第二天的活路作准备:整理芝麻。这时辰,二嫂总要人在塘边的平地上铺几块帆布,把几十袋芝麻倒在上边,让人们脱光双脚上去,先用手把其中看得见的土粒石块拣出,再用微风机筛去芝麻上的微尘。这活儿很轻,人们可以边干边说笑,倒也惬意。平日,二嫂和大伙在一起干这活时,少不了同大伙说笑几句,活跃活跃气氛,联络一下同工人们的感情。但今儿个二嫂一声没吭,一边心不在焉拨弄着脸前的芝麻,一边用双眼不停地朝香魂塘西头那条田野通村庄的小路瞅。

她在等待那个叫金海的小伙。她已经观察到了,每天的这个时候,在地里干活的金海要经由这条小路回家。她要在这里拦住他,要同他进行一次不像是有意安排的谈话,这是她整个计划中的第一步!

风从塘那边刮来,大约是添了几分水汽,显得湿润而清凉;天光在缓缓变暗,像只马翼雀从远处的田野飞来,落在香魂塘边的杨树棵里;做活的人们开始返村,有人边走边含含糊糊地唱。二嫂终于看见那个叫金海的小伙出现在塘边小路上,双眼顿时一亮,随即起身,装着去塘边洗手时看见金海,亲热地招呼:"收工了?"

"嗯,二婶。"那金海听见招呼,忙抬头答应。

二嫂走前几步,打量着这个平日不太留意的小伙。嗬,这小伙是长得不错,平头、方脸、大眼、偏高的身个、黑红的肤色,给人一种健壮机灵的感觉,环环看中了他,是有几分眼力。"做地里活累吗?"二嫂关切地问。

"没啥,"他笑笑,"就是种的粮食卖价低,挣钱少。"

"愿不愿找一个挣钱多又很轻的活儿干?"二嫂抓住他这个话头,问。

"哪有?"他又笑了。

"香魂油坊在城里新设了个零售店,需要一个人常驻那里负责经营,你要愿去的话,我可以考虑,工资一月先定一百三。"

"真的?"金海脸上露出惊喜。

"你愿去?"二嫂不动声色地问。

"愿!"金海果断地一拍腿。

"不过,我有个条件!"二嫂调调儿很慢。

"啥条件?"他迫不及待。

"因为生意上的事讲究经验,我不想让零售店的人三天两头换,只要定下干,就要一干几年,而且两年内不能谈对象结婚。年轻人一有这事,心思就容易不在生意上;就是将来找对象,我也希望他能在城边的那些村里找一个姑娘,免得来回跑。"二嫂边说边看他的脸。

"噢——"他直望着二嫂的脸,有些怔。

"你怕不会答应这个条件吧?"二嫂嘴角挑起,露出一丝笑意。

"我——干!"他虽然迟疑了一阵,到底还是下了决心。

"这是一桩大事,我看你还是回去同你爹妈商量商量。我听说已有人在给你介绍对象了,是吧?"

他有些不好意思地笑了:"只是说说,还没定下。"

"这样吧,我明天晚上等你的口信儿!"二嫂说罢,无所谓地笑笑,转身去水塘洗手。当她在清澈的水边蹲下时,水面上映出了一张得意的笑脸。她知道,金海已在她的主意面前动了心,她的这步棋已经可以说走成了!

果然,第二天晚饭后,那金海就来告诉说:我愿去,按你的条件办。第三天,村中便有消息传开说韩家的环环姑娘不知何故哭得双眼发红。二嫂听罢,微微地笑了一下。

几天后的一个上午,二嫂又差一个人用塑料桶提十斤刚出的小磨香油,去了乡上把一个姓侯的信贷员叫了来。那侯信贷员过去同郜二嫂打过交道,知道她如今是有名的香魂油坊的老板,听说她叫自己有事,也不敢怠慢,骑着自行车赶到,一进二嫂家就笑着高声问:"嫂子叫我有何吩咐?你总不会是要贷款吧?"二嫂就笑着摇头,让座让茶之后,低了声问:"听说我们村韩环环家欠了你们贷款?""是的,是的,怎么,她家又找了你来求情想拖欠?"侯信贷员见二嫂问起这事有些意外。二嫂摇摇头又问:"欠款到期是不是该还?""那是自然。只是她家确实倒霉,无钱归还,只好容他们再拖一段日子。"信贷员一时不明白二嫂何以会关心这个。"要我说嘛,你应该照原则坚决要回!倘是贷款的人家都照他们这样拖欠,你那信贷所还开不开了?"二嫂仍旧笑着问。"二嫂的意思是?"侯信贷员听出了点眉目。"他们家要没钱的话可以借嘛！再说，人家也不会就没有积蓄，你真要一吓唬，譬如说要用房子抵什么的，他们还能不慌着凑钱？"二嫂边喝水边笑得极是自然。那侯信贷员不是傻瓜，这几句听过自然明白了二嫂的心意，只是猜不出原因，但心下琢磨，去催要贷款既合乎原则又能讨这香魂油坊主人喜欢，何乐而不为？于是在二嫂家吃罢丰盛的午饭后便径直去了环环家。

环环的爹和妈一见信贷员上门，立时就明白了来意，急忙让烟让茶。几句寒暄过后，那姓侯的便神色肃穆一本正经地提出了三天内归还贷款的要求。环环的爹妈听了连声叫苦，说眼下手中实在没有，求再拖一段日子，待秋季收成下来就力争还齐。原本坐在缝纫机前缝衣的环环此时呆立在那里，看着爹和妈的惊慌和低三下四的模样，眼眶里就有泪水在旋。她是长女，又快二十岁了，已经知道该为爹妈分忧，可有什么办法？去外边找人借？哪里能借到这么多钱？如今家家都在想法把资金投到能挣钱的地方，谁肯把这么多现金借给你？"如果三天内还不出钱，你们恐怕得想法找个抵押物了，譬如这房子——"侯信贷员住口点一支烟，环环和爹妈的心却一下子提到了嗓子眼：天哪！抵押？

这之后，侯信贷员就没再说什么，喝一阵茶便走了。他走后，环环爹妈和环环都抱头默坐那里，一直坐到环环的两个弟弟放学回家。最小的弟弟没有发现屋里的异样气氛，进屋就喊："妈，我饿！"话未落音，爹的巴掌就呼啸而来抡到了他的屁股上："饿死你个杂种！滚，给我快滚！"小弟不知爹何以突然发这么大的火，委屈地哭了。环环悄步上前，无言地撩起衣襟为弟弟擦泪。晚饭除两个弟弟吃了一点之外，环环和爹妈都没动筷。眼看着爹脸前的旱烟灰越堆越高，环环的牙突然一咬，用低哑的声音说："妈，你去村里把五爷爷喊来！"

"喊五爷爷干啥?"妈抬起红肿的眼。

"你去把他叫来!"环环的声音执拗而坚决。当妈的知道女儿柔中带倔的脾性,只好起身出门去喊。有两袋烟工夫,五叔来了。他并不知道环环家发生了什么事,进门还开玩笑地喊:"环环,找五爷有啥事?是买酒了想请五爷喝几盅?"及至看见环环爹的那副愁态,才意识到出了什么事,刚要问,环环却已开口:"五爷爷,你前些日子不是讲,香魂油坊的郜二婶愿娶我当她的儿媳妇吗?"

"是呀,她对你做她的儿媳可是一百个中意!"五叔恍然猜到了什么,笑答。

"要是我答应了这门亲事,她能给多少钱?"环环的声音有些抖。

"你郜二婶说过,钱上她不在乎,你可以先说个数!"

"一万二!"环环伸手扶住一把椅子,借以支撑自己开始哆嗦的身子。

"中!我估摸她能同意,我这就去找她,今夜里就给你们回话!"五叔有些喜出望外地急急往外走,他没料到这桩原本已经不成的亲事忽然有了转机。这下子有酒喝了。

"环儿!"一直待在一边听着这场对话的环环爹惊叫,"你——"

"爹,五爷爷要是把钱拿来,还了人家的贷款后,剩下的钱你今年再修个烤烟炉!"

"环儿……"爹开始哽咽,妈早撩起了衣襟。

环环没再开口,只是转过身,一步一步向自己的睡屋走……

七

　　五叔进入二嫂的堂屋时,二嫂正在本子上记着第二天要做的几桩事儿。五叔高兴得挥着烟袋喊:"她二嫂,环环同意了,墩子的婚事成了!成了!"二嫂的眉心一耸一松,把要写的几行字写完,才慢慢扭过头来,淡然地问:"怎么,当初不是说过不愿意了吗?"

　　"我也不知她怎么又改变了主意,"五叔摊手笑道,"好呀,这回你有了可心的儿媳了!"

　　"她提了什么条件?"二嫂似乎早有所料。

　　"她想要一万二千块钱,她家里太穷,我就替你答应了,我想这点儿钱你也不会在乎!"五叔笑说。

　　"好吧,给她!不过我想最近就择个日子为他们把事情办了,怎么样?"二嫂边说边去开小保险柜的柜门。

　　"既是已经答应了,定日子的事她不会再说别的。"五叔直盯着二嫂的手。

　　"喏,这是给环环家的,"二嫂将一张活期存折递到五叔手上,"她去县银行取出就行,一万两千五,比她要的还多一点。喏,这三百块,你留下买两瓶酒喝!"

　　"给我钱做啥?为墩子操心还不应该?"五叔嘴上推着,却已眉开眼笑地把存折和现金接了过来……

　　婚礼定在十天后。一切由二嫂安排,十分隆重。

　　尽管两家相距仅几百米,二嫂还是让人把新洋贞子当初带来的两辆轿车都开上,绕村一周把环环娶进了屋。

　　新房里的家具是从城里买的,村里无人能比;婚宴摆了四十二桌,规模在村里也是空前的。

墩子那日经二嫂精心打扮,头发梳得一丝不乱,一身毛料中山服十分笔挺,皮鞋乌光黑亮,除了脸上眼中有一股呆气滞留外,整个人倒也说得过去。到每桌敬酒时,严格照娘教他的三句话说:请喝好!来,我敬三杯!你请坐!倒也没显出什么傻气。环环那日并无刻意打扮,只穿着一身蓝底带碎花的素色衣裤,式样大方而合体;乌发剪得齐颈,随意梳成;着一双绣有粉蝶的浅色布鞋和肉色袜子,浑身有一种淡雅的美,加上那日她脸上不露半点笑意,双唇轻抿眼瞳仿佛浸在水里,越发透出一股端庄清丽来。她随在墩子身后出来敬酒时,酒桌上响起男女宾客们的一片赞叹声,坐在主席上的二嫂,在这赞叹声中高兴得把两颊喝成了一片酡红。

整个婚礼进行得十分顺利,只是到了傍晚时分才出了点意外。当时,来贺喜的客人还没全走,有几个女客仍在新房欣赏参观那全套高级家具,环环默默坐在椅上不语,这当儿墩子从外面疾步进来,不由分说地就叫客人出去。几个女客有些愕然,却也不能不向门外走。她们刚出门槛,墩子就哐一声把门关了。几个女客互相挤挤眼睛,就把耳朵贴在了门上,听见墩子说了一声:快上床去!却不见环环应声。几个女客就在门外窃笑。恰在这时,二嫂从院门外送客回来,瞥见新房门口几个女客的神态,就知道是墩子办了什么傻事,便佯作不知极热情地唤那几个女客到前屋喝茶,自己瞅了个机会走到新房门口,刚要推门,门缝里已冲出婚床嘎嘎吱吱的沉重响声,二嫂脸一红,心里骂一句:傻东西!急急转身走开了。

那晚例行的闹新房仪式没法举行,新房门墩子一直不开。二嫂在前院用大量的糖果和巧妙的借口,把来闹房的村人支走了。

第二天早上,墩子两眼浮肿欢天喜地地出门,到了前院坐下就要饭吃,环环却没起床,二嫂做了饭菜让闺女芝儿送上,环环不吃也不看。直到晚上,她才慢腾腾起床,端了脸盆拿了毛巾去香魂塘擦洗。那也是个有月的晚上,二嫂站在门口观察着,环环擦洗完,在塘边定定地站了,月光把她的身影清晰地印在地上,许久之后才又默默端了脸盆往回走。二嫂在心里说:你开始可能像我当初一样不习惯,慢慢就好了……

八

日子很快便把墩子和环环的婚礼变成了过去,香魂油坊又像旧日一样,在二嫂的指挥下,平静地按既定工序运转:整理芝麻、炒、磨、取水、兑、沉淀、取油、包装、运。墩子和环环相处也很平静,一块儿起床,一块儿吃饭,没有争执,没有吵闹。

一切都很安宁。

但二嫂的心里却安宁不下,她知道,早晚家里要出事,起因还是墩子的病!

她十分注意观察墩子的神色变化,每天督促着他吃药,但药物不能把墩子的病根治,二嫂担心的事还是发生了!

那是一个无月的晚上。半夜时分,二嫂因为和两个日本技工试用刚安上的新型计油器,上床晚。刚睡下不久,后院蓦然传出环环恐骇至极的喊叫。二嫂一听,知道不好,上衣没穿就往后院跑,撞开墩子和环环的睡屋门,拉开灯一看,只见环环和墩子都赤身相对侧躺在床上,墩子两只手死死掐住环环的两个肩头,口吐白沫,牙关紧咬,双眼翻白;环环早被吓得浑身乱抖面无血色。二嫂知道墩子这是在正做那事儿时犯病的,所以有死抠环环肩头的举动。她跑上前,一边狠掐墩子的人中穴,一边去掰他掐环环双肩的手指头。待把他的两手掰开,环环的双肩已淌出血来。环环啜泣着慌慌穿起衣服。这时郜二东拄着拐杖进来,和二嫂一块儿进行例行的急救。待把墩子用凉水喷得吐出一口长气,二嫂转眼去看环环时,已经不见了她的影子。二嫂奔出大门,听见一阵踉跄的脚步声向村中响去,知道环环是向娘家跑,不好再去喊去追,便慢慢返回屋里。

墩子是第二天早上恢复过来的。吃早饭时,没见环环,便瞪了痴呆的眼睛问:"她呢?"二嫂说:"环环回娘家看看,待会儿就回来!"但直到天黑,仍不见环环的影子,墩子就又呆声问娘:"环环呢?"此时二嫂便有些生环环的气:在娘家一天了,怎么还不回来?吃过晚饭,差芝儿去韩家叫嫂子。芝儿去了一阵回来告诉娘:我环环嫂不回来。二嫂听罢就愈加生气,你明明知道墩子这是病态,值得这样赌气住娘家不回吗?不过后来一想,也罢,她可能是被吓住了,明日买点礼物让五叔送过去,劝说劝说她,让她早日回来。

第二日中午,二嫂让人从镇上买来几盒点心,喊来五叔,作了番交代,五叔便去了环环家。半后晌五叔来回话:环环只是哭,不说回来不回来。

二嫂把眼一瞪,哼了一声,说:"我再等她一天。"

第四天中午,仍不见环环回返,墩子又不住地问:"她哩?她哩?"二嫂便把头发向后一掠,抻抻衣襟,径直去了韩家。

进了韩家门,二嫂没理会环环爹妈的招呼,径直进了环环睡觉的屋里,对躺在床上的环环冷冷地说:"你可是我郜家的儿媳,老住在这儿算什么?我来提醒你,你是我花一万二千五百块钱娶来的,你当初就知道我家墩子有病,你是自愿同意的!如今后悔也可以,把我花的那些钱和利息都拿来!"

环环没说一句话,只慢慢地坐起身,抹一把眼泪,抖抖地穿上鞋,一步一步地挪出门,向香魂油坊走。

二嫂迈着重重的脚步跟在身后。

进了院门,二嫂又严厉地在环环背后说:"以后不给我讲,不准随便往娘家跑!做媳妇就该有做媳妇的规矩!"

环环没有吭声,只慢步向卧房去。

你休想在我面前摆什么小姐架子,我早晚会把你治得服服帖帖!你生是我郜家的人,死是我郜家的鬼!二嫂扶着门框在心里叫……

九

新芝麻上市,是香魂油坊最忙的时候。每天一大早,四乡八村种芝麻的农民或拎或扛或挑,在香魂油坊前排起长队,等待着用芝麻换油或卖钱。一则因为香魂油坊的油好,一则因为二嫂把收购价钱定得略高于其他油厂油坊,所以到这里的卖主就格外多。开油坊芝麻是原料,二嫂对原料一向抓得很紧,见到就收,存得越多越好!

二嫂在油坊前摆起两张条桌,一张桌上放一根木杆大秤和一个小磅秤,让环环负责给卖主们称芝麻,另一张桌上放一个算盘和几沓各种面额的现金和一本账,她坐在桌前负责按质计价付钱;二嫂的桌旁又放一只盛了小磨香油的油桶,桶上摆了一斤、半斤、一两、半两四个用白铁皮做的油提子。有想用芝麻换油的,二嫂就按比例用油提给他们往瓶里、桶里量油。郜二东和墩子按照二嫂的吩咐,负责把买过来的芝麻往口袋里装。油坊里边的工人们则按照平日的分工,正常做油。两个日本技工稀奇地站在不远处看,他们大约是第一次见这场面。

环环默默给卖主们过秤,称完一宗,便低而简洁地报给二嫂,她做得麻利而认真,自从上次由娘家回来之后,她便开始顺从地按照二嫂的吩咐干活,似乎已习惯了郜家的一切,只是很少说话。

郜二东和墩子父子俩倒芝麻的活原本不重,但没干到晌午,先是墩子回屋喝水再不出来,再是二东喊叫着太累,看见芝儿放学到家,又急忙喊芝儿来干,自己挂拐杖去树荫下歇息。

二嫂扭头狠狠瞪了一眼在近处树荫下吸烟打盹的丈夫,但转身去给卖主们付款量油时又是笑容满面,她不愿让外人看出她对郜二东反感,多少年来她在人们面前对郜二东一直是百依百顺关心体贴,好不容易才赢得贤妻良母的称号,才使人们没有对她和任实忠的关系起疑。如今她和日本人合资做生意,闲话原本就多,对丈夫的厌恶她更是只能压在心里!二嫂最累,一会儿要坐下记账、算账、付款,一会儿又要起身用油提量油,一会儿又因为心疼女儿赶过去帮芝儿装芝麻。一天下来,真是头昏脑涨腰酸腿疼坐下就不想动。

那日因为是来红的前一天,二嫂早晨起来就觉浑身乏力,想到是收购新芝麻的紧要时节,她不敢歇,仍坚持着干,到晚上收秤,竟累得一步都不想挪。晚饭由环环做好,芝儿端到她面前,她只草草吃了几口就脱衣上床睡了。睡了没有多久,下午就出去到酒馆听坠子书的二东带一身酒气回屋。上床后,竟然又去扯她的衣服,她气极地摔开他的手,他又执拗地要来脱,她实在抑不住心中的恼怒,就照他光裸的胳膊上打了一掌,未想到这一下把郜二东惹恼了,他仗着酒气发起了疯。一边高叫着"我揍死你这个婆娘!"一边没头没脑地打她撕她。这厮打的声响和郜二东的叫喊以及二嫂抑低的哭音,早把环环惊醒。环环跑到爹娘的屋里无言地看了一眼公公,郜二东这才气哼哼地在一把椅子上坐了。环环去扶二嫂,她刚喊了一声"娘,起来",二嫂就止住了哭声,抬起泪脸望定儿媳,眼中先是闪过一丝羞愧——她没想到让儿媳看见了这个场面,随即便恶狠狠地说:"你来干啥?我不过是跟你爹拌几句嘴!"环环没吭声,只掏出一块手绢要去包二嫂胳膊上的伤口,未料二嫂把她的手忽地推开叫:"你别管,回屋睡觉去!"

环环抿紧嘴,慢慢起身向门口走,快到门口时,二嫂在身后压低声音冷冷地交代:"把你看到的烂到眼里,说出去小心我撕你的嘴!"

环环拉开门,无声地移出去……

十

第二日早晨,二嫂仍然穿戴得整整齐齐地到油坊派活检查,而后在门前收购芝麻,不时还同来卖芝麻的熟人开一两句玩笑,俨然昨晚什么事也没发生一样。只有环环能够听出,她那说笑声里含有多少勉强;也只有环环能够看出,她那闪烁不定的眸子深处,隐有多少苦楚。

收芝麻的忙季终于过去。

那天黄昏,二嫂在室内审看刚从省城印刷厂拿回来的新式商标,商标是用中文、日文两种文字印成的,中间是一行大字:"香魂小磨香油";上边是一行小字:"世上美味,烹调佳品";下边是一行地址:"中国南阳香魂油坊产";左面是一盘黄澄澄的芝麻;右面是一盘机摇石磨。用色构图都不错。二嫂唯一不满意的是没有再写上一句:"荣获中华人民共和国香油评选一等奖。"她正琢磨下次重印该把这行字加在何处时,院门外响起三声短促的汽车喇叭,几乎在听到那声音的同时,她便忽地起身,几步奔到了门口,哦,实忠,你可回来了!一看到实忠的身影,她就觉得鼻子发酸。她多想立刻扑到他的怀里诉说她心里的苦楚,但是不能,她知道周围有眼睛,她必须先演戏。她不冷不热地招呼:"回来了,老任?"实忠一本正经地点头并立刻用生意人的口气说话:"我这次在南阳给人拉完水泥,回来时按咱们的合同要求,给你拉了一车空塑料桶和空瓶子,质量没说的,就是颠烂了一箱瓶子。这是运输时的正常消耗。你可不能少给我钱!""哟",二嫂撇起了嘴,"我要的是装油的好瓶子而不是玻璃碎片,拿些碎玻璃让我付款,想得倒好!""那你说怎么办?""颠烂的自己认倒霉!"……

眼看已成僵局,油坊的工人们便又过来打圆场,最后又是实忠承认倒霉,很不满意地随二嫂进屋去结账。两人一前一后进院门时,刚好遇见环环端一盆衣服出来,环环抬头招呼:"任叔回来了?"实忠笑笑回问:"环环,忙着洗衣服?"两人都是礼节性地说句话,并没有想别的,他们都没料到,当晚他们还会见面,而且是在那种尴尬的场合!

当晚,因为墩子去外婆家走亲戚未回,饭桌上就只剩下了四口人,饭快吃完时,二嫂对丈夫巧妙地试探着说:"你今晚去酒馆听戏,十点钟前一定要回来,要不我可不起来给你开门。明早上我还要起床招呼工人炒芝麻,陪不起你熬夜!""嗨,你这女人真不通情理!"郜二东立刻抗议,"唱坠子的哪晚不唱到十二点?大伙都在那里听,你叫我半途回来,我回得来吗?""好了,好了,我不管!"二嫂嘴上不耐烦,心中却在暗喜知道了他回家的确切时刻。

二嫂家的院子挺大,进了头道院门,两边各是两间厢房,四间厢房全是仓库;三间正屋里,二嫂和丈夫住东间,芝儿住西间,中间是一个穿堂。过了穿堂是后院,后院是两间厢房和三间堂屋,厢房依旧做仓库,环环和墩子住三间堂屋。吃罢饭丈夫出门之后,二嫂待后院环环和西间芝儿的灯都熄了,就轻轻拉开院门,在门槛外放了一把笤帚,接着把院门虚掩了,回到自己的卧房。几袋烟工夫之后,一个黑影轻步走到院门外,看一眼那笤帚,便轻推院门,门"吱扭"一响,闪身进到院内。

环环那阵其实还没睡,熄灯之后在床上躺了一阵,忽然记起白天洗的两件衣服还在后院的铁丝上搭着没收,因怕明晨露水再把它们打湿,就穿了鞋披了衣出门,走到铁丝前刚要收衣服,听见头道院门"吱扭"一响。那晚是个有月的阴天,月不甚亮但能见度还好。环环隔着穿堂门缝瞥见,门响之后有一个黑影闪进院子,顿时一惊:不是公公!她几乎立即作出了判断。那黑影蹑手蹑脚向婆婆睡屋走时,环环马上断定:是贼!一定是去偷钱!环环知道,家里的保险柜就放在公公婆婆的卧房里。

她的双唇不由自主地张开,一声"抓贼呀"的呼喊马上就要冲出喉咙,就在这时,她的耳朵又捕捉到一句极低的招呼:"快呀!"与此同时,婆婆的房门轻微地一响。尽管那句招呼低微得几乎立刻就融散在夜空里,但环环还是辨出了那是婆婆的声音。环环的身子骇然一震,婆婆这是干什么?那黑影是谁?惊疑和好奇使她不知不觉间悄步走到了公公婆婆睡屋的后窗前,窗帘拉得严丝合缝,屋内无灯,窗隙里飘出的声音隐约模糊,迫切想弄清根由的环环,差不多把耳朵贴在窗框上了。听到了,一种轻而单调的吱嘎声。什么东西在响?环环一开始没辨出那声音的性质,但转瞬之后,一股血就泼上脸颊,滚热得烫人,她知道自己脸红了,她下意识地抬起双手想去捂脸,但手至半空又慢慢放了下去。她明白了。结过婚的环环知道床那样响意味着什么!被云层滤暗了的月光照着环环的脸孔,她的双唇愕然张开,久久未曾合上。婆婆的一声呢喃和一句男人的低语从窗缝里钻出来,为环环的判断作了最后的证明。

　　环环知道她发现了什么,她不能再在这里听下去,她唯恐惊动了屋里的婆婆,悄步向后退着。恰这当儿,头道院门外突然响起了公公那特有的伴着拐杖捣地的脚步声,随之大门咣当一响被推开,门开时响起了公公那嘎哑的抱怨声:"娘的,睡下了也不把大门插上,想招贼呀!"边抱怨边插着门闩。

　　环环陡然停止步子:公公怎么这么快就回来了?她的心倏然一提,不知怎么的,她莫名其妙地感到恐惧和着急。

　　二嫂和实忠太欢乐了!短暂的倾诉之后便坠入了彻底的欢乐。由于沉入欢乐太深,他们的听觉差不多丧失殆尽,根本没听到那由远而近的拐杖捣地的声音,直到院门咣当一声被推开,两人的身子蓦地一抖,二嫂惊恐地问:"你怎么没有插门?""我忘了。"实忠慌慌地去抓衣服。"嗨呀,你,快!快从后窗跳出去,快!这是鞋!快!"二嫂飞快地撩开窗帘推开了窗户,但就在窗户推开的瞬间她骇极地低叫了一声:"呀?!"

　　实忠没有理会她的那声低叫,纵身跃上了窗台,直到他跳到地上时,他才猛地发现,面前不远处站着环环!

　　他呆在了那里!

　　室内的二嫂只来得及把内裤穿好,丈夫就已把屋门推开了。

　　后窗还没来得及关上,窗帘撩在一旁。

　　二嫂僵了似的呆坐在床上,绝望地在心中叫:完了!

　　郜二东啪地拉亮电灯,电灯拉亮后,他没有注意到妻子的神态异样,只是发现后窗大开,于是埋怨了一句:"睡了,怎么也不把窗户关上？"说着，就往窗前走。血全部从二嫂的脸上退去，双颊白得如纸，她知道，后院的两间厢房也都是仓库，门上有锁，除了儿媳的住屋，就别无他处可让实忠藏身，如今这室内的电灯一亮，会把不大的后院照得清清楚楚，不论实忠躲到哪里都会让丈夫看见，全完了！让他发现了！他会怎样？大骂？大打？大闹？村人们会怎么笑？儿女们会怎么看？合作的新洋贞子知道了会怎么说？生意还做不做？这里还能住下去？天呀！……可令二嫂奇怪的是，郜二东隔窗向后院望了一刻后，却只说："睡时要把窗户关上！"二嫂一愣，他没发现？她战战兢兢地借帮拉窗帘在丈夫身后向窗外望去，不大的后院每个角落都在眼前，里边空无一人。

她的心倏然一松。

二东坐在床沿上边脱衣服边骂骂咧咧地说道："娘的，今晚坠子书本来听得好好的，二楔子他们几个去酒馆里胡闹，非叫人家唱豫剧不可，结果人家把弦一夹，走了，弄得大伙儿都只好回家睡觉……"

二嫂含混地应了一句："天呀……"她一动不动地躺在床上，轻轻用手抹去额头上的冷汗。她在黑暗中侧耳倾听后院的声音，十几分钟后，当丈夫的呼噜渐高时，她听到儿媳住屋的后窗户响了一声……

十一

二嫂第二天早上推说头疼没有起床。她的头也的确又闷又重，昨晚她一夜没睡着，那事瞒过丈夫只让她感觉到了短时间的轻松，很快又生出了新的恐惧：她保守了半辈子的秘密因为一时大意全部暴露在了儿媳妇面前，她担心说不定一起床环环就会把这事传开去,让全村人和邻村人都知道!会的,环环会的!她明白环环内心里对她有气,那次环环因为墩子发病跑回娘家,自己去逼她回来时说的那些话,环环心里不可能不生气,不可能不恨我。她平日不敢同我犟嘴,是因为她怕我,如今她不怕了!她会借这事报复的!会的!

二嫂躺在床上恐惧地想象着:环环如何匆匆起床,起床后如何强忍鄙夷的笑意跑回娘家,对着她娘家妈的耳朵把那事描说一遍;她妈又怎样传给他们的邻居;他们的邻居又怎样在全村传扬给女人、男人们……到不了晌午,全村人就都会知道,堂堂的香魂油坊的女主人原来是个养野汉子的破鞋!她多少年来辛辛苦苦小小心心在人们眼中造成的贤妻良母能干女人的印象顷刻便会瓦解,从今以后人们再不会尊敬自己。她捂住脸,想象着她在村中走过时人人翻着白眼指点脊梁的情景,一股寒气在周身弥漫。

她在床上一直躺到后晌,要不是芝儿说要去叫医生来给她看病,她担心在医生面前露出破绽更加难堪,她真还想躺下去。她起来走进油坊时一开始脸都不敢抬,她以为人们都已经知道了那事,后来见人们跟她问这儿说那儿口气仍如往常一样,她才略略平静下来。但她心里仍充满恐惧,她坚信儿媳迟早会作为报复武器把那事传出去,她不安地等待着那一天的到来,她在苦思苦想着对策,却终于什么对策也没想出来。

也就是从那天起,她对儿媳产生了一种害怕心理,十分担心单独面对她,只要一听见她的声音,她的脸就会倏然变红。但环环似乎是把那件事忘了,见了她仍像以往一样尊敬地叫"娘",叫得二嫂不知所措,心惊胆战直发慌。

日子就这样在二嫂的不安中缓缓数过去,一切都没有发生,渐渐地,二嫂的心归于平静。但二嫂平静之后还是有些惊奇:环环为什么不利用这个机会？

是一个晚饭后,丈夫和墩子、芝儿都去村里玩了,环环在刷碗。二嫂过去帮忙刷锅,她手拿一柄铁铲铲去锅巴时,环环把碗已洗完,二嫂低低地叫了一声:"环环。"环环扭过脸:"有事?""你没有把那件事说出去我会记在心里!""为什么要说出去?"环环的脸一红,头垂下。二嫂一愣,她没料到环环会这样反问。这当儿,环环又抬头望望她,急切而低微地说:"娘,我懂得,你这辈子心里也苦。"说罢,转身出了厨房。

"哐!"二嫂手中的铁铲跌落在锅沿上,锅沿被打碎了一块,崩飞到了什么地方。铁铲与锅沿相触的声响久久在厨房回荡。

二嫂手按锅台一动不动地站在那里,她觉出有一股暖而热的东西在胸中弥漫,一阵轻微的震颤在向四肢伸延。她知道有泪水开始溢出眼眶,她想抬手去抹时,它们已经砸向了锅中,她静静地听着泪珠砸下去的声响。

她久久站在锅前……

十二

墩子又犯病了。这次犯病是在睡觉之前,当时他正拿一瓶红墨水用毛笔在纸上胡乱涂着玩。他倒下去的时候,墨水瓶跌地,溅了在一旁打毛衣的环环和二嫂一身一脸。环环最先奔过去用手指掐住了他的人中穴,她已经有了经验。二嫂无言地用毛巾揩着儿子嘴边的白沫。当墩子终于醒过来把痴呆的双眼睁开时,环环和二嫂都已满头大汗。她们吃力地把墩子抬上床后,便一前一后地去香魂塘边擦洗。那夜月明星稀,塘水微波不起,婆媳二人默默地在水边蹲下,将水面弄碎。

85

油坊的工人们大都已睡下,只有一盘加班的石磨在响,四周挺静,塘边只有两人撩水的声音。

"环儿。"二嫂轻轻地喊。

"嗯。"环环扭过脸。

"你和墩子离了吧!"

"啪。"环环手中的毛巾跌落水面。

"一辈子太长了……"二嫂的声音像呻吟。

环环的毛巾在水中荡开,慢慢地向远处游去。

"再找个人,娘给你准备嫁妆。"

一阵清风轻拂那漂在水面的毛巾,于是便生出一圈一圈的涟漪。

"过年过节了,回来看看我,等于我还有个儿媳。"

"娘!"环环哽咽着扭身,抱住了二嫂的肩膀。

水中的月亮默望着水边抱在一起的两个女人,意外地眨着眼睛。

轰隆轰隆,加班的石磨还在轻声转动,一股夜风从油坊那边刮来,裹着一股浓浓的小磨油香。

扑通,一只青蛙从荷叶上跳下,钻进清澈的水中。

月亮仍在水中移,缓缓地……

军界谋士

据书载,设谋士之制在我国政界、军界古已有之,春秋时称"养士",三国时称"军师",清朝时称"幕宾",辛亥革命时称"顾问"。在外国,十七世纪三十年代,瑞典国王古斯塔夫二世在军队中设置了咨询"助手";十七世纪中叶,在路易十四的法国军队中出现了"参谋长";十九世纪,普鲁士将军香霍斯特在军队中建立了"参谋部"。今天,设谋士之制在世界很多国家已由军界逐渐扩大至政界、经济界、金融界、教育界等领域。

一

会前的各项准备工作已经就绪。

关于"902"演习的作战会议五十分钟以后才开,现在可以略事休息。忙乎了将近一天的军司令部的参谋们,一个个伸腰舒臂地走出了办公室,向宿舍区走去。

季参谋

"怎么样?干一盘吧,老宋!"作训参谋季浇粟紧走几步,扯住通信处的宋老参谋,晃了晃手中那盒写有"季记"二字的军棋。

"现在还下棋呀?"老宋的眉心耸了耸,"天黑以前就要出发演习了,鄙人没这份闲心!"

"果然不出我之所料!"季浇粟含义莫名地笑了笑。他三十二三岁的样子,因消瘦而使颧骨凸现的脸上,露着一股长期从事参谋工作的人都有的那种精灵。

"你料到什么?"老宋斜过眼来瞪瞪他。

"马上就要出发,这一去就是二十四小时,你还不抓紧时间跟我嫂子那个一会儿!"

"滚!"老宋脸涨红着扬起了拳头。

"刀下留人——"季浇粟叫了一声,撒腿往前跑……

白参谋

"小黄,你那本《怀素草书字帖》借给我看看,可以吗?"眉清目秀的作训参谋白可,边走边向并肩走着的炮兵处小黄参谋轻声慢语地说道。

"急用吗?"小黄扶了扶他的近视镜,扭头问道。他知道白可的毛笔字享誉整个军部,常有人请他写字。

"嘿嘿,政治部的同志让我给礼堂写两帧条幅,其中有几个字我想看看怀素的出笔。"白可声音轻而柔和地解释着。

"噢,那好!明天下午演习回来我就去郑副参谋长那里要回来给你看,他前两天把那本字帖借去了。"小黄很干脆地说。

"不,不。"白可一听这话慌忙摆手,"首长在看,怎好要过来,算了,算了。"

"这有什么?你这是因公急需嘛!"小黄倒满不在乎。

"不,不,千万别去要!"白可那白皙的脸上完全是一副恳求的神色,"让首长知道是我要用,多不好!"他不安地说道。这白可平时为人处世极其小心谨慎,唯恐给别人一点不好的印象。这也难怪,白可自小从妈妈那接受的教育就是:"认认真真学习,谨谨慎慎做人。"白可那位在邮局当汇兑员的妈妈,大概是怕儿子再像他父亲当年那样,因得罪他人而去农场"改造",所以从白可小时起就注意磨掉他作为一个男孩身上常有的那些棱角、锋芒,让他学织毛衣、学钩窗纱、学练毛笔字、学炒菜做饭,用种种办法来培养他忍耐、平和的脾性。老人的心血没有白费,今年三十岁的白可果然养成一副平和柔顺的脾性,养成了诸事不争,小心谨慎的习惯。

"我的天哪,看把你紧张的!果然是'白可一生唯谨慎'哪!"小黄放声笑道。

白可不好意思地笑了一下,急忙拐向了通往单身干部宿舍楼的甬道……

邢参谋

"汪副处长,你觉得'蓝军'被围后可能的突围方向是哪里?"作训参谋邢植生停住步子,待本处的汪副处长从后边走近后声音挺响地问道。

"哎呀,小邢,忙乎了这么长时间,你让我清净一会儿吧!"四十多岁的汪副处长边说边拍拍额头,并顺手揭去了军帽,露出了一般长期从事脑力劳动的人都有的标志——圆圆的谢顶头。处长因病住院,处里的工作由他主持。

邢植生微带歉意地咧了咧嘴角,右手习惯性地扯了扯右耳耳轮,然后转身和副处长并肩向宿舍区走去。外人猛一看,会认为这两人的年纪不相上下,其实,这主要是邢植生的那副络腮胡和额头上的几道横纹起了混淆作用。须知,小邢今年才二十九岁,连对象还没找呢。这两年别人给他介绍的几个对象,女方都是在见一面之后便摇头说道:"太老!"这一连串的不快气得小邢把脖子一梗:"不找了!"

"副处长,我认为,"没走出几步,邢植生晃了晃手中拿着的"902"演习地域的地图,又开口说道:"伏流河那个方向应该引起注意,'蓝军'有可能——"

"好了,好了,"汪副处长打断了植生的话,"'蓝军'究竟往哪个方向突围,军长比你我判断得更清楚!"

植生的嘴角又歉意地咧了咧,右手扯了扯耳轮,默无声息地跟在副处长身旁向前走去……

齐参谋

"作训处的人都死到哪了?"机要处女参谋齐荠走出办公楼门气恼地叫了一句。她怀抱着一沓电报拟稿纸和一个电报摘记本,她本来是要把这些东西发给作训处的,供演习中用,结果因为慢了一步,参谋们都已出了办公室,门锁上了。

"这帮家伙跑得倒快!"齐荠在地上跺了一下脚,但随之又伸了伸舌头。大概是意识到自己作为一个姑娘嘴里不该出现"家伙"这个词,只见她小心地回顾了一下身后,还好,没人听见。

"看来,得给他们送到宿舍了。"她悻悻地自语了一句,鼻翼一侧那个很小的黑痣跟着一动——那个不该长在那里的小黑痣,虽没破坏她圆形面孔的美感,却把她脸上原本就不多的一点柔顺挤走了。

她"噔噔"地向机关干部单身楼走去……

二

一踏上单身楼二层那长长的外走廊,齐荞就放开嗓子叫道:"作训处的人在哪儿——"

"哦——"

"唉——"

"嗯——"

随着这三声不同的应答,季浇粟、白可、邢植生三个参谋同时从自己的宿舍里跑到了走廊上。白可、邢植生因为没结婚,季浇粟因为没让家属随军,所以三个都住在这单身楼上。

"给你们处发电报拟稿纸和摘记本,谁收?来,签个名!"齐荞声音很响地说。

"鸡毛蒜皮的事也值得大喊大叫!"站在最远处的邢植生一听这话,小声嘟囔了一句,用手中的地图在腿上拍了一下,又转身进了屋。还好,泼辣的齐荞没有听到他的话。

"哎呀,我的天,这么高腔大嗓的,我还以为是地方拥军的姑娘们来给咱洗脏衣服哩。"站得最近的季浇粟笑着说罢,也要扭身进屋。

91

"想得倒美！哎,站住!"齐荠见季浇粟也要进屋忙喝住他,"快来签名!"

"没见我正忙着吗?"季浇粟煞有介事地晃了晃手中的钢笔,"喏,去交给白参谋,让他签名,顺便不还可以说几句——"老季意味深长地一笑,转身进了屋。

那边的白可一听这话,秀气的脸上立刻红了个透,忙把目光转向了别处——白可的貌相和脾性很得韩副参谋长的喜欢,从前不久白可家乡那位女大学生写来两句"人非草木孰无情,不愿银河一边等"的歪诗,断然把白可蹬掉之后,韩副参谋长愤而充当"月老",要把军长齐镜的小女儿、机要处参谋齐荠往白可身边介绍。白可和齐荠上星期日在韩副参谋长家里谈了一个来小时,目前正处于极其微妙的阶段,所以老季一说这话,一向腼腆的白可自然要脸红。

齐荠倒没什么,她不是那种生性羞怯的姑娘,何况她和白可的事还处于刚接触的阶段。她原本可以大大方方地走到白可面前让他签字收下那些东西,但她却想对季浇粟这小小的捉弄反击一下,于是便一本正经地问:"季参谋在忙什么呢?"边问边进了他的宿舍。

"写论文!"本来正坐在桌前抄写《军棋新战法》的老季,这时抬起头来很是严肃地答。

"哟,写什么论文?"齐荠也显得很认真,其实她早就瞥见他抄的是什么了。

"题目是《试论我国美女、俊男的类型及其分布》,你愿不愿听听论文的概略内容?"老季完全是商量正经事的口气。

"当然愿听!"齐荠牙咬下唇点点头。

"那好,那我就略作介绍:我国的美女大概可分六个类型,其中那种鼻翼一侧有小黑痣的,属于亚美型,多出于驻守鲁中地区军营内的军人家庭;我国的俊男大约可分四个类型,其中那种身材颀长、眉清目秀、语声柔和的男子,属古典美型,多出于——"

"老季——"走廊上的白可这时哀求似的喊了一声,打断了季浇粟的话。

"我看这题目选得挺好的,内容也挺别致,"齐荠倒很镇静地评价道,"真不愧是'庸俗学教授','学术'上到底有些造诣!"——她很自然地使用了机关干部给老季起的那个很不雅的外号。

"哎哟,齐参谋,你也认为我达到了'教授'的水平?"不料老季听到这个外号不仅没生气,反而是一副受宠若惊的样子。机关干部们当初所以给他起这个外号,就是因为他平时常开一些庸俗的玩笑。"麻烦齐参谋替我打听一下,要是哪所大学开了'庸俗学课',我一定准备去应聘当客座教授!"老季仍笑嘻嘻地说。

"那是自然,我一定帮忙!"齐荠很认真地答道,"今天我就先帮你办一件事,把'季教授'的论文题目及主要内容写到大纸上贴到宿舍区大门口,向军机关全体人员作个介绍!"

"哎呀,你千万别,别!"本来很从容地坐在那里说笑的老季此时慌忙站了起来,他知道齐荠属于那种说干啥就敢干啥的姑娘。去年年初齐荠刚从军区机要训练队调来时,人们曾议论了一阵子:"到底是军长的女儿,调动容易!"一天晚上司令部开会时,老季故意当着齐荠的面感叹了一句:"唉,可惜咱爸爸不是军长,要是的话,咱也可以调回驻家乡的部队同孩子他妈团聚!"不料他的话音刚落地,齐荠一下子站起来高声说道:"我在此声明一下,我齐荠调来这里,既不是本人的要求,也不是爸爸齐镜的愿望,而是军党委考虑到我母亲去世、姐姐出嫁,爸爸一人生活太孤单,以组织的名义把我商调来的。明天,我将把我同爸爸关于调动问题的全部通信贴在走廊上,让大家看看!从明天起,谁要再说我齐荞是仗父之势、开后门调来的,我就要跟他吵、跟他闹!"第二天,齐荞果然把那些信件贴在办公楼走廊上……

就是因为老季曾领教过齐荞的这种脾性,所以当他听齐荞说要把"论文"题目和内容写出贴在大门口时,才着慌了。倘她真那样办了,让家属院那些喊自己"叔叔"的少男少女们看到,成何体统?"对不起,对不起!齐参谋,我刚才是瞎说,我哪能去写什么论文,来,来,我签字,把东西放下就是!"老季说着,急忙去给齐荞的发放簿上签字。

望着终于被自己吓住并且显得颇为狼狈的季浇粟,齐荞无声地笑了一下,但脸上那笑纹瞬间就被一丝轻蔑所替代。说实话,齐荞内心里对这个整天好说一些庸俗笑话的瘦瘦的参谋有些看不起。

老季签罢名,齐荞拿起发放簿昂然转身向门外走去。就在这时,走廊上传来了汪副处长那特有的皮鞋后跟先着地所发出的"咯噔、咯噔"声,随之响起他的喊声:"浇粟、白可、植生,你们三个随我去作战室参加会议!"

"我还去吗?"季浇粟走到门口望着汪副处长含笑问,"去个新参谋锻炼锻炼以后也有用处,像我这老朽之人,再锻再炼不也是那么回事。"——凡开作战会议,作训处一般都是由处长或副处长带三个业务棒的主力参谋参加。

"多老?可以劈柴烧锅了?"汪副处长嗔怪地瞪他一眼,"军长点名让你们去的,快走!"

"好吧,咱去。"老季慢腾腾地拿上参谋作业用具,跟在白可、植生身后下了楼……

三

作战会议正在进行。

参谋长正站在巨幅地图前介绍着"敌我情况"。

军长齐镜坐在正对地图的长条案的一头,上身挺得笔直,有些浮肿的眼皮偶尔睁那么一下,把犀利的目光像聚光灯那样投射到地图上,但很快就又闭上。与此同时,他右颊上那个柳叶形的疤痕开始轻微地哆嗦,熟悉他的人都知道,这是他进入紧张思索时的神态。

军里其余的首长和下属几个师的师长、政委分坐在长条案的两旁,一个个坐姿笔挺,连平时最爱吸烟、好动、开玩笑的六师庞师长,也两手扶膝端坐在那里。

这种严肃的场面和肃穆的气氛,固然是因为这是在作战室开会——西方军界有人说,世上有两个地方,人一进去就会不由自主地沉入肃穆气氛中:一个是教会的礼拜堂,因为它会"决定"一个人是升入天堂或是沉入地狱;另一个就是军队的作战室,因为它会决定一些人的生命是继续延续还是很快中断。但今天出现这种严肃场面和肃穆气氛还有一个原因,这就是军长到会。在这个军,几乎所有的人都对军长有一种敬畏之感。

敬,一则是因为军长乃这个军的元老,现在在职的大部分军、师、团干部,都是他看着一级一级提起来的;二则是因为他曾率兵打过大小八十三次仗,除四次失利外,其余全是胜仗;三则是因为他那脑子里几乎装满了与军务有关的事情,下属们在工作中遇到任何难题都会在他那里寻到答案。

畏,是因为军长一向不苟言笑且对下属要求十分严格。

去年他在五师给营以上干部讲话,站在前排的五师师长安林彬因为身体胖,不习惯站着,稍息动作很不标准且身子不住地乱动,军长发现后当即停住话头,低沉地喝令:"安林彬,出列!给你的下属做稍息动作示范!"结果,五师师长面对全师营以上干部按标准的稍息动作足足站了五分钟……

参谋长把"敌我情况"和"几个歼敌方案"讲完全了。

经过短暂的酝酿讨论后,人们把目光移向了军长,准备听他的"歼敌决心"。

这是一场由军区组织的背靠背对抗演习。齐镜军长担任"红军"指挥,军、师、团三级机关带通信分队和少量实兵参加,任务是把向我内陆"入侵"的"蓝军"一个"摩步师"在魏源一带拦腰截断,吃掉其走在中间的两个团和一个师部。演习不按传统的做法预先规定"红胜蓝负",军区工作组只当裁判,究竟谁胜谁负要看"厮杀"的结果。这实际上是对该军首长、机关指挥能力的一次考核。

"我的决心是……"军长那低沉、喑哑而冷峻的声音开始一下一下敲击每个人的耳膜,"……四师在七里寨一线展开……"

人们聚精会神地听着军长的发言,偶尔有人垂首飞快地在本子上记下与己有关的事项。

根据汪副处长的分工,老季正手拿铅笔随着军长的话音飞快地粗绘着"首长决心图";白可正俯身桌上急速地记录着军长的每句话;植生正根据军长的讲话画着司令部工作统筹图。

"……大家对我这个'决心'有什么意见,可以提!"军长用这句话结束了他的发言,犀利的目光似乎特意在作训处的四个人身上扫了一下。

室内出现了这种时刻常有的一段沉默。接下去,其余的军首长和几个师的领导都简短地发了言,对军长的"决心"或稍作补充,或表示赞同。

"你们呢?"军长的目光又依次扫过了汪副处长、季浇粟、白可和植生的面孔,"有看法可以说!"

"没有。"汪副处长起身很干脆地说道,"我们完全赞同军长的'歼敌决心'!"——同军长多年打交道的经验,使他绝对相信军长对问题的判断和处置。

军长那有些浮肿的眼皮很快地合上了,似乎要把眼瞳中就要浮现的什么神色遮盖起来。

"散会!"主持会议的刘副军长望了军长一眼后宣布。

"等等,我说几句!"就在这时,邢植生突然站起来声音挺高地说道。

军长的双眼倏地睁开。

屋里的军、师首长一齐把目光转向了植生。

汪副处长、老季和白可三人眼中同时露出了惊愕和意外。不过,这惊愕和意外在老季的眼中只现了一霎,很快,一丝含义莫名的笑纹浮在了他的嘴角。

"我认为,军长刚才的'决心'中有一个问题没有考虑到!"植生硬邦邦地说出了第一句。这句话使白可小心地扫了一眼军长,而军长右颊上的那个柳叶形的疤痕则明显地动了一下。

"就是当我'红军'对'蓝军'的包围完成之后,军长对'蓝军'的突围方向只作了北、西北、东三个方向的估计,而没有注意到南边这个方向,只是在这里放了两个连队警戒。我猜军长可能是认为往南除了伏流河之外全是山地,不利其机械化部队展开。但我以为——"植生说到这儿,觉得自己的

97

脚被旁边的白可狠狠踩了一下。

白可踩植生一下的用意是明显的：劝他住口。虽然军长在征求意见，并且按军司令部工作纪律规定，参谋在演习和实战时有向首长就同一问题提三次建议的权力，但白可知道，在这样的场合当面对军长的方案提出非议，聪明的参谋是不会这么干的。白可不仅自己处事小心谨慎，同时也希望自己的朋友处事谨慎小心——植生调来军机关的时间比白可晚，刚来那阵子因机关住房紧张，同白可合住在一间宿舍里，两人感情不错。白可曾在私下里不止一次地向植生介绍他观察到的军首长们的性格、脾气和嗜好，比如齐军长为人严厉，最忌别人当面顶撞，黄副军长坐车喜欢高速，韩副参谋长审阅经验材料喜欢看到"排比句"，等等。他要植生记住，以免在同首长打交道时出娄子。此刻白可一听植生这些硬邦邦的话，身上立时急出了汗。对朋友的关切，使他只好用这个办法来提醒植生住口。但植生只是扭脸看了他一眼，又接着说道：

"我以为，作为指挥员，必须学会超常思维，而超常思维的一个重要要求是，在判断敌我情况时，不仅能从自己的角度出发去'知彼'，而且能从对方的角度来'度己'。我想，当敌人知道自己被围之后，他们一定明白，东边是他们的来路，那里有其后续部队，我方一定会拼力切断；西北方向是他们的前进方向有其前卫部队，我方一定会全力阻住；北边，有路可退，但很可能陷阱就设在那里。在这种情况下，他们就可能做我们料其不可能做的事，从最不宜突围的南边这个方向沿伏流河道突围……"

植生急急地说着。他心里自然明白白可刚才踩他一下的用意，但他是那种凡自己认为正确别人又没有驳倒的事就要坚持的倔汉子——这一点只要看看他额头上那几道横纹里满填着的执拗就可以明白。他的这种倔脾性,还在他七岁时就开始显露出来了。他七岁的那年秋天,身为林场工人的父亲在伐树时不小心被树干压断一条腿。自父亲的这条腿成了残废之后,幼小的植生凭他孩子的直觉,发现妈妈对父亲的态度有了改变:不亲热了。小植生在这种家庭气氛中开始变得沉默了。他虽然不能理解这种变化的含义,但凭着儿童们都有的那种怜弱天性,他在感情上站在了父亲一边。他常常执拗地拒绝妈妈的爱抚,而去坐在父亲怀里,用他的小手去揉父亲的那条伤腿,那显然是想用此去安慰父亲。终于有一天,妈妈拉起他的手告诉他:"我已和你爹离婚了,你跟我走!"小植生似乎意识到这个"走"就是永远离开父亲,所以他猛地挣脱妈妈的手,扑到了父亲怀里。当妈妈重又来拉他时,他张口狠狠咬了她手腕一下。待妈妈独自拎着一个包袱走出院门时,植生一声没哭,只是用双手紧紧抱着父亲的那条腿。妈妈和林场的一个男工再婚后,植生再没叫过她一声"妈妈"。妈妈多次拿了好吃的在半道上截住他往他手里塞,他每次总是无声地当面把东西扔掉。待他长大时,妈妈几次哭着恳求他穿上她为他做的衣服,但他每次都冷冷地把衣服扔开了。直到妈妈病死之后,他才在一个月黑之夜,悄悄地走到妈妈的坟头前,在那里无声地跪了半夜……

"……伏流河眼下虽水深四五米,"植生仍在大声地讲着,"但据《兵要地志》记载,由于其河底是石质的,加上这附近的山都是不易风化的石山,河水携带泥沙少,所以每年的枯水季节,河底都可通汽车。因此,'蓝军'倘侦得这个情况后,采取控制水深的办法,从而沿河道突围的可能性是存在的!鉴于这样,我建议修改一下军长'决心'中关于只派两个连在鸡鸣岭警戒的方案,改用一个团的兵力在此扼守住河道两侧,以防——"

"这个完全不必担心!"汪副处长开口打断了植生的话,"伏流河宽只有八十来米,而水深却有四五米,当它穿过鸡鸣岭时,两岸陡峰夹峙,何况'蓝军'的主要装备是装甲输送车和中型坦克,而不是两栖坦克,他们的指挥员再无经验也不会把部队塞向这样一个危险的方向!"他的口气完全是反驳,内中还稍稍带了点气恼。他刚刚代表大伙说了"我们完全赞同军长'歼敌决心'"的话,植生就来了这么一套,使他心里很不舒服。他说罢,特意望了军长一眼。

军长表情依旧地坐在那儿。

白可紧张地注视着军长。

沉默持续了一分钟。

"邢植生参谋敢于陈谋的勇气是好的。好了,会议就开到这里,散会!"刘副军长这样宣布。

人们静肃地鱼贯退出作战室。

植生坐在原处直直地望着每一个出门的人的背影。

一旁的老季默默地看着植生,嘴角上那丝含义莫名的笑纹变得越加明显了……

四

军机关向演习地域开进的时间为十九时三十分。

季浇粟回到宿舍三下五除二就做好了出发的准备:打好了背包,装好了作业包,擦好了手枪。多年的军人生活,使他干起这个来能够快而不乱。

他开始坐下来边悠闲地擦着换下的皮鞋,边哼着歌曲《外婆的澎湖湾》中的句子:"……有我许多的童年幻想,阳光、沙滩、海浪、仙人掌……"

老季的这间宿舍,陈设十分简陋。屋里除了那张桌子和两个旧柳条箱之外,能引起人们注意的,怕就是迎面墙上挂着的那个裱得颇为精致的条幅了。条幅上是老季特意让白可写下的一行魏体大字:"当效徐庶进曹营!"房间里的摆设能够显示出:这里的主人不打算在此久住。

是的,老季的确不打算长住这里了。他是正营职参谋,妻子又在家乡的一所小学里当教师,按规定完全可以把她调来随军,但他却执意不调,他想转业。

当老季悠闲地哼着歌曲把皮鞋擦完时,屋门"砰"的一声被推开,植生手拿着一张地图风风火火地闯进屋来叫道:"季参谋,我刚才去侦察连了解到,伏流河此次涨水前,河道中还常跑汽车。这证明,这条河道确是暂被流水遮盖起来的一条大路,它对'蓝军'的装甲输送车和中型坦克来说,是太可以利用了!"

老季的双眼里几乎同时有一种发现了什么的冲动显露出来,但转瞬就消失了,又恢复了惯常的那副淡漠和超然的眼神:"你操这心干什么?"他带几分诧异地问——但细一品味能够发现,他那诧异是装出来的。

"我觉得应再向首长建议,让其同意拿出一部分兵力加强这个方向的防守!你说行吗?"植生右手习惯性地揪住自己的右耳耳轮,声调急切地问。他虽然平时也对老季开庸俗玩笑有些看不惯,但他知道,老季的参谋业务在全处是最棒的,所以这时特地来找他商量,希望得到他的支持。

"依我看呀,"老季慢腾腾地说,"你这会儿应该同我下盘军棋!来,让你一个师长,如何?"他边说边把鞋刷和鞋油收起,从作业包里摸出了那盒"季记"军棋。

"我在同你商量正事!"植生的声音里带点恼火。

"其实,下军棋也是正事,它能使人消躁入静,于心于身,都有好处!"老季依旧笑着说道——那丝笑仍然浮在嘴角,含义莫名。

"你……"植生气恼地用地图在腿上砸了一下,转身向门口走去。

"你应该同我下棋!"老季在背后又喊了一句。

植生气冲冲走到门口时,与正要进屋的白可撞了个满怀。"干什么去,这么急?"白可轻声问。

"我找汪副处长和参谋长去,'蓝军'很有可能向南突围!"植生边说边走出门口。

"回来!"白可猛地抓住植生的胳膊,"'作战决心'是军长下的,就是你的建议对,他们也不敢改!"

"那我就去找军长!"植生执拗地说。

"你疯了?"白可吃惊地叫道,"军长的脾气你不知……"话没说完,植生已甩开他的胳膊向楼下跑去。

"植生——"白可又无奈地喊一声。

"让他去吧。"屋里,老季背朝着门口,眼望着墙上的那个条幅缓缓地说道,"生活经验只有自己总结出来的才管用啊!"

五

军长齐镜仰靠在客厅的沙发上,双目微闭。

军指挥所设在万家山,半个小时以后他就要出发,他正抓紧这个时间养神——为了组织这场演习,他的脑力劳动是很繁重的。

厨房里,女儿齐荞正抓紧时间为他赶炸干辣椒——那是他从小到现在一直爱吃的东西。哪顿饭离了辣椒他的食量就要减少,因此每次出门,他都要带一饭盒预先炸好的辣椒,即使去军区开会也是如此。

"爸爸,"齐荞端着盛了炸好的辣椒的饭盒走进客厅,"每顿饭最多只准吃五个!明白吗?"口气完全是命令式的。

"明白,明白。"军长睁开眼望着女儿笑了笑。一般人很难想到,这个在外面对千军万马发号施令的那样严厉的军长,在家里却要听小女儿的指挥。其实,这也不难理解,自妻子去世、大女儿出嫁后,他在家里所能享受到的家庭幸福就是小女儿对他的挚爱了——人到老年,再刚强的人也需要从天伦之乐中寻找抚慰。

就在这时,房门"砰"的一声被推开,气喘吁吁的邢植生出现在门口。他匆促地向军长敬了礼后,便径直走到军长面前说道:"军长,我刚才去侦察连了解了一下……"边说边把手中的地图展开在军长面前的茶几上,急切地述说着他刚才向季浇粟说过的那番话。

齐荞没有走开,她是机要参谋,这种身份允许她听到这类有关作战的事情。她只是有些意外地望着这个中上等身个、长着络腮胡的参谋,平素不论机关干部或是下边部队里的师、团干部来家,都是先在外边喊声报告或敲敲门,而后才有些拘谨地走进屋来,但这个邢植生却这么莽撞地撞开了门。齐荞平素虽知道邢植生脾气有些倔,但因接触不多,对他了解很少。此刻见他这种样子,倒有些高兴——性格泼辣、开朗的她不希望自己的家给人一种很可畏的印象,她希望机关干部们到她家和到别的干部家一样无拘无束才好。

军长微闭双眼默默地听着植生陈述他的建议,多皱的脸

103

上依旧是那副冷峻的神情。待植生说完之后,军长睁开眼只简单地讲了三个字:"知道了。"

植生折起地图,向军长敬了个礼,便转身向门外走去。

"爸,他说得有道理吗?"齐荠见邢植生的身影消失在门外之后开口问。

"少问这些事!"军长起身拿过那个盛辣椒的饭盒,进了自己的卧室——他对女儿的娇纵,也仅限于家庭生活的范围。

齐荠突然记起,自己马上也要出发,可背包还没打好,忙转身进了自己的闺房……

六

闭灯驾驶的帆篷卡车车轮停止了转动。军机关车队在这两旁有树的山间公路上停了下来。

这是行军途中的休息地,休息时间一个小时。各个伙食单位要在这里不露火光地埋锅烧点姜汤和面汤,让大家吃点干粮——这实际上就是早饭,再有一个半小时赶到指挥所之后,就无暇吃饭了。

老季第一个跳下车来,边叫着"憋死我了",边向山坡上的一个小树林跑去。

白可随其他人跳下车后,伸展了几下手臂,然后取过斜背在身后的军用水壶,轻轻呷了几口。

半轮悬浮在远处山脊上的秋月,透过路旁树木的枝叶,无声地望着这批夜行的军人。

植生定定地坐在车厢靠近后车挡板的地方,被树叶筛碎了的月光映着他那张绷得紧紧的脸孔,他的右耳耳轮被手扯得老长。

"喝水吧,植生。"白可把自己的水壶朝车上的植生递去。

"不喝。"

"那就下车来活动活动嘛,坐上边不嫌憋闷?"白可又轻声说道,他知道这个倔汉子心里还在想那件事。

"不用!"

"嗬,嗬,幸福确实是具体的!"老季边从山坡上往这里走边声音挺高地感叹着,"当你经过长途行军急需休息的时候来一次休息,这就是幸福!怎么?植生,不下来撒泡尿?"他走到车后朝植生问道。

"你们说,军长为什么就不能再拨出点兵力,哪怕是一个营加强南边的防御力量呢?"车上的植生突然无头无尾地朝车下的老季和白可问道——他第二次提出建议后,兵力部署至今并没有变动,凡部署有变,一般都是通过作训处向下通知的,作训参谋当最先知道。

"小声点!"白可听植生这样说急忙责怪道,同时小心地向车队前边望了一眼,军长的那辆吉普就停在前边不远处。

"我说嘛!当初你跟我下两盘棋岂不还可歇歇脑子?"

老季这时候接了口,"来,快下来撒泡尿。知道吗?美国弗尔逊医生认为:在不平坦路面上乘坐汽车的人,其尿液贮量最好不超过其膀胱容量的三分之二,否则将不安全!"

"啪!"车上的植生突然挥拳砸了后车挡板一下,随即"呼"地起身跳下了车,疾步向车队前边走去。

"干什么去,植生?"白可跑上来问。

植生一声没吭,只是疾步向前走着。

车队前部几辆卡车的中间,夹着几辆首长的座车。在车旁的公路空处,军长和其他几个首长围蹲在两张空子弹箱拼成的"桌"前,正吃着干粮。

105

植生径直走到军长身旁说道:"军长,我请求你再考虑一下我出发前的那一建议,是不是至少抽出一个营的兵力放在南边,以防'蓝军'利用那条河道突出去!"

军长闻言收回伸向饭盒夹油炸辣椒的筷子,抬头定定地望着植生,可惜帽檐遮住了月光,使人看不清军长眼中究竟是什么神色。

"当然,我这仅是一条建议,"植生又语调生硬地说道,"如果你从纯军事的角度认为这条建议无价值,那就罢了,因为这毕竟只是我一个参谋的判断;但如果你从维护自己的权威出发,认为现在对自己当初的'作战决心'作了变更会影响到个人的威信,那我认为就不必了!"

"梆!"军长猛地扬筷敲了一下面前盛辣椒的饭盒,放在"桌"边的饭盒随之"啪"的一声翻扣在了地上。

近处三三两两聚在一起吃干粮的机关干部,都被这个响声惊得立时静了下来。只有盲目游荡的山风在轻轻响着。

"回去吧。"参谋长转向植生低声说了一句。

植生慢慢地转过身,一步一步地向自己坐的那辆车走去。

紧挨首长座车的机要处的那辆卡车前,站着齐莘,她默默望着邢植生从自己身旁走过。

白可端着一缸子姜汤、拿着两个油饼在车前迎住植生轻声说道:"来,快到这边吃点东西。"说着,腾出一只手拉他走到山坡上的一块石头旁坐下。

"你为什么偏要为这件事去惹恼军长呢?"白可轻而柔和的抱怨声里,含着深深的关切,"你知道你惹恼了军长会有什么下场吗?只要他说一句话,就够你一个小参谋难受一辈子的!何苦呢?我虽只比你大一岁,但我来军机关的时间比你长,你要承认我毕竟比你经得多一点,见得多一点,你晓得老季为什么要整天说庸俗笑话？你以为他真的就那样庸俗？告诉你，他刚从军校毕业分来作训处时，是一个思想非常活跃、业务十分棒的参谋。他读的书多，观察问题、分析问题的能力很强，常能就部队的训练、作战问题提出一些很有价值的建议。但有几次在讨论训练问题时，他当众论证了分管训练工作的金副参谋长的意见不正确，并提出了相应的建议。这大大伤了金副参谋长的面子，使金副参谋长十分恼火。从那以后，金副参谋长有机会就不指名地批评他骄傲自大、目无领导，并且在工作安排上故意让他分管一些零七八碎的属于内勤的工作，使其发挥不出自己的能力。后来，在精简整编中，又让他下到了四师十一团当参谋。直到前年年底，他才又莫名其妙地重新被调回机关。只是在这次回来之后，他变了，先是整天沉默不语，继而就变成了现在这种样子！"

本来端着姜汤呆坐在那里的植生，听到这儿，吃惊地抬起头来望着白可。这是他第一次听人讲起老季的过去。

"懂吗？有时候，把聪明沤到肚里也许会是一件好事。"白可垂首缓缓地说，"可能，我说这话你会认为不高尚，可是，人，都希望能过平安的日子……"他的声音越发低了。

植生默默地望着白可，右手习惯性地揪着耳轮，眼瞳中溢出一种很难说清含义的光……

七

近处草丛中几只秋虫的鸣叫，伴着默然坐在那儿的白可和植生。

"白可——"这时，那边车旁传来了老季的叫声，"齐参谋要求会晤！"

"哦,植生,我去一下。"白可一听是齐荠找他,慌忙站起身。

"什么事?"白可跑到车前,见齐荠站在那里,忙问。

"这还不明白? 当此月朗风清之夜,恋人唤你还有别的事?"老季接了口,"快,那片树林是恋人晤面的好地方,不过,时间不多了,只有十二分钟,要抓紧! 唉,怪不得有人说,上帝是为了用理想世界掩护人类的爱情,才造了这种月亮!"

"你少庸俗!"月光下只见齐荠狠狠瞪了老季一眼,不过,她还是带着白可进了路边的那片树林。

"不要发火嘛!"老季望着他们的背影继续含笑说道,"一个经常发火的姑娘,会减少自己的魅力!"

"什么事?"白可一进树林就紧问。一向谨慎的他害怕当着那么多人的面,在这种时刻同齐荠进这片树林,想赶快结束这次会见。

"你说,邢参谋连续三次提的那条建议究竟有没有价值?"齐荠突然张口问道。

"这——你? 问这干啥?"白可有些意外。

"我对打仗不懂,但毕竟也是一个参谋,应该关心这件事,所以问你。"齐荠的话很干脆。

"这……很难说清。"白可注意着措辞。

"我喜欢听人说话直率、清楚!"月光下可见:齐荠鼻翼一侧那个黑痣跳动了几下,一股逼人之气露了出来。

"我个人认为,"白可只好开口,"如果'蓝军'指挥员是个作战思想比较守旧、不愿冒险的'稳健'人物,这个建议的价值不大;但如果是个精明果断、敢于冒险的人物,这个建议的价值是很大的。"

"那么你认为演习中的'蓝军'指挥员属于哪种人物?"齐

荠又紧跟着问。

"演习中的'蓝军'指挥员扮演的是敌军中的中层军官,敌军中的中层军官都比较年轻,受过正规军校教育,作战思想同他们的先辈有很大不同,属于那种精明果断、敢于冒险的人物!"白可平日颇注意对敌军情况的研究,所以很熟悉。

"既然这样,"齐荠的语气变得柔和了,"你该再去向首长陈述一下这个建议。邢参谋已连续讲了三次,按咱们司令部的规定,参谋陈谋不能超过三次,他已不能再讲,再讲就属于扰首长的指挥决心了。"

"不,不。"白可一听这话慌了,"究竟怎么个打法首长已经定了。"

"计划是可以变的。智者千虑尚有一失,何况我爸也是人,他考虑事情也会有不周的时候。"齐荠的话斩钉截铁。

"不,不,首长已经定了。"白可慌忙中又说了一遍。

"可你是参谋,你有参与谋划的义务!"齐荠的一双秀目直盯着白可,那目光像是要钻进他灵魂的深处。

"不,不,反正不能……"白可不知下边该怎么说下去。

"你是因为害怕!"齐荠的眼里蓦然闪出一种刺人的光,那个黑痣随着鼻翼的翘起而升高了。

"随你怎么说都行。"白可的头垂了下去。

"感谢上天给我提供了这个机会,使我认清了你原来是个可——怜——虫!"齐荠鄙夷地说完,猛地转身走出了树林。

白可呆呆地望着她的背影。

公路上响起了登车出发的哨音。白可迈着沉重的步子向卡车跑去。

"怎么样?让吻了几次?"白可跑到车前,老季一边伸手拉他上车一边笑问。

"唉!"白可上车后长叹一声,重重地坐在了背包上。

"现在不让吻也不必苦恼,女人嘛,有时故意摆个架子,其实只要一结婚,你愿怎么吻就怎么吻!"老季又笑道。

"求求你,别瞎说了好不好!"白可声音里含着苦恼。

军车的车轮此时又开始了在沙土路上的转动。

"看来,二位心里都多少有点火在烧呀!"老季安静不下,又笑望着默坐在那里的植生和白可说道,"来,来,喝点水,水能灭火!当然,由一个氧原子和两个氢原子构成的水对某些种类的火灭不了,所以本人经过几年的研制,发明了一种新型液体饮水!来,喝点尝尝!"他说着把自己的水壶送到了二人面前。

白可推开了水壶。植生伸手接过——刚才休息时他没喝水,有些渴。他拧开盖,扬头猛喝了一口。

"啊,酒?"植生一惊,随之便被呛得"咳嗽"起来。

山道上闭灯行驶的军车,在植生的咳嗽声中,又转了一个急弯……

八

"红""蓝"两军已经接火。

"战斗"在激烈地进行。

指挥所的气氛像实战那样紧张。供电车发出的电点亮了每一个需要点亮的灯泡,灯光下可见,所有的人都各就各位在忙碌着。

掩蔽部中间的行军桌前,植生正一手拿笔一手握着电话听筒随时记录着下属师、团报上来的情况;旁边的白可正手拿绘图铅笔,根据植生的记录标绘着战斗进展情况;老季则握着通往军区演习裁判组的电话,记录着裁判组的每一项裁决。

隔壁掩蔽部里几部电台的电键敲击声和嘀嘀嗒嗒的电码声,更加剧了这种紧张气氛。

和这种紧张气氛不协调的是,在掩蔽部的一角,军长齐镜正一手持一个小方镜,一手拿一把老式剃刀,慢慢地刮着胡子,那模样显得十分悠闲自在。不过,指挥所的人却没有一个感到奇怪,人们都知道,这是军长长期以来形成的习惯:战斗打响之后刮胡子。

战争给人的情绪带来的冲击比世上任何其他事情都要强烈,而指挥员的情绪受到的冲击尤其剧烈。为使自己随时处于冷静的状态,每个指挥员都在寻找着最适合自己的抑制情绪的方法:或抽烟,或踱步,或品茶,或谈笑……齐镜选择的是刮胡子。战争中,即使指挥所附近炮火连天,军长照样能悠闲自在地刮胡子。他在朝鲜战场当师长时,有一次他的部队奉命向北撤退,敌人尾追而来,又恰有一条河横拦在撤退路上,河上只有一座桥。敌人的炮弹已在近处炸响,后撤的部队拥至河边,都有些紧张地急欲上桥。这时,齐镜拒绝警卫员要他先撤过桥的建议,而是从容走至水边,弯腰掬起一捧水抹了抹下巴,擦了几下肥皂,便打开剃刀仔细地刮起胡子来。本来十分紧张的干部战士一见师长这副样子,那股紧张情绪也一下降了下来,大家迅速而有秩序地上桥向对岸撤去。当最后一个连队上桥之后、敌人的机枪子弹已经飞过来时,齐镜才收起剃刀上桥向对岸走去。也就在这时,一颗子弹擦过了他的右颊,在那上边留下了一个永久性的柳叶形的记号……

"战斗"正按军长预定的方案进行,对"蓝军"的包围已经形成,但遇到了顽强的抵抗。

"小白,植生,来,增加点热量!"老季趁电话闲着的当儿,从口袋里摸出了三块糖,向白可和植生面前各扔了一块,往自己嘴里填了一块。

"花生酥心糖。"白可边向图上画着标号,边瞥了一眼面前那块糖的包装纸。

"再看清一点!"老季嘴角上又现出了那种含义莫名的笑纹。

白可定睛看了一下,才发现那包装纸上的图案是老季自己画的,上边写了五个美术字:"告别酸心糖"。

"这是本作坊的特产!每块糖的含热量在百卡以上,"老季压低声音说道,"但是正像世界上一切美物都有其缺点一样,这种产品也有副作用,就是吃了容易使人心酸!"

"小声点!"白可小心地望了那边的军长一眼,他知道军长虽在刮胡子,但耳朵却在倾听着掩蔽部里的各种声音。

植生看了一眼老季,随手拿起那块糖,剥掉纸扔进了嘴里。

"告别了,我这个'和平军人'参加这种'和平式战斗',可能是最后一次了。"老季又低低自语道。他前几天听干部处的一个同乡说,今年转业的干部数量较多,他要求转业的报告有被批准的希望。

"你说什么?重复一遍!"正在嚼糖的植生这时猛然对着话筒喊道,随之在记录簿上飞快地记下了一行字。

"季参谋、白参谋,"植生记完之后向两人招呼道,"侦察分队报告,'蓝军'有一支部队沿伏流河两岸徒步向南运动。"

"哦?那就快将原话报告给首长!"白可意识到这不是一个好征兆,急忙轻声说。

植生转问白可:"我们离鸡鸣岭最近的是哪个师?"

"六师。"

"我找军长"植生说罢即起身向军长走去。白可还没有反应过来,老季只来得及向他伸出三个指头示意——你已陈谋三次,再讲就是违纪!

"报告军长!"植生走到军长身旁声音挺高地说,"侦察分队发现,'蓝军'有部队沿伏流河两岸向南运动。我判断这是他们企图由此方向突围的征兆。因此,我再次建议,从六师二梯队中抽出——"

"够了!"军长转过身冷冷地打断了植生的话,"既然你连起码的参谋工作纪律都记不住,那就不要做参谋工作了!参谋长,"军长转向那边正口授电报的参谋长说道,"找人接替邢植生的工作,让他暂时去警卫连报到!"说罢,又转身去慢慢地刮着胡子。

植生震惊地站在那里望着军长。

给参谋长来送刚译出的一份电报的齐荞,也吃惊地望着这一幕。

掩蔽部里静了那么一霎,随后一切又恢复正常。

植生愤然转身走到工作桌前,把记录簿交到接替工作的赵参谋手里,便向掩蔽部门口走去。

白可又眼呆呆地望着植生的背影,老季的嘴角则又浮出了那丝含义莫名的笑纹。

"爸爸,你这样处理一个参谋是不对的!"站在一旁的齐荞这时疾步走到军长身后说道。

"走开!"军长头也没回地冷冷命令。

"就是不对!"齐荞又固执地叫了一声。

"警卫员,把她给我赶出掩蔽部!"军长的声音冷得可怕。

"快走吧。"警卫员走来朝她低声说道。

齐荞骇然地望着爸爸的背影,她根本没有想到在家里那样娇纵她的爸爸,此刻会变得这样冷酷无情。

齐荠牙咬下唇,泪水在眼中打转。

那边,电键的敲击声显得越发急骤……

九

放在土坎下的一个小照明灯泡发出微弱的光,灯光下,植生正默默地和一个小战士在盆里洗菜,给值勤的战士们做着夜餐。

这里,是军警卫连的野炊处。

月早已坠落,只有未被轻云遮住的星星,用它们那些警觉的眼光,穿透黑暗,窥视着这个演习战场。

刚才植生来向警卫连长报到时,连长不知该怎么安排这个犯了错误的参谋,倒是植生先开口:"连长,让我去炊事班帮厨吧!"于是,他便来到了这里。

远处,"红""蓝"两军打出的空爆弹声隐隐传来,每当一簇火药的闪光亮过之后,植生都要下意识地停下手。终于,当盆里的菜洗完时,他急忙起身向正在锅上忙活的炊事班长说道:"班长,我去打个电话!"

"邢参谋,你尽管去忙!"炊事班长对他用这种请示的语气显然有些不好意思。

植生快步向离这儿最近的政治部的掩蔽部走去。在那儿,他找到一部电话单机,摇通了通往六师指挥所的电话。"请找庞师长接电话!"他急切地对着话筒喊道。当庞师长说话前惯常先发出的那声"哎"刚从耳机里传出,植生便对着话筒,急急地说道:"庞师长,我是邢植生。我刚才得到侦察分队报告,'蓝军'有一支部队正沿伏流河两岸向南运动,我判断这是其由此方向突围的征兆,因此,我请求你适当注意这个方向!我重复说一遍,我这只是请求,我现在已经不是作训处的参谋了,我既不是传达首长意图,也不是以作训参谋的身份提请您注意,只是以一个军人的身份,师长!您明白了吗?"

"哦?"听筒里传来庞师长有几分意外的声音,随即,便听到他说:"明白了。"

植生慢慢地放下话筒,抹了一把额头上的汗,又转身疾步向警卫连炊事班的野炊处走去……

十

军长还在刮胡子——按惯例,战斗不结束,他的胡子是不会刮完的。

"战斗"仍在激烈地进行,"蓝军"顽强地抗击着我"红军"的进攻。不过,他们已有一部分装甲车辆开始向军长预先给他们设计的埋葬地——北部方向突围。

刚好在这时,军区裁判组通知:"红军"部署在伏流河下游鸡鸣岭处的两个连队已被"蓝军"吃掉;一个多团的"蓝军"装甲输送车和坦克,正沿伏流河道向鸡鸣岭冲去,河水深度已被"蓝军"控制在装甲车和坦克涉水深度允许范围内。

老季声音很高地向参谋长和军长报告了这个裁决结果。

军长手中的剃刀停止了在颊上的缓慢移动。

事情很清楚:"蓝军"向北突围是佯动,向南突围才是真的!

指挥所的空气在这一瞬间似乎凝固住了,人们都知道军长没有采纳邢植生的建议,南部方向已无兵可挡敌人的突围。

然而军长这时却很平静地转向参谋长,"命令五师'炮群'转移火力,封锁河道;命令在鸡鸣岭外待命的五师十四团,坚决堵住敌人,逼其回头!"

军长的命令迅速下达了。

掩蔽部所有人的脸上都出现一丝惊疑:按军长原来的"歼敌决心",十四团根本没有部署在鸡鸣岭外。

老季和白可也交换了一个意外、诧异的眼神……

十一

山坡上流动的晨雾在慢慢地变淡、消散,天,大亮了。

不远处的一片小树丛里,醒过来的几只雀儿开始了清音繁复的合奏。

植生和一个战士正用铁锹平整着野炊时挖的锅灶坑——连队已吃过了早饭,做好了返回的准备。

整个演习已以"红军"的胜利而告结束,"蓝军"的两个团和一个师部已被"全歼"。

植生埋头铲着土,一个晚上的时间,他那络腮胡似乎又长了许多。

老季和白可慢慢地从军指挥所那边走过来,无言地站在近处看着植生。和植生一块填土的战士见有两个干部走过来,悄悄地扯了扯植生的衣襟,植生直起了身。

三个人默默地对望着。白可最先打破了这沉默,他走上前把一个白纸包递到植生手边轻声说道:"吃吧,这是机关食堂今天早晨给每个人发的两个卤猪蹄,我不习惯吃油腻的东西,你尝尝。"

植生慢慢推开白可的手低哑地说道:"我吃过了!"

"再吃点吧,我知道连队的伙食不大好,这东西也有营养。"白可又低声劝着。

"他不愿吃就算了!"老季这时接口道,"估计他已经'吃饱'了,因为气体也可食用,并且若吸收得好,营养还是很丰富的!"

植生又无言地弯下腰铲起土来。

远处,齐莽站在一辆电台车的后面定定地望着这边。

"当年,亚里士多德曾经给'悲剧'下过一个定义,说它'是一种义务与个人喜爱之间的冲突'",老季又开口说道,"但根据目前人们生活的经验看,这个定义应该修改成这样:'悲剧,是人们的主观愿望与客观现实之间的冲突'——"

"植生,你心里想开点,"白可有意截断了老季的话,低声安慰着,"我估计军长不会作处理的,你的判断最后证明还是正确的,只是以后再遇见这样的事注意点就是了。"

"是呀,植生,我看你现在需要懂一点寻找欢乐的方法!要不要我向你介绍一下?"老季这时又含笑接腔道,"我这方法简称为'说、下、打',全称叫做'说笑话、下军棋、打扑克',此法妙处在于——"

"小声点,军长来了。"白可此时猛地扯了一下老季的胳膊,打断了他的话。

几十步外,军长正由警卫员陪着向这边缓步走来。

白可、老季和那个填灶坑的战士向走近来的军长敬礼,只有植生一个人依旧低头填着土。

"植生。"白可有些着急地小声喊道,那意思显然是提醒他起身敬礼。

"没看我在忙着嘛!"邢植生头也没抬赌气地说。很清楚,那气并不是对着白可的。

军长无声地站在那里,微眯的双眼直望着俯身铲土的邢植生。

　　白可一脸焦急,而老季的嘴角则又浮出了那种含义莫名的笑纹。

　　远处的电台车旁,齐荞气恼地盯着这边的爸爸。

　　植生旁若无人地把最后一锹土填完之后,这才直起身斜瞥了军长一眼,用极平淡的口气说道:"哦,军长来了。"没有敬礼,他甚至还特意把帽子扯下来擦了擦额头上的汗。随之,就见他弯腰抱起旁边放着的半木箱烧剩下的煤要走。

　　"植生!"白可又发急地叫了一声。

　　"对不起,我先走了! 我们连长说过,平完灶坑就回连队集合地!"植生冷冷地说罢,便向警卫连连部所在的方向走去。

　　"站住!"军长这时低低地喝道。

　　植生停步转过身来斜眼望着军长:"什么事?"

　　"八点一刻,回指挥所参加全军的演练总结会!"军长的语调仍像惯常那样冷峻。

　　"现在对我的一切指示,最好能经过我们连长! 这样,似乎才符合手续?"植生的声音也冷而带着讥讽。

　　"不得迟到一分钟!"军长没有理会植生的话,又厉声地说道。随即,便转身向指挥所走去。

　　直到军长走出好远,白可才转向植生轻轻叹了一声:"天哪,你是存心要把他惹火啊!"

　　远处,齐荞仍站在电台车旁定定地望着这边……

十二

　　军机关的干部和参演部队的所有团以上干部,静静地坐在军指挥所掩蔽部一旁的山坡上,听着参谋长的演练总结讲话。

军长齐镜身子笔挺地坐在几张行军桌摆成的临时主席台上。

刚升上东天的秋阳,拨开缠绕它的几团云絮,望着这一张张因十几个小时未得休息而显疲惫的面孔。

在司令部队伍的最后,坐着老季、白可和植生。老季嘴角上依旧挂着那丝含义莫名的笑纹;白可白皙的脸上现出一丝担心;植生则仍用右手揪着耳轮,脸上完全是一副对一切都不在乎了的神情。

坐在前边队列中的齐芧,不时回头同情地看一眼植生。

参谋长的总结讲话结束的时候,军长起身走到讲桌前说道:"关于整个部队的演习情况,我就不重复了。这里,只讲一件事,就是我利用演习对军作训处几名参谋进行检验考查的情况!"

军长这冷峻的话音刚落地,会场上立时就起了阵轻微的骚动。老季脸上的那丝笑纹和白可脸上的那点担心几乎同时被一缕意外所代替。汪副处长也瞪大了眼。

"作训参谋,战时是指挥员的主要谋士,这些谋士是否称职,将直接影响到战斗的胜负!"军长又用他惯常使用的冷峻语调说道,"至于军作训处的这些谋士究竟是否称职,我心里不大有数,于是,我预先给其他军、师领导们打了招呼,要在这次演习中对作训处的四名谋士进行一次实际的检验考查。演习一开始我下'歼敌决心'时,有意在兵力部署上留下一个不小但却颇难发现的漏洞,想看看究竟有几人及时发现向我陈谋解决。结果,只有一个邢植生指出了这个漏洞并提出了相应的建议……"

老季、白可、植生和汪副处长一齐把震惊的目光投射到军长脸上。

"当邢植生开始两次向我陈谋时,我有意冷落了他,想看看他是否会因指挥员的冷落从而对自己的判断产生怀疑,放弃了本来是正确的建议——战争中,由于种种原因,指挥员起初不采纳正确建议的现象是存在的。如果这时他的参谋也放弃了自己本来是正确的建议,那么胜利的机会也就丢掉了。但邢植生没有动摇,而是第三次向我陈述他的建议。如果是在实战中,经过他这么连续三次的提醒,再糊涂的指挥员也会引起重视。接下去,一则为了看看邢植生能否承受住委屈——实战中,由于客观上的原因和指挥员个人修养上的问题,参谋因提正确建议后遭处分受委屈的现象也常发生;二则想看看在邢植生受到打击后,其他参谋能否挺身而出支持他的建议——实战中,同一建议由两个参谋提出,将更可能引起指挥员的重视,我在他第三次陈谋时佯怒拒谏,在他第四次陈谋时解除了他的职务。结果证明,邢植生是能够承受委屈的。他在被解除职务到警卫连炊事班帮助工作时,还冒着万一判断不准确要受更严格的军纪制裁的危险,找到一部电话单机给六师师长打电话,以一个军人的名义提醒六师师长注意南部方向。我在这里提醒大家注意,邢植生说的是'以一个军人的名义!'他的这一系列行为,或者是为了追求一个军人良心上的平静,或者是为了脚下这片国土的安宁,或者是为了对他所热爱的军事事业负责,不管是为了这三者中的哪一个,都值得尊敬!世界上有知识的人并不一定就值得尊敬,只有那些把获得的知识作为一种高尚追求的手段的人才值得尊敬!我承认,邢植生同志是一个够格的谋士!是一个敢于'死谏'的谋士!如果这样的谋士多一点,我们平时和战时就会少办很多蠢事！"

植生深深地垂下了头。

坐在前边的齐荞兴奋地回望植生一眼。

"其余三名谋士没有指出漏洞并提出建议，"军长又继续说道，"四人中占了三个，这个比例使我感到震惊！我想这无非有两种情况：一种是没有看出来；一种是看出来没有说。不管属于哪种情况，倘是实战的话，都应该和指挥员一起承受战斗失利的责任！即使不受军事法庭的审判，也应该受到军人良心的谴责！要知道，古代军队中的谋士若是当谋无谋或不谋，辜负的只是信任他的聘请者——军中主将；而今天，聘请你们当谋士的则是'祖国'！她在聘请你们的时候，本来是想让你们当'忠臣'的啊……"

老季和白可身子一动不动地坐在那儿，双眼虽然依旧对着军长，但那眸子，却分明已空无所属了。

汪副处长双手紧紧地抱着头。

"你们，"军长的目光朝坐在会场中间的师、团干部扫了一眼，"都是手下的谋士的领导人，我这里提醒你们一句，那些有真才实学且有追求的谋士，他们说话办事可能不那么顺从，有时可能会刺伤你们当官的自尊心——我知道，世上自尊心最强的是两种人：贫穷的人和握有权柄的人。在这种情况下，你们千万不能以骄傲自满、目无领导为借口把他们毁掉！毁掉一个谋士人才是十分容易的。你们大概不知道，我齐镜就毁过谋士人才，而且是很轻易毁掉的。那是在朝鲜战场上，板岩山阻击战时，我的一个参谋向我陈述一条建议，我没有采纳，他第二次又向我陈谋时顺口带了句'你不要自以为聪明！'这句话惹恼了我，我当时即以'干扰指挥决心'为由解除了他的职务，并让人把他送回了后方。战后当我从血的教训中知道他的建议正确去找他时,他已被保卫部门送回了国内,并很快让他复员了。我仅仅用了几句话,就把一个谋士人才毁掉了,多么容易呀!自那以后,我才懂得不用真正的谋士是要吃败仗的。我在小心禁绝自己的部队中再出现这类毁坏谋士人才的事,但是,前些日子我还发现,就在我们军司令部,还是有参谋因提正确建议而遭打击报复,这位参谋就是季浇粟同志。季浇粟参谋——"军长讲到这儿叫一声。

老季默默地站起了身。

"我向你赔礼了!"军长说着,十分正规地向季浇粟举手敬礼。

一层水雾漫上了老季那呆然凝望军长的双眸。

会场寂然无声,只有山风掠过梯田埂时发出轻微的声响……

十三

植生最后一个下的车。

同志们下车后都已向宿舍区那边走了,只有他把背包扔到地上,重重坐在了那里。他只觉得浑身无力——将近一昼夜的不平常的脑体力劳动,几乎耗去了这个壮汉身上的全部精力。

"邢参谋,这是谁的军棋掉下了?"正在打扫车厢的汽车司机跳下车,手拿着一副军棋向植生跑来。

植生接过一看,见棋盒上写着"季记"二字,说道:"季参谋的,我给捎回去。"说罢,起身背了背包,缓缓移步向宿舍楼那边走去。

"邢参谋!"植生没走几步,近处突然传来一声姑娘的喊叫,他一愣,扭头一看,才发现齐荞背着背包站在身后。

"有事?"植生有些诧异。

"嗯,有点儿事。"齐荞微笑着,但笑只是一刹那,很快,两片红晕升上她的双颊。

"说吧。"

"我这人说话喜欢直率,也希望你能直率!"齐荞脸上的那丝红晕消失,现出了一种决心把内心隐秘情绪袒露出来的坚定。

"说吧!"植生右手习惯性地揪住了耳轮。

"我——"一向口齿伶俐的齐荞吞吐了一下,"最近看到一本书上说,'一个女人在婚后的家庭生活中完全处于支配地位是不会幸福的!'"

"什么意思?"植生两颊一动,手放开了耳朵,声音变得低沉了。

"我是说,我希望将来能与一个比我脾气更倔更烈、比我更坚强的人生活在一起。"那丝红晕又在齐荞的脸上泛出。

"说完了?"植生的声调和目光都有点冷。

"完了。有时候,感情有为理智所不理解的理由。"这后一句,她是在为自己的行为解释。

"那好!我也告诉你一句话!"植生几乎是一字一句地说道,"我从七岁起,就恨那些朝三暮四的女人!"

齐荞在一瞬间的呆愣之后,突然气恼至极地吼道:"滚!"跟着,猛地转身跑了。

"站住!"这次倒是植生低沉地喝叫了一声,这声音具有这样大的威慑力量,以致执拗惯了的齐荞不得不猛地停住脚步。

"你应该承认,"植生的声音依旧冷冷的,"你从小就生活在军人社会的上层,你对基层军人的生活和思想是不熟悉的!因此,你在评价他们的时候,要注意公正!"

"我不想听别人的教训!"齐荠执拗地叫道。

"我认为我应该教训你一句:你要了解而不是去刺伤白可的心!"植生说罢,便转身大步走了。

齐荠定定地站在那里,许久许久,一动不动……

十四

植生一手提着自己的背包,一手拿着那副军棋,缓缓推开了老季的宿舍门。

屋里,老季和白可正背对着门口,凝神望着墙壁,白可背在身后的右手中握着一管毛笔。植生有些诧异地抬眼向墙上看去,这才发现在原来挂着的那个写有"当效徐庶进曹营"的条幅旁,又挂上了一个墨迹未干的新条幅:"该仿孔明在蜀中。"那一个个力透纸背的魏体字,显然出自白可手中的那支笔。

"坐吧。"老季似乎意识到进来的是植生,头也没回地低声说道,"条幅,挂两个好看些。"他那含混的低音,既像是对植生解释,又像是自言自语。

植生无言地望着那个新写的条幅,沉默,又充塞了屋内。

"吧嗒!"一滴墨汁从白可手中的毛笔笔尖滴落到了地上……

人　间

第一章

一

棠梨村,在这豫鄂交界的四乡里很有些名气。它出名就出在它村中的那棵老棠梨树上。

那棠梨树的样子十分古怪:树冠的北半边枝长叶茂、郁郁葱葱;南半边却枯枝戳空,片叶不生。它所以呈这种半死半活的模样,据住在树旁的郝六嫂解释:是因为当年王母娘娘手下有一丫鬟,私自下凡在咱这地方找了一个男人,王母听说后派雷公来抓,小丫鬟和她的男人就手拉手死抱住棠梨树干不松手,最后王母怒极,让雷公把树劈死一半,这才把被震昏的小丫鬟抓上天庭。"挨千刀的王母娘娘!"郝六嫂每次解释完总要恨恨骂上一句。

那棠梨树自身也颇有些神道:可为人祛灾灭病。听村中的酒鬼"两瓶半"讲,如果家里人有病,你只要在月黑之夜提两瓶酒来到树下,对着树干连磕三个头,然后小声说清病人病状,把酒留下,转身回家,病人病情保准马上见好。他曾反复宣传过一个病例:有一个姑娘因其嫂生下孩子没有奶水,便提两瓶酒来树下磕头,她磕头时本该说:"我嫂嫂有孩子后没有奶水,请开恩让孩子有奶水吃。"不想她慌忙中把"嫂嫂"二字漏掉,结果,这姑娘转身没走出二百步,自己的两个奶头便来了奶水,到家时,衣服的前襟竟全被奶水浸透。正因为它神道颇灵,所以在那有名的"十年间",月黑之夜前来祈求平安的人就接连不断。

那棠梨树的躯干本身就是这地方的一部"史书":上边被前人用刀刻了不少字。那刻在最下边的隐约可见的三个隶字:"棠梨站",刻写的年代无人说得清楚;刻写的原因,大约是因为这里早先是襄阳—洛阳古驿道上的一个驿站。树干上还有三个比较清楚的宋字:"棠梨树",据"棠梨中学"的"公办"魏老师"考证",这三个字是在北宋末年刻上的。大概那时这里已是一个村落了。此外,树上还有一些刀刻出来的字,像"德""闯""贞""聚"等等,村上人对这些字刻写的年月和目的,说法就很不统一了。

棠梨树出名,棠梨村当然也就出名。

五十年代,邓州城里的当任县长视察棠梨村时,见它处于四乡几十个村子的中央,又临公路,便指示县商业局、粮食局、邮电局、教育局和新华书店在这里设立分支机构,以便乡民。不久,棠梨村上便出现了有六名国家职工的综合商店;有两名职工的新华书店;有三名"公办"教师的"棠梨学校";有两名工作人员的邮电所;有三名职工的粮管所。自此以后,邓州至襄阳的公路穿过村中的那截道路,便被称做了"街",每逢阴历单日子,四乡里的人便来这里赶集买东西。

老棠梨树刚好就站在街边,而且又正巧位于这条二里来长的街的中间。

今儿个快吃晌午饭时,已改称为"棠梨中学"的"棠梨学校"大门里,走出了"公办"的魏教师。只见他端了半碗红薯面汤来到棠梨树下,在树干上贴了一张写有墨笔字的白纸,纸刚贴上,在街边闲逛的四十来岁的"两瓶半",便凑到前边,用他那被老白干冲哑了的嗓子高声念了起来:"通知。因全体教师进县学习,我校学生今秋入学时间推迟一天。顺告,今年我校参加高考的学生均未被录取,请勿再来校询问。棠梨中学。一九七八年八月十八日。"

"娘的,又没考中一个!""两瓶半"读完后很响地骂道。

"唉——""两瓶半"的骂声刚落,在树下摆摊卖菜的邹家庄的"菜驼子",便发出了一声长长的叹息……

二

开始变凉的日头,慢腾腾地向西天沉去。

邹家庄村南的红薯地里,邹尚毅突然扔下挖红薯的三齿钉耙,双手抱头蹲在了地上——刚才,他称驼叔的"菜驼子"从街上回来告诉他:"棠梨树上贴了告示,全学校没考上一个,你也没中。"

没考上!又没考上!

尚毅对考上大学曾怀着怎样的热望啊!二十二岁的他已经从无数个同村、邻村伙伴的身上看清了,要想不再抡这三齿钉耙在地里苦干,只有两条路:一条是参军,另一条就是考学了。由于先天生成了一双平底脚,几次检查身体都未合格,前一条路绝了。于是,他只好把全部希望都寄托在考学上。去年第一次恢复高考时他去应考没考上,接下来他不顾继父的反对,又坚持到母校棠梨中学跟班复习了一年。这期间,继父多次朝他咆哮:"二十多岁了,还要老子养活你,算你娘的什么道理!"他都隐忍着没有辍学。每逢妈妈背着继父悄悄朝他手里塞几个钱让他去学校时,都同时增加一点他考上大学的决心。他付出了怎样的努力啊,然而,终于还是没考上!

"嘭!"他猛地扬拳朝面前挖出的一块大红薯砸去,那红薯立时碎成了几瓣。

"娘的!早就说不让你上的,你偏要上,这下倒好,学没考上,活也没干成!娘的!"旁边的继父此时也停下手中的钉耙,眼瞪着尚毅大声骂。

"别骂了好不好,孩子心里也不好受。"尚毅娘在一边怯怯地劝。

"为什么不让老子骂?日你娘,当初我说过不让他上学,都是你这个憨女人,整天的上、上、上,上出你娘的什么好来?"继父边骂边向娘身边逼。

"你嘴里干净点行吗?"做娘的看到大儿子在面前,声音已几近哀求。

"老子嘴里不干净你还能怎么着?老子骂你活该!老子揍你也活该!"继父边叫边猛地朝尚毅娘打起了耳光:啪!啪!啪!他把这些年无偿供应尚毅上学的怨愤全发泄在那耳光上了。

"住手!!"随着这声吓人的吼叫,只见尚毅猛地从地上跳起,抓起手边的钉耙便向继父冲去。

"毅儿——"嘴角渗血的娘在瞥见儿子抓起钉耙的瞬间，急忙向他扑来，死死抓住了他的手臂。

"你……你干什么？"继父被尚毅那抓起钉耙的凶状吓愣在那里。

"你再动俺娘一指头，我砍——了——你！"眼珠发红的尚毅从牙缝里迸出了几个字。

"不怕遭雷打呀？！"娘扬手照尚毅的脸上打了一巴掌，夺了他手中的钉耙。

尚毅血红的双眼直瞪着吓愣在那儿的继父，直到对方怯怯地蹲下身，他才猛地转身向棠梨村方向跑去。

"毅儿……"

尚毅娘带着哭音喊……

三

暮色开始在老棠梨树的树冠间飘荡，四周已显出些朦胧了。

茵叶手拿着一本几何作业，脚步轻盈地从棠梨中学院里走出。她刚去找老师问清了暑期作业中几道难题的做法，所以俊俏的脸颊上露着一丝轻松的笑意，但很快，那丝轻松就又消失了，她想起了爸爸昨天说的那句话："明年你要也考不上，小心着！"今年，连考两次的二姐杏叶又没被录取，明年自己就能行吗？

"三姑娘，你爸的商店里这两天进没进宝丰大曲？"站在街边的"两瓶半"见茵叶走过来，脸上带着讨好的笑容问。茵叶是棠梨村赫赫有名的国营综合商店主任夏恭礼的三女儿，馋酒的"两瓶半"知道她脾性好，便想从她这儿探听点消息。

"俺不知道呀，大叔。"正低头边走边想心事的茵叶此时忙停步答道,"你去店里问问俺爸吧。"

"嗨!咱这号人咋能跟你爸爸搭上腔。""两瓶半"笑笑,紧紧腰上的一截草绳,"我说,三姑娘,帮我探一下有没有。俗话说,好心有好报。大叔我以后多在棠梨树下替你祷告几句,让你找个漂亮女婿!"

"不跟你说话了,大叔!"茵叶脸通红地顿一下脚,低头走了。

茵叶走到棠梨树下时,脸上的红晕才算褪尽。她扭头看了一眼树干上那张令二姐伤心的公告,这时,蓦然发现二姐的同班同学邹尚毅正头抵着树干默默站在那儿,她先是一愣,随即便明白了:他也在因为没考上学而伤心。

茵叶轻步走到尚毅身边,低低地叫了一声:"尚毅哥。"

尚毅闻声扭脸看了她一下,又把前额顶在树干上。

茵叶所以这样称呼尚毅,倒并不是因为两人同在一个学校且尚毅高出茵叶几级,而是因为茵叶知道二姐同尚毅的秘密关系。去年秋天的一个下午放学后,生性泼辣的二姐杏叶同两个同学赌气比赛爬树,爬的就是这棵棠梨树。当二姐爬到北边的那个侧枝上时,树枝突然断裂,当杏叶惊叫着随同树枝往下摔的一刹那,树下的男女同学都慌慌地躲开,只有邹尚毅和茵叶跑上前朝杏叶伸开了双臂。结果,杏叶带着巨大的惯性扑到了尚毅的怀中,一下子把他砸倒在地,他的腿、臂和胳膊上几个地方立时涌出了鲜血,所幸的是,那断了的树枝因为树皮的牵拉,没有随着砸下来,尚未造成更严重的后果。自那以后,茵叶发现二姐常和尚毅在一块儿。有天晚上,茵叶见二姐在很认真地写一封信,以为她是在给城里的大姐写信,便轻步走到背后去看,原来那信是写给尚毅的,茵叶还没看完半页,便羞得先捂了自己的脸叫道:"天哪……"结果惹得二姐在她头上敲了几个栗凿,逼她答应保密。其实,二姐不逼茴叶也不会乱说的,她生性害羞,对这类事根本说不出口。也就是从那时起,茴叶见了尚毅,都是叫他一声"尚毅哥",当然,叫得很轻。

"别因为考不上太伤心,身体要紧。"茴叶柔柔地开口劝道,"走,去家里吧,我二姐在家。"

尚毅闻言慢慢地站直身子。是的,应该去见一下杏叶,把他要离家出走的决定告诉她。她是该知道这个决定的!去哪里?尚毅没仔细想,南下湖北或北上洛阳都行,总之,越远越好。他记得离村里八里地的小火车站夜间有货车通过,现在去找杏叶说说话,还赶得上去那里扒货车远走!

他跟在茴叶身后向她家走去。

暮色浓多了,天边似乎有雷声在响,尚毅抬头看了一下天空,只见远天的一团乌云,正慢慢地磨灭着早出的星星……

四

夏恭礼吃下碗中的最后一口面条,把筷子往黑漆饭桌上啪地一放,带有几分愠怒地朝坐在对面的二女儿杏叶说道:"你今黑里收拾一下,明天上午就骑车去城里你姐家,我下午已给你姐和你姐夫打了电话,让他们给你安排个事情。"

"嗯。"眼泡儿有些红肿的杏叶轻声应道。

"咱原本就是城里人,去吧,杏叶。"七十来岁的杏叶奶在旁边接了口,"咱户口不是农村的,你姐会给你安排个事情做的。"夏家原先的确是城里人,据说祖上有人还曾中过进士,只是到了六十年代初期那场三千万城市人口下放运动开始时,夏恭礼才主动要求带着全家来这里任职。

"还有,"夏恭礼又接着说,"记着把你的那些参考书交给茴叶,让她好好学。嗳,她怎么还没回来?"

"她去学校找教师问难题了。"杏叶低低地答。

"嗯。"夏恭礼点了下头表示明白。因为二女儿没有考上学的事,他很是恼火。他是一个极看重脸面的人,他一心想让三个女儿都能学出个名堂。前些年,他通过关系让大女儿成了工农兵大学生,毕业后在县卫生局当了干部,且又找了个在县委宣传部当干部的女婿,这使他很觉荣耀。接下来,他又开始操心二女儿上学的事,不巧,这时恢复了高考制度,他尽管在县城里关系不少,但却无法直接送她入大学,只好让她凭本事考了。结果连考两年,竟都落榜了,这不能不使他窝了一肚子气。使他稍觉宽心的是,下午他打电话给大女儿,大女儿说可以先把杏叶安排到县医院,而后再想法送她去上边的卫校进修,慢慢地可以当医生。也好,夏家再出一个医生也说得过去。

"记着,把给茴叶留的饭温在锅里,她吃了后再让她看会儿书!"夏恭礼又威严地给二女儿交代。在这个家,他是当然的权威。自妻子六年前去世后,是他一个人撑持这个家的,权力自然也都集于他一身。加上他脾气暴躁,所以女儿们都有些怕他。别看杏叶在学校挺厉害,但到了家,却不敢有丝毫放肆。就在饭前,还被爸爸训得哭了一场。

"妈,我出去一会儿。"夏恭礼站起身朝老母亲说了一句,便伸手从柜上抽了一张报纸夹在腋下,向屋门走去。

五

尚毅娘原以为儿子跑一会儿消消气就会回来的,结果天黑定之后,把留下的晚饭热了两次还不见回来,心里顿时发了毛,忙慌慌地朝近邻菜驼子的房子走去。

菜驼子今年四十六七岁年纪,孤身一人过日子。也是世代住在邹家庄的邹姓人,只是因为他颇会种菜且背又驼了,才得了个菜驼子的外号。此刻,吃了晚饭的菜驼子,一边噙了烟锅吧嗒着,一边把床上的两床被子抻成两个被筒。那床黑面的被子是他的,那床花面的被子是尚毅的。尚毅家因为房子窄,家里睡不下,自八岁以后就一直是在他这里搭铺睡的。被子抻开之后,他又坐在床沿上吧嗒着烟锅,等着尚毅来睡。就在这当儿,红着眼的尚毅娘"哐当"一声推开门,带着哭音叫道:"他驼叔!"

"咋了?"菜驼子见状慌忙站起身,早年大队里的人因他偷偷卖菜,曾在夜里撞门让他去参加过"学习班",所以他一听房门这么反常地一响,立时条件反射地慌了起来,手足无措地走到尚毅娘跟前问。

"小毅跟他爹吵了几句,天没黑就走了,到这会儿还没回来——"尚毅娘话没说完,眼泪先淌了出来。

"哦,哦,往哪里走了?带东西了没有?"菜驼子闻言急急地问道。在邹家庄,关心尚毅的人除了尚毅娘之外,就是这个胆小怕事但心肠颇好的菜驼子了。由于尚毅从小就来菜驼子屋里搭铺,先是两人睡一个被筒,后来睡两个被筒,他亲眼看着尚毅长大,所以对尚毅很有父对子的那种关切。平时他做点儿好吃的,总不忘给尚毅留一点;夜里,他常常起来给尚毅掖掖被窝;尚毅上学后有时继父不给书杂费钱,菜驼子也常从自己怀里掏一点装到尚毅兜里。他也一直暗中希望尚毅能考上学,将来好不再受他继父的气。没想到尚毅学没考上,人又被继父骂跑了。

"往棠梨村那边走的,啥也没带。"尚毅娘抽抽噎噎地答。

"别慌,别慌。我去找找,我去找找。"菜驼子边说边磕了

133

烟灰,急急地拿了手电。出门一看天上有云,又进屋拿了件蓑衣,便向棠梨村方向快步走去……

六

夏恭礼出了屋门,径直向棠梨树旁的郝六嫂的小酒馆走去。

"夏主任,还没歇着呐?"街边的一家屋门里传出一声恭谨的招呼。

"哦。"夏恭礼含混地应了一声,脚步没停地继续向前走。他平时总是用这声漫不经心的"哦"来应付人们那殷勤的问候,因为在这棠梨村,向他表示亲热、殷勤的人实在太多。在这个远离县城的偏远的地方,手中握有油、盐、酱、醋、烟、酒、糖、茶和其他日用百货销售权的夏恭礼,实际上是一个无冕之王。四乡里的人,棠梨村的老住户,棠梨大队的干部,包括粮所、邮电所、书店和中学的公教人员,都愿和他攀一点儿亲热。

"他夏伯伯,还忙哪?"街边又传来一个中年女人亲热的招呼声。

"哦。"夏恭礼照旧应了一个字,脚步没停地向郝六嫂的小酒馆走着。平日,他常在晚饭后到那小酒馆里喝两盅。其实,喝酒只是借口,要真想喝酒,他在家里会喝得更舒服。他到酒馆的真实目的,是想去看看郝六嫂。

郝六嫂原是棠梨村种田好手郝六的妻子,人很有几分姿色,嘴上也有几下子。郝六前年病死之后,她因为过去很少下田干活,没有种庄稼的本领,为了养活两个孩子,便先是偷偷、继而公开地卖起了散装酒。最后,干脆炒点花生豆、拌点豆芽什么的,堂而皇之地开起了有三张酒桌的小酒馆。因为要卖酒,六嫂自然就要常去夏恭礼的综合商店进点酒。有一次,由于商店一个职工的故意刁难,六嫂没办法,只好找到了夏恭礼。一见面便上前晃着他的胳膊央求着:"夏主任,看在俺孤儿寡母可怜的份上,你就批给一点儿散装酒吧。"夏恭礼自从在小书店工作的妻子死去后,因为三个女儿已经相继长大,加上他又极看重脸面,所以一直没和哪个女人的身子接触过,郝六嫂这么来回摇他的胳膊,摇得他脸热心跳,把埋在心底的那点对女人的渴望摇了起来,于是,他当时就批了条子。从那以后,他就常常借故去六嫂的小店里坐一坐,并且每次去,总要同时给六嫂批一点什么。时间一长,不知郝六嫂是想找一个靠山,还是不堪几年的守寡生活,终于在一个晚上,当几个喝酒的人走了之后,一下子扑到了夏恭礼的怀里。六嫂这个大胆的举动,几乎使夏恭礼失去了自持,但他那保护脸面的强烈愿望终于使他止住自己把事情发展下去,他只是轻轻用手在六嫂那有了皱纹但仍很细腻的脸上抚摩了一下,便扶她坐在了椅子上……

此刻,六嫂摆了三张方桌的那间酒馆正亮着灯。夏恭礼走到门口一看,见几个本村的人正在那里喝酒,有些迟疑地站住了脚,屋里的郝六嫂转身看见他,急忙亲热地向他招呼:"快呀,进来喝两盅。"

夏恭礼进了屋,在回答了几个喝酒人的招呼之后,便在一张桌前坐下,拿过胳膊下夹着的那张报纸看了起来。其实,他根本看不进去,他来这里是为了看六嫂而不是为了看报纸,更别说那张报纸是半月以前的老报纸了。他平时出门之所以总要在胳膊下夹张报纸,那只是为了表明他有国家干部的身份罢了。

这当儿,六嫂已很麻利地给他端过来一盘猪耳朵、一个小瓷酒壶和一只酒杯。六嫂在给他往杯里斟酒时很快地朝他低声说了一句:"是宝丰大曲。"夏恭礼微笑了一下,他知道六嫂平时卖的主要是县酒厂出的那种散装白干,而每次他来,六嫂端给他的却都是宝丰大曲。

几个喝酒的很快地咂完酒杯里的酒,相继出门走了。六嫂出门看了看,见无别的顾客,便转身进屋关了门,让帮她烧火煮肉的十三岁的儿子拉上九岁的女儿进后房睡觉,自己便又一下子坐在了夏恭礼的腿上,轻轻地把头靠在了他的胸前低声嗔怨道:"我说,你究竟有没有要俺的心?这样不结婚老拖着,心里真不是个味儿。"六嫂边说边拿起夏恭礼的一只手放在自己的胸前揉着。六嫂明白,只要自己能和这个商店主任结婚,不光自己今后的生意好做,两个孩子日后也可以凭着主任的关系,找个不干农活的差事。"昨夜里,"六嫂又低声说道,"我提了两瓶大曲到棠梨树下,已经求神保佑我们早成一家了。"

六嫂这滚烫的话和那丰满的胸脯,慢慢地使夏恭礼身上的血开始变得滚热,有一刹那,他真想猛地把她整个地抱在怀里,大声对她说:"好,我们明天就去登记结婚!"但很快,理智又固执地提醒他注意脸面。是的,倘真要和六嫂结了婚,替她抚养孩子他倒不怕,怕就怕进城开会时,那些城里的熟人会在背后笑话他:"想不到堂堂的国家干部娶了个乡下寡妇,可怜呀!"怕就怕大女儿和大女婿看到这个农业户口的继母时,会连他也斜着眼睛瞧的!怕就怕村上那十几个公职人员会在背后指戳他:"没料到大主任看上了一个农夫丢下的婆娘!"怕就怕总以城里人自豪的老母亲,会整天斥责他:"不要忘了咱原本是城里人啊!……"还有,夏恭礼很早就有举家迁往城里的打算,真要同六嫂结了婚,这个愿望就很难实现了。

"听我说,"他轻轻地抚弄着六嫂那饱满的双乳,"我的孩子已经大了,我们可以就这样暗中来往,结婚恐怕——"

"这么说,你是动心不要俺了?"六嫂霍地推开夏恭礼的手,打断了他的话,眼睛瞪着他,"只在你心闲时来玩玩俺?"

"你听我说——"

"不说了!"六嫂站起了身。

"我担心别人笑话——"

"行了!你走吧!"六嫂断然扭过了脸。

夏恭礼过去只看到六嫂对自己恳求顺从的一面,没料到她还有这么厉害的一面,这时只好尴尬地站起身向门口走去。

"等等。"在夏恭礼就要走到门口时,六嫂又声音很低地叫道,"以后,你还常来喝酒吧。"她心里虽然对夏恭礼有些恼,但她知道,她不应该就此得罪他,他是她做生意的靠山啊。

夏恭礼回头默望了她一眼,慢慢地拉开了门。

"呼——"夜风猛然摇了一下屋旁老棠梨树那巨大的树冠……

七

天,淅淅沥沥地飘起了雨。

夏恭礼有些烦躁地走到自家门口,扬手敲起了门。他自己心里也弄不清为何烦躁,是为郝六嫂刚才那几句厉害话,还是为自己刚才做出的那个决定?他说不清。

"爸,回来了。"小女儿茵叶来开了门。

"哦。"夏恭礼应了一声,便向自己的睡屋走去。在经过两个女儿的房门口时,他突然听到一个小伙子的声音从屋里传了出来,立时停了脚步对着插了院门往回走的茵叶厉声问道:"谁在这里?"——他平时对两个女儿同小伙子们的接触管得极严。

137

"我二姐的同学邹尚毅。"茵叶轻声答道。

夏恭礼转身"咚"一下推开了女儿的房门。坐在屋里的杏叶看见爸爸进来急忙立起了身,端着水杯喝水的尚毅也站了起来。

"爸爸,他叫邹尚毅。尚毅,这是我爸爸。"杏叶做着介绍。

"大叔。"尚毅恭敬地叫了一声,他这是第一次来到杏叶家里。

夏恭礼没有应声,只是看了一眼这个穿着一身乡下土气裤褂、光脚套一双旧布鞋的青年,扭过身边往外走边冷冷地说道:"快半夜了,哪有那么多话要说?!"

尚毅一听这话,放下手中的杯子就要往外走,杏叶和茵叶见状急忙伸手拉住他。杏叶示意他坐下,自己随父亲来到了堂屋里说道:"爸爸,能不能让他先住在咱们家里,他不愿回他家了。"

"嗯?!"夏恭礼猛地转过身来,"胡说!让一个农村小子住我这里干什么?"

"爸……"杏叶望了一眼爸爸那冷厉的面孔,牙一咬下唇,脸上突然现出一不做,二不休的神色,低声说道:"他喜欢我!"

"什么?!"夏恭礼的脸突然涨得通红,他一霎时明白了女儿说的是什么,气极地吼道,"他算什么东西?也配往我夏家屋里挤?看他那副样子,他自己不知道害臊,我还觉得丢人哪!"

旁门开了,奶奶这时一手拄着拐杖一手扣着衣扣出来朝杏叶说道:"憨闺女,咱原本是城里人,吃卡片粮的,他一个乡下人——"

"我也喜欢他。"杏叶这时低低地打断了奶奶的话。

"胡说!"夏恭礼恼怒地向女儿逼了一步,"那个东西有什么值得——"

"不要骂人!"一个冷冷的声音突然打断了夏恭礼的话。他扭头一看,才发现邹尚毅一脸怒气地站在门口。尚毅刚才在杏叶屋里坐着的时候,对这边屋里的话听得一清二楚。

"骂我是'什么东西',那么你是'什么东西'呢?"尚毅又直瞪着夏恭礼冷冷说道——他那敏感的自尊心被这几个字刺得太深。

"你?!"夏恭礼一时被气愣在了那儿,在整个棠梨村,还从没有人敢用这样的语气跟他说话,"你给我滚!滚!"他暴怒至极地朝尚毅吼。

不想尚毅这时竟在嘴角浮起了一丝冷笑:"对不起!我不是来找你的,只有夏杏叶说叫我滚我才滚!"他决心气一气这个侮辱他的人——他知道杏叶是不会说出那句话的。

夏恭礼闻言真想上前给这个乡下小子几巴掌,但他止住了自己,万一这小子还了手,让村上的人们知道了,自己的脸往哪里放?

"说!叫他滚、滚!"夏恭礼转向杏叶咆哮道。

杏叶低下头去,默默地站在那儿。

"好哇,你个贱丫头!"夏恭礼气极地叫道。不过,瞬间之后,他的声音突然变得平静了:"把老子给你的东西全部给我留下,把你的外衣也给我脱了,马上跟他走!"

杏叶震惊地抬眼望着爸爸。她清楚地知道,尚毅身无分文,现在跟他走,住哪里?吃什么?穿什么?

尚毅的瞳仁里这时则突然闪过一丝欣喜的光,他满怀希望地望着杏叶。他相信她会坚定地说出那句话:"好,我跟他走!"他记起了她当初写给他的一张纸条上的话:"愿跟你到天南海北!"

"从今以后,我没你这个女儿,你也没有我这个父亲!"夏恭礼边说边抖着手擦燃火柴,点燃一根烟,深深吸了一口。

一直呆站在屋子一角的茵叶,有些紧张地望着姐姐,似乎在担心她说出什么。

奶奶拄着拐杖不动声色地站在那儿。

雨点儿砸着屋瓦的响声立时填补了室内这瞬间的寂静。

"你……走吧。"杏叶低微地朝尚毅说道,声音小得几乎要被雨声淹没。

尚毅的脸倏然变得煞白。

"大声说!叫他'滚'!"女儿在意料之中的妥协使夏恭礼的声音又变成了咆哮。他向杏叶又逼了一步。

"你……滚吧……"杏叶低垂着头说出了这句话。

尚毅的身子先是剧烈地一震,而后盯了一眼杏叶,只一眼,便猛地转身向院门走去。

"外边下雨!"茵叶这句怯怯的提醒还未落地,脸上就重重挨了爸爸一巴掌。

夏恭礼亲自走到院中,"哐"的一声关上了院门。

八

茵叶挨了爸爸一巴掌进屋后,抹了一下眼角的泪,给伏在床上哭泣的二姐倒了一杯水,便默默去墙角拿了自己雨天上学用的伞,悄步向院中走去。

她要去给尚毅送把伞。这雨,要不了一会儿就会淋湿尚毅的衣服。

茵叶和二姐最大的不同之处,是她心肠软。那次她拿了爸爸给她的五元钱去粮所买香油,在粮所门口碰到了"两瓶半","两瓶半"那天正在为没钱去酒馆发愁,见茵叶一手攥钱、一手提塑料桶迎面走来,忙上前带着哭腔说道:"哎呀,三姑娘,我刚才把买粮的钱丢了,家里还等着我买粮回去做饭哪,天呀!"茵叶一听,赶忙把手中的五元钱给了他。结果,当她回家听着爸爸的怒骂时,"两瓶半"却已在六嫂的酒馆里快活地端起了酒杯……

茵叶刚才见爸爸在这雨夜把尚毅赶出门,心里十分难受,秋雨好凉,淋了雨是会得病的啊!

茵叶在院中站了一会儿,见爸爸睡房的门关了,便轻轻地拉开院门的门闩,闪出了院门。

借着昏黄的街灯,茵叶看到,尚毅正极慢地一步一步向棠梨树那边走着。她疾步追上了他,边把伞往他手里递边喘着气说:"快,拿上这把伞。"令茵叶一愣的是,尚毅接过那把伞啪地往地上一扔,头也没回地加快了步子,拐上了那条通往小火车站的土路。

茵叶愣了一会儿之后,才无可奈何地朝着已消失在黑暗中的尚毅叫道:"你会感冒的!"

"咦,这不是茵叶吗?"街边的一扇门随着茵叶的喊声打开了,一个男子的声音从门里传出。

茵叶扭头一看,才发现自己站在粮所的门外,门口立着她过去的同班同学,现在的粮所会计孔俊。孔俊是前不久坚决要求退学来顶替在粮所工作的妈妈的。

"嗯。"茵叶朝他点了下头,又把眼睛扭向尚毅走去的方向。

"送谁?"孔俊啪地打开一把漂亮的折叠伞,走出门关切地问。

"我二姐的一个同学。"茴叶答得心不在焉。

"去屋里坐吧,外边在下雨。"孔俊的话里满是殷勤,俊俏的脸上满是笑容。

"不了。"茴叶的双眼依然望着尚毅消失的方向。

雨点拍打街边树叶的声音愈来愈响,雨,越下越大了……

第二章

一

邹尚毅整整有半年时间没有在棠梨村街上出现。直到第二年四月末的一个逢集早晨,他才又站在了棠梨村的老棠梨树下。

他的面前放着一副担子,担子两头的筐里装满了用玉米皮编的提篮。

他的身旁蹲着驼叔,放着驼叔的菜担。

邹尚毅没有远走。

他并不是不想远走!

半年前的那天晚上,他冒雨赶到小火车站,企图扒一列货车南下湖广,不料那火车也欺他是乡下人,就在他的双手刚要抓住那飞驰而过的车厢时,车身轻轻抖了一下,于是,便轻而易举地把他抛到了高填方的路基下。

当寻找他的驼叔找到他时,他只剩下了一口气。

他在驼叔的屋里整整躺了五个月。

不过,这五个月他没有白躺。就在这期间,他从驼叔那里学到了一个不干农活也能混饭的手艺——编织玉米皮提篮。

驼叔早就会这个手艺,过去尚毅一直没有注意过,就连驼叔自己也没看重这个手艺。他只是在急用的时候,才拿着几把玉米皮,顺手编一个,用完就扔了。有天晚上,当驼叔为卖一点零散大蒜而赶编一个玉米皮提篮时,躺在床上的尚毅看到了,也是闷极无聊,便跟着学编了一个。那编法不难学,何况尚毅的两只手原也很巧。小时候他用柳枝、秫秸秆编扎的蝈蝈笼和小鸟笼,常得到伙伴们的称赞。没有料到的是,当第二天驼叔用那两个提篮盛了蒜放在菜担上去四乡里卖时,竟有两个外乡姑娘非要用一块钱把那两个提篮买走不可。驼叔当日回家,把这巧事当笑话一讲,尚毅瞪大了眼睛,毕竟是高中生,惯于琢磨:既然可卖钱,何不继续编下去?于是此后,他便坐在病床上,动手编起来。驼叔常挑担去四乡里卖菜,每次走时,总要把尚毅编的提篮往担子上挂几个,使人惊喜的是,每次都能以五毛左右的价钱顺利卖出。这事连驼叔自己也觉意外,他没想到这东西竟果真能卖钱。

无意中学到的这个手艺,又让尚毅看到了一点不当乡巴佬的希望。

所以,在身体恢复到可以挑担的今天,他便亲自挑着这些提篮来到了多日不见的棠梨街上。

街两边的人们相继起床开门了。

最先跑到街上的是一个七八岁的男娃,大约是被尿憋急了,一到街上便捏了鸡鸡当街浇起来,声音哗哗的,好响。

跟着出现在街上的,便是"两瓶半"了。这"两瓶半"变成酒鬼前是南阳师范的一个学生,所以至今还保持了当学生的那个好习惯:不睡懒觉。"两瓶半"当年考上南阳师范时,这棠梨村人是很觉荣耀的,因为新中国成立后整个棠梨村也就出了这么一个秀才,可惜的是他只上了一年多一点就退学回来了,而且很快变成了一个酒鬼。这内中的原因,村上人不大

143

清楚,有传说他是因为写了一封什么建议书被批斗之后失了意;有传说他是爱上了副校长的女儿被副校长干涉失了恋。究竟因为什么,无人花钱去南阳了解明白,反正他已变成了酒鬼。此刻,"两瓶半"一见棠梨树下的驼叔,便高声招呼起来:"驼哥,卖菜哪?"说着,走过来,从菜筐里捏了两棵葱,手一捋,便塞进嘴里嚼起来。

这时,紧挨老棠梨树的郝六嫂家开了门,六嫂拎了一个尿罐走出来。她原本是要去把尿倒在屋后茅房里的,但一见驼叔的菜担摆在树下,立时高兴地拎着罐径直奔过来叫道:"驼哥,给我称五斤葱!"——棠梨街上的人都知道驼叔的菜务得好,人又厚道,所以都愿买他的菜。

"两瓶半"一见六嫂这样子来到菜担前,便把头探到尿罐口上看。"看你娘的啥?想喝?给!全喝了!"六嫂见状嗔骂道,丰腴的脸上虽带些惺忪,但却泛着歇息过后的晕红。

"我看看有没有红的。""两瓶半"嬉笑着叫。他至今没有结婚,所以特别爱和六嫂缠。

"红你娘的那个脚!"六嫂笑骂着,随后把尿罐绳往"两瓶半"跟前一递,"去,帮老娘把它倒了,老娘要买菜!"

"帮忙可以,不过,你一会儿得给一杯宝丰大曲!""两瓶半"讲起价钱来。

"想得倒美!还宝丰大曲哩。"六嫂不再理会"两瓶半",转向驼叔,"驼哥,称吧,五斤!"

"两瓶半"一见六嫂不再理他,忙讨好地主动上前接过尿罐提绳,跑到茅房那里倒了,而后又跑过来嬉笑着对六嫂说:"待一会儿你给半杯红薯烧也行。"

六嫂不理他,只管撩起衣襟把驼叔称好的葱往衣襟里放,"两瓶半"见状急忙又伸手帮忙,趁六嫂不注意的当儿,探手捏了一下她左边那个高高的奶子。

"滚!"六嫂笑着用脚踢了一下。

当六嫂把葱包好掏钱算账时,忽然惊叫道:"哟,钱不够了,少五分,来,来,退点儿菜。"

"算了,算了,拿走吧。"老实的驼叔立时摆手。他哪里知道,六嫂是存心想沾这点光。屋这么近,她是完全可以进屋拿上钱交来的。

"少五分钱好办!""两瓶半"立时又接了口,"让驼哥在你脸上亲一下就算两清了!咋样?驼哥,快亲呀!"

"放你娘的狗屁!"六嫂笑骂一句之后,便转身向屋门走去。

"你呀,有光不沾!""两瓶半"指着驼叔训道。

"别瞎说,别瞎说。"驼叔的黑脸孔涨得通红,赶忙又拿起秤盘应付新来的顾客。

在驼叔忙着称菜的当儿,尚毅把那担提篮在一旁摆开,而后自己蹲在一边,有些紧张地看着街上的人。"两瓶半"这时也注意到那些提篮,他挨个儿地拿起来看,不知他是看到尚毅可怜,还是真觉得那提篮好,只听他一连声地夸赞:"嚯,这篮子编得好!编得好!"他这么一叫,当下便吸引了几个赶早集的姑娘媳妇过来问价看货。人越围越多,转眼之间,一担子提篮便全以六毛的价卖出了。尚毅握着那一卷钱,心里忽然萌出一个念头:既然出手这么快当,何不大干一下?除了自己整日编外,能不能再找驼叔姐姐的那两个孙女、一个孙子也来干,他们不是也会这个手艺吗?对!和驼叔商量商量!

"驼叔,我去综合商店看看。"尚毅对驼叔说了一声,便大步向那边的国营综合商店走去,他想去给驼叔买瓶酒,今黑里回去犒劳犒劳教他这个手艺的老师。

"喂，同志！给我拿瓶宛城白干。"尚毅进了商店，很气派地朝正在货架前整理货物的一个男子叫道。过去他当学生时虽然也常和同学们一起进这个商店，但从来没有像今天这样气派，娘塞给他的那几张毛票哪允许他气派？

"好。"那男子转过身来，尚毅当时一愣：夏恭礼！

夏恭礼也认出了眼前人，嘴角上浮出了一丝轻蔑。

尚毅两眼迎着夏恭礼的目光，两人对视着。

最后，还是夏恭礼先移开了眼睛，大声地对近处的一个女售货员叫道："小陈，来给这位农民拿货！"对"农民"两字，他特意加重了语气。

尚毅鬓角上的血管一下子凸现了出来，但他终于还是抿紧了嘴唇，默默地把钱递给了那位女售货员……

二

一阵风吹过，几片黄了的棠梨叶缓缓飘下，落在了尚毅摆开的那些提篮上。

今儿个上午，尚毅又挑着满满一担提篮，和挑着菜担的驼叔一块儿来到了棠梨树下摆摊儿。

那天从街上回庄里后，尚毅把请人帮助编提篮的想法同驼叔一说，驼叔就满口应道："中，这是好事！"第二天驼叔便去老姐姐家把一个孙子、两个孙女叫了过来。这样，加上尚毅四个人编织，速度很快，每人每天六个，一天下来就是二十四个，驼叔晚上也来帮忙，所以每天就是二十五六个。几乎只隔一天，尚毅就要挑上一担提篮去棠梨村卖。二十多天下来，就赚了二百五十多元，加上原来的那些钱，已近四百元了。前不久，尚毅拿出一些钱在村里又买了一部分玉米皮，同时给三个半大孩子每人分了五十元，三人一下子拿到这么多钱，干得更欢了。

尚毅和驼叔刚在摊后蹲下不久，菜担前就响起了一个姑娘轻柔的声音："大叔，给我称三斤胡萝卜。"尚毅闻声扭头一看，原来是茵叶。茵叶这时也认出了他，刚要张口说什么，尚毅已经猛地扭过头吆喝道："卖提篮啦！"——自从那晚上的事情发生后，他一见夏家的人心里就来气。

"茵叶，买菜哪？"这当儿，粮所会计孔俊走过来亲热地朝茵叶打着招呼，"怎么，没带菜篮？来，来，我给你买个玉米皮提篮你提回去。"他殷勤地朝茵叶说罢，便转向尚毅叫道："来，我来照顾一下你的生意，买一个两毛钱可以了吧？"他边说边拿起一个提篮审视着，"嚯，这么粗糙！你们这些农民倒真会赚我们拿工资人的钱噢！"

"哧！"尚毅闻言猛夺下了他手中的提篮，冷冷说道："不卖！"

"嚯，为什么不卖？我买你的东西是看得起你！"。

"孔俊，我不要你买的篮子，我走了。"茵叶这时低声说罢，用手绢兜着买的胡萝卜转身走了。

"真他妈的不识抬举！乡巴佬！"孔俊见茵叶走开，自己的殷勤没献上，心中有些火了——自杏叶进城工作之后，茵叶就是整个棠梨村最漂亮的姑娘，孔俊已被茵叶的漂亮弄得颠三倒四。

"再说一句！"尚毅此时忽地握拳站起身来。

"尚毅！"一旁的驼叔见状急忙上前攥住了尚毅的手。

"再说一遍怎么了？乡巴佬！"孔俊鄙夷地一瞥尚毅，扭身走开。

尚毅气得浑身颤动着想去掰开驼叔的手，然而终于没有掰开。直到孔俊走出好远之后，驼叔才松了手小声说道："人

147

家是办公事的人,咱咋敢去惹人家?"

尚毅重重地拍了一下大腿,蹲在了摊子前。

今儿个是有些反常,天快晌午时,提篮才卖出了三个。怎么回事?尚毅肚里那股被孔俊引起的怒气慢慢被焦躁所代替。后来,他去村街上走了一趟才明白:在另外几个地方,也有人在卖式样相同的提篮。

糟糕!有人跟我学了。怎么办?倏地,他记起中学图书室里有一本《商业入门》,在校时有一次他去借小说《商界皇后》,管理员误把《商业入门》拿给了他。也许,那书上写有对付眼下这类情况的办法。想到这里,他疾步跑回摊子,给驼叔说了一声,便向不远处的母校大门奔去……

三

当尚毅从学校图书室回来时,太阳已经落了。

"咋去这么大时候?"仍守在摊前的驼叔见尚毅终于回来,急忙把早上带来的白馍递到了尚毅手里,又给他剥了两棵大葱让他就着。

饿极了的尚毅边嚼着馍边兴冲冲地说道:"我在那儿把《商业入门》那本书粗粗地看了一遍,把有用的东西抄下来了。另外,还翻了几张《市场报》,嗨,心里明白了不少!"看书所引起的兴奋已经使他忘记了原来的不快和烦恼。

"快吃吧,饿到现在。"驼叔心疼地望着尚毅。待尚毅把三个白馍送进肚之后,驼叔才指着还剩下一半的提篮宽慰地说:"天快黑了,今儿个先回去,这些晚点再拿来卖吧。"他怕尚毅伤心。

"行。这些就是卖不出去也没啥,我们以后的东西会卖出去的。"尚毅倒没伤心,挑起担子便跟着驼叔往回走。

两人闲话着走过棠梨大队部门口时,见门前的平场上有不少人在搭架子、拉电灯,场边上停着两辆马车,马车四周围着好些人。尚毅有些诧异,上前一打听,才知道是从新野县那边过来了一个乡间豫剧团,今黑里要在这儿演豫剧《穆桂英挂帅》,是棠梨大队包场。

"咦,演穆桂英打仗?好哇!我二十几岁时看过一回,好得很!"驼叔一听戏名,脸上立时满溢着笑,"那个穆桂英啊,嗨!打仗厉害着哪!"

尚毅一见驼叔这个欢喜劲儿,立时说道,"那咱就看看!"说罢,便同驼叔一起去近处一个相熟的人家把两副担子存了,而后,两人便各找两块土坯,早早地搬放在戏台正前方中央最好的位置,坐下来静等开演。

乡下轻易没有剧团来演出,一旦来了剧团,人们的高兴劲就无异于过年,男女老少早早地吃了晚饭赶来,黑压压地挤满了整个平场。驼叔和尚毅望了望四周的人群,暗自庆幸自己来得早。戏台右侧乐队坐的地方,已经有一个拉板胡的在那里调弦;几个化了装穿了戏服的"杨家女将",在台幕一侧不时地露出身影,惹得人群中的孩子们一阵阵发出"哟、哟"的惊叹声。驼叔兴致很高地把双眼对着舞台。不想就在这时,棠梨大队的几个干部领着几个搬了矮腿长条凳的青年从台前径朝驼叔、尚毅坐的位置走来,在他们的身后,跟着一溜在街上综合商店、粮所、书店、邮电所工作的吃"卡片粮"的人。走在前边的大队干部边走边叫道:"喂,坐这个地方的都请让一让,空出位置,让机关的同志坐在这儿,按老规矩,让让!"

驼叔和尚毅一听这话有些吃惊,尚毅立时开口叫道:"先来后到!我们早坐了这里,凭啥让给他们?"

"哎呀,这小伙子,"那大队干部轻声劝说道,"人家是公家的人嘛,再说,平日里我们不是也要常求人家吗?来,让让!让让!"

"走吧,咱到边上去。"驼叔虽然不舍但又有些胆怯地去拉尚毅的手。

"公家人就高人一头呀?"尚毅愤愤地站起了身。

场中最好的位置很快让出来了,条凳摆好后,那一溜吃"卡片粮"的人开始依次入座,尚毅这时瞥见走在最前面的是夏恭礼,孔俊也在其中。对方显然也看见了尚毅,夏恭礼只是不屑地很快扭过头去,而孔俊则高声地朝尚毅叫道:"哟,你也想坐这个位置?最好回去照照镜子,看清你属于哪一个等级!"

尚毅一听这话,脸一下子涨得通红,立时转身要去重坐刚才的位置,驼叔见状急忙死死扯住他的胳膊,硬把他拉到了人圈外。

"我说,咱这第三等级坐这里可以吧?""两瓶半"此时不知从哪儿钻了出来,嬉笑着挤进了公职人员坐的地方。

夏恭礼和孔俊厌恶地看了他一眼,无可奈何地扭过了头。

演出开始了,穆桂英戎装一身威武地出场亮相,驼叔急忙抬眼从人缝里向戏台上望,尚毅却木然地站在那里,咬牙看着脚下的地……

四

秋去冬来。转眼之间,棠梨树北半边的枝上又长出了一片片嫩叶,中原南部的春天便不声不响地到了。

天刚刚亮,尚毅和驼叔就在棠梨树下铺着的塑料单上,摆了长长几溜五颜六色的玉米皮编织品,有多种图案和样式的提篮,有小孩、老人用的方形、圆形坐垫;有小孩们玩的彩色小篮,有成人夏季在户外地上铺的睡垫;有家庭放暖瓶、茶壶用的瓶垫、壶垫;有粮囤底下用的垫子等等。

　　尚毅自那次看戏夜回家之后,就开始专心琢磨如何打开自己商品的销路问题。他先是按《商业入门》那本书上关于商品应既具使用价值也具观赏价值的要求,买来颜料,在编好的提篮上绘上花鸟虫鱼——他过去在学校上美术课时比较用心,还能略略画上几笔。接着,他又买来彩色塑料单,裁成小片,在每个提篮的里边衬上一层,既好看,又使顾客可用它盛细小物品。之后,他又外出请教了懂漂染的人,买来染料,把玉米皮染成各种颜色,用这些有色玉米皮在提篮两侧直接编出各种图案来。此外,他又按书上关于注意调查顾客消费需求情况,及时转产和扩大生产的要求,专门跑到十几个村里做了调查,回来后又增加编织除提篮之外的十来种新产品,这样,生意马上又兴旺起来。每次来卖,总是很快卖光。顾客已由四乡里的农民和棠梨村吃"卡片粮"的人,扩展到那些南来北往的过路人。

　　生意越做越活,钱也越积越多。短短几个月过去,除去各项开支,尚毅竟已积下了近三千块钱。现在,尚毅又叫来了一个表弟、一个堂妹参加编织,让驼叔和继父帮他往集上挑着卖。事顺人心畅,眼下的尚毅整日面露笑容,就连此刻站在那儿吆喝买卖也是高腔大嗓:"草编制品,物美价廉,任挑包换!哎,草编制品——"

　　不到晌午,挑来的编制品便已卖出了一半,他高兴地转身刚要同驼叔说几句开心话,忽然看见驼叔正在皱着眉头用手捶腰,他心里"咯噔"一下,那股高兴劲顿时没了。是啊,老这样来回挑着卖太累人费工,能不能就在这棠梨村边编边卖呢?他的两眼下意识地盯着街对面不远处的那片空地,默站了许久。当他又转过身来时,看到一个穿着夹克和筒裤的城里小伙儿与一个烫了发的城里姑娘正在摊子上挑着提篮,他上前刚要张嘴向他们介绍产品的优点,那女的抬起了头,就在那一瞬间,尚毅原本浮在脸上的笑容倏然消失,脖子上的喉结滚了几下,把要出口的话咽回了肚里。

对面站着杏叶。

杏叶也在一刹那认出了他,双颊立时变红,眼里现出了莫名的慌意。

"杏,你看这个提篮编得多巧!"旁边那个小伙子并没注意到杏叶神情的变化,而是很亲昵地拉了一下她的手。

尚毅两腮上的咬肌一阵抽搐。

杏叶猛地转身慌不择路地向她家那个方向走去。

"哎,怎么走了!就买这两个!"那个穿夹克的小伙儿见状急忙提了篮子向驼叔手里递钱。

"哎,草编制品,物美价廉——"尚毅突然声嘶力竭地喊……

第三章

一

棠梨树上的几只知了,大概由于耐不住天热的缘故,一齐发出长长的叫声。

紧挨着郝六嫂酒馆的国营小书店的柜台后,站着刚刚参加工作不久的茵叶。

此刻,她正默默地望着对面的那片空地。空地上,七八个人正在太阳底下忙着扎两个挺大的席棚,尚毅跑前跑后地指挥着,只穿着背心的上身被太阳晒得发亮。

茴叶今年也没考上大学。她自己很伤心,也使夏恭礼很伤心,夏恭礼在说了一句"看来你们都不是读书的料"之后,便开始为小女儿的工作奔忙起来。城里如今的待业青年很多,确实难进去,恰巧这时县新华书店设在棠梨村仅有两名职工的分店里,有一个女的到部队随军了,县店里的其他人都不愿来,夏恭礼便通过县劳动局,让茴叶到这个小书店上了班。茴叶是很愿意在这小书店上班的,这一来是因为她从小在棠梨村长大,这儿有她熟悉的同学、女伴,她不愿离开他们去城里;二来是因为她喜欢看书,干上这个工作后,看书就特方便;三是因为茴叶的妈妈生前就在这个小书店里上班,茴叶小时候常来这店里找妈妈,对这个只有两间店堂、一间仓库的小书店有了感情。

天,真热!茴叶站在这儿不动,汗还是一个劲儿地出,果真是遇上了"秋老虎"!好在这会儿店里无顾客,她可以把短袖衬衣上边的两个纽扣解开,并不时地用两手提起长裤的裤脚抖几下,让风从裤脚沁到身上。天哪!对面空地上忙碌着的尚毅他们肯定热得更厉害。

"茴叶,今儿下午是你的班?"一个男子的问话突然在柜台外响起,茴叶一看,原来是粮所的孔俊进了屋。

"嗯,嗯。"她慌慌地应着,急忙抬手把刚才解开的纽扣扣上。

"我下午不上班随便走走。"孔俊很随便地说着,眼睛却火辣辣地盯着茴叶那柔美的脸孔。

"噢,噢。"茴叶慢应着,转身从暖瓶里倒了一杯水,隔柜台递给孔俊。她看到孔俊那双眼睛直盯着自己,心里有些慌,也有些烦。说心里话,她不喜欢他那种过分殷勤的样子,尤其不愿见到他那火辣烫人的目光。

"知道吗？对面那两个大席棚是那个卖提篮的乡下小子邹尚毅搭的。"孔俊见茵叶的两眼只顾望着对面的那片空地，便也搭讪着说道，"听说他这是要办什么'草编公司'，简直是异想天开！"

"哦。"茵叶慢应了一声，目光并未离开那片空地。

"晓得吗，"孔俊又继续说道，"听说这小子当初在学校时中午连五分钱的菜都吃不起，现在倒要办草编公司了！嘿嘿，妈的，想得倒美！"

听到两个脏字，茵叶的两道秀眉倏地挤在了一起，脸孔也微微有些发红。茵叶从小就受到奶奶的教育："咱原本是城里人，说话要文雅。"可能由于奶奶的严格要求，茵叶家的人很少说脏话，在这种家庭环境下长大的茵叶，一听到脏话，脸就要羞红。她扭过头略略有些不高兴地看了孔俊一眼。

孔俊并未注意到茵叶神情的变化，依旧兴致很高地说道："听说这小子有个继父，原先总骂他，这会儿……"

茵叶不再理会孔俊的话，又把目光移向在太阳下忙碌着的尚毅，心里默默想着："天这么热，怎么不歇歇呢？"

街边树上的知了，还在无休止地叫……

二

太阳略略西斜，一天中最热的时候过去了。

茵叶把那捆新到的《农村科普读本》在自行车后座上绑好，便推车出了县新华书店的大院。

前天，县书店通知今上午要开发行工作会，让各个分店来一人参加。棠梨村分店就两个营业员，这个会本该由老营业员姚云婶参加的，可她病了，没办法，一向不爱出头露面的茵叶只得在昨天骑上自行车来了。会议整整开了一个上午,茴叶本想吃了午饭就回去的,因等着领这捆书,耽误到了这会儿。

茴叶骑自行车出了县城南门,上了通往棠梨村的公路,沿路边不紧不慢地蹬着车子……

出汗了。茴叶一手握车把,一手去衣袋里掏手绢,这当儿,前边近处突然响起了自行车铃声,她抬眼一看,见是一个胖胖的农村姑娘骑车迎面驶来,忙攥着手绢扭车向路中间躲去,不料那胖姑娘竟也向路中间躲来,三躲两躲,两车"当"的一声撞在一起,两人也一块儿摔倒在路上。那胖姑娘倒麻利,先爬起来拍拍身上的土,走过来扶起了茴叶。还好,两人都没受伤。可扶起车子一看,两辆车子的前轮都已不会转动。

"只有扛了。怎么办?"那胖姑娘呆愣了一下说,"要不你先去俺家住一夜,这事怨我!"她说着指了指公路一侧一个模模糊糊的村子。

"不,不,你走吧。"茴叶明知这件事怨对方,但她一直没说抱怨的话,她从来不愿使人为难。

胖姑娘见她说了这话,只好扛起车子先走了。

没办法,茴叶也只好扛起车子往前走,可没走出五十米,就不得不放下车子喘气。天啊,这车子好沉!

茴叶望望那已经快接近地平线的太阳,心里着急起来,离家还有二十多里路,照这样走法天黑之前怎能到家?一想到要走夜路,她的心里就先发了毛。没走多远,衬衣已全被汗水湿透,眼看着太阳落了地,茴叶急得流出了眼泪。

一辆汽车从后边驶来,她急忙挥手拦车,但司机连看也没看一眼,就开了过去,没法子,还得扛着走。

暮色越来越浓,茴叶的两腿也越来越酸,忽然一阵自行车铃声从身后传来,她不顾羞怯,急忙拦在路中间,半带着哭音叫道:"同志,帮帮忙!"

自行车停下了,骑车的是一个陌生人。在车子停下的瞬间茴叶的心就凉了,因为这车后座上还带着一个人,即使骑车的愿意带她也无办法。

"车坏了?"坐在车后座上的人这时跳下来问。茴叶觉得声有些耳熟,定睛一看,才发现原来是尚毅。他怀里抱着一块长方形的木板。

"嗯。"茴叶觉得心里有了点依靠。这时尚毅已走到她的车前查看着,少顷,他走到茴叶面前把手中的木板递给她说道:"喏,帮我把这个拿住,坐我表弟的车子先走吧!明早到你书店对面的席棚里推你的车子。"

"不,不,那怎么行?"茴叶急忙说道。

"怎么?怕我这个农民拐走了你的车子?"尚毅的眼睛眯了起来,里边闪出一束冷光。

"不,不是。"茴叶急忙摇头。这时,尚毅已把那块木板塞到了茴叶手上,自己抓起茴叶的自行车往肩上一放,先向前走了。

茴叶只得坐到尚毅表弟的车子后座上。

尚毅很快就被抛在了后边,直到暮色把尚毅的身影遮没之后,茴叶才把目光移到怀中抱着的木板上。这时她才注意到,这是一块设计得非常漂亮的广告牌,在几个画得精美的玉米皮提篮、椅垫、沙发垫之上,是一行好看的美术字:"棠梨草编工艺品公司"……

三

起风了。

风摇着老棠梨树那巨大的树冠,发出呜呜的响声,那响声经过玻璃窗阻隔传进屋里时,也仍然很大。

　　因为姚云婶的病没好,夜里值班看店的任务就落在了茴叶的身上。此刻,茴叶正静静坐在书店的值班床上,就着昏黄的街灯,隔窗望着对面席棚前挂着的那个"棠梨草编工艺品公司"的广告牌,那广告牌被风吹得一摇一晃。

　　今天早上茴叶去给尚毅送这块广告牌、扛自己的车子时,她本来是准备了一大堆感谢话的,不想见了尚毅刚说两个字"谢谢——"便被尚毅冷冷地截住:"行了,走吧!"她当时只得红着脸退出来。虽然他给了她难堪,但她心里并不气他,她晓得二姐和爸爸当初怎样伤了他的心。

　　"哐咄!"对面席棚上挂着的那个广告牌先是被风掀起,接着又重重地碰在了棚壁上。风,变大了。她听别人说,尚毅的公司明天正式开业。

　　茴叶心里一紧,莫名其妙地担心那广告牌会被碰坏,今晚广告牌若坏了,明日开业怎么办?这时,她瞥见穿着长裤、背心的尚毅从席棚里跑出来,摘掉了那广告牌。哟,他怎么还没睡,他昨晚回来已是后半夜了,今天白天又看见他总在两个席棚周围忙乎,可不要累坏!

　　"呼——"又一股风从街路上呼啸而过,卷起了一股尘土。

　　不会下大雨吧?茴叶边默想着边放下蚊帐,躺了下去……

　　当一阵雷鸣夹着呜呜的暴风雨声把茴叶从梦中惊醒以后,她从床上坐起来的第一个动作,便是爬到窗前去看对面尚毅的那两个席棚,映入她眼帘的情景竟令她吃惊地"啊"了一声:狂风把一个席棚顶都掀开了半边,暴雨中,只见穿着短裤、背心的尚毅正同两个小伙子和那个叫"驼叔"的老人使劲地扯住那剩下的半边棚顶。不过,转瞬之间,又有一股风怪叫着从他们手中撕开了棚席,棚中放着的几堆编好的提篮立时暴露在暴雨之下。他们几个人这时急忙去抱那些提篮往另一个席棚里送。茴叶见状急忙穿衣起床要去帮忙,因为店里没有雨衣、雨伞,她只穿着衬衣、长裤开门跑了出去,然而当她跑到那席棚跟前时,尚毅他们几个已停手不搬,雨水早已把提篮浇透了。

"快,去那个席棚里避雨。"驼叔对尚毅他们几个大声叫道,然后又转对茴叶说道:"姑娘,麻烦你也跑来了,回去吧,这些东西已经湿透,搬也没用。"

另外那两个小伙子已进了席棚,驼叔去拉尚毅,但尚毅猛地推开了他的手,仍定定地站在那里。

"快进棚吧,不然你会感冒的!"茴叶对着尚毅喊,可尚毅似乎根本没听见。尚毅的脑子里此刻全被痛苦占满——这批提篮是他公司开张的第一批货。由于买地皮、搭席棚、买原料,他原来存的钱基本上完了,他急等着这批货出手后,才有流动资金来扩大生产,没料到转眼之间,就有一半货毁在这暴风雨之中。

"快进去,要不你会得病的!"茴叶又对着尚毅着急地喊。

"滚开!"不料尚毅突然转脸对她歇斯底里地吼。

茴叶被吓愣在那儿。

"姑娘,你别见怪,快回去吧,小心凉着。他这会儿心里难受。"驼叔见状急忙走过来对茴叶说。

茴叶慢慢地走回书店,但她没有立刻去脱湿衣,只是默站在窗前直望着待在风雨中的尚毅,直到驼叔和另外两个小伙强把尚毅拉回席棚之后,茴叶才慢慢地抬手去解湿衣的纽扣。

雨,还在一个劲地下……

四

还好,第二天是个大晴天。

一大早,棠梨草编工艺品公司门口的几排木板上,就摆满了被雨淋湿的提篮。

在那个漂亮的广告牌下,贴了一张白纸,白纸上写着几行大字:"减价三分之一,出售昨夜被雨淋湿的提篮,欢迎选购!"

赶集的人多起来了,然而,人们只是站在那儿看,并无人来买。直到半晌午时分,仍没卖出一个。尚毅眼光发直地坐在那儿盯着那些提篮,他知道,只要太阳一晒,那些提篮就会变成一种难看的黄色。

"哈哈。你们看人家草编工艺品公司多会做生意,把提篮在水中泡了后再卖,重量一下子增加一倍!"孔俊那幸灾乐祸的声音此刻突然在近处响起。尚毅身子一震,抬头冷冷地看了他一眼,在这同时,尚毅发现夏恭礼从综合商店那边走过来了。

"夏伯伯,忙哪!"孔俊含笑迎了上去,"今天人家草编公司开张,把好东西都摆出来了,你不来采购一点?"边说边把眼睛斜着这边的尚毅。

夏恭礼没有理会孔俊的话,只是不屑地朝尚毅的摊子瞥一眼,脚步没停地走了过去。

夏恭礼这一眼刺得尚毅心尖发疼,然而他也只能咬牙站起身在摊子旁来回踱步,并无别的办法。

"喂,我买二十个提篮,给我捆好!"一个手拿扁担的胖胖的姑娘突然出现在摊子前叫道。

"哦?"尚毅的身子一震,意外而惊喜地叫了一声,立时找了麻绳将二十个提篮捆成了两捆。

赶集的人们一见姑娘买了这么多湿提篮,立时围了过来,一个男子轻声朝那胖姑娘问道:"这是淋过雨的,怎么还买这么多呀?"

"淋点儿雨怕啥!一晒干还不是好好地用?货不济,人家价钱便宜呀!多买几个给亲戚送个人情,多合算!"胖姑娘快嘴快舌地说罢,给尚毅付了钱,挑上篮子就走了。

那个胖姑娘刚走不一会儿,又有一个矮个儿姑娘走到摊子前递上钱叫道:"我买十五个。"

尚毅刚把十五个提篮捆好让那姑娘提走,跟着又来了两三个姑娘要买,且每人买的都在十个以上。中国人向来就有一个随大溜的习惯,凡是很多人都干的事,自己就也想去干干试试。这五六个姑娘一买,引得那些原来围在一旁只看不想买的人来了兴趣,也争着掏钱买了起来,一时间,竟形成了一种抢购的局面。一个过路的汽车司机见状,也一下买了二十个。最后,连在街边闲逛的"两瓶半",也紧了紧腰上的草绳,掏出了预备喝酒的几毛钱买了一个,拿到手后还高声叫道:"嗬,这篮子装酒瓶还是很好的嘛!"结果,天到晌午时,几百个被雨淋湿的提篮和一些椅垫、睡垫一下子脱手了。

"该好好谢谢第一个来买咱货的胖姑娘!"尚毅抬头向天无声地说道,脸上露出一个欢喜的笑。

"啊,灵呀!灵呀!"驼叔此时望着不远处那淋雨之后变得湿漉漉的老棠梨树冠喃喃着。

尚毅闻言含笑望了一眼驼叔,以为他高兴极了才顺口说出这些莫名其妙的话。其实,他哪里知道,天亮前雨住风停之后,驼叔悄悄地提了两瓶酒去到棠梨树下,不顾树下的泥水,双膝跪地祈求:"请神灵保佑俺尚毅生意兴隆……"

当欢喜在尚毅脸上出现的时候,站在对门小书店柜台后的茴叶,双颊也泛起了一个舒心的笑。尚毅哪会料到,那几个成捆买他提篮的姑娘,实际上都是茴叶找来的女伴,姑娘们买提篮的钱,是茴叶参加工作后细心积攒起来的体己。

尚毅在笑,因为他的生意可以继续做下去!

茴叶在笑,因为她帮助了一个曾经帮助过她的人!

五

夏恭礼面色阴郁地从郝六嫂小店门前的灯影里走开,见近处小书店的门开着,便缓步走了过去。

正在摆书上架的茴叶见爸爸这时走进书店,有些意外,忙搬过一张椅子放到爸爸身旁:"爸,你坐。"

"嗯。"夏恭礼慢应了一声,拿了夹在胳膊下的一张报纸很响地敲打着裤脚上的灰。

茴叶注意到爸爸的脸色,有些不安地问:"爸,身子不舒服?"

"没啥。"夏恭礼摇了摇头,心不在焉地把目光投到了书架上。

夏恭礼此刻确实不舒服!不过不是身子,而是心!刚才,他原本是想去六嫂的小店里喝两盅的。那晚他虽然拒绝了六嫂提出的结婚要求,但六嫂似乎没有太生他的气,每次他去店里时,六嫂照样笑脸相待,照样给他悄悄地端"宝丰大曲",而且无人时,照样抓起他的手在她那丰满的胸前揉着。他今天吃了晚饭,原希望像往常那样,去六嫂那里过过"瘾",但走到酒店门口,却猛地瞥见"两瓶半"在向六嫂交酒钱时,顺手在六嫂的胸前摸了一把,而六嫂竟然没有生气,只是笑着说了一句:"滚!"这情景令夏恭礼心里倏地升起一股怒气,马上阴沉着脸离开了酒店门口来到小女儿这里。他虽然明白自己既然不愿同六嫂结婚就不应去为这类小事生气,但心里却止不住地烦躁。

"爸,店里新进了一种《老年健康手册》,我给你买了一本。"茴叶这时边说边把一本书递到爸爸手上。

"哦。"夏恭礼接了书后翻了几下,又心不在焉地打量起屋子来。蓦地,他目光停在了茴叶夜间值班睡的床下面,那床下塞满了变成灰黄色的提篮。"那提篮是哪里来的?"他冷冷地问。

茴叶见爸爸注意到那些提篮,脸孔立时一红——那是她那次让女伴们代买的那些被雨淋了的提篮,她送给了女伴们一大部分,剩下的因为没处放,就塞在了床底下。"那是我几个女同学买的,暂存在我这里。"茴叶听出了爸爸问话里的不高兴,撒了个谎。"记住咱们的身份!需要什么东西去城里买,买他的东西丢脸!"夏恭礼边说边隔门望了一眼对面的"草编工艺品公司"。

"嗯。"茴叶低低地应了一声……

第四章

一

几近当顶的夏阳,把老棠梨树的叶子烤得都有些发蔫,街上腾着一股蒸人的热气。

身着的确良衬衣、深色筒裤的尚毅,正在公司门市部审看着一卷刚编好的"玉米皮地毯"——这是他前些日子去地区土产公司交货,看到一名工作人员把一个玉米皮椅垫铺在地上垫脚,由此产生联想而设计出的一种产品。他估计这种产品会受到城市中等生活水平人家的欢迎。这种毯子铺在房间地板上,虽无毛毯柔软,但同样可以达到无声、去尘、美观和冬暖夏凉的效果。铺一间房的地毯只需三十来块钱,一般人家都可以买得起。这地毯明天要送到地区土产公司试销,所以尚毅要作最后一次认真检查。

"棠梨草编工艺品工司"在这近一年时间内的发展速度,是棠梨村所有人都没有料到的。由于尚毅注意不断改进产品的质量、增加品种,产品不仅很快在这周围四乡赢得了声誉,而且引起了县和地区土产、外贸公司的重视,专门来同他们签订了订货合同,甚至连湖北襄阳城里的人也专门来此买货。为了扩大生产,尚毅用赚的钱买了铁皮、木板,新建了十六间简易房屋,其中四间做门市部、三间做宿舍,剩下的做编织间,同时又新招了几名乡下姑娘和小伙子参加编织。草编公司已颇具规模了。

"行吗,小毅?"也穿着干净白汗衫的驼叔此时从柜台一头走过来问。这个地毯样品是驼叔和尚毅两人花了几天工夫编成的。前些日子,尚毅见驼叔在地里种菜、卖菜太劳累,便执意要他向队上交了地,来公司门市部站柜台,并兼管钱财。

"行。"尚毅点点头,把地毯卷了起来。随之,走到柜台一头提起暖瓶要倒水喝,可巧瓶里无了水。驼叔见状上前拿过水瓶要去灌水,被尚毅喊住了:"驼叔,不忙打水,有件事同你商量一下。"说着,从柜台下拿出一本《商业文摘》杂志,"这书上说,一个商人经营商品的种类越多,破产的可能性就越小。由此我想到,咱们的门市部是不是在经销编制品的同时,再造几间房子,卖一点百货、烟酒和土产,你说咋样?"

"中、中。"驼叔一个劲儿地点头。平日无论尚毅说出什么主意,驼叔总是这样点头。他相信尚毅的聪明。

"驼叔伯伯,"门口这时忽然响起茼叶一声轻柔的叫声,两人扭过头来,看到茼叶端着一个大瓷缸子向他们身边走来,"这是我自己学着做的酸梅汤,端一点你们尝尝。"

"哎呀,这姑娘!"驼叔忙不迭地迎上前。因为门市部同小书店对门儿,驼叔傍晚时常同茼叶说几句话,两人也熟了。

茼叶把缸子递到驼叔手上,转脸对尚毅看了一眼。而尚毅此时已把目光移到了杂志上,他刚才只看了茼叶一眼就扭了头。他不喜欢看到她——他在内心里对夏家的人怀有一种深深的厌恶。可他哪里想得到,茼叶刚才就是隔窗看到他想喝水时,才冲了这缸酸梅汤送来的。

"来,小毅,你把这碗喝了。"茼叶走后,驼叔从缸子里倒出一碗酸梅汤放到了尚毅手边,"我把这些端去让他们编东西的尝尝。"

见驼叔走出门后,尚毅端起碗,噗地一下把酸梅汤倒在了地上。

飞落窗台的一只雀儿,受了惊吓似的叫了一声……

二

一股秋风钻进店内,把柜台上放着的几张"新书征订单"轻轻拂到了地上,而茼叶毫无察觉,仍默站在柜台里,定定地望着窗外。

"同志,请拿一本高中物理辅导材料。"一个中学生站在柜台外向茼叶说道。

然而,茼叶没有听见,依旧凝望着对面草编公司门市部的门口。直到那个学生又喊了一遍,茼叶才猛地从凝神状态中醒过来,红着脸把书拿给了那个学生。

最近一段时间,茵叶常常望着对面的门市部门口出神。她自己也不知是怎么回事,一天看不到尚毅在那门口出入,就心神不宁。这段时间夜里还常常做梦,而且大多数梦都与尚毅有关。有天晚上,她竟梦见自己伏在尚毅的怀里,醒来后,羞得她赶忙用被子捂住了脸。这些日子,她要隔窗看到尚毅在笑,她心里就高兴;她要看到尚毅面露忧愁,她心里就也跟着烦愁起来。她被这种感情折磨得明显地消瘦下去,以至于奶奶几次问她是不是病了。

"茵叶,上班了?"一声熟悉的招呼声使茵叶扭过头来,原来是孔俊含笑进了书店。

"嗯。"茵叶点了点头,"买书吗?"

"不。我是来告诉你,我们所下午有汽车去城里拉东西,你要愿去看电影的话,咱俩一块儿去。"

"谢谢了。我夜里要值班。"茵叶边说边给店里的其他几位顾客拿着书。孔俊见状急忙跨进柜台说道:"来,我帮你拿。"

"不,不用。"茵叶见他随便就进了柜台,心里有些不高兴,但她说不出太令人难堪的话,只说道,"你去吧,别耽误你的事。"

"我下午没啥事,帮帮忙是应该的。"孔俊很豪爽。

当茵叶站到凳子上为一个顾客取书时,孔俊立时上前小心地扶住凳子,恰在这时,随着一阵急而重的脚步声,尚毅跨进了店门。

茵叶一见尚毅进了店,脸上立时溢出了喜色。不过尚毅只是冷冷地望了茵叶和孔俊一眼,便走到社会科学书架前看了起来。

"哟,邹经理,买什么书呀?"孔俊此时语带讥讽地问。

尚毅没有理会孔俊,照旧用目光在书架上寻找着。

"你是不是在找省商业学校的那套教材?"茵叶上前轻声问道。她听人说他参加了省商校的函授学习。

"书来了吗?"尚毅的声音仍然很冷。

"没有。不过我去县店时再给你联系联系。"茵叶恳切地说。此刻,她真希望孔俊和那些顾客都不在店里,让她和尚毅单独待在一起多好啊。

"联系什么呀!他要买自己还不会到县里去买!"孔俊在一旁接了口。

"我没说让谁代我联系!"尚毅狠狠地瞪了一眼孔俊,转身跨出了店门。

"你走!你走!"一向不会发火的茵叶这时突然扭头朝孔俊连声叫道。

"怎么了?"孔俊不明白茵叶的态度何以会突然起了变化。

"不怎么,你走!"茵叶的脸孔涨得通红。

"你看,你看。"孔俊尴尬地走出了柜台,临出门时,还十分遗憾地叫道,"你看,你看……"

三

早晨一起床,尚毅脸还没洗就坐在了编织间地上,编织着一个图案别致的地毯。几天前,地区土产公司专门来人告诉他,早些日子送去的地毯已经售出,现在订购这种地毯的已有七十家,要求他们尽早供货。这几天,在其他人编织那七十条地毯的同时,他又根据书刊资料,摸索设计了这种新的图案,他期望这种图案的地毯能进一步引起顾客的喜欢,扩大销售量。

"小毅,小毅,"驼叔这时急急地走进编织间,声音有些发颤地说,"郝六嫂家失盗了,她正在哭,你去看看。"

"哦?"尚毅霍地站起来,拍拍身上的玉米皮屑,急忙走出了门。

"……没心肝的贼呀……你为啥不给俺娘儿仨留条路呀……你把那钱拿回去买膏药贴啊……"尚毅一出门就听到郝六嫂在伤心地哭骂着,走到酒店门口,见有两个妇女在那里解劝着六嫂,六嫂的一双儿女在那里陪着流泪。

"六婶,丢了多少?"尚毅上前轻声问道。

"二百多块钱呀……"平日里泼辣厉害的郝六嫂此时眼睛都哭肿了,"我原指望用这些钱再买两张桌、凳,添点酒壶什么的,没料想……狠心的贼呀……"六嫂说着说着又痛心地哭骂起来。

虽然只二百多块钱,但尚毅知道,在郝六嫂这小本儿生意人家,已是一个很大的数目了。那两个妇女拉着尚毅看了那张被撬开了抽屉的小账桌,尚毅见现场已被破坏,料到即使乡里公安人员来了也未必能破案。于是,便从衣袋里掏出了一卷钱——这是他原打算上午去买玉米皮用的,走到郝六嫂面前说道:"六婶,别哭了,我这里有三百元钱,你先用。"

"不,不,俺咋能要你的钱!"六嫂抹了一把眼泪推着尚毅的手。

"六婶,干啥都讲究个互相帮助,将来我有难了,你再帮我嘛!这样吧,这笔钱就算是我借给你的,等弟弟妹妹长大了,让他们还我。"说着,把钱硬塞到了六嫂手中,跟着转向两个孩子,"烧火吧,准备菜和酒,一会儿喝酒的人就会来了。"

"我说,六嫂,我这几个酒瓶也不卖了,给你留下装酒用。"一直站在门外看热闹的"两瓶半",这时提着半篮子空酒瓶进了店,一个一个地掏出来放在了桌子上。

驼叔也无声地走进屋来,在锅灶前站住,先看了看锅里准备煮的一些猪杂碎,然后在灶前坐下,擦燃火柴,点着柴火,填进了灶膛。

六嫂这时擦了擦眼泪,慢慢走到案板前,拿刀切起了一把葱白。

店门外,围观的人们渐渐散去,只有头发尚未梳理的茴叶还定定地站在那儿。

尚毅望着默坐在灶前烧火的驼叔和在案前切菜的六嫂,一双眸子倏然闪了一下……

四

今晚的天有些阴,天上的星星稀得很。

临街的人家有的还在吃晚饭。男人们蹲在街边吞着碗里的面条儿,发出很响很响的呼噜声;给孩子喂饭的女人们则不时地骂着:"张开嘴,小祖宗,快吃!"

夏恭礼就在这时走出院门,慢慢地沿街向郝六嫂的小酒馆走去,右臂下照例夹着一张报纸。"咳、咳",他边走边咳了几声。前些天他去城里开会,可能受了风寒,回来后病了十几天,今儿个是刚刚痊愈出门。

在病中,他听到了郝六嫂家失盗的消息,心里也很替郝六嫂着急。他虽然觉得同六嫂结婚有些丢脸,且又气她有时的放浪,但脑子里却总是不时地晃着她的影子。晚上,六嫂也时常走进他的梦境。今晚,他是特地带了五十块钱,想去给失了盗的六嫂一点帮助。

街边一排铁皮房里洒出来一片明亮的电灯光,夏恭礼扭头一看,吃了一惊,原来是一个铺面不小的商店。他这才记起病中自己商店里的职工来告诉他的那个消息:邹尚毅在很短时间内也办起了一个综合商店,很多生意被他抢去了。夏恭礼站在灯光照不到的地方,审视着店内货架上的东西,他以长期经商的眼光一下子就看出,店里的货物虽不及自己店里的多、门类全,但却全是时下最急用、最流行的东西。店里这时仍有不少顾客在挑选商品,驼叔和邹尚毅在含笑营业。这使他相信了本店职工的话:很多生意被抢去了。好一个乡下小子!夏恭礼心里突然涌上了一股妒意。蓦地,他瞥见茵叶竟也伏身在那柜台上挑选着什么东西。好一个贱丫头!偏要来这里给我丢人现眼!他本想喊女儿出来,又怕惊动其他顾客,只好狠狠地用报纸在腿上砸了一下,悻悻地向郝六嫂的店门口走去。

六嫂的酒馆今晚顾客不少。夏恭礼走到门口时,六嫂像往常一样热情地把他迎到了店内,待他一在桌前坐下,六嫂就端来了酒壶和他爱吃的一盘猪耳朵,在向杯中倒酒的时候,六嫂仍像往常那样低声说一句:"宝丰大曲。"一切都像以往一样,夏恭礼满意地慢慢呷着酒,等着顾客散去后好把那五十块钱掏给六嫂。当他的眼睛随着六嫂那丰满的腰身转动时,心里起了一股微微的激动,他发现,六嫂今晚脸上似乎有一丝抑制不住的欢喜,在店里来回忙活时不时发出畅快的笑声。这有点出乎夏恭礼的意料,他原来估计郝六嫂刚丢了钱,会愁眉苦脸,没想到她的心情竟这样好。

喝酒的人终于都走了,六嫂像往常一样打发一双儿女去后房睡觉,自己插了店门向夏恭礼坐的桌子走来。夏恭礼此时有些急切地伸出手,想像往常那样让六嫂握住放在她胸前,然而六嫂却笑了笑,径直在他对面的凳子上坐了。

夏恭礼略略有些尴尬地缩回手,边去口袋里掏那五十块钱边亲切地说:"听孩子讲你家被盗了,我带来了五十块钱,帮点小忙。"

"不用了。"六嫂又含笑摇了摇头,跟着轻声说道,"有个事情我想跟你说一下,我下月要结婚了。"

"结婚?!"夏恭礼像突然遭到枪击一样身子一震,停止了掏钱,哑声问道,"跟谁?"

"菜驼子。"六嫂依旧含着笑。

"你?你怎么能跟他结婚?!"夏恭礼的脸孔一下子涨得有些发紫。

"我怎么不能跟他结婚?"六嫂笑着反问。

"他、他是个驼子!"

"我不嫌弃。再说,我也不是漂亮的黄花姑娘了。"六嫂仍旧眉梢高扬,"俺是农民,高攀不上你们吃卡片粮的人,找个农民门当户对。"

"你、你不觉得丢脸?!"夏恭礼的声音里带着气恼。

"丢什么脸?"六嫂脸上的笑容倏地失去,"整天跟在你屁股后求你娶我不丢脸,别人给我介绍个男人就丢脸了?告诉你,我今儿个所以先说给你,是把你当做一个老熟人通知你,不是让你来教训我的!"

"谁介绍的?"夏恭礼的眼睛不看郝六嫂,低沉地问。

"一个晚辈,邹尚毅。怎么,你问这干啥?是我自己愿意的!"六嫂的声调冷了起来。

"又是这个乡下小子!"夏恭礼从牙缝里挤出了这几个字。

"不许骂他!"郝六嫂霍地站起了身。

"哼!"夏恭礼恼怒地瞥了一眼六嫂,猛地起身拉开门,快步走了出去。但刚走到棠梨树下,他突然弯腰爆发了一阵剧烈的咳嗽,咳得他不得不伸手扶住棠梨树那粗糙的躯干。

当夏恭礼终于止住咳嗽直起身时,他望着棠梨树北半边的茂枝繁叶,含混地叫了一句:"该死!"

他又开始抬脚往回走,但与刚才来时相比,那脚步分明有些踉跄了……

五

茵叶看完驼叔和郝六嫂举行的婚礼仪式之后,脸红红地回到家里自己的房间,插了房门,从抽屉里拿出一沓信纸放在了桌上。

她决心给尚毅写信!

刚才,她挤在人群中看那番热闹时,双眼并未望着驼叔和六嫂,而是自始至终地盯在尚毅的身上。当尚毅欢笑着点燃挂在棠梨树枝上的一长串鞭炮,她也在人群中无声地笑了。当有一个鞭炮在尚毅手里爆响疼得他眉头一皱时,她的一双秀眉也跟着痛楚地皱了一下,好像那鞭炮就响在她的手中。当尚毅双眉飞扬着提一篮糖果向围观的孩子们抛散喜糖时,站在孩子们身旁的茵叶也欢喜而又有些害羞地捧起了双手,果然,有两块糖落在了她的手中。哦,刚好两块!这一定是他故意扔给我的!

就是这种猜测帮助茵叶最后下了写信的决心,她要让他也知道自己的心!

她把那两块喜糖从口袋里掏出放在桌上,一脸幸福地看着。

"亲爱的尚毅",她拿笔写了这个开头,但马上又羞红着脸把"亲爱的"三个字抹去了,太羞人。

她换了一张信纸,双手捧着发烧的双颊坐在那儿想着如何写这个称呼。这时,只听门上"嗵"的一响,有人推门。

茵叶慌张地把信纸塞进抽屉,这才起身去开门,门一拉开,茵叶一怔,原来是爸爸满脸怒气地站在门口。

"你刚才又出去凑热闹了?"夏恭礼向女儿低沉冷厉地叫道,"二十多岁的姑娘,不会学得稳重点?!"

茵叶看了一眼爸爸那十分苍白的脸孔,垂首站在那里。

"咱们原本是城里人,"站在爸爸身后的奶奶顿了顿拐杖接腔道,"跟他们乡下人挤在一起不怕丢人?"

"以后再见你去街上疯跑,小心着点!"夏恭礼的声音冷得吓人,"还有,以后不准再去邹尚毅的店里买东西!"

六

尚毅从临街的一栋旧瓦屋里走出来,脸上漾着一丝满意的笑:这栋瓦屋他买下了。

尚毅心里早就想把继父和娘从邹家庄接到这儿,一直苦于没有房子,听说这家的主人要卖了房子在别处盖,他便立时赶了来,总算顺利买下了。

他知道,继父和娘的体力已越来越弱,做田里的一些重活已很是吃力了。他想让他们来这里住下后,自己拿出一部分钱做本钱,让继父和娘开一个饭店。他晓得娘手挺巧,在做饭食上颇有一套,光面条就能做出十几个花样来,不愁赚不了钱。再说,最近半年,棠梨村和四乡里的不少人学着尚毅的样子,在街两边盖房做生意办作坊,什么陈记油坊、老韩家挂面坊、杨记黄酒坊纷纷开张,棠梨村一下子变得热闹非常,一天到晚人流不断。在这种情况下开饭店,营业额是不会小的。这样一来,小妹、小弟也可到棠梨中学里去读书,而不会被继父赶到田里做活耽误学业了。

尚毅边走边想着回家说服继父和娘搬家的事,前边忽然传来驼叔一声亲切的招呼:"小毅,你来店里一下。"尚毅闻唤抬头一看,才发现已经到了棠梨树下,穿得整整齐齐的驼叔正站在郝六嫂的小酒馆前向他招手。

尚毅急忙向小酒馆走去。驼叔和六嫂结婚后,便搬到这边住了,驼叔临离开草编公司时,尚毅拿出了四千块钱执意让他带上。到了这边后,驼叔就利用这笔钱对酒馆做了全面改造。尚毅进店一看,店面又向一侧新扩了一间,四壁刚用石灰刷过,桌凳新添了不少,酒具都是一色禹州出的中等品,菜橱、酒橱都是新的。店里的顾客不少,穿了新衣、脸色显得更红润的郝六嫂正在招呼顾客,一见尚毅进了店门,忙笑着指着一个桌子叫道:"大侄子,来,坐这里,我立时给你端酒!"

尚毅一听急忙摆手:"六婶,我不是来喝酒的。"

"咋?是不是嫌六婶的酒不好?"郝六嫂嗔道,"快坐下,老老实实给我喝几杯!"边说边端了猪肝、牛肉、兔肉、花生米四个凉盘摆在了那张桌上,"这是你六婶请你喝的!"

尚毅只得笑着到那桌前坐下。这时,驼叔手拿着一本书匆匆走过来低声说:"书店里的茴叶姑娘刚刚送来一本书,说是你过去要买没买到的,还夹有一封信,她让我交给你。"

"哦?"尚毅有些诧异地接过书一看,见是一本《商业基础知识》,他记起了那天他去书店买书的事。他掀开书页,看到内中夹着一封封了口的信。

"你慢慢喝,我去那边烧火,锅里还煮着肉。"驼叔说罢,向锅灶那边走去,六嫂也走去招呼新到的顾客了。尚毅慢慢地撕开那个信封,抽出了信笺——

尚毅哥:

你每天都那么忙,以后让我来帮你买书、订报、洗衣、做饭,行吗?

茵叶

望着这几行纤秀的字迹,先是一丝鄙夷的笑纹浮上了尚毅的嘴角,继而,便见他狠狠地、一下一下地撕着那张信纸。

"夏家姑娘,你看老子现在有钱了吧!"尚毅低低地从牙缝里送出了这句话,而后猛地把纸屑往地上一摔,抓起酒杯仰头喝了一口……

七

茵叶无滋无味地嚼着嘴里的饭,目无所视地望着桌上的菜盘。

这些天,她一直在急切地盼望着尚毅来信,然而,一直没有。为什么不回信?是不好意思?是无交给我的机会?还是嫌弃我?这些问号一齐在她的脑子里闪着。

有几天,茵叶甚至已陷入了绝望的深渊,但那两桩事实又鼓起了她的希望:一是尚毅收了她的信没有退回来;二是他收了她替他买的书。她哪里知道,尚毅已把她买的那本书扔给六嫂的儿子叠三角玩儿了。

下午,她在书店里隔窗看见驼叔出现在店前街上,立时高兴地站起身——她以为驼叔会带来尚毅的回信,可驼叔并没进书店,而是径直向街北边走了。

以她内心的那份急切,她真想跑到尚毅面前问问他,但是,羞怯,使她最终打消了这个念头。

"也许,他不想写信,而是想找机会同我面谈?"茵叶边机械地向嘴里扒着面条边想,"要真是那样的话,见了面该向他说什么话呢?像电影上那样说'我爱你'吗?天呀,羞死了。"两片红晕随着茵叶的想象漫上了她的双颊。

"茵叶,怎么不吃菜?"奶奶的一声招呼打断了茵叶的想象,她急忙伸筷去盘里叨菜,但因尚毅的幻影还在眼前晃动,她竟把筷子插进了奶奶放在桌上的饭碗里。

"嗨哟,死丫头,去我碗里叨什么?"奶奶的一声嗔怪,使茵叶眼前的幻影倏然消失,浓浓的红晕罩满了她的整个脸孔。她慌忙怯怯地抬眼看了一下爸爸,还好,爸爸没注意,正低头默默吃饭。

茵叶急忙去菜盘里夹了一筷菜放到奶奶碗里轻声说:"我看你碗里怎么没有一点菜?"

还好,掩饰得挺成功,奶奶没有发现什么,孙女的孝心使她很高兴地端起了饭碗。奶奶吃了几口,忽然想起了什么似的停下筷说道:"恭礼,小叶,有件事差点忘了给你们说。后晌,邮电所的老孔来给我说,说他们家孔俊很喜欢小叶,看两家能不能做亲——"

"不,不!"茵叶闻言身子骇然一抖,急忙打断了奶奶的话。

夏恭礼也有些意外地瞪大了眼。

"我也觉得这事不大合适。"奶奶又开口说道,"咱原本是城里人,孔俊和他爸妈虽说都在工作,可毕竟不是住在城里——"

"这事算了!"夏恭礼很干脆地打断了老母亲的话,"我已经给茵叶她大姐、二姐说过了,让她们在城里给茵叶找个合意的人家!"

"不、不!"茵叶又急忙红着脸叫道,但看看爸爸那威严的面孔,又赶忙低下了头。

"你要再在城里找了对象,待你爸爸退了休,我们就也搬到你身边,轮流在你们三家住,咱原本就是城里人……"奶

175

奶仍在絮絮地说着。

茵叶脸上的红晕一点一点地退尽,像喝药似的一口一口吃着碗里剩下的饭……

第五章

一

只差一点点就圆了的月亮高悬在天上。明晚,就是赏月的中秋之夜了。

听说县豫剧团明晚起要在棠梨村演出连本戏《朱仙镇》,尚毅忙完了公司里的事,便急急地向爹娘开的"棠梨面馆"走去,他要告诉他们做好准备——这是饭店做生意的一个好机会。

"棠梨面馆"开业已近一个月,生意做得不错。尚毅娘做各种面条的手艺的确出色,吸引了很多顾客;尚毅的继父过去虽没做过生意,但经过尚毅几天的示教,也已完全可以应付了。

他迈着轻快的步子沿街向前走着。这条街近来又向两头沿公路延长了许多,汪大兴面粉加工厂、刘富贵点心厂、昌盛粉条坊、棠梨旅栈相继出现在街道两旁。尚毅那天听了棠梨大队的郑大队长说,现在仅四乡来棠梨村办厂、办作坊、做生意的人已近两千,每天在棠梨村流动的人员已有数千了,大队已觉无法管理,变化真是太快了。

"尚毅,还没歇哪?"

"尚毅经理,明天进城送货吗?"

"小毅,来店里坐坐嘛!……"

街两边不时传来人们的热情招呼,尚毅礼貌客气地应答着。如今,尚毅在棠梨村的威望是颇高的。这除了他是第一个在这儿定居做生意、办编织厂,而且营业额最大、资金最雄厚之外,还因为他对刚起家办厂、办作坊和做小本生意的人,常给予照顾。哪一家一时资金上紧张,可以随时到他那里去借钱;初做生意的人遇到什么困难、风险,可以去他那里讨点办法;平时谁若进城送货、进货,也可以就便搭乘尚毅自己买的汽车。

"尚毅。"一声低柔的呼唤蓦地飞进了尚毅的耳朵,他一愣,脚步慢了下来。

"尚毅。"从街边一个暗影里又传出了一声低低的、怯怯的喊声。这一下尚毅听清了:是茵叶。

有一刹那,他曾不自觉地停下了脚步,想转过脸去。是的,尽管他心里时时记着夏家给过他的那场侮辱,但茵叶那姣好的面孔时常还会莫名其妙地在他脑子里闪过,每当这时,他都不得不狠命地从自己脑子里赶开那个面孔。此刻,他又迅速打消停下步子的念头,装着没听见似的大步向"棠梨面馆"的门口迈去。

"尚毅!"他听到身后又传来一声怯怯的、发颤的声音。

"见鬼去吧!"尚毅在心里狠狠叫了一声,径直进了面馆的店门,但他刚一进门,又慌忙退出了门槛儿。店内,继父正满脸含笑地在向娘的头发上别着一个发卡。

尚毅愣在门口,长这么大,他这还是第一次看见继父在娘面前露出笑脸。

"尚毅。"他隐隐听见背后又传来一声茵叶的轻唤。

"咳!"他大声咳了一下,迈步进了店……

二

天还没黑,街上的人们就相继搬椅拿凳地去大队部门前的戏场上占位置了,所以到路灯亮时,长长的街上就显出了不常有的静寂。

此刻,就在这静寂的街道上,指间夹着一根香烟的夏恭礼,迈着稳稳的方步,由棠梨大队的支部书记陪着,不紧不慢地向戏场里走去。这已经成了惯例,每次演戏,都是在开演前,由大队一名干部来请他到观众席上最好的位置就座。因此,一逢观看演出,实际上也是夏恭礼在棠梨村真正地位的一次炫耀。

今天看戏的人真多,舞台上的几只大灯泡照着台下黑压压的一片人头。夏恭礼由支书领着径直向舞台前走去,那里放着几把靠背椅和一张条桌,条桌上放着几个茶杯。支书把夏恭礼让在中间的一把椅上坐下,立时又客气地把一个水杯端到了他的面前。夏恭礼扯了扯身上的中山服,把右臂下夹着的一张报纸在条桌上放下,接过杯呷了一口,便缓缓地向四下里打量起来。像过去一样,他的眼睛立时碰到了无数尊敬而羡慕的目光,一种自豪感又像往常那样涌上了心头,他那极爱面子的心理在这一刹那得到了完全的满足。

"夏伯伯,刚到?"身后传来了一声殷勤的招呼。

夏恭礼扭头一看,原来是孔俊。他矜持地朝孔俊和其他坐在他身后的公职人员点了下头,就又把目光移向了四周的观众。当他的目光掠过观众席左侧时,眉心倏地一耸——那边,菜驼子和郝六嫂合坐在一个条凳上,郝六嫂正笑指着戏台向一脸喜色的菜驼子说着什么,两人的身子挨得好紧啊!一阵揪心的灼疼迅速驱走了他胸中原有的那股自豪。

他猛地把脸扭向了戏台,然而,戏台上还无演员。他看了看表,离开演还有二十分钟。

夏恭礼心中的灼痛渐渐转成了气恨,并将气恨转向了把郝六嫂和菜驼子连在一起的邹尚毅。"好一个乡下小子!"他在心里叫。

恰在这时,也是穿着一身笔挺中山服的尚毅正由棠梨大队郑大队长引领着向这边走来。

怎么?难道让他也来这里坐?夏恭礼吃惊了。

果然如此。郑大队长径直领着尚毅走到夏恭礼面前,先是含笑招呼了一句"夏主任",而后便指着夏恭礼身边的一把靠背椅对尚毅笑着说:"来,坐这里。"

尚毅朝夏恭礼点了一下头,便很随便地在那个椅子上坐下了。

夏恭礼猛地扭过头去,一团怒气开始在他的心里膨胀。他万万没料到大队干部竟会把邹尚毅请来和他坐在一块儿。

"郑大队长,今晚你们请的人还真不少呀!"夏恭礼的声音中带着愠怒且夹有几分警告的意味。

"是呀,是呀,轻易不演戏,请大家都来看看。"大队长笑着答道。他当然听出了夏恭礼话里对他们请尚毅坐这儿的不满,但他明白,不论是谁当棠梨大队的干部,在这种场合下都会请尚毅来的。尚毅现在棠梨村是一个举足轻重的人物,他不仅拥有一个草编工艺品公司和一个综合商店,是这里最富的人,而且他在整个四乡来这儿做生意的人中很有威信,是一个领头的,若外村来的人和本村人发生纠纷,无他出面还颇难解决。此外,他还几次给棠梨中学捐款,深得棠梨村人的尊敬,何况,最近又风传县里要把棠梨村改为棠梨镇,据说临时领导小组中也有邹尚毅的名字。

坐在一旁的尚毅自然也听出了夏恭礼的话意,但他只是在脸上浮出了一个满足的笑容:我终于可以和你平等地坐在一起了。今晚上的戏,尚毅原本是不打算看的,后来因为大队长亲自登门恳切相请,加上他听说夏恭礼今晚也要到戏场并且和他坐在一起,他才下了决心,换了一身笔挺的中山服,穿上一双很亮的皮鞋,来了。

"看,坐在夏主任身旁的那个小伙,就是草编公司的经理,有钱着哩!"

"哟,那小伙长得还不错,看那衣服,比夏主任穿得还挺括哩!"……

周围人群中飞出的议论声直钻夏恭礼的耳朵,他觉得,自己要再和这个邹尚毅并肩坐下去,就要把脸丢尽了。

"嗬,他妈的,现在什么人都抖起来了!"背后传来了孔俊讥讽的声音,"再抖还不就是个乡下小子嘛!"

孔俊的这句话使夏恭礼和尚毅的身子同时一震。夏恭礼在身子一震的同时做出了决定:不看戏了!不能同这个乡下小子坐一起让人耻笑!尚毅则在身子一震的同时,抹去了脸上原有的笑容,在心里痛苦地重复了两句:"乡下小子!"

"不看了!"夏恭礼猛站起身对大队长冷冷说了一句,跟着便向戏台一侧走去。

"嗳,嗳,你怎么不看?马上就要开演了!"大队长吃惊地起身赶上去要拉住夏恭礼。

夏恭礼推开大队长的手,冷冷地甩下一句:"我不愿和姓邹的坐在一块儿!"便快步走出了戏场。

大队长愣了一下,慢慢走回来坐下了。

很多人都听到了夏恭礼最后那句话,尚毅当然也听到了。一股血先是猛冲到头顶,继而又一下子倒回了心脏,因受了侮辱而引起的激动使他的身子开始哆嗦了。

不想身后的孔俊此时竟也站起身来叫道:"什么熊样的人都坐在了咱前面,不看了!"说罢,也抬脚向戏台一侧走去,经过尚毅身边时,还特意轻蔑地瞥了尚毅一眼。

尚毅的两臂剧烈地抖动了一下,他真想立时跳起身就把拳头砸在孔俊的那张白脸上,但他知道在这种场合闹起来不好,终于还是压下了这股冲动,只是紧咬下唇,用双手死死抱住手中的茶杯。

戏开演了,但演的什么,唱的什么,尚毅既没看见也没听见,他的身子只是一个劲儿地哆嗦着,一缕血丝渗出了他的下唇。蓦地,他那喷火的目光停在了戏台右侧的人群里,那儿,站着茴叶,她正直直地向他望着。

尚毅两腮的咬肌抽搐了一下,一个低微得只有他自己听到的声音从他的嘴里迸出:"我要让你们付出代价!"

当戏台上的演员翻起跟斗,台下所有的观众都把目光投向台上的时候,尚毅悄悄地弯腰在人缝中向茴叶站的地方走去。走出几步之后他才发现,那个陶瓷茶杯的把手已被他折掉在手里了。

三

茴叶是电影迷,却不爱看戏。

她今晚所以来到戏场里,其实只是为了远远地看看尚毅。她吃了晚饭去书店,隔着窗户看到郑大队长领着尚毅向戏场走时,便随后跟了来。戏台上这会儿演的是什么,茴叶根本不知道,她的目光只是不离开坐在场中的尚毅。开戏前,爸爸和孔俊走出戏场她是看见了,但因为隔得远,听不到他们说了些什么,所以她并不知道他们离开戏场的真正原因。茴叶对他俩走出场去倒不关心,只要尚毅还坐在那儿就行。

此刻,她看见尚毅向自己站着的这个方向走来,心里顿时涌起了一阵欢喜。这几天,她下了决心要寻找机会同他说话,她想告诉他爸爸、奶奶要给她在城里找对象的事,也想问问他为什么不回信。那天晚上,她大着胆子站在街边暗处喊了他几声,可惜他没听见——她哪里晓得尚毅其实是听见了。

近了,近了,尚毅只差两步就要走到她面前了,她的心咚咚地跳起来,脸涨得通红,但是怎么开口?茵叶在这一刹那了无主意,羞赧最终使得她垂下了头。尚毅就要从她的面前挤过,最好的机会眼看要错过了,着急和后悔使得茵叶的双眼涌上了眼泪。就在这时,她明显地感到她的衣襟被就要挤过去的尚毅暗暗扯了一下。啊!茵叶的心猛地一颤,一股巨大的欣喜霎时涌到了胸中:他要我跟他出去!

几乎在尚毅刚挤出人群时,茵叶便也向外挤了。她挤出人群一看,尚毅在几十步外站着,显然在等她。她看了一眼身后的观众,还好,人们的眼睛都只顾盯着戏台,并无人注意她,她疾步跑到了尚毅跟前。

"愿不愿跟我去随便走走?"尚毅的声音低而清晰。

啊,终于等来了这个机会!来得太猛的欢喜竟使得茵叶说不出了话,只是很快地点了点头。

尚毅迈开步子向街上走去,茵叶在后边快步跟着。

街上此时一片静寂,只有不多几家店铺还亮着灯光。尚毅径直走到棠梨树冠下的阴影中停住了脚步,茵叶也随后气喘吁吁地站在了他的面前。

被棠梨叶筛碎了的月光,照着茵叶那张激动的脸庞。

"你前些日子写给我的信,看到后我本想早给你回信的,后来想想还是找机会当面谈谈好。"尚毅声音很轻地说道,语调虽然柔和,但其中却带有一点抑着的冷意,"说真话,我内心里早就很爱你了!"他有意重读了"爱"字。不过刚说完这句话,他被那一缕月光照着的额头上就掠过了一丝厌恶。

茴叶并没有注意到尚毅神色的变化和声调的异样,其实,她那单纯的被炽热爱情填满的头脑,此时已不能详细地分辨什么了。她一听到从尚毅的口中说出"很爱你"三个字,一种从未体验过的幸福感就使得她有些晕眩了。过了好长一段时间之后,她才用轻柔的声音说,"我不会办什么大事,不过以后我可以给你洗衣、做饭,帮你记账,你累了的时候,我可以给你读书、读报,你可以放心干你的事,杂事不让你操心。"她边说边用脚尖轻轻地蹭着脚下的土。

"既然这样,"尚毅接腔说道,"我想明天我们正式举行个订婚仪式!"

"订婚仪式?"茴叶那充盈着幸福的乌眸意外地闪了一下。

"对,愿意吗?"尚毅的声音里带了点压力。

"我……听你的。"茴叶急忙点了点头,"别让老人参加,行吗?"茴叶低低地问——她估计爸爸是不会这样快就同意她订婚的。

"行!明天上午——"

"哗啦"一声,那边墙根儿的阴影里此时突然响了一下,茴叶一惊,"有人!"她低叫了一声,慌忙向尚毅身边靠了靠。

"没什么,别怕。"尚毅安慰了一句,随后又压低声音说,"明天上午八点钟,你我准时到郝六婶的酒店里,在那儿喝杯订婚酒,然后,我俩挽着胳膊在街上走一趟,让街上所有的人知道:我俩订婚了!"

"挽着胳膊在街上走?"茴叶惊骇地瞪大了眼,声音中露出了恐慌。生性腼腆、羞怯的她,尽管内心里幻想了无数个和尚毅在一起的场面,却从来没敢想到这种场面。

"对!怎么样?不愿吗?"尚毅直瞪着茵叶,双眼中有了冷光。

"我、我……害怕……"茵叶深深地垂下了头。

"哦,那就算了!看来,你并不是真心要跟我结婚。"尚毅的声音顿时冷了起来,"我不勉强你!"

"不、不,"茵叶急忙抬起头,"我、我只是……我……听你的……"她惶然地说罢,又垂下了头。

一丝冰冷的笑意闪过尚毅的嘴角:"那好,就这样定了!你暂不要给你爸说明天的事,咱们走吧。"

"这……就走吗?"茵叶声音低微地说道,她不愿就这样放弃这个宝贵的机会,她心里还有许多话没对他说呢。

尚毅闻言先是愣了一下,而后像是明白了什么似的猛地伸手把茵叶拉到了怀里。

茵叶显然没料到他会这样做,双眸惊异地一闪,但随即,她大概明白了他是要像电影上的情人们那样亲她,便顺从地偎在了他的怀里。

然而,尚毅只是把他那冰冷的嘴唇在茵叶额头上轻轻触了一下。

可是,就这样轻轻一触,已使茵叶浑身起了一阵幸福的战栗,她醉了似的闭上了眼睛。

"夏恭礼,你等着明天吧!"尚毅抬头望着头顶的棠梨树冠,在心里狠狠地叫。

远处的戏台上,大概岳家将正与金兵在朱仙镇对阵,锣鼓声显得越发急骤……

四

茵叶刚才听到附近墙根阴影里"哗啦"一响时,曾吃惊地叫了一声:"有人!"她在惊慌中做出的这个猜测其实没错,那儿的确有人在偷听他们的谈话,那人就是孔俊。

孔俊在随夏恭礼从戏场中间退出之后,其实并没有离开戏场。他在退场之前就已经注意到茵叶站在戏台右侧,他所以要退场,除了向夏恭礼表明自己同他观点一致外,就是想去和茵叶站在一起,把他托人给她买了双高靿皮靴的消息告诉她。不料,在他绕过戏台刚要向茵叶身边挤去时,恰被一个熟人碰见,拉住他没完没了地说话,当他终于摆脱那个熟人后要向茵叶身边挤去时,却见茵叶随在邹尚毅的身后从人群中挤了出来。他见状一惊,慌忙闪在暗影里,待他看到茵叶竟顺从地跟在邹尚毅的身后向街上走去时,他惊呆了。他从没想到茵叶会同她爸爸那么瞧不起的一个乡下小子去幽会。他内心里也曾担忧过茵叶会像她两个姐姐那样远嫁城里,因此,曾暗中设想了无数个情敌的模样,但在他所设想的那无数个情敌中,却根本没有邹尚毅。他万万没有料到以邹尚毅那样的出身,竟能得到茵叶的青睐。一股强烈的妒意使他想也没想,就立即尾随在他们身后,藏在了墙根阴影里听他们谈话。当听到茵叶说同意明天举行订婚仪式的话时,他气极地顿了一下脚,就在那一刻,他碰响了地上的一块砖头,发出了响声。他当时急忙悄步离开了那地方,向街上的夏家院子奔去。他要去找夏恭礼,他知道夏恭礼绝不会同意茵叶嫁给邹尚毅,也知道只有夏恭礼才能阻止这件事情的发展。他想得到茵叶,他要得到茵叶!

他奔到夏家门前急骤地拍起了门,茵叶奶刚拉开院门,他就急切地问:"夏伯伯在家吗?"

"在堂屋里坐着,不知在生什么气哩。"茴叶奶应着。

孔俊走到堂屋门前,看到夏恭礼正阴沉着脸捧着茶杯坐在那儿,显然还在为戏场里的事生气。

"有事?"夏恭礼抬眼看到孔俊,淡了声问。

"夏伯伯,出事了!"

"嗯?"夏恭礼冷眼望着他。

"茴叶和邹尚毅一块儿到棠梨树下——"

"什么?!"夏恭礼霍地站起了身,双眼可怕地瞪着孔俊。

"刚才茴叶和邹尚毅从戏场里出来,一起到了棠梨树下的阴影里。"

"胡说!"夏恭礼暴怒地叫道。他决不相信,这无异于打他耳光!

"我亲眼看见的。我在离他们几十步远的地方,亲耳听见他们说明天要举行订婚仪式……"孔俊嗫嚅着解释。

夏恭礼的面孔在慢慢地变青,下颔开始不住地抖动,他从孔俊的神态上明白了,孔俊没有说谎。

"天哪,我们原本是城里人啊……"茴叶奶此时在一旁发出了一声呻吟。

"这、个、贱、丫、头!"夏恭礼咬着牙一字一顿地说道……

五

茴叶在书店里停了一会儿,待戏散时,才迈着轻快的步子走到自家院门前,推开虚掩的院门,走进了自己的房间。她拉开灯后的第一个动作,便是走到镜前去看自己那充溢着幸福的绯红的面孔。这时,房门忽然"咚"地被踢开,茴叶回头一看,见是脸色铁青的爸爸站在门外。

"爸,你还没睡?"茵叶有些意外。

"说,刚才去哪里了?"夏恭礼一步跨进屋内,厉声问。

"去、去看戏了。"茵叶有些慌张地答。她拿定了暂时不把要同尚毅订婚的事告诉爸爸、奶奶的主意。

"说谎!"夏恭礼又一步跨到了女儿面前叫。

茵叶的脸孔唰地红了,不会说谎的她,被爸爸的这一句话吓得说出了真情:"我同尚毅刚才在一起讲了一会儿——"

"啪!"茵叶的第一句话未说完,脸上就重重挨了爸爸一巴掌。

"天哪,我们原本是城里人呀……"站在门口的奶奶这时长叹了一声,重重地在地上顿了顿拐杖。

茵叶无言地望了爸爸一眼,脸上的红晕一点一点地被苍白所替代。她原来虽然估计到爸爸会反对,但没想到他竟这样决绝。

"贱丫头!说!为什么偏要去找他?!"夏恭礼已近乎吼叫了。

"我喜欢他。"茵叶声音虽低,但内中却了无怯意。

"啪!"夏恭礼又猛地抬手向女儿脸上打了一掌。

"你不会好好对孩子说?"茵叶奶大概因为心疼孙女,在门外顿着拐杖朝儿子抱怨,但她随之又把话头转向了孙女,"小叶,咱原本是城里人,他一个乡下——"

"说!以后还去找他不?"夏恭礼打断母亲的话,又向女儿吼。

"我们说好了要订婚。"茵叶静静地站在那儿望着爸爸说,一缕血丝随着话语溢出了她的嘴角,缓缓地向下滴着,"爸,你打吧,把我打死算了,反正我不会变了。"

"你——?!"夏恭礼的身子因气愤而开始发抖,但他的声音却突然变得冷而低了,"好!既然要跟他,就把老子给你的一切东西都留下,马上给我滚出这个屋子!"这是他当初制服二女儿的最厉害的一招,他又拿出来了。

夏恭礼万没料到,茵叶听到这句话后竟然默默地抬手去解上身外衣的扣子,并很快地把外衣脱下来扔到了床上,同时低而清晰地说道:"我明天再把其余的衣服都送过来。"说完,抬脚便向门口走。

"好哇——!"女儿这种冷静而固执的顽抗把夏恭礼激怒得失去了理智,只见他边嘶声叫着边猛地抓过门后靠着的一根小竹扁担,狠狠地向女儿抡去。

竹扁担重重地砸在茵叶的左小臂上,只见茵叶先是极端痛楚地耸起眉头,随即便重重地倒在了地上。

"天哪!你要把孩子打死?!"茵叶奶见孙女被打倒在地,心疼地叫了一声,同时挥起拐杖朝儿子的胳膊上狠狠打了一下。

"哐当!"夏恭礼手中的竹扁担掉在了地上。

"小叶、叶儿——"茵叶奶慌慌地颤步向孙女奔过去……

六

尚毅一大早就起了床。

他没有穿昨晚上穿的那套笔挺的中山服,而是换上了他一直保存着的最初离家时穿的那身衣服:一件土气的蓝色布扣对襟褂,一条黑色的打了补丁的裤子。在前边门市部睡着的表弟手拿着一封信,匆匆向尚毅住的房子走来,他推开门一看尚毅身上的穿着,惊愕地叫了一声:"嗬!怎么穿起这身旧衣服了?"

尚毅淡淡一笑:"衣服洗了,临时换上这身。"

"你不是有几身好衣服吗?要不,我那里还有衣服,先给你拿一套来!"表弟说着就要转身出门。

"不用!"尚毅口气坚决地叫住他,"我今天就想穿这身衣服!你去照应门市部吧,上午我有点事出去。"

表弟见他这样,就把手中一个封了口的信封递上说:"这是粮所孔俊刚才拿来让交给你的。"说罢,便转身走了。

尚毅接了信封,脸上闪过了一丝意外。他默默地撕开封口,抽出了信笺,立时,一行歪斜的字迹跳进了他的眼里——

"要不要我告诉你茴叶曾打过一次胎?"——为了阻挡尚毅和茴叶之间关系的发展,聪明的孔俊想出了这个主意。

尚毅猛地抬起头来,双眼喷着火,但瞬间之后,那火变成了冰,只听他咬牙低声道:"破鞋,也要!"……

七

脸孔苍白的茴叶慢慢走出小书店,向六嫂的酒店走去。

左小臂疼得厉害。茴叶每走一步,都会引起小臂上一阵剧痛。这疼痛折磨了她整整一夜,夜里有几次疼得她都想喊出声来,但她终于还是咬着牙强忍住了,只是让眼泪无声地流。天亮时,她注意到整个左臂都肿了,穿衣服时疼得她几乎要把嘴唇都咬破。起床后,她勉强吃了几口奶奶端给她的饭,便径直来到了书店里,看看手表上的指针快到八点了,她才起身向六嫂的酒店走去。

走进店门,她一看到尚毅端坐在一张酒桌后,胳膊上的疼痛似乎骤然减轻了许多,一抹幸福的微笑出现在她的脸上。

"哎呀,小叶,快,快,快到桌边坐!"六嫂满脸堆笑、风风火火地从菜案那边走过来叫道,"尚毅不会办事,今早晨才来告诉我你俩今儿个要订婚的事,这不,慌里慌张地才做出了几个菜!"茵叶刚在桌边坐下,六嫂就急忙转身对含笑站在那儿的驼叔道,"他爹,快呀,快端菜!"

驼叔急忙把六嫂刚才准备好的六个冷盘、六个热盘一股脑儿全端放到了桌上。

"我早就同孩儿他爹说,你们两个是最般配的一对儿,这不,果然爱上了。"六嫂一边往杯里倒酒一边笑着说。

一丝如愿以偿的欢喜浮在茵叶那因臂疼而微蹙的眉梢上。

尚毅一直静静地坐在桌边,嘴角吊着一丝含义莫名的笑意。

"来,来,茵叶、尚毅,你们端起杯,我知道茵叶不会喝酒,特意温的家酿的黄酒,来,喝一杯。"六嫂端起了杯。

茵叶站起身,就在她站起的瞬间,一阵剧痛从左小臂上传出,她咬了咬嘴唇,喝下了酒。

几杯酒喝下之后,六嫂从衣襟里掏出一个红纸包笑着说:"小叶,虽说你和尚毅是自由恋爱,有些事上还要按咱这里的规矩办,这是尚毅给你的一点钱,你拿着,买两身衣服。"

"不、不。"茵叶慌忙红着脸拒绝。

"拿着吧,"驼叔也在一旁劝道,"这是咱们这儿的老规矩。"

这当儿,六嫂已把红纸包塞到了茵叶的裈子口袋里。茵叶没再掏出来,她怕因为这件事伤了尚毅的心。然而她没注意到,就在此刻,一丝鄙夷出现在尚毅的眉间,不过那鄙夷转瞬即逝了,只见尚毅站起身说道:"驼叔、六婶,你们忙。我和茵叶到街上去转转!"

"转转?那好!那你快回去换身衣服!"六婶指了指尚毅身上的旧衣服。

茴时这才注意到,尚毅今天换了衣服。她刚才因为害羞,很少往他身上看,即使看一眼,目光也总是在他的脸上一扫,并没注意他的衣着。

"我很喜欢这身衣服,你说呢?"尚毅直盯着茴叶问,脸上带着一种古怪的神情。

茴叶垂下头低声说道:"穿什么衣服都行。"她这是真心话,在她眼里,尚毅穿什么衣服都一样好看。茴叶心里没有别的要求,她只希望尚毅喜欢她!

"那好,咱们走吧!"尚毅离开了桌子。

茴叶咬牙忍着左小臂上的疼痛,也站起身……

八

飘动着几缕絮云的淡蓝色天空,清肃如洗。

阳光静静地照着人群熙攘的棠梨村街。

街两边摆摊售货的和街中间看货、买货的,把街面几乎挤满了,但当尚毅左臂挽着茴叶的右臂出现在街上时,人们立时面露惊异地自动让开了路:这街上还从未见过有哪一对男女臂挽臂地当众行走,何况这又是夏恭礼的漂亮女儿挽着邹尚毅的胳膊走。

"嗨呀!尚毅经理,三姑娘!""两瓶半"这时不知从哪儿钻了出来,嬉笑着站到了尚毅和茴叶面前叫道,"我早就说,你俩是最般配的一对儿,这不,果真了!怎么样?我可是常常在月黑之夜到棠梨树下替你俩祷告,让你俩早成一对儿的,今儿个不慰劳慰劳大叔?"他边说边伸出了手。

尚毅面带笑容地从衣袋里摸出了一张拾元的票子递给了"两瓶半","两瓶半"立时欢呼:"哎呀,我的天!我今儿黑里一定再到棠梨树下替你们祷告,祝你们早进洞房、早生儿子！"

茴叶那因臂疼而显苍白的双颊，又被这些话说得红透了。

尚毅挽着茴叶不紧不慢地在街上走着,他俩走到哪里,哪里的人们就会立刻停下买卖,新奇地望着他俩。街边偶尔会响起几声低低的议论："夏家的三姑娘长得真漂亮！""尚毅这娃多有福气！""那姑娘脸好白！""尚毅怎么穿上这身衣服？"……

在这一双双眼睛的注视下和人们的轻声议论中,尚毅神色自若地迈着步。而他身旁茴叶的脸孔,则变得愈加苍白了——因为移动脚步而引起的颤动,使左小臂上的疼痛急剧地增加着,冷汗,开始从她的额角上渗了出来。

"啊？"街边的人群中蓦地传出一声低低的惊呼。尚毅扭头一看,原来是孔俊,只见他直瞪着茴叶,身子软软地倚在粮所的门框上。

一丝令人难以察觉的快意,从尚毅的双眼闪过。

快要经过茴叶的家门口了,尚毅感觉到茴叶的胳膊在轻轻地哆嗦。他看了她一眼,注意到她的脖子上全是汗,但他估计她是因为害怕她爸爸发现,根本没想到茴叶胳膊的哆嗦是因为那越来越加剧了的伤痛。

尚毅微微地歪过头,目光直盯着茴叶家的门口,他很希望夏恭礼此时出现在门口,能够亲眼看看这个场面。可是,没人,院门关着。尚毅有些遗憾地扭过脸去,就在扭脸的一瞬间,他眼睛的余光蓦地瞥见,在夏家临街的一间房屋的玻璃窗后面,站着脸色苍白的夏恭礼。当他们双方的目光相触以后,他清楚地看到夏恭礼猛地扬手打了自己一个耳光。

一个终于得胜的笑意出现在尚毅的脸上。

他感觉到茴叶的步子明显地慢下来,且整个身子都倚在了他的身上。

他和茵叶向小书店走去。在迈过书店那不高的门槛时,耗尽了最后一点力气的茵叶一个趔趄,突然向地上倒去,尚毅见状急忙伸手扶住了她的左臂。

"啊——!"几乎在尚毅触着茵叶左臂的同时,茵叶发出了一声痛楚至极的嘶喊……

九

透进病房的一缕阳光,照在茵叶那失了血色的脸上。

她双眼闭拢静静地躺在县医院的一张病床上,打了石膏的左臂平伸在床边——她的左小臂断裂性骨折,医生已为她做了接骨手术。

尚毅默坐在床头,两眼望着茵叶的脸孔,嘴角挂着一丝不甚明显的冷笑。他虽然已经知道了茵叶受伤的原因,但他内心里却无半点感动和同情,相反,还感到了一种隐隐的快意。人间的痛苦每个人都应该尝尝!两个月后,我还要再让你尝尝解除婚约的味道!

茵叶的身子轻轻动了一下,随后,慢慢睁开了眼睛。她的目光一触到坐在床头的尚毅,苍白的脸上就立时浮出了一个放心的、满足的笑。尽管胳膊上的伤痛还在折磨着她,但一见到自己所爱的人坐在身边,那疼痛便暂时被忘却了。"你,回去歇歇吧。"她声音微弱地看着尚毅说,目光中透出无限的关切和柔情。

尚毅摇了摇头。而后却冷漠地问:"喝水吗?"

茵叶刚要张口回答,门外突然响起了一阵急而重的步子,随之,便见夏恭礼出现在了病房门口。他在门口站了一下,仇恨地瞪了一眼尚毅,这才急急地奔到茵叶的床前,俯下身去看茵叶的胳膊。

"爸爸。"茵叶低低地叫了一声。

夏恭礼的目光中交织着心疼、愧疚和气恼。

定定坐在床头的尚毅，原本没有要爱抚茵叶的心思，但他此刻为了向夏恭礼显示："你女儿现在是我的人了！"便装作很亲密地把一只手在茵叶的额头上抚摩着。

茵叶对尚毅的这个举动虽感羞赧，脸上涌起了一层艳红，但她的内心深处，却满是甜蜜和幸福。

夏恭礼一见尚毅的这个举动，双眉立时厌恶地一耸，随即便低沉地叫："不许碰我的女儿！"

尚毅像没有听到这声音似的，一边继续用手抚摩着茵叶的脸颊，一边无声地抬头望着夏恭礼，眼里闪着一丝轻蔑和"你奈我何"的神色。

"叫他把爪子拿开！"夏恭礼气极地望着茵叶压低声音吼道。

茵叶无言地闭上了眼睛，两串晶莹的泪珠立时溢出了她的眼角，沿着她的双颊飞快滚着。

夏恭礼猛地转身，迈着重重的步子向门外走去。

一丝冷酷的笑意从尚毅的嘴角一闪而灭……

蝴蝶镇纪事

一

我总共当了十一年兵。一入伍就来到驻在苑城西郊的七师。从山东猛地来到豫西南,一开始最不适应的就是两条:一个是这里的黏土地。乖乖,只要天一下雨,人在地上走一趟,那黑黏土能把人的鞋粘成两个大泥坨,实在难受,而且,即使天晴后,倘你不用水冲洗,那黏土还会长久地粘在鞋上。再一个就是总吃面条。面条这东西吃到肚里很不禁饿,有时只训练到半晌,饿得就受不了了。不过,慢慢地,也就习惯了。大约是我当了排长的第二年吧,记得那是一个初秋的黄昏,我一向敬重的胡子连长突然派人把我叫到连部,要我带上二排,去蝴蝶镇负责警卫师里的一个军械库。

蝴蝶镇离苑城的营房近百公里,紧挨着鄂北地界,是豫西南地区最偏僻的一个去处。我那时正当喜欢热闹的年纪。对去那里自然是很不乐意。仗着自己是连长接来的兵,加之平时因枪法好又受着他一点点偏爱,所以也就敢于当面摆了些不想去的理由。可连长最终还是忧郁地摇了摇头:"去吧,小魏,城里现今乱成这样,今日要支持这派,明天又要支持那派,弄不好是要倒霉的。去吧,那儿偏僻,当兵的日子好混!"

看着连长那双忧郁的眼睛,我就不敢再说下去,于是,便不甚情愿地点了点头。

我们是在接受任务的第三天上午到达仓库的。也真巧,我们刚到,天就下起了雨。于是,我们在安营的整个过程中就很遭了点殃,每个人的鞋子被那湿黏土粘得一塌糊涂。当全排终于安顿好,同先前在这里负责警卫的一个排长办完了移交手续之后,我就一个人绕着仓库察看起来。这座仓库建在一个树木葱郁的小山丘下。三大排石砌的库房和警卫分队的宿舍、厨房,盖成了一个四方形的院子。院子的四角各设了一个岗楼,院外十来米的地方,又围了一圈铁丝网。院门前是一条沙石公路,一端通往苑城部队的营房,一端通往不远处的蝴蝶镇。仓库和镇子中间,隔着一条小河,河上架着一座不宽的石桥。我发现,这儿的蝴蝶果然很多,一群一群,一对一对的,在空中飞舞,在树枝草叶上栖落。看来,这镇子的名字倒是没有起错。我环视着四周的地形,猜测着这地方可能是因为树多草茂,气候温润,才宜于蝴蝶们生长。

巡看一周后,我站在仓库后边的一棵枣树下,望着沐在晚霞中的蝴蝶镇,心里就想,明天该去镇上拜访一下镇子的领导。临走前连长一再交代我,要注意搞好同驻地周围老百姓的关系。我现在是这里的最高领导,诸事都应该想到才好。

正当我站在那儿漫想时,东北角的岗楼上猛响起了一阵拉枪栓的声音,跟着传来一班长的粗声喝叫:"不准动!"我一听,心就一紧:刚接防就有事?忙疾步走了过去。到那里一看,只见一班长正把冲锋枪对准铁丝网外的一个姑娘。那姑娘的双腿是蹲着的,一只手拤一个竹筐,另一只手拿着一个小铁铲伸进了铁丝网内,姑娘脸色发白地望着一班长乌黑的枪口,伸进铁丝网的那只胳膊僵了似的停在那里,手中的铁铲在瑟瑟地抖动。姑娘那一对眸子中所映出的受了极度惊吓的神情,使我立时就判断出,她不是存有什么坏心,于是便对一班长说道:"收起枪。"随之走近,问那姑娘:"你要干什么?"

"俺、俺不是要破、破坏。"她急急地仰起脸向我说,嘴唇依旧因为惊吓在哆嗦。

"噢,这我看得出来,那你手伸进铁丝网来干什么?"我把声音尽量放轻,生怕再吓着她。

"俺想、挖那棵玉簪。"她伸进铁丝网的那只手指了指。这时我才注意到,在我的脚边,她手中小铁铲指的地方,有一棵叶片如心脏形的草。

"哦?要这干啥?"我很有些意外。

"它也叫催生草,孙七嫂要产,孙七哥去俺家要这种药,俺家已经没有了,俺爹就让我来找,可在地里找了半天,只找到一棵,从这里过时,看到有一棵,俺就……"

原来是这样,我弯腰拿过她手中的铁铲,将那棵玉簪挖了递给她。

"感谢你了,首长。"她脸上的惊吓已经消失,露出了两抹红晕,显出了本有的清秀,看样子,她的年龄在二十岁左右。她起身很恭敬地向我鞠了一躬。

"没什么,走吧。"我向她摆了摆手。

姑娘两脚上的鞋,也已被湿了的黏土粘成了两坨,走起来一副吃力的样子。她还没走出多远,一班长就背了枪过来,在铁丝网附近弯腰察看。

"看什么?"我有些诧异。

"得小心!别让她借挖药在这里埋了地雷。"他神情十分严肃。他是团里的理论学习积极分子,警惕性一向很高,立场更是非常坚定。那次排里去农场执行任务,他突然得了急性痢疾,恰巧那天农场医生不在,我便慌忙去附近村里找了一个下放的右派医生,可他竟至死不吃人家给的药,闹得他险些脱水丧命。

我知道他的脾气,就没有劝止,随他去检查,只把目光移向那姑娘已显模糊的背影。

一群蝴蝶带了一阵轻微的拍翅声,轻轻盈盈地落在了铁丝网上,顿时,那黑色的铁丝网眼间,便像陡然开了五颜六色的花朵。大概是因为心情还好,我便去数这群蝴蝶的数目。嘀,二十八只,是个双数……

二

第二天上午,我便带着三个班长去了镇上。对于镇子上的萧条,我原是在心里作了估计的,在这偏僻贫瘠的豫西南黏土地上,是不会生出多么繁荣的市镇的。然而走到镇上一看,那副萧条的样子还是令我吃了一惊:整个镇子就是一条沙土路面的街道,街两边净是一些土坯垒就的低矮的瓦房、茅屋,街上只有一家门面不大的综合商店,一个摆了四张饭桌的小饭馆。街面上并无熙攘的行人,只有几个老太太坐在自家的屋门前晒着太阳;几头不大的猪,在街上大摇大摆地走;一位妇女正用脚尖指着孩子拉在街上的屎,响亮地叫着狗来吃;一个五六十岁的女疯子,站在当街喊着奇怪的疯话:"庙里哟——"

我们走进镇革委会的院子,就听到正房里一个人正用洪亮的嗓门儿在训着什么人:"……你不知道那是什么地方吗?你咋敢让你的女儿去那里?是不是又想让抓你们的阶级斗争?……"我们走到门口,看见屋内的一张条桌旁,坐了一个噙着香烟的四十来岁的汉子,他正训斥着站在门后暗影里的一个老头儿和一个姑娘。那汉子看见我们,立时便含了笑招呼:"是新到的魏排长吧?我猜是的。我姓吴,是镇革委会主任,快进来坐,快进来坐。"

我估计是先前的那位排长把我的姓名和情况告诉了这位主任,便也含笑同他握手。那主任这时就又转向站在门后暗影里的一老一少喝道:"听着!以后再见到你们家的人跑到军队仓库那儿,就算存心破坏!去吧,罚你们把街扫扫!"

我一听"军队仓库"这几个字,不由得认真地去打量那父女俩,我认出了那姑娘,不用解释,就明白了吴主任训斥他们的原因:"吴主任,你是不是因为那位姑娘昨天去了仓库在批评他们?"

"对!"吴主任一脸郑重地点头,"那是军队的仓库,历史反革命家的人去还能安什么好心?幸亏昨儿个有人看见了,要不,我还不知道哩!这是我们监管不周,魏排长多原谅!"

我当下就一愣:这姑娘原来是这种家庭出身。不过,我觉得还是有说明真相的必要,便解释道:"这位姑娘昨天去只是为了挖一棵催生草,并没有其他用意,不必罚他们的。"

一班长这时就在旁边拉了一下我的衣襟,显然是提醒我不要干预这件事,但我没理会他,依旧望着吴主任说:"为这

199

件小事就处罚他们,那镇上的其他人就会对我们当兵的产生一种畏惧心理,这不利于咱们的军民关系,你说呢?"

一丝意外和不快,分明地从吴主任脸上露出来了。不过,可能碍着我的面子,他也没再多说,只是不甚情愿地朝那父女俩挥了挥手:"回去吧,不扫街了,以后记着要老老实实!"

那父女俩便慌慌地走了出去。

没有料到的是,当我们结束这场礼节性的拜访返回仓库时,那姑娘突然从一个街角闪出来,很快地向我鞠了一躬。

我刚要向她说句"不必客气"的话,她却已转身,急急地向远处走了。

我望了一眼她那柔弱的背影,心上莫名地感到了一股难受。

一群蝴蝶飘然掠过眼前,我的目光随着它们,转向了有着铅色云块的天……

三

初到一地驻防,当地的风俗是该了解一些的,否则,同老乡们相处,有时就会因做事违了风俗而伤和气。所以,在吃、住、岗哨勤务的事安排就绪之后,我就去镇上找老人们了解。几天之间,这方面的情况便也知道了不少。比如,这地方的妇女生了孩子后,那胞衣是要拴一只旧鞋挂在树枝上的,镇子四周的好多树上,都挂有这种风干了的东西。对此,不要去问,更不要去摸,否则,便会招来鄙夷的目光和暗骂。又如,这地方的人把炸油条称做下锅。下锅时,门前都要摆上一碗清水,清水上横放一把菜刀,外人若见了别人家门前摆了这东西,便不能进屋去,否则,这家锅里的油就会耗去很多,来人便会遭到咒骂。再如,这地方的人对蝴蝶很敬重,他们认为这里的蝴蝶之所以多,是因为老天爷见这里风水好,每年让天女把花园里的蝴蝶向这儿撒下一批,因此,更不能随意捕杀蝴蝶。谁若无故弄死一只蝴蝶,是会遭镇人侧目的。我把了解到的这些情况给战士们讲了讲,让大家心里都有个数。

那日,我同镇上一个老人闲聊回来,刚进大门,忽听厨房里爆出一阵很响的笑,觉得几分诧异,便走了过去。进屋一看,只见几个战士正围住一个上唇有豁口的二十七八岁的男子说笑,那男子正手舞足蹈地说着:"……俺全镇有八百多口人,男的四百多,女的四百多,内里有姑娘将近一百二十个,不过真正漂亮的姑娘也就两个。头一个叫豆苓,就是昨儿个来你们这里挖药的那个,不晓得你们细看她了没有,她牙白得像细瓷碗,头发黑油油的,俩眼珠活泛得很,叫人一看心里就舒坦得厉害。还有她那胸脯子,看了后着实饭都不想吃了。不过,你们别看她腼腆,你要真想动手去摸她一下,可不中,镇上的小六子就叫她咬过手指头——"

"排长,"炊事员大刘见我进来,忙过来指着那个豁嘴向我介绍,"这位是镇上的老三同志,专门负责给我们送菜的。"

"对,对,我家三个弟兄,我排行老三,老大老二都已经攀了亲,只有我还是光杆一个。今后众位叫我老三、三哥、三弟、三豁子、三同志,都中!家里几代都是贫农,自己人,自己人!"那三豁子立时笑着说道。

我朝他点了点头,差一点就要被他这番自我介绍逗笑。

这当儿,他又笑着凑过来,很带了几分亲热地问我:"魏排长,老家是哪里呀?"

"山东烟台。"我答,心里对他微微地生了一点厌烦。

"嗬,那地界儿咱没去过,"他甚是遗憾地摇摇头,"你们那里烟叶今年收成咋样?"

"什么烟叶?"我被他问得莫名其妙。

"你们吸烟都修烟台子,烟叶肯定错不了,得了,以后你要探家,给咱捎把来尝尝。"

"哈哈哈。"我和屋里的战士们都笑了。

"见笑,见笑。"三豁子也笑了,随即便又很郑重地说:"魏排长,镇上吴主任说,从今往后,还是由我老三给你们送菜。过去那个排在时,送菜的也是我,两天一次,保管够你们吃,咱们军民一家嘛,我老三理当尽力。至于菜钱,由你们一月去和镇上菜园算清一次。"说着,就伸出黑乎乎的手,从耳根后摸出一支揉皱了的香烟向我递过来。我忙摆手谢绝。因听了他刚才提到挖药的那个姑娘豆苓,遂生了问清根底的愿望,便开口问他:"那个豆苓家究竟是一个什么情况?"

"说出来吓你一跳。"三豁子咧开嘴,露出黑黄的牙齿嘿嘿一笑,"她爹过去是中央军的大夫,历史反革命分子,旧社会家里还买了几十亩地,土改时定成了富农。镇上吴主任特意让我负责监视他们家,就怕他们破坏咱们的专政。不过,豆苓那姑娘倒也是个好心肠,人又长得漂亮。"

"噢。"我应了一声,心里莫名地生出了点惋惜:那样秀气的姑娘,会生在这样的家庭。

这时,恰好馒头蒸熟了,炊事员大刘刚把笼屉揭开,站在我面前的三豁子就用手揉着肚子带了笑道:"揉肚揉肚当啷啷,肚里有个屎壳郎,屎壳郎飞了,小肚子饥了。"说着,就跑过去伸手抓起一个馒头叫道:"来,来,让我老三尝尝你们这馍蒸得咋样!"叫完,张嘴就咬了一口,牙齿嚼得很响。

我有些厌恶地看他一眼,便转身走出厨房……

四

最初一段时间过去之后,工作走上正轨。站岗、学习、训练,这些事情战士们也很快地就习惯了,并不用我多说,日子就这样过着。

一天,一班长向我建议:"排长,咱们是不是去镇上搞一次敌情调查,把地富反坏右分子和各家的政治面貌弄清楚,然后向排里同志讲一下,让大家心里有个数,好分清敌我,站稳立场!"

我迟疑了一刹那,到底还是点点头表示同意。说真的,我内心里对他还很有几分怯意:他是团里的学习积极分子,在上级那里说话是有点分量的,他万一去连里告我"立场不稳",那麻烦怕立刻就会来了。

吃过早饭,我和一班长一起去镇里了解"敌情"。刚进镇口,就看见那个女疯子在街上站着,正喊着那句莫名其妙的疯话:"庙里哟——"几个孩子围在她身边,不停地拿小石子儿往她身上扔。我俩见状,就上前挥手赶走了那几个孩子。那女疯子此时不知是出于感激还是因为别的,猛地跑过来抓住了我俩的衣袖,尖尖地叫了一声:"庙里哟——"

她那脏黑多皱的脸和这声尖叫,弄得我俩都有些心慌。一班长倒还麻利,先挣出了胳膊。我挣了几下也未挣掉,加上她又连连地叫着"庙里哟——"使我很有些不知所措。就在这当儿,街那边走过来挎着一个柳条筐的豆苓。她看到我的窘态,并不待招呼,就急忙跑过来朝那疯子柔柔地叫道:"荷叶姑奶,走,我领你去,他在庙里!"豆苓这两句话还确实管用,那老疯子闻言立时松了我的胳膊,带了几分笑意地转身抓了豆苓的手。豆苓扭头向我们使了个"快走"的眼色,便领了疯婆向镇外走。

我和一班长转身刚要挪步,三豁子趿拉着鞋迎面来了,声音很高地向我们打着招呼:"咋啦,是荷叶姑娘拉你们了?"

"什么荷叶?那疯子叫荷叶?"我很惊奇,很难相信这个名字会属于那个老而脏的疯婆子。

"对,对,她就叫荷叶,当初是我们镇上有名的大地主夏侯坤的千金小姐,远近四方出名的美人。"三豁子边说边从耳背后摸出一支揉皱了的香烟递过来,"排长、班长,你们谁抽?"

"她是怎么疯的?"一班长推回三豁子让烟的手问。

"嘿嘿,"三豁子先笑了两声,"说来话长。听我七爷讲荷叶年轻时漂亮得很,脸蛋水灵得一掐就能流出水,两只胳膊白得像刚从塘里挖出的头节藕一样。她还常用她爹给她买的香胰子,她要从人身边走过,香得人直想大吸气。她爹那时专门送她到南阳城里学画画。她学了一些日子回家后,就常拿块木板给镇上的人画像。她家养了不少长工,内里有个叫包栓的,人长得很壮实,身上的肉一疙瘩一疙瘩的,五官也长得有模有样,还识几个字,常不知从哪里弄些共产党印的书看,有时也敢对荷叶画的画指指点点。那荷叶偏喜欢让他拉三轮车载她出去找景致画。后来,荷叶就直接给包栓画起像来,再后来,荷叶就让包栓脱了上衣让她看着画。这样日子久了,有一天,荷叶画着画着就扔下笔,跑过去亲包栓的胸脯子。那包栓也算胆大,就也抱住了人家。两个人抱着抱着,嘿嘿,就到一间屋里,干上了。"三豁子说着说着,一丝羡慕和陶醉就浮上了脸。一班长和我被他这些粗鲁的话弄得也有些脸红,我便开口催问他:"后来荷叶怎么会疯了?"

"嘿嘿,"三豁子又笑了两声,"从那以后,他俩就常常在一块儿亲热,风声慢慢就传到了荷叶爹的耳朵里。那老头儿因为没有儿子,平时也有些喜欢包栓,现在女儿一心想着包栓,生米已做成了熟饭,就有了要收包栓做女婿的打算。谁知正操办婚事时,从城里传来消息,说包栓和共产党的人有来往,县府里正在追查。老头儿一听害怕了,他怕包栓给他家带来灾祸,就坚决把包栓赶走了。可那包栓并不走远,还常在镇东的庙里同荷叶相会。荷叶爹这时就悄悄雇了两个人,让他们用强力逼包栓远走。那包栓是个倔汉子,就同两个来赶他的人动起手来,谁料那两人在同包栓动手的时候,失手把他打死了。当夜,荷叶就疯了。疯了以后,就只会说三个字:庙里哟——"

"排长,这正好是阶级斗争要天天讲的例证!"一班长这时边掏着笔记本边对我说。

"要我说,包栓那人死得也值,娘的,和一个漂亮的黄花姑娘睡上几夜,死了也值。你说呢,排长?"三豁子仍在兴致勃勃地说着,我没再理会,只是看了一眼远处荷叶的背影,便默默地转身向街里走去……

五

镇上的吴主任向我们介绍了敌情。我没有料到,一个这么僻远的小镇,情况竟是这样的复杂:有三家地主,两家富农,四个反革命分子,十一个右派分子,五个坏分子。吴主任介绍完之后说:"为了不使咱们当兵的在同镇上人打交道时误入敌门,我们镇革委会派人,领你们排里的战士挨个儿到这些人家门前认一下。"我还没来得及对这个主意提出异议,一班长

205

已先向吴主任表示了感谢,无奈,我也只好默允。

几天之后的一个下午,除了上岗的之外,排里的同志就由镇上派来的一个人领着,到地富反坏右家去挨个儿地认门。每到一家,这家的人就全体走出屋门,在院子里站好,让我们辨认,并且由家长报告自己的罪状,好让我们了解清楚。

就这么一家一家地走,一户一户地认,到了豆苓家时,已是半下午了。豆苓爹一见我们的队伍进了院门,就慌慌地从屋里出来,伛偻着身子站在我们的面前。正在那边用镰刀削着青麻枝叶的豆苓,先是怯怯地看我们一眼,随即垂下头,拉了两个妹妹默默地挨着她爹站下。

"……我是个罪人,我剥削过镇上的人……"当豆苓爹絮絮地说着自己的罪行时,豆苓那最小的妹妹大约被这种威压的气氛所吓,突然抱着豆苓的身子哭了起来。

"不哭,不哭。"豆苓急忙弯了腰哄她,但那小姑娘的哭声越来越大,豆苓爹的交代便被这哭声完全打断了。

我看到一班长有要发火的架势,便忙上前示意豆苓和我一起把她的小妹妹扶到屋里。当我扶那小姑娘进屋后转身要走时,豆苓突然一把抓了我的手带着哭音低声问:"魏排长,俺家不会出啥事吧?"

我感觉到她的手在哆嗦,忙摇了摇头安慰她说:"没什么,我们只是来认认门。"

"俺给俺爹说过,让他老老实实,别做啥坏事,打俺记事起,他真的啥坏事也没干。"她轻而急切地说,手仍紧紧地攥着我的手腕。

"只要不做坏事,我们并不会为难他的,放心。"我说着,就想抽回我的手。

"真的吗?"她却把我的手攥得更紧了。我于是只好又点点头。

"你是好人!"突然,豆苓一下子双膝向我跪了下来,"俺感激你!"

我被她的这个举动弄得有些着慌,忙弯腰去扶她。恰在这时,身后传来一班长冷峻的声音:"排长,走吧。"

"走,走。"我尴尬地转过身,分明感到自己的脸全红了——因为我的双手还在搀着豆苓的两臂。

当我们走出豆苓家的院门时,我慌忙向一班长解释:"那个姑娘怕我们带走她爹,所以向我下了跪。"

"排长,敌人可是什么计谋都会使的!"一班长的声调冷得有些怕人。

我不敢再同他辩解下去。我担心如果惹恼了他,他会把看到的情况一股脑儿向上级报告。

我忐忑不安地把目光移向天空,空中,有一群蝴蝶在自由自在地上下翻飞。哦,那些蝴蝶!

六

几天之后,一班长又向我建议,排里最好能办个"树立阶级斗争观点,坚定无产阶级立场"的墙报,来教育战士。自然,我只能点头应允。不过,接下去我就不再过问,随他去办,自己只是把时间消磨在查哨上。

一天,我去东南角的岗楼查哨。刚上岗楼,当班的哨兵就竖了指头在嘴边,示意我噤声,我顺他手指的方向看去,原来,在爬上岗楼的一棵丝瓜秧上,正栖落着一对很大的蝴蝶。那对蝶儿似乎正在做着一种什么游戏,每隔一两秒钟,不是那只花翅儿的蝴蝶飞起用翅膀拍那只白翅儿的蝴蝶一下,就是白翅儿拍花翅儿一下。"我听镇上人说,这种不合群的成对儿飞的蝴蝶,叫梁祝蝶,"哨兵低声向我说道,"镇上人说它们是梁山伯和祝英台变的,你瞧,它两个多亲热。"

"是吗?"我饶有兴趣地观察着那对蝶儿,不想就在这时,岗楼上的电话响了,西南角岗楼上的哨兵向我报告:那里的铁丝网外聚集着一群人,男女都有,且赶着一辆牛车。并问我是不是可以鸣枪惊散他们。我听了报告后一愣:他们总不至于在大白天聚众抢劫军械仓库吧?我在电话中要那哨兵稍等,自己带了几个全副武装的战士跑步赶到西南角的铁丝网外。到那里一看,果然聚了不少男女,还停着一辆牛车,但看那架势,似乎又不像闹事儿的样子。几个妇女把一个穿了一身新衣的二十多岁的姑娘围在中间,正嘻嘻哈哈地说笑;几个男的,抬着两口木箱站在那儿,一副十分轻松的样子。我们几个带枪的一出现,人群中的说笑声便停了下来,一个五十多岁的妇女走过来向我说:"魏排长,俺们今儿个要在这里打发姑娘,办件喜事儿,搅扰你们了。"

"哦?没什么,没什么。"我一听说人家要打发姑娘办喜事,心里立时就为自己的唐突行动感到不安,但一些怀疑仍存在心里:打发姑娘怎么会在这个地方?离镇子有里把路,这是什么风俗?我带着几个战士疑惑地刚回到仓库大门口,恰巧看到三豁子挑着一担青菜走过来,一个战士便抢先向三豁子问道:"喂,他们怎么回事?在这里办喜事?"

"嘿嘿,这你们当然就不懂了,"三豁子放下菜担,一边撩起衣襟去擦脸上的汗,一边笑道,"今儿这个新娘子,并不是俺镇上的人,是早些日子从四川跑来的。这几年四川的姑娘、媳妇一个劲儿地往俺河南这个地界跑,光俺镇上,就已经留下了三个。这姑娘前几天在俺镇上要饭,被媒婆五奶奶撞见,就问她愿不愿在这儿找个主儿过日子,她说愿,只要男家是贫下中农、有饭吃就行。原来她家是个富农成分,她爹给她又说了一家富农成分的对象,她怕再跟了坏成分的人继续受罪,就咬咬牙跑了出来。五奶奶后来找了七墩爹,要把这女的说给七墩。七墩家是下中农,今年又分了五十多斤麦子、五百多斤红薯,吃的也有。这事七墩和他爹当然都愿意。昨儿黑里五奶奶已经把那女的送到七墩家,跟七墩睡了一夜,今儿早上我去问七墩咋样,他就只是笑。我后来特意又看了看那女的,还真不赖,两个奶子鼓鼓的,怪大——"

"究竟他们为什么要在这儿办喜事?"我急忙拦住他那无边无沿的话。

"嘿嘿,这叫走走明媒正娶的套路,懂吗?七墩爹特别讲究礼法,说媳妇虽是外乡人,也要按规矩办,来个明媒正娶。可那女的家在四川,迎新的车咋去?没办法,就用以前的规矩,在镇外找个同镇子相隔着看不见的地方,把姑娘打扮好,然后让她坐上迎新的车,由镇上的响器班子吹着送到家里,这样子猛一看去,好像还是从姑娘的娘家接来的,遮遮老天爷的眼!"

三豁子刚说到这儿,镇口上就突然响起了鞭炮声,在这同时,仓库院墙西南角的那伙人,就簇拥着那辆车头挂了红布、牛脖上拴了红绸的牛车,慢慢地向这边走来。车前,四个人的响器班子,把那唢呐和芦笙吹得刺耳朵地响。

当这奇特的迎亲队伍经过仓库大门时,排里的战士们都挤在门口看。我十分清楚地看到,那头上盖了一块红布的新娘,在用手背抹着眼泪。

我觉得我的心像是突然被那缓缓移动的牛车轮碾了

一下。

"三豁子，你当初怎么不把这姑娘要了去？"当那迎娶队伍走远之后，我听到炊事员大刘在同三豁子说笑。

"哼——"三豁子很鄙夷地叫了一声，"实话给你说吧，当初五奶奶最先找的是我，要把那女的给我，可我不要！不是养活不起，也不是嫌她成分不好，我就是担心这女的一个人走了这么远，说不定早让哪个男的占了便宜，不是黄花闺女了。我三豁子贫农出身，家里又不是没有东西，要找就找像俺镇上豆苓那样的黄花闺女。豆苓你又不是没见过，那姑娘和这四川女子相比，不强十万八千里？豆苓那脸面看着多美气，那性子多软和，最要紧的是，人家豆苓是黄花姑娘身，你总晓得啥叫黄花姑娘吧？那就是——"

"三豁子，把菜挑进来！"听到他这样地谈论那个纯洁可怜的豆苓，我的心里就禁不住来了一股火气。

"中，中，魏排长。"三豁子一边点头一边挑起菜担，不过，到底还没忘了再回头向大刘宣布一句，"明说吧，老弟，我这辈子非接了豆苓当老婆不可！咱是贫农，又不是不配！"……

七

一个排警卫这座仓库，实在说来，任务并不重，每天用来学习"老三篇"的时间挺多。考虑到当时正是秋收时节，我便决定组织一次助民劳动，帮助镇上的老乡干点农活儿。

那是一个阳光挺好的上午，我带着排里的二十来个战士来到一块高粱地里，帮助砍高粱。排里的战士们大都来自北方农村，对砍高粱的活儿自然都不陌生，大伙儿脱了上衣，就和镇上一些棒劳力一起，抡起短把镢头砍了起来。妇女们和一些老头,则跟在我们的身后,用磨得锃亮的镰刀头,在砍倒了的高粱秆上割下高粱穗。

我砍了半个多小时,抡镢头的手腕就觉得有些酸痛。我虽也是农村长大的人,却因爹妈的娇惯和自小就开始的学生生活,农民后代的那份耐力和悍力,就丢失了不少。虽然感到了累,但我还是弯着腰砍,我不想落在战士们的后边。终于,当我又坚持挥镢向一棵高粱根部砍去时,手腕对镢头的控制就失去了准确性,镢头从那高粱根上一滑,一下子蹦到了我的左脚上,我只觉得左脚面上一麻,注目一看,鲜血已经涌了出来。

干活的人们见我受伤,都跑了过来,七手八脚地想要帮我止血,但都没有奏效。伤口似乎不浅,一班长和两个老兵虽学过战地救护,但因没有急救包,一时竟也慌得乱了手脚。这时,就听一个中年妇女可着嗓门儿高喊:"豆苓——快过来,这里有人砍伤了!"我模糊地听到不远处是豆苓那柔柔的嗓子应了一声。不一会儿,便看到头发上粘了些高粱叶屑的豆苓气喘吁吁地跑过来。她一看我那涌着血的脚,当下急急地向四周的地上一瞅,弯腰就从地上扯了两棵青青的刺脚芽,团在手上揉了几下,蹲下身子很麻利地把那团揉皱的刺脚芽往我伤口上一按,另一只手又紧紧地压到伤口上方的脚面上。转瞬之间,那血就不再涌流了。又过了片刻,血就彻底止住了。这时,她又迅速起身跑到地边的一棵桑树下,用镰刀在树干上削下一块巴掌大的树皮。她拿了还冒着白浆的桑树皮跑过来,往我伤口上一按,便解下她辫梢上的塑料绳捆扎起我的脚来。

"没大事了,不过他一时不能动,你们去忙吧。"她这时才抬了头喘息着对周围的人说。

211

"都忙去吧。"我也忍痛朝大伙儿歉意地笑笑。

待人们都去干活之后,她用十分温软的声音安慰我道:"别怕,这刺脚芽是一种吸血性极强的草,可以用来止血;那桑树皮中医又叫桑白皮,有愈合伤口、治疗风湿的作用,要不了几天,伤口就会好的。"我听了她这柔柔的话,疼痛感分明地减轻了许多。

她这时又站起身,麻利地捆了几个高粱秆捆,巧妙地把它们在我头上竖着交叉起来,转眼之间,一个遮太阳的高粱秆庵便搭好了。"你先在这里躺一会儿,不要动,要是疼的话就忍一忍,俺回去拿点药来。"她急急地对我说完,就转身跑开了。

大概有半顿饭的工夫,她又气喘吁吁地拎着一小瓦罐水跑来了。一到我身边,就从衣袋里掏出一种黑黑的中药丸子让我就水吃下,说那是为了防止得破伤风的。接着,又用清水冲洗了我的伤口,在上边撒了一种揉碎了的植物叶末,重新包扎起来,当她伏身细心地包扎着我的伤口时,我看到她那发辫已经完全散了,好多头发被汗水粘贴在那白嫩的脖子上;后背上的衣服也全被汗水濡湿,紧紧地贴在她那丰盈的身上。

"豆苓,麻烦你了。"我的声音被感激和一种莫名的激动弄得发颤了。

她扭过头羞羞地一笑,低柔地说道:"看你说的。"

我不知道接下去该怎么说,只好把目光移向头顶的高粱秆庵。

那庵上,不知什么时候落上了一大群蝴蝶……

八

我在床上躺了一个来星期,伤口就渐渐地好了。躺在床上的时候,不知是不是因为寂寞的缘故,豆苓的面影总是莫名其妙地在眼前晃,而且有时,又很想立刻看见她。到了可以下床的那天,便借口买香烟去了镇上,原是想在街上碰见豆苓的,不料一进镇口,却见一个十五六岁的小姑娘披散着头发,喊叫着迎面奔来。不过很快,她就被一个三十多岁的汉子追上,那大汉抓住那女孩的头发便按在地上打起来,巴掌打得啪啪响,那小姑娘的叫声惨不忍听。

我见状很生气:打孩子也不能这样个打法!便疾步跑过去,朝那男子喝道:"住手!你要打死她!自己的孩子打着也不知心疼?!"

我的话音一落,刚刚围拢过来的几个男女"哄"的一下便都笑了,我被这笑声弄得有些莫名其妙。

那汉子抬头见是我,脸上立刻露出惶恐之色,忙乖乖地站起身走了。

就在这时,我发现豆苓从街边跑过来去扶那小姑娘,当她伸手去擦小姑娘脸上的泪时,自己的眼泪也流了出来。她似乎没有看到我,只是无言地搀着那小姑娘向街里走去。

"我说魏排长,你弄错了!"三豁子这时不知从哪里钻了出来,站到我的面前笑着说。

"错什么了?!"我没好气地瞪他一眼。

"嘿嘿,人家这是打老婆,不是打孩子!"三豁子依旧含着笑说。

"什么!"我吃惊地瞪大了眼,看了一下走出十几步的被豆苓搀着的那个瘦弱的小姑娘,她怎会已经成了那大汉的妻子?

"你不晓得哇,"三豁子把嘴凑近了我的耳朵,挥手赶走了在我们头顶盘旋的一对"梁祝蝶",声音很低地说,"那男的是富农赵留耕的大儿子,他三十八九岁了,还接不来老婆,贫下中农谁敢把自己的女儿给他?没法子,他们就只好换亲,把他自己的妹子给一个右派的儿子,把右派的女儿给一个地主的儿子,把地主的女儿给他。可这个地主的女儿太小,夜里睡觉说啥也不脱裤子,男的一挨她的身子,她就又咬又抓,听说那男的至今也没和她睡上,所以那男的心里憋气,就总找理由打她。"

我的心里猛地一缩,十分震惊地望着那个还在嘤嘤哭泣的小姑娘的背影。

"其实,那男的是个笨蛋!"三豁子这时又低低地说道,"要是我,掏钱去城里买点那种让人睡觉的药,叫女的一吃,她还不是老老实实地让你脱裤子吗?还——"

"走开!"我忍不住爆发地朝他喝了一声。

"咋啦,魏排长?"他被我喝叫得有些发愣,"你生啥气?"

我没再理会他,急忙转身往回走了。

街那头,远远地又传来老疯子荷叶的一声叫喊:"庙里哟——"

九

日子久了,单调的警卫工作和单调的小镇生活,就使枯燥、寂寞的感觉,从战士们的心里一点点地生了出来。平时还好过,我尽力把站岗之外的时间安排满,使大家无暇去想别的,可星期天就颇难打发,无处可逛——小镇上可逛的地方大家都已逛了不知多少遍;无啥可玩——仓库里自然不会有什么文体设施;无东西可看——团里电影队半月才来一次,书籍除了"毛选"还是"毛选"。

又是一个星期天,为了消除大家的寂寞和枯燥感,我想了一个主意:让战士们去田野里采集野金针菜。听三豁子说,这四周的田野里野金针菜不少。干这事一来可让大伙儿到田野里转转、散散心;二来也可用采到的野金针菜改善改善生活。我要求每班分成两组或三组,走得远近都可,只要在中午十二点半以前回来且每人带半斤金针菜就行。战士们一听我这样宣布,都是一副欢喜的样子,早饭后,就相继拿上挎包走了。我给站岗的同志作了点交代之后,便也拿了挎包向西南方的田里走去。

蝴蝶镇四周都是丘陵地,地势一起一伏的,起处为岗,伏处为沟,沟岗之间的地方叫坡。我爬了两道岗站在岗脊上向远处望去,只见大地像起风浪的海面一样,一浪一浪地向天边推进,极为壮观好看。看着看着,肚子里那点儿雅兴就来了,立刻想去脑子里寻两句好听的话来描述所见到的景象。就在我低头琢磨的当儿,从沟中的一片柳树林中蓦然传来一个女人的歌声:

哎——
水在沟中淌,
谷在坡上黄,
草在岗上长。

哟——
女在水中洗衣裳,
郎在坡上锄谷忙,
牛在岗中啃草香。

嗨——
衣裳洗得干净净,
谷地锄得草不生,

牛肚吃得饱哼哼。

……

那歌调悠长如流水,唱歌人的嗓音又非常柔美,引得我不禁移步循声走去。下到坡底才发现,藏在柳林的这段河沟里长了芦苇。我拨开柳枝向沟边望去,顿时一愣:原来是豆苓正背对着我蹲在沟边,洗着一堆刚挖出来的芦根,边洗边哼着歌儿。我的确没有想到,那平日敛眉低首的豆苓,原来还有这么美的歌喉。

我没敢惊动她,就定定地立在那里听她唱着,直到我听得高兴时忘情地拍了一掌,才打断了她的歌声,暴露了我自己。

"噢,是魏排长。"她受惊似的扭过头,一见是我,脸孔就唰地红透了,声音很轻地招呼了一声。

看着她那害羞的样子,我不敢再去称赞她的歌声,就走上前指了她筐中的那些洗净的芦根和几束青蒿问道:"你要这些东西干啥?"

"这芦根有凉性,熬水喝了可以败火、消炎,是一味中药;那青蒿清火解毒,对虚寒盗汗有特效。俺爹让挖些放在屋里,镇上常有人找俺爹看病,可没有药,只有靠自己挖一点。"她柔声地解释着,末了,就又问我:"魏排长,你走这么远是来干啥?"

"我?来找野金针菜。"我这时才猛地想起要干的事情。

"找野金针菜干啥?"豆苓带了几分意外地问。

"改善生活。"我笑笑,转身便要走。

"哎,等一下,俺晓得哪儿有野金针菜,领你去,中吗?"她忽闪着长长的睫毛问。

"那太谢谢了!"我十分高兴,说实话,我自己心里也很愿和她待在一起。

"你跟我来。"她拎起筐领着我顺着沟边走,走了有一里多地,我们进了一片杂树丛,她指着树丛间的一小片空地说道:"你看!"

我的眼立时瞪大了,嗬,那一小片空地上全是野金针,一群蝴蝶正在金针叶间翻飞着。我极欢喜地拍了一下大腿,就要跑过去采掐,不想这时豆苓扯了一下我的衣襟,轻声说:"等等,我叫它们走了你再去。"说罢,就先轻步走去,挥手去赶那些落在金针叶上的蝴蝶,边赶边柔柔地说道:"走吧,你们待会儿再来。"那声音,俨然像是对一群懂事的孩子说话。

我先是被她的这一举动弄得有些发呆,随之,我就想起了从镇上打听到的关于蝴蝶的传说,于是就明白了,这善良的姑娘是怕我惊吓了那些蝶儿。

"来吧。"她把那些蝶儿赶走之后,向我招了招手,就和我一起采掐起来。将要采掐完的时候,我才突然发现,这些金针一行一行地长着,排列得相当规则,就带几分怀疑地问道:"这好像是别人种的吧?"

"不是,"她含着笑摇摇头,"开春时俺来这儿拾柴,歇息时没事,就把见到的野金针移栽到这块空地上,想待秋后一块儿来收了。"

"嗬,你真是个有心人呀!"我忘情地一把抓住她的手摇着。她的脸立时羞得红透了,却并没有挣出手,只是低了头,顺从地任我摇着……

十

可能是在一周之后的一个晚上吧,我去镇上找吴主任联系一件事,回来时刚走到镇外,忽然听到路边一个草垛后,传来两个人的喘息声和撕扯声,那声音虽然听来不甚分明,但内中有一个是女的却大致可以辨出。当兵已经几年,警惕性还是有的。我于是悄步循声找去,走了十几步,忽然听清那女的声音原来是豆苓的,只听她哀哀地说道:"……三哥,求求你……三哥……求求你……"我心中一惊,猛地拧开手电向草垛那边跑去,在手电光柱中,只见三豁子正紧抱着豆苓撕扯着她的衣服,豆苓的上衣已被撕开,她正双手掩着胸脯死命地挣扎。我恼怒至极地奔上去,照着三豁子的肩头就是狠狠的一拳:"住手!"

三豁子被我的手电和这一拳惊愣在那儿,这当儿,豆苓已掩上怀飞快地躲到了我的身后。

"你竟敢侮辱姑娘,走!跟我到吴主任那里去!"我感到自己的身子因为气恨在哆嗦。

三豁子这时大约已听出是我的声音,脸上的惊惧竟慢慢地退去:"嘿嘿,是魏排长呀,你军务怪忙的,就别管俺们这地方上的事了。豆苓早晚也是我的人,我给她爹已经说过两回了。"

"少啰唆!走!"我跨前一步,伸手想去抓他的胳膊,不料他身子极快地一缩,竟转身撒腿跑了。

"站住!"我刚要飞脚去追,豆苓却已死死地扯住了我的胳膊,哽咽着说道:"魏排长,别,别,俺家成分不好,吴主任就是知道了也不会管的。还有,事情传出去丢人,丢人哪……"说着,就哀哀地哭了起来。

我只能恨恨地跺了一下脚。

"……吃了晚饭,他去俺家说他侄儿伤风发烧,让俺去看看,俺听后就慌忙拿了几味中药随他走,谁知他把俺拉到这儿来……呜呜……"

我一时想不出该用什么话来安慰她,就只好默默地站在那里,任她抱住我的胳膊,静听着她那尽力抑低的哭声,心里感到一阵阵的揪痛。

"豆苓,时候不早了,你回去吧,以后小心防着他点。"我拍了拍她的手,终于这样说了一句。

她勉强地抑住哽咽,站直了身子。

恰在这时,黑黑的街里边,蓦然传出老疯子一声凄厉的叫:"庙里哟——"随着这叫声的响起,几只狗就猛地吠了起来。

余悸未消的豆苓,立时又骇然地扑到我的身上。我即刻就感受到她那纤细的身子在瑟瑟抖动。

"别怕,走,我送你!"我抚慰地对她说。她紧紧地抱住我的一只胳膊跟我走,完全把我当作了她的依靠。

直把她送到她家门口,我才又返回仓库。

这天晚上,一股对三豁子的强烈气恼,折腾得我在床上翻来覆去的,怎么也睡不着。好像三豁子今晚不仅侮辱了豆苓,也侮辱了我。直到这时,我才极清楚地意识到,在自己的心灵深处,其实是爱着豆苓的。现在我会把任何人对她的不恭,都看作是对我的不恭。

意识到这点,一缕恐惧又来折磨我:"你难道不知道她是历史反革命分子的女儿?你怎么敢爱这样的姑娘?"

十一

恐惧虽是恐惧,然而对豆苓的那种感情却终不能逐出心里,并且有时候,为了抵御那恐惧,我就自己在心里给自己壮着胆子:你爱的是一个历史反革命分子的女儿,又不是历史反革命分子,怕什么?

　　几天之后的一个无月的晚上,我照例提了枪去查哨,刚走到东北角的岗楼上,忽然就听到小石桥头有一个小姑娘在哭喊着:"姐姐——姐姐——"声音十分慌张。时辰这样晚了,一个小姑娘在桥头喊姐姐干什么?是不是找不到大人了?我这样想着,就向哨兵交代了一句,急急地向桥头奔去。走近亮了手电一看,原来那小姑娘是豆苓的妹妹。我问她叫姐姐干什么,她哭着诉说:"俺爹傍黑时给俺姐姐说了一阵子话,自那以后,俺姐就趴在床上哭,一直哭到刚才,她又从屋里跑了出来,爹让俺拉她回家,可俺攥不上她,呜呜……"

　　我一听就觉得事情有些严重,黑更半夜的,以豆苓那样的胆量,一般是不会在此时向野外跑的。我问了一下她姐姐跑走的方向,就嘱她先回家,自己亮了手电急急地去追。我十分慌张地跑了几百米之后,手电光才照着了在前边踉踉跄跄走着的豆苓。我喊了几声,她并不停步子,直到我奔到前边拦了她的路,她才突然一下子双手捂脸蹲到了地上,发出了一阵抑低了的悲伤至极的哭声。

　　"出了什么事?"我急急地问,我觉得她的哭声已把我的心揉得很疼。

　　她并不回答,只是一个劲地哭。

　　在我连声的追问下,她终于哽咽着说道:"今儿后晌,三豁子悄悄提了两瓶酒去俺家,要俺爹把俺嫁给他。俺不愿,俺怕他。可俺爹当时并没有回绝他,还说让他三天以后来听准信儿……"

　　"哦?"我的心立时一缩,没料到三豁子竟真的敢上门求亲,"你爹为什么不回绝他?"我听出自己的声音里带着一些气恼。

"俺爹说,到如今去俺家求亲的,都是地富反坏右成分家的人,三豁子虽然长得不好看,但总是贫农成分,我今后到他家,受的罪会少些。再说,俺爹也不敢回绝他,怕他以后跟俺家作对,为难俺家。可俺实在是不愿跟他,不愿跟他——"

"这个狗杂种!"一股莫名的气恨涌上心头,我打断了豆苓的话,"你回去吧!我马上去找三豁子,警告他——"

"不中,不中,他不会听你的,他会说他这样做是高抬俺家,过后他还会缠俺的。"豆苓呜咽着摇头。

"那我明天去找吴主任,让他来制止三豁子!"我这样说罢,也立时意识到这主意的荒唐,三豁子求婚并不是什么违法的事,我怎能去说服吴主任制止他?

"吴主任不会管俺这样人家的事的,魏排长,你走吧,俺有办法,你走吧。"她这时停了哭说,同时,抹了抹眼泪站起来。

"什么办法?"她这种反常的平静起初让我感到一点宽心,但随之又让我产生一些怀疑,"你有什么办法?"

"你别管,你走吧,俺有办法,你走吧!"她的声音平静得有些出奇,好像刚才哭着的她与此时的她完全是两个人。然而,正是这种出奇的平静使我的怀疑加重了,我伸手抓住她的一只胳膊摇晃了一下。原是想催问她的,不想经我一晃,一个瓶子蓦地从她的衣袋里滚了出来。我按亮手电一看,禁不住瞪大了眼,那原来是一瓶剧毒农药"三九一一"!

"豆苓!"我慌忙抓住她的双臂,立刻,我就感受到了她的身子像狂风中的一片树叶在剧烈地颤抖。那一瞬间,原先压在我心底的对她的爱恋伴着一种要保护这个可怜姑娘的责任感,猛地爆发了,使我立刻用无一丝犹豫的声音说道:"豆苓,如果你愿意,就跟我结婚,从今以后谁也不敢欺负你!"

不知道经过多长时间的静默,豆苓猛地扑到我的怀里,发出一阵揪心的低泣。

我一边抚慰地拍着她那颤抖不止的身子,一边暗暗地在心里坚定着自己的决心:"你既然是一个男子汉,你既然爱她,你就应该保护她!你不要怕!"

然而,我终于还是怯怯地向黑暗的四周环顾了一下。

豆苓的脸紧紧地贴在我的胸脯上,身子逐渐地平静下来不再颤抖了。又在沉默中过了许久之后,她才抬起头低微而颤抖地说:"……俺以后给你洗衣、做饭,你病了俺给你端茶、熬药,你生气了可以打俺、骂俺,俺给你生儿生女,俺伺候你一辈子……"

我低下头,轻轻吻着她那充溢着皂荚香味的黑发,在心里无声地发誓:"豆苓,我一定要保护你!"

"庙里哟——"远远的镇街上,又蓦地传来了疯子荷叶一声凄厉的叫喊。

我和豆苓几乎同时打了一个冷战……

十二

那晚同豆苓分手的时候,我告诉她第二天晚上去她家,向她爹说明我同她订婚的情况,让她爹回绝三豁子的求婚。然而到了第二天晚饭后要动身时,一丝犹豫到底还是产生了,万一让别人发现了怎么办?好在,我没有让这丝犹豫蔓延滋长下去,而是用"上级规定部队干部可以在驻地附近找对象结婚,我找豆苓是光明正大"的理由,压下了那丝犹豫。自然,我走前并没有给三个班长说明真意,只说去镇上了解情况。我想待事情完全定下并且向连里干部报告以后,再让他们知道这事。

天是已经完全黑透,镇街上留下的,就只有从街两边人家窗隙门缝里漏出来的一星半点灯光。我没遇到一个人,就走到豆苓的家门口,刚要抬手敲门,门却无声地开了,跟着,豆苓便一下扑到我的怀里,低低地说道:"天一黑俺就在门后等你。"声音里溢着无限的柔情。

我轻轻地拍了拍她的肩膀,她就转身引我向堂屋走去。

她爹正坐在屋里用蒜臼捣着一种中药,胳膊一上一下的,相当吃力,见我进去,慌忙起身让座。我刚坐下,他就用一种很激动的语调说道:"魏排长,苓儿已把你们的事给我说了,我高兴啊,我是一个罪人,没想到你还能看得起俺们,你是好心人呀。三豁子明儿再来,我就回了他。你俩以后完了婚,就单另着过日子,别让外人说你们同我划不清界限,只要你们的日子过得顺心,我就高兴,咳、咳、咳……"说着说着,他就爆发出一阵剧烈的咳嗽。当他终于止了咳嗽,朝女儿挥了挥手说:"快领魏排长去你房里歇歇,给他烧碗鸡蛋茶喝。"

初次经历这种场合,而且面对的又是这样一个特殊身份的岳父,话,简直就不知该说些什么。好在豆苓预先已经说清,来的目的已经达到。现在他这样一讲,使我刚好可以摆脱这种尴尬的局面。我于是急忙起身,随着豆苓往她住的西屋走去。

刚走进豆苓的闺房,她便立刻拿出一个用旧布条做成的掸子给我拍打身上的灰。之后,又很快给我端来一盆温水让我洗脸。脸还没有擦完,她又把预先做好温在锅里的一碗荷包蛋端到我的面前。望着那腾着热气的碗,一股极暖的东西就向心里流去。出来当兵这么几年,温馨的家庭生活离得已经太远,而今晚,我又沉浸在这几乎淡忘了的家庭氛围中。我注意到豆苓今晚也一改过去那种凄婉神色,颊上始终溢着欢喜,因此,她的妩媚和秀气就更添了几分。

我边吃着荷包蛋边看着这间不大的土坯垒就的屋子,屋子里只有一口没有上过漆的白木箱和一张床。白木箱用土坯支着放在床头当桌子,煤油灯就放在上边。床上放着一床旧花布面的被子,铺着一个打了补丁的白布单子。屋子里虽然没什么东西,但收拾得非常整洁,加上弥漫在屋中的那股浓浓的皂荚香味,给人一种很舒服的感觉。

"家里穷得很。"豆苓大约看到我在打量屋里的东西,忙低低地说了一句,声音含着一丝歉疚。

"穷一点儿怕什么,以后咱们再慢慢地置买东西。"我一边把空碗放在木箱上,一边去拉了她的手,她立刻羞羞地垂下眉毛,顺从地依在我的怀里。

"那是你剪的?"我指了指贴在墙上的一对用红纸剪成的蝴蝶问。

"嗯。"她点了点头,"俺镇上的女孩子都会剪蝶儿,俺剪的这种蝶儿叫'梁祝蝶',可惜没有彩纸,要不,俺能把它们的翅儿剪成带彩的。你见过'梁祝蝶'吗?俺这地方有的是,它们可漂亮了。"

"你们这地方不光蝴蝶漂亮,人也漂亮,你知道自己有多漂亮吗?"我附在她耳朵上带了笑说。她闻言羞得忙把脸更紧地藏在我的怀里。"不过,我还要把你打扮得更漂亮些,给,把这些钱先拿着,明天去街上买两件新衣服穿。"说着,就从衣袋里掏出这个月刚发的工资。

"不,不,俺不要,"她急忙仰起脸说,眸子中含着一丝恳求,"只要你在俺身边就行!"

我没有任她说下去,只管把钱放到箱子上,便捧了她的脸吻着,她微微地张开丰润的双唇,让我尽情地吻着。一种从未体验过的半醉的舒服感觉,霎时弥漫了我的全身。几乎是未假思索,我就在她的耳边激动地说:"小苓,我尽快地向领导汇报我们的事,提出结婚申请,待一批下来,我们就结婚!"

"俺听你的,"她低低地说,"俺给俺爹说了,让他先不要向外讲我俩的事,你什么时候说结婚,再给外人讲。反正俺现在有了你这个靠山,心里头不再空落落的了。有了你,俺两个妹妹的日子以后也会好过些。"

她那温软、信任的话语,在我心里激起了巨大的柔情,我把她紧紧地抱在怀里,一边抚着她那软软的身子,一边发誓似的说:"我一定要让你快快乐乐地生活!"这誓言,是一丝儿做作都不含的。

"俺真庆幸遇到了你,"她的声音柔柔的,"从第一回见到你,俺就觉得你是个好人。俺常在心里想,这辈子要有你这样好心的人做靠山过日子,该有多好。你那回脚上被镢头砍伤之后,俺只怕伤口会化脓,夜里挂念得总睡不着,有时,就真想大着胆子去看看你,可想想又不敢了。俺没想到你要俺,俺家的成分不好,家里又穷,俺又笨……"

"小苓!"我急忙用手捂住她的嘴,制止她说下去。

"俺的命到底还好,"我的手一移开,她就又低低地说道,声音却是幽幽的了,"昨夜里要不是遇到你,俺今儿个就不在人世上了。"

我的身子不自主地颤了一下:"你不该去想那条路!"

"俺以后再不会去想那条路了,"她的声音又有了喜气,"俺有你这个靠山了。"

一股后怕,就在心里冷冷地升上来:倘若昨晚我没有听到她妹妹的哭喊,那么……就在我沉入这样的思绪中时,我抚在她胸部的手无意间碰开了她胸口上的一个衣扣,她抬起羞红的脸看了我一眼,一边又把脸藏到我的怀里,一边抬起一只手去解上衣的纽扣。

蓦地,我觉得有一股火喷到了脸上,整个身子,也开始不由自主地哆嗦了起来。

"那你……就在这儿住到半夜吧。"她的声音低微得难以听见,"你要一夜不回去,排里的人说不定会来找你的,反正俺以后就是你的。"我分明地听出,她的声音也在抖。

我心里极清楚地知道,我应该说一句:"不,你误解我了。"但那话音,却被一团极热的东西堵到了喉咙口;我的手极想去制止她那解衣扣的动作,但那胳膊,却被一种可怕的力量钳压着一动不动。我只是用那骤然间变得蒙眬了的双眼,直望着那摇曳的煤油灯火苗,直到豆苓抬起红透了的脸孔把它吹灭……

十三

我回到仓库里的时候,已是午夜十二点钟了。

所幸的是,那时夜岗带班的不是一班长而是三班长,他没有多问什么,我只向他说了一句"去镇上有点事",便进屋提了手枪去查岗。查岗回来一躺到床上,便又开始了幸福的回味。

啊,长这么大,实在说,我还是第一次知道,人生,原来竟有那么甜蜜、美好的时刻。

一些对胡子连长的感激和对自己命运的庆幸,使我几乎要笑出声来:连长,倘不是你派我来这里驻扎,我怎能得到这样一个美丽、温柔的妻子。

最终,还是酣梦将我的幸福回味打断。

第二天早饭后,我给连里摇了电话,想向连长或指导员报告一下自己同豆苓订婚的事,顺便提出结婚申请。然而连长和指导员恰恰那日去团里开会,要两天后才回来。我一听只好作罢,就等两天再说吧。

整个上午,我都在领着几个战士修补仓库四周的铁丝网。大约是心中的那团欢喜在起作用,往日见惯的一切,今日看上去都比平时显得美丽。蓝天,仿佛格外纯净;绿树,似乎更加青翠;野花,像是越发艳丽。甚至不知不觉间,还哼起了在岗楼上听到的镇上小伙子们唱的小调:"二亩薄地三间房,一头牛来四只羊,老婆家中拉风箱,娃儿村头放着羊,俺扶木犁地里忙……"我反常的好兴致引起了战士们的注意,一个战士笑着说道:"排长,你好像遇到了什么喜事!"我一听这话,心里当下一惊,赶紧暗暗地提醒自己:"你不要得意忘形,这事在没有向连首长报告之前,还不能暴露出来。"这之后,我用了很大努力,才把心中的高兴强压下来,恢复了惯常的那种样子。

中间休息时,我们到厨房去喝开水,恰逢三豁子送菜来了。自那次他向豆苓撒野被我撞见之后,我见了他的面就根本不再理他。此时,我自然地又把脸扭向一边,但他并没有什么不好意思,仍如往常那样对我嘿嘿笑笑,从耳根后摸出一根揉皱了的香烟很热情地向我让道:"魏排长,来一根,白河桥烟!"我冷冷地摇了下头,他就又收回去放在耳根后。这时,炊事员刚好把面条煮好捞进盆里,他看见后,一边唱歌似地叨念着:"筛箩箩,打面面,客来了,做啥饭?捞面条,打鸡蛋,呼噜呼噜两三碗。"一边就去摸碗盛面条。面条盛好,笑着向我说一句："先尝尝。"便兀自蹲下来声音极响地吞着。因为他见东西就吃已经成了习惯,战士们倒也没谁去说他。这时爱开玩笑的大刘向他叫道："三豁子,你不是说要找那个豆苓姑娘做老婆吗？怎么样,有进展吗？"

"嘿嘿,"他一边刷着空碗一边模棱两可地笑,"实话给你说吧,我昨儿个还在她家,她爹说,家里没人手做活,现在不想让她出嫁。"

"那不等于完了吗？"大刘嘻嘻笑着。

"啥叫完了？"三豁子眼瞪得极大,脸上露出一些气愤,"我说你们当兵的,这些事根本就不懂,晓得不晓得好事多磨？哪有你一上门求婚人家就立时答应的？真是的！我说你们众位只管放心,俺说话又不是不算数,那豆苓姑娘早晚会躺在我的床上！"

听了他这话,以我当时那股怒气,真想上前给他两个耳光,但我到底还是抑制住自己。转瞬,我又为他感到悲哀:一个单相思的可怜的家伙！我不想再听他瞎说,就走出了厨房。

刚走出厨房,排里的值日员跑来向我报告,师后勤部来电话,说今晚有两辆汽车来仓库,让我明天早晨带四个战士随车前往军区四〇五仓库,从那里拉一批军械、子弹回来。

我听后感到一丝遗憾:这么一来,向连首长报告同豆苓订婚并申请结婚的事,就又要推迟一些天了。

十四

大概从半下午起,我就在心里时时地催着西天的太阳:快沉下去吧,你！

我想在天黑之后去豆苓家！

去她家的动机,固然是想把今天没能向首长申请结婚和明天出差的事告诉她,但这不是最重要的,最重要的是我迫切地想见到她——一种我从未体验过的强烈思念折磨着我。虽然同她仅仅只有一个白天没有见面,但在我却仿佛已分开了一年。

夜晚,终于缓缓地来了。

我组织完晚点名,检查了一遍库房,排完当夜的岗哨,就悄悄地向镇上走去。

到了豆苓家,我径直进了豆苓住的西屋。正站在床边叠着一件衣服的豆苓扭脸看到我,先是羞怯而温柔地一笑,随即便轻步走过来偎在我的怀里,听凭我急切地吻着她。

于是,脚下的地,在那一瞬间,就又带着我旋转起来。

"俺用你留下的钱,给你买了一件秋衣和一条秋裤。"当我扶她在床沿坐下,她指了一下床上她刚才叠着的衣服说。我这才注意到,那床上放着的秋衣、秋裤是男式的。

"怎么搞的?不是说让你给自己买身衣服吗?我身上穿的有衬衣衬裤。"我立时就开口埋怨。

"俺昨夜里看了,你的衬衣衬裤都已经烂了。俺衣服有的穿,再说,俺又不出门。你在外边跑,穿的衣服烂了叫人家笑话。还有,以后日子长着哩,钱能省就省一点。"她边说边把一卷钱从衣袋里掏出来要递给我,我嗔怪地打了一下她的手,她才柔柔地一笑:"那就先放俺身上。"

"你为什么不给自己买一点东西?"我怨怪的话里含着说不出的爱怜。

"买了。"她的眉毛一扬,颊上显出了欢喜和满足的笑纹,跟着就去衣袋里掏出两样东西放到我手上,我定睛一看,原来是一个黑色的发卡和一小盒"万紫千红"牌香脂。

我突然觉得有一股酸酸的东西淌过心头,便一下子又把她搂到怀里。"可怜的姑娘,我今后一定要让你过上好生活!"我于是又在心里重复着自己的决心。

当她温顺地躺到我的怀里的时候,我开玩笑地说道:"小苓,那天挖芦根时我听你唱歌,听得心都醉了,今夜还能不能再给我唱一段。"

她听后先是把脸伏在我的胸脯上害羞地笑了,随后又附在我的耳边悄悄地说:"俺就低声再给你唱一段。"说罢,她便用只有我才能听到的声音柔柔地唱道:

枣儿结满树,
熟到八月中;
俺来扬棍打,
落下满地红;
一边叫娃儿,
一边郎前捧。
……

听着这柔美的歌声,抚着她那光滑的肌肤,我的心又完全地醉了……

我从豆苓家回到仓库,又已经是十二点多了。快进仓库大门口时,我心里原本就有些慌,不巧偏偏又碰上带岗的一班长。我想像前一晚那样,说句"我去镇上有点事"就走,却不料一班长这时声调严肃地喊了一声:"魏排长,你等等!"

我心中当时就一惊,不过,到底还是用了平静的声音问他:

"有事?"

"排长,我今天上午去镇上买日记本,听一个售货员讲,昨天晚上你到那个叫豆苓的姑娘家去了,是真的吗?"

我分明感到,浑身的汗毛立时就竖了起来,但我那还算聪明的脑子到底是想出了应付的主意:"是真的。我去了解一点有关她父亲的问题,怎么了?"我自然听出自己声音的不自然。

"我们都是无产阶级革命战士,"他的声音冷到我的心里,"我觉得我应该提醒你,要站稳立场!任何背叛行为,都不会有好下场!"

这种明显地含着教训的口吻,立时引起我极大的反感,以至于有一刹那,我真想把我同豆苓已经订婚的事告诉他,看他能怎么办!

不过,最终,我还是只说了一句:"谢谢你的提醒。"这倒不是因为我怕他知道我同豆苓订婚的事——这事反正迟早要公开,我担心的是,怕他去了解我这两晚住在豆苓那儿的情况。

这天晚上,我没有像前一夜睡得那样安宁……

十五

我是一周之后才回到仓库里的。

自然,我的心一下子就飞到了豆苓身边,但我知道,马上应该办的,就是向连里首长汇报自己同豆苓订婚的事并申请结婚。自己不能再和豆苓偷偷摸摸地过日子。于是,刚一下汽车,我草草地洗了脸,就去向连里摇电话。谁知电话还没摇通,门口就响起了摩托车声,扭头一看,原来是胡子连长坐着摩托车来了。我当即高兴地奔出门去迎接连长,但跑近一看连长那冷峻的脸色,心里就又悚然一惊:连长突然来这里干什么?是不是在我出差期间,一班长打电话向他报告了我和豆苓的事,他专为处理这件事而来的?一道冷冷的东西爬上了后背,心中顿时也就后悔起来:那天打电话问清连里干部去团里开会时,自己应该把电话随即转到团里找连长报告。要知道,这样的事由自己来报告和由别人揭发可不是一个性质。一班长啊,你可真会害人!

我一边这样想着,一边把连长让进自己的宿舍。事情是那样的意外,连长坐下后竟会开口说出这样的话:"我是专为处理一班长的事来的!团政治处昨天通知我们连,一班长在家里的哥哥最近同一个现行反革命分子的女儿结了婚,并告诉我们,鉴于他有这样的社会关系,已不适宜再当团里的学习积极分子,不适宜再执行警卫军械仓库这一重要任务,不适宜在部队继续服役。要我们立即宣布撤销他的学习积极分子称号,马上从你们排将他调回连队,并尽快安排他退役。"

极度的惊诧使我在连长面前呆立了很久,原先的那份担心,却完全地放下了。然而,对于一班长能否承受住这个打击,我又担心起来。他平日是那样坚定地站在无产阶级的行列里,这会儿猝然地把他推出去,他能接受得了吗?

我看出连长的心情也十分沉重。他是关东人,平日就颇重情义,如今自己的一个战士被这样地处置,在他当然是不会感到轻松的。

我按照连长的指示,把一班长叫了来,连长先问最近他家里来信向他说过什么没有,他讲爹妈来信没说什么大事,只说他哥哥已同家里分开过日子,断绝了往来。他估计是哥哥同父母生了气。当连长开始向他讲真情实况和团政治处的决定时,我注意到他的眼光先是惊骇,继是惶惑,最后竟成了木然。结局有些出乎我的意料,他没有争执和表白,甚至连这样做的一点愿望也没有。当谈话结束,连长告诉他下午带背包一块儿回连队时,他只是用平静中带点恳求的声调转向我说:"排长,上午还有我一班岗,我站完这班岗再收拾行李吧。"

我点点头,没有拒绝他这个要求。其实,他午饭后就要走,岗是完全不必站的,但我想他一向积极,此时拒绝他的这个要求,岂不等于已经嫌弃他了?

他走后,我和连长默然相坐,我琢磨着怎样开口向连长说出自己同豆苓订婚的事,突然听到东北角的岗楼上传来"啪啪"两声枪响。经过瞬间的惊愕,我立时提了手枪向东北角的岗楼奔去。待我跑上岗楼时,几个先我跑到的战士默默地闪开了身子,一个我从未想到的场面呈现在眼前:一班长双手握着冲锋枪仰躺在地板上,枪口朝着自己的胸口,鲜红的血正从他的胸口爬出。

"一班长——"我扑到他的身边。然而,他的身子已在渐渐地变凉,再要拉住那走远了的生命,已经不可能了。

我震惊地望着他那分明带着委屈的脸,抖着手想去擦净他脸上的血迹,不想刚刚触到他的脸颊,从他那紧闭的眼中,却蓦然滚下两滴晶亮的残泪。

"庙里哟——"就在这时,从远远的镇口,又倏地传来了疯子荷叶的一声叫喊……

十六

接下来的二十多天,我就一直在忙着处理一班长自杀的事:火化遗体;通知他的父母来队;整理遗物;安慰两位失子的老人。人料不到的事情实在太多了,尽管连长和我一再向上边反映一班长生前的表现,可上边还是根据他自杀的举动,对他作出了"自绝于党和人民的叛徒"的结论。一班长的父母最后含泪离开了部队,带走的东西除了儿子的骨灰盒,就是儿子写下的十几本学习心得了。我在整理遗物时已经发现,在那些学习心得中,就有一页上这样写着:"……对于排长丧失阶级立场的事,调查清楚后一定要向上级报告……"

我看着一班长的父母蹒跚着走出营区,一种突然而至的恐惧一下子攫住了我的心脏,身子也不由自主地哆嗦了一下,我想起了我自己。

倘若我和豆苓结婚,我那参了军的弟弟是不是也会出这样的事?

立时地,我就打了一个寒噤。

这些天,半是因为太忙,半是因为心绪太乱,我一直没去豆苓家。我估计她在焦急地盼着我,于是,在一班长后事料理完了的一个晚上,便找了个机会去了她家。

自然,又是一番别离后再相聚的亲热,然而,这晚上我的情绪,却始终没升高到那两晚的程度,一班长那张沾满鲜血的脸总在我眼前来回地晃。

为了向豆苓解释我这些天为什么没来,向她说明申请结婚的事为什么还没向领导讲,我向她讲了一班长的情况。她躺在我的怀里,瞪着受了极度惊吓的眼睛听完我的讲述,软软的身子明显地抖了几下,以至于我感到有些后悔。

快到十二点的时候我起来穿衣要回仓库,豆苓突然又扑到我的怀里带着哭音说道:"要不,你就别向领导说我们要结婚的事!"

"瞎说!"我抚慰地拍了拍她的身子,"我们不能这样偷偷摸摸地生活,应该公开地成为夫妻,我们连长还在这里,我明天就向他汇报!这些天,我怕他心绪不好,一直没——"

"庙里哟——"夜游的荷叶一声尖厉的喊叫蓦然从当街

上传来,惊得我俩又同时身子一缩……

第二天上午,我鼓足了勇气,向连长一五一十地汇报了我和豆苓订婚的事,并提出了请求批准结婚的要求,只是隐瞒了我曾在豆苓那儿住过的情况。

连长一直默默地吸着烟,缓缓地踱着步。

我讲完之后,他仍旧默默地吸烟,缓缓地踱步,直到我的忍耐到了极限,连催几遍:"您说行吗?"他才用极慢的频率,静静地吐着那些令我感到重极了的字:"你知道你同她结婚的后果吗?你已经二十多岁,应该知道凡事都是有后果的。你俩结婚,第一,你必须丢掉你的党籍、军籍和排长职务;第二,你母亲将会因为你的去职而失去经济上的接济,代之为精神上的打击;第三,你的弟弟、妹妹今后将永远没有参军、上学、招工、提干的希望;第四,你的孩子今后将会因为外公的问题而永远不能在社会上抬起头来做人;第五,你弟弟、妹妹的后代也会因为你的婚事受到连累。你用这么多的东西换来一个妻子,是不是有点太残酷了?!"

我清楚地觉得自己的两腿哆嗦了一下。虽然我曾经想过这件婚事会给我的前途带来影响,却绝没有想到这么多的东西。

"再想想吧,"连长神色忧郁地拍了拍我的肩膀,"用理智,别用感情……"

我呆然地仰头看着蓝天。

天上,有几对"梁祝蝶"飘飘飞过……

十七

苦苦地,我想了二十天。

然而,我到底也没有想出该怎么办。

坚决地同豆苓结婚?自己从此变成一个老百姓倒没有什么,因为我原本就不是官家的子弟。可一想到从小就想当一个解放军战士的弟弟,将因此要从部队中途退役;一想到爱唱歌的妹妹,将因此永远失去到音乐院校学习的机会;一想到年迈、操劳了一辈子的妈妈,将因此重新过上担惊受怕的日子,我的心,就又痛苦地缩紧了。

现在同豆苓分手?不,不能!我那样爱她,她又那样地爱我、信任我,并且我曾那样坚决地向她许诺过,而她实际上已经成了我的妻子,现在分手,我怎能忍受得住这离别?她怎能承受得住这打击?还有,良心,如何过得去?

茫然一片,一片茫然,我不知该怎样选择,却又必须去选择。

饭,自然吃不下;觉,当然也睡不着。战士们都以为我病了。

这期间,我一次也没敢再去豆苓家,我怕在没有拿定主意的时候见到她,我怕她看出我心里的犹豫与苦痛。

那天,我勉强坚持着去查岗,刚走到东北角的岗楼上,忽然瞥见豆苓正蹲在小石桥头的河边洗衣服,每揉几下衣服,就抬头往仓库这边看一眼。我知道,她是在盼着看见我,然而,她最终也没有发现站在岗楼上的我。我拿过哨兵的望远镜,装作无目的地四下瞭望,最后把镜头对准了她。镜中,我看着她不时抬头向仓库门口观望的焦虑样子,一股负疚感就倏然涌上心头,我顿时强烈地感到,我不能把这样一个挚爱自己的女人抛弃掉。心中的天平到底倾斜了,就在这一刻,我决定丢掉其他的一切,要豆苓!今晚就去她家向她说明!妈妈,原谅你的不孝之子!弟弟,妹妹,原谅你们的哥哥!

晚饭后,我找了一个借口,向镇上豆苓家走去。

进了豆苓的屋门,我发现她正弯腰蹲在那里干呕,当时一愣,急忙上前扶住她问:"怎么,病了?"

"昨夜里受了点凉。"她仍像往常那样羞怯地一笑,缓缓站起偎在我的怀里,我注意到她的脸有些苍白。

"你瘦得这样厉害!"她摸着我明显凹下去的脸颊说,声音霎时变得幽幽的,内中含了不尽的心疼。

"病了几天,没啥。"我掩饰地笑笑,"小苓,结了婚后,我想脱下军装,就在你们这儿落户。"迫不及待地,我把话转到了这个题目上,我害怕拖下去自己又会失了勇气。

"先不要说这个。"豆苓一边解着我的衣扣,一边抬手捂了我的嘴。

"其实,干了这么多年,兵我已经当够了,我们两个以后就凭自己的手吃饭。"当她躺在我怀里的时候,我又提起了这个话题。说这话的意思,自然是让她对将来我们的生活境遇,先有一点思想上的准备。

"先不说这个。"她又打断了我的话,随即附在我的耳边说:"你不是爱听俺唱歌吗?俺再给你唱一段,好吗?"说罢,不等我应声,便轻声唱了起来:

巧姑娘,坐上房,
扎个荷包有名堂,
一扎清风和细雨,
二扎鲤鱼跳河江,
三扎蜜蜂采百花,
四扎蝴蝶扇翅膀,
五扎罗汉排排坐,
六扎仙女散花香,

七扎狐狸探青草,
　　八扎嫦娥奔月亮,
　　九扎鸳鸯戏池水,
　　十扎鸾凤彩衣长,
　　荷包扎好人离分,
　　不知何日得送郎,
　　……

　　直到我穿起衣服要离开,她还不让我提那个话题,我心里很有些奇怪:她怎么对结婚的事一点儿也不着急了?也罢,待我把所有的事都办妥再来告诉她也行。

　　我想象着,下次再来,军装该是已经脱去了。那时,我就可以毫无顾忌地和豆苓去领结婚证了。

　　我临出门,她忽然把一包干芦根和干野菊花放在我的手里说:"拿上,以后觉着身上火气大了,就熬点水喝。"

　　"现在天已经冷了,哪还会有什么火气。"我说着又把纸包放到木箱上。

　　"以后天还会热的。"她执意地把那纸包又放到我的手上。

　　我为她的这点固执感到好笑,不过,因怕惹她生气,就拿了那纸包向门外走。

　　她没有像往日那样,送我到屋门口就插上门,而是硬把我送到了街上。

　　"回去吧,外边冷。"我摸了摸她的脸,轻声催她回去,但猛地,我感到手指碰到了她的泪水。

　　"你哭了?"我有些意外。

　　"没。刚才出门时眯了眼,揉的。"她柔柔地说,声音里似乎还带了点笑。

"回去吧,等我的消息。"

"嗯。"

我转身刚迈开一步,街那头又猛地传来夜游的荷叶一声凄厉的叫:"庙里哟——"

声音来得太出人意料,惊得我浑身的汗毛都竖了起来……

十八

我几次拿起电话筒,想把我坚决要同豆苓结婚的决定告诉连长,然而,几次都是电话即将接通时我又放下了话筒。

我又陷入了犹豫之中。

我现在才知道,一个人要将自己已经获得的东西放弃掉,实在不是一件轻松的事。

一想到在不久的将来,我将既不是一个军人,也不是一个党员,更不是一个干部;每月既没有三十七斤半粮票,也没有五十二块钱,不仅不能再领导指挥别人,而且还要丧失人们起码的尊重时,我当初的那个决心就又开始动摇了。

一周的时间,就在这动摇中悄无声息地过去。

那日黄昏,我正站在宿舍门外望着一群翻飞的蝴蝶在那儿呆想,忽然听到三豁子在厨房同炊事员大刘说着话,不觉有些诧异:他平时送菜都是上午来,怎么今天晚上来了?片刻之后,三豁子从厨房出来看见了我,立时走过来很欢喜地叫道:"魏排长,我明儿个要结婚,今黑里就提前把菜送了来。"说着,就从耳根后取出一根纸烟递过来:"来,吸一根,喜烟哩!"

"噢,新娘是哪儿的?"我心里虽然厌恶他,但还是顺口问了一句。毕竟,人家遇到的是喜事。

"就是咱镇上最漂亮的姑娘。豆苓,咋样?"三豁子的神色充满了自豪。

我手上的神经骤然一缩,他递给我的那根香烟啪地掉了,"胡说!"我咬了牙叫。我的语气里肯定夹了不少怒气,要不,正在嬉笑的大刘不会那样不解地望着我。

"看看,你也不信,"三豁子倒嘿嘿地笑了,"我刚才给他说他也不信。"他指了一下大刘,"其实,我编这瞎话有啥用?这不,我和豆苓前响已去领了结婚证。"说着,就从口袋里掏出了两张结婚证。

我扯过一看,上边果然写着豆苓的名字。

我分明觉得脚下的地动了一下。

我完全蒙了。

"咱过去就说过,豆苓早晚是咱老婆。这不,她爹前天夜里把我叫去,豆苓当面对我说,愿意嫁给我。她只是提出结婚时不请响器班子吹,不请客,不摆席,不放炮,只让两个女的去把她接到家里就行。我一听当然高兴,这更省钱。不过,鞭炮还是要放放的,喜事嘛!后来她问我啥时候结婚,我巴不得她当天夜里就跟我去,就说:明天领结婚证,后天结婚。她听了当时就点点头说:'行!'你们看看这有多顺,我当初说过好事多磨,这不是,磨成了!乡里说书人常唱:'俺娘不给俺娶老婆,胡子白了可咋着?可咋着,不咋着,只要俺本事大来武艺多,大闺女争着来跟我!'这词儿不是真真应验了?……"

我震惊至极地看着三豁子那张满足、喜气的脸,怎么也想不通豆苓竟然这么快就变了心。

我用了极大的努力,才强使自己镇静下来,含糊地向三豁子说了句"祝贺你",就蹒跚地向宿舍走去。然而,那受了强烈刺激的心,并不许我在宿舍待下去,我决定立即去豆苓家一趟,把事情弄出一个究竟。

我向二班长说了一句:"我去镇上有点事。"便径直向豆苓家走去。快到门前,我看见一个簸箕放在她家的院门口,几个邻家的妇女都手拿着一把艾草,相继走过来把艾草丢在那簸箕里,正当我把不解的目光投向那簸箕时,一个认识我的妇女走过来向我打招呼:"魏排长,是看那簸箕呀,这是俺这儿的风俗,逢哪家要打发闺女,邻居们总要送把艾草。艾草可治月娃儿的病,送一把艾草为的是让出嫁的姑娘日后生儿育女用。这家的豆苓明儿出嫁,虽说她家成分不好,但这个礼数是多少年兴下来的,不敢忘了。"

我的心又被狠狠地刺疼了,但我到底还是向对方笑了一下,算是对她这番解释表示感激。接着,我就装着要细看那簸箕,直向门口走去,为的是见到豆苓,也算巧,豆苓这时正从她住的屋里出来,我看到她,自然敢说,她肯定也看见我了,因为这时的天还完全称不上黑,我离她又那样近。不料她竟马上扭了头,没看我第二眼,更没向我做什么暗示性的动作,就转身进屋关了门,我还清楚地听见她上了门闩。

突然,一股不可遏制的怒气就从心里直向头部涌来:好一个水性杨花的女人!老子为同你结婚生了那么多的苦恼,你竟这么快地就变了心!

走!你不想见老子,老子更不想见你!

我脚步极快地回到了仓库。

出乎意料地,当最初那一阵愤怒过去之后,我又猛然感到了一种轻松,一种卸了包袱之后的轻松,一种隐约的庆幸,一种得以解脱的高兴。啊,直到这个时候,我才清楚地意识到,这些天,虽然我下了决心要结婚,但在我的内心深处,其实是盼着另外一种局面出现的。实际上,我是把同豆苓结婚当成了一个不能推卸的包袱背着的。

好了,现在,这个包袱没了。

十九

第二天上午,我正领着几个战士整理一间仓库,忽听镇上响起了鞭炮声,于是立时猜到,豆苓已经被三豁子接到家了。

顿时,已有的那种解脱感一下子消失,一阵剧烈的钝痛袭上了心头。

倘不是这时有个战士跑来告诉我,门外有个小孩找我,我怕是只有倚墙才能站立了。

腿,似乎已经不是我的了,我费了好大的力气才拖着腿走到大门外,原来是豆苓的小妹妹在那儿等我。她看见我出来,从衣袋中摸出一封信递给我,没容我招呼一声就跑走了。

我知道这是豆苓写来的信,憎恶,差一点使我将那信纸撕毁,但大约是想看看她怎样辩解的心理占了上风,就回到宿舍展开了它——

魏哥:

不能见面了,就写几句话吧。

二十多天前的一个夜里,你的连长——一个好人,来到了俺家,把一切情况都告诉俺了。直到那时俺才晓得,俺想同你结婚,其实是等于去害你,害你的妈妈、弟弟和妹妹,会毁了你和你的一家的。俺在这事上,只想到了自己,想到了自己的一家,俺不该啊!你能原谅俺吗?

从那时起,俺就下了决心,俺决不嫁给你了。你最后来这里的那一夜,俺的决心其实已经下定,你还记得当时俺不让你说打算结婚的话吗?我们一家已经这样了,俺不能再毁了你一家。那样,俺的良心过不去呀!

　　你是个好人,俺知道这些天你是为啥瘦的。俺这辈子真有幸遇到了你,是你,让俺知道了,人一生多少还有几天舒心的日子。现在,俺只有一个法子来报答你了,就是把你的孩子生下来。俺怀你的孩子已经快三个月了,俺一直没说给你,起先是因为害羞,后来是怕给你添烦恼。也就是因为这个孩子,俺不走绝路了,俺不能对不起你,对不起你的孩子。俺之所以这么快要嫁给三豁子,是因为俺的身子已经快不能瞒人了,俺又不愿让别人知道这是你的孩子,不能坏了你的名声,你以后还要做人呀。

　　原谅俺今日才把心里话说给你,原谅俺昨晚上看见你时关了门,俺其实是想见你,天天都想,可俺怕一见到你自己又会改了主意,那会把你和你的一家都拉入火坑里的。

　　你多保重吧。不要记挂我。三豁子家是贫农,俺以后的日子不会很难过。俺现时挂心的是你,你一个人过日子,要记着自己操心自己的身子。要是觉着身子不好受了,就早早地要点药吃,记着吃药最好吃中药,中药药性平和,不伤人。

　　以后不要来看我,我已经是三豁子的人了……

豆苓

　　"啊——",我猛地挥拳砸了一下自己的头,重重地向床上扑去……

　　天,淅淅沥沥地落起了雨。

　　因为这雨,夜,便提前地来到了。

　　我勉强地坚持着扒了几口晚饭,我不能让别人看出我的反常。

熄灯之后,我披了雨衣,提了手枪去查岗。一步一步地,两条腿原本就重得可怕,而那被雨水浇湿了的黏土地,又把我的两只鞋变成了两个泥坨,使得我迈步竟是那样的吃力。

从最后一个岗楼上下来时,我望了望沉在墨黑夜色中的蝴蝶镇,不由自主地抬脚向镇中走去。

我不知道我要干什么,我只是径直朝三豁子那两间低矮的茅屋走去。

屋子里的灯还亮着。

我感觉到我的喘息在变急促!

我定定地站在屋外,木然地听着那些不紧不慢的雨点,砸着脚下的黏土地,砸着我的头和手。

突然,我听到三豁子带了哭音的压低了的叫声:"说呀,到底是谁的孩子?说给我,让我去跟他拼命!"

"说呀!说呀!你究竟说不说?"随着三豁子这叫声,我清楚地听到"啪、啪、啪"的打耳光声。

我觉得我的身子霎地悚动了一下,我猛地掏出了手枪,打开了保险,我心里只有一个念头:打死他!

我把眼睛和枪口同时对准了门缝,然而,呈现在我眼前的景象却令我意外地一愣:

三豁子并没有打豆苓,他只是在用手扇自己的脸。面色苍白的豆苓双手护腹定定地立在三豁子的面前。

"啪、啪、啪",三豁子一个劲地打着自己的耳光,边打边带了哭音压低了声叫道:"我长得再难看也是个男人呀,为啥要让我丢这人?为啥要让我当王八?为啥呀?!"一缕血已渗出了他的嘴角,缓慢地向下流。

"咚!"正打自己耳光的三豁子突然双膝一弯跪到了豆苓的面前:"豆苓啊,答应我,你要不说就永远别对外人说,咱们瞒住,瞒住！丢人啊！……"

我猛地抬手捂住了自己的脸。

我不知道怎样回到了自己的宿舍。

我只知道当我脱下那两只沾满黑色黏土的解放鞋,把手枪口对准自己的额头时,突然想起不能这样做！因为枪一响团里就会来作调查,就要对我作出"自绝于人民"的结论,就要连累妈妈、弟弟和妹妹。

我把枪口移向了我的左手掌。

"庙里哟——"隐隐地,我听到从镇口那儿飘过来疯子荷叶的一声喊叫。

极从容地,我抠了一下扳机。

当战士们听见枪声跑进来时,我还来得及向他们说一声:"想擦枪……走了火……"

一团金星迸溅在我的眼前。

哦,那些金星,多像一群翩翩飞舞的蝴蝶……

我在师医院整整住了四个月。

出院后,连长报请上级批准,没让我再回蝴蝶镇,而是让我改行当了连队的司务长。他的本意,自然是让我忘却那段生活,然而,忘却那段生活却是十分不易的,何况,我的解放鞋上还沾着蝴蝶镇上那黑色的黏土粒。忘却,是不可能了。

从此后,我开始在营房里无滋无味地打发日子。大概是八九个月之后的一天,我正在办公室结算伙食账,一个炊事员推开门说有人找我,我移着很有些老态的步子出门一看,双眸禁不住吃惊地一跳,原来是衣衫褴褛的三豁子站在外边。

"你,来了?"一时,我不知道该对他说什么。

他默默地点点头,随我进屋在椅子上坐了。蝴蝶镇上大约又下了雨,他的鞋上沾了不少的湿黏土。与过去相比,他瘦多了。也许是由于瘦的关系,他唇上的那个豁口变得越发明显了。

"吸烟。"我把烟盒放到他的面前。

"身上……有。"他慢慢地伸出手去耳后取出一根揉皱了的纸烟,手抖抖地去擦火柴。

我无言地望着他,一时找不出适当的话说。

"是个……女孩儿。"他连擦了两根火柴,到底也没有把烟点着,便抬了脸,无头无脑地这样说。

我的心一颤,蓦然就明白了他说的什么。

"孩子的……胞衣,我把它挂在了你们仓库后的那棵枣树上。"他又垂了头望着地说。

似乎有一团东西,哽在了我的胸口。

"孩子……生下俩月后,豆苓走了。"他没有抬头,仍旧直直地盯着地说,"喝的药,三九一一。"

"啊?!"我骇然地抓住了他那瑟瑟发抖的手。

"眼下……孩子还不能姓魏……先……随我的姓,"他的声音也在抖,"等她长大了再……改——"

"老三——"我猛地抱住了他那瘦削的肩头……

走 廊

当我十一个月的儿子蹒跚着、趔趄着、摇晃着扶住门框,吃力地、艰难地、勇敢地跨过了堂屋大门上那道高高的枣木门槛时,妻高兴地拍手叫:看,我的儿子!妈欢喜地说:我的乖乖!我兴奋地扔给他一块糖,爸快活地摸了一下孙子的脸。只有坐一旁晒太阳的我的爷爷,抬起他那根青枫木的拐杖,用包了铁皮的杖头敲了一下他重孙子的屁股,莫名其妙地叹一口气:唉——

于是正在兴头上的他的重孙子不满地、抗议地、愤怒地哭起来了……

一

那声响初时极小,只是极微的一震,但花蟒感觉到了,头一昂,嘴张开,颌下的肉发红,在颤;盘在身边的尾微微地动。待那群滑行在空中的炮弹扑下,炸开时,它"唰"一声伸直浑圆颀长的身子,挟一股冷风向洞底蹿去。不过,十几分钟之后,它又在炮火的尖啸声里急急地爬过来,离一营长曹大栓指挥位置两米外的地方盘下身子,高高地竖起头,焦躁、不安、惶惑、恐惧,直看着曹大栓,看着曹大栓身旁紧张呼叫的电话员、报话员。

额头紧蹙,四五道横纹扭结挤压在一处,左颊上那个圆形瘢痕开始变红,曹大栓把话筒紧贴在右耳。可是,依旧没有声息。

几分钟前,"341"高地上的一排长正在报告:"敌有一个加强连向我进攻,我已伤四人,亡五人,高地有失守危险,请速——"话未完,"咔"一声线路中断。于是,他一边下令增援分队行动,一边派出查线兵,然后握着话筒在这里急切地等,他盼望那耳机里再响起一排长的声音,哪怕很小很微,也行!然而没有!耳机死得彻底!

"一营长,情况怎么样?"通往团指挥所的电话突然响了。副团长富厚那年轻的声音响亮、清晰。

"'341'有失守危险,我已让增援分队上去,请速令炮兵——"

"不要紧张!"副团长打断曹大栓的话,"要坚信胜利——"

嗖嗖嗖。一群炮弹倏然落在洞外,弹片啸叫着把洞口的石头击飞,把副团长的声音压碎,也使花蟒一惊,急急地向曹大栓腿边移了下身体,不安地昂着头,看着曹大栓的一举一动。

花蟒原本就住这洞中。

这是一个挺大的天然洞。石灰岩质。瓮形。洞口有藤状植物遮盖,四周是灌木、芭蕉、竹丛。洞中有不少动物家族:蟒、蛇、蝙蝠、山雀、蛤蚧、旱蚂蟥、鼠等。这里成为战场后,来了军人。军人们发现了这洞的隐秘,自然高兴,自然就要住进来,一团一营的营部不由分说就设在了这里。动物家族对这些不请而至的房客当然不满,当然要赶走,赶的方法当然是袭击。但军人们有枪有刀,还击也颇有效,于是动物们知道这些"房客"不好惹,只好退让、容忍,终于和平相处,相安无事,当兵的安居洞中间的空场,动物们则分住在紧挨洞壁的那些被滴水融成的似亭、似阁、似殿的地方。这花蟒初见军人时,倒没像别的动物那样发动进攻,只是戒备地看,冷冷地望,但它那副凶野的貌相,却很令曹大栓和战士们害怕。那日,曹大栓曾端起枪想射杀它,但花蟒竟不逃、不动、不反攻,只把两米来长的身子紧缩在那儿,抬起头哀哀地向他看,那模样似乎在说:我又不惹你们,干吗杀我?大栓便弃了开枪的念头,不料花蟒竟是知好歹的灵物。那天一条毒蛇要向熟睡在洞中的通信员进攻时,花蟒急速地奔去将其赶跑。自此后,大栓和战士们见了花蟒便觉到了几分亲、几分怜,常逗逗它玩,常给它送点食物和水,一来二去,就成了朋友。此刻,花蟒就是以这个独特的身份,关注着这场战斗。

轰轰轰!又一群炮弹在洞外炸响,花蟒那昂起的头又倏然一动。

今夜,原本十分安宁。晚饭后不久战士们即已睡去。蝙蝠开始飞进飞出,在夜空中扇着黑色的如翅膀的前肢。鼠们自在地爬上爬下,在岩隙练着矫健的足。山雀也在甜甜地睡。一营长曹大栓坐在小小的作业灯泡下,看妻子的信。那信虽短,曹大栓看完却笑了好长时间:"娥儿爹,俺的肚子越来越

249

显了,俺真怕管计划生育的人看到。这些日子,俺很少出门……"

这次该是一个儿子了吧?!他禁不住喊出了一句,那声音自然很微。再生一胎,再要一个儿子是他多年的愿望。只有一个女儿始终使来自风陵渡附近农村的他觉得此生有块心病。然而,他过去却到底没敢再要。超生的处分太可怕!这次终于来了机会:打仗!临与妻子分别的那几晚,他夜夜不空,总算有了战绩……

接下来写回信,他伏在石板上,字写得很有劲:"娥儿妈,知道了喜讯,恨不得立时就回去。"写完了"回去"二字,却又发起愣来,回去?打完仗是要回去的!来参战前领导已找他坦率地谈过:本来安排你这批转业,因为要打仗,就走不成了,希望站好最后一班岗!他知道自己该走了:三十五岁的营长,没有大学文凭,你不走谁走?可回去以后归宿在哪儿?他明白他不可能坐在省政府、地区行署和县政府那些宽敞明亮的办公室里,坐在那些红色、黑色、木色的大写字台后办公,那需要年轻,需要文凭,需要团以上的职务,这些他都没有。他估计他至多能到家乡的那个乡政府里当个职员。职员就职员吧!可当什么职员?管水利还是管棉花?就管水利吧!把家乡的那条梅溪河疏通、修好,让河水能浇麦田、棉田,让妇女们能坐在河边洗衣,让孩子们能跳进河里戏水……

是骤然而来的敌人炮声把他的思绪打断,把他想要一个儿子的念头赶走,把他想当水利干部的希望轰飞,把一个火与铁的世界掷在了他的眼前。此刻,他的全部精力都集中在"341"高地上,必须守住它!它是全营最前面的阵地,是插在敌人心口的尖刀,绝不能让敌人拔出来!

然而,他已经派出了四批通信兵去恢复与"341"的有线、无线联络,已经命令手上的最后一支预备队出击急援"341",耳机里却依旧无声、无息。倒是通往增援分队的电话又一次响了:"我们被敌人炮火压在去'341'高地的狭路上!"

"妈的!"

心中的焦躁无处泄,使他极想爆发一下。蓦地,他看到了盘卧在近处的花蟒,飞脚踢过去:"滚开!"

花蟒被朋友这突然的一脚踢得有些愣,也有些疼,"嗖"一下伸展身向洞里奔去。不过很快又站住,盘卧在那里,回了头谅解似的看着曹大栓。曹大栓抓起话筒,呼喊着"341"两侧小高地上的守卫班,要他们以火力支援的同时,各抽出两人横向增援。纵向增不成,只有横向了。人数虽少,增上去一个是一个!

"立刻行动!"

他对着话筒嘶声地喊。左颊上的那个圆形小瘢越发地红⋯⋯

二

镜子不大,长条形。警卫员知道师长的习惯,出发时特意带来的,挂在木板墙上,高度适中。景凌耀走到镜前,镜中出现一个三十七岁的中年男子脸孔,丰满、白净,带几分矜持,露几分自信。帽檐、领口、兜盖、纽扣、皮带、手枪,一一摸了、正过,这才转身,出门。

尽管在战地,尽管已是黄昏,尽管是去散步,景凌耀仍衣履板正。他历来都很讲究。从团长提为师长到职的第一天,他就命令把营区门口那个难看的岗楼拆掉,把首长会议室里前任首长们坐旧了的沙发统统换走,把作战室里那个写有

"精心组织、精心指挥"的镜框撤去,换上他手书的条幅:"但用东山谢安石,为国谈笑静胡沙!"

他沿着师部的野战营地缓缓地走。他喜欢在这黄昏时绕营散步。此时,暮云低垂,晚风轻吹,俯瞰山林间那扎成菱形、圆形、方形、不规则形的野战帐篷,听那哨声、口令声、号声,会使他体验到"壮岁旌旗拥万夫"的庄严和自豪。

散步后回到宿舍,他扭开台灯,坐在桌前,开始读那本伦敦战略情报研究所出的英文版《局部战争》。未读两页,在师医院当医生的妻子曲秋爽走了进来。他们夫妻双方同来参战,平日却并不住在一起。部队刚设营时,政委曾提议:反正医院离这里不远,就让秋爽住你这里。但景凌耀却坚决摇头拒绝:这里是战地!

秋爽今晚来后,没像往日那样替他铺铺床、整理完东西,说几句话就走,而是在他的床沿坐下,脚搓地,极低地问:"还看书?"问着,脸透了红。

景凌耀突然觉得心开始急跳。他向妻子身边走了两步,蓦地停住,转过身,弱声说:"别人的妻子都不在这。"秋爽解纽扣的手倏然停住,含羞掩了衣,碎步奔出了门。他重又坐下读书,却再也读不进去,只好静静坐在那里。就在这时,突然从前沿传来了敌人猛烈的炮声。他条件反射似的霍然立起,边朝隔壁喊了一声"警卫员",边冲出门向十几米外的作战室奔去。

当景凌耀判定敌人要夺我"341"高地的企图,向炮兵、一线部队和二线预备队发了该发的命令之后,便在沙发上一坐,习惯地从口袋里掏出三颗已被他摸得十分光滑的象棋子:将、兵、炮,悠闲地在手上玩了起来。

他自信胜利属于自己,属于他所领导的师。"'341'高地防御战斗告捷,我阵地坚如磐石……"他一边玩着那三颗棋子,一边在心里琢磨着向军、向军区前指拍发的报捷电文。这一仗告捷之后,该向军事学院的几位老师写封信,报告这一段的战绩。要让他们知道,他们培养的"优等生"不负厚望! 另外,也该向后方的军区领导写信介绍一下战况,让他们知道,景凌耀对得起他们的信任! 该向友邻师的杨副师长打个电话,让姓杨的知道,我景某所以提到正师不是因为"有门子,有文凭",而是因为有本领!

"师长,一团一营与'341'高地的一排完全失掉联系。敌人的拦阻射击厉害,通信兵和增援分队上不去!"一个参谋大声报告。

"要求炮兵加大火力密度,坚决压制敌人的炮火!"他扭头说完这些,又开始玩弄手上的棋子,话语中透着冷静、沉着和自信。

景凌耀是可以自信的。幸福的经常可以吃到巧克力的童年结束之后,他便开始上学。小学、初中、高中,接着是当兵、提干、当参谋、当团长、上军事学院、当师长。上帝把人生的路全都铺平,差不多一个坎也没留给他。就连这次参战,他率师接防不久便夺得了一次胜利,指挥两个连打了个漂亮的进攻仗,夺回被敌军占领的一个排哨位,受到军、军区前指的通令嘉奖。

顺利和胜利,会使一个人的自信成倍地增强!

随着作战室墙上那个电子石英钟指针的移动,作战室的空气在一点一点地变化。与"341"高地的联络一直恢复不了,增援分队迟迟地上不去,这不是一个好的兆头。

"命令所有与'341'高地邻近的守卫分队,火力支援'341'! 命令炮兵对'341'实施环围射击!"景凌耀抬头对一个参谋说,声调略略显出不太平稳。

他心里开始感到了不安,现在他已经明白,敌人的这次进攻是蓄谋已久的,进攻部署得十分严密,自己在炮声初起时对战斗的估计有些过于轻松。不过,他的神色仍十分平静,一只手端着茶杯喝水,另一只手依旧在玩弄那三颗棋子。

据说,库图佐夫指挥作战时常仰靠椅上闭目养神;拿破仑指挥作战时常看与战争无关的书;巴顿指挥作战时常掂一根小棒。

景凌耀指挥作战时玩那将、兵、炮三颗棋子!

"师长——"一个作战参谋突然拿着话筒喊,"一团副团长富厚报告,'341'高地失守。"

"什么?!"景凌耀的眼睛蓦然瞪大,身子弹射似的站直,上前抓过来参谋手中的话筒。

"师长,'341'高地失守!"话筒中清楚地传来一团副团长富厚的声音,"战斗开始时,一营长曹大栓对坚守高地就信心不足!"

景凌耀"咚"一下感到心脏停跳了,一团金星在眼前升起。失守了?失败了!我打了败仗?我怎么会打败仗?我怎么能打败仗?他伸手扶住桌子。手有些抖,手背的青筋开始暴出,身上的血流在加速。他知道这消息很快就会传到军部、传到军区、传到北京,他的双眼此时已失了焦点,但却分明地看到军事学院的那些教师在摇头,看到当初信任他的那些领导在叹息,看到同级在撇嘴,看到友邻杨副师长在讪笑。双耳虽然轰轰作响,却也分明听到一片声音在喊:失地!辱国!草包!庸将!纸上谈兵!不堪重用!

"啪!"

作战室瞬间变得死一般的静。师长将手中的茶杯猛摔在了地上。

茶杯的碎片在地上缓缓地转,黄色的茶汁在地上慢慢地洇。在茶杯触地发出尖脆嘶叫的一瞬,景凌耀意识到自己失态了。

你要沉着!要镇静!有半分钟他没让自己说话。他用双眼望定脚下的茶叶汁,看它们蔓延,似乎要弄清一杯水究竟能洇湿多大面积。在这一刻,他想起了前天晚上做的那个梦:一只黑凤,温顺地落在他面前,他抓住它的翅,晃晃,它不飞、不叫、不动。于是他就试着骑上了凤背。原想玩玩、笑笑,却不料那凤儿忽地一扇翅,嘎一声,蓦地飞起来。他一惊,抓紧凤羽不撒手,于是凤儿载了他,先是直飞,后开始升高,速度极快。渐渐地,他开始看到了他从未见过的山和水、林和地,他于是高兴、欢呼、拍手、笑。不想凤儿这时突然身子一抖,他来不及抓凤羽,竟翻身落下去。下边是黑色的山,黑色的水。他骇极、惊喊、惊叫,直到醒……

他猛摇一下头,把眼前的茶叶汁、把梦带来的不安赶走,抬眼向作战参谋道:"给我接曹大栓!"

电话一接通,他就上前抓过了话筒:"曹大栓,你是怎么丢的'341'?"他原想说得平静一些,但话一出口,连他自己也听出那声调中夹了怒,且在抖,但他已经没有办法了,一股极强烈的东西,已把他平日苦心养成的儒将风度完全挤走。

"你是怎么部署的?你的兵是怎么训练的?你是怎么指挥的?我当初交给你那个阵地时是怎样说的?你当初是怎样向我保证的?你马上跑步去你们一团团部,不准有一分钟的耽搁!立刻去!你这个混蛋!"他原来没想到会骂出最后一句话,他一向强调军人口中要禁绝脏字,但他现在已经控制不住自己了!

控制不住了！

"警卫员！"他放下电话喊,"去一团！"

三分钟之后,师长的吉普车已向一团指挥所驰去,引擎嘶吼,车灯紧闭……

三

夕阳刚被大团的阴云推走,夜就挟着山岚奔过来,弥漫开。于是,远岭近山、石、树、洞、壕,就都变成了浑黑的一片。在猫耳洞里憋屈了一天的战士,这时相继走进战壕,晃晃腿,弯弯腰,扩扩臂,贪婪地张大嘴,吸那含了腐叶和土石味的空气。粗壮的大龚一走进战壕,便慌慌解了裤子,拿过预先准备好的罐头盒,蹲在战壕头"排黄"。在这个离敌人很近的阵地,大小便一向不准出战壕,统统都是屙在罐头盒里,再扔到战壕外头。尽管眼下是夜间,但你要敢在战壕外头蹲下,说不定就会让带红外瞄准具的狙击枪瞄上屁股。

"妈的,真臭！"瘦得像一只白鹤的九宝,一边晃着他那干瘦的胸脯做深呼吸,一边低声抱怨着大龚。"凑合着闻吧。九兄,总不能叫爷们憋死。"大龚在黑暗中扔过来低低的一句。

只有潘苏坐在洞里没动,一脸紧张神色,甚至还把身子更紧地往洞壁上贴贴。他最怕这黑夜。一入夜,好像到处都有敌人的枪口和眼睛。战壕外那些黑乎乎的石头,此刻也变得狰狞可怖。"啪"一声,一个黑东西飞到他的脚边。神经高度紧张的潘苏没来得及细看,本能地跳起叫道:"敌人的手榴弹！"低叫声尚未落,头已重重地撞在了洞顶。

"嘀嘀嘀。"战壕头传来了大龚抑低了的笑,"娘的,这个胆量！我扔的土坷垃,想告诉你给咱准备张演算纸擦屁股,看把你吓的！"

潘荪觉得耳根唰一下热了。他讪讪地揉着碰疼了的头,又慢腾腾地去原处坐了。眼装作很大胆地向战壕外看一下。却又急忙收回目光。唉,这黑暗！可诅咒的黑暗！老天爷为什么要安排下这黑暗？

因为对这黑暗的怕,他又开始想家,想那个远在开封城中杨湖边亮了电灯的家。这会儿,妹妹一定打开了那台十八英寸的彩电,边看她喜欢的"一休",边夸张地叫喊:"天啊！"妈妈一定围着那个淡蓝的围裙,往饭桌上摆着喷香的晚饭,绿豆稀饭？芝麻叶面条？葱花炒鸡蛋？肯定有妹妹爱吃的肉末豆腐！爸爸一定又坐在饭桌前,极小心地拧开了"汴京白干"。三杯！我只喝三杯就中！他一定又是这样说,讨好地看着妈妈……

一想到爸爸,他心里顿时涌上了一股怨和恼。就是因为爸爸,他才来这里担惊受怕。去年高考,他报的志愿是北大,原是很有把握的,却不料数学这门课拉低了几分,北大于是不要。开封师专倒是想取他,但他不去！他的几个同学都去了北大、清华,让他上开封师专？开玩笑！那博士的学位还要不要？今年上不了北大,明年再考！他于是攒足了劲,在家潜心复习数学。不料这时来了征兵令。街道办事处通知,所有非在校适龄青年,都可以而且应该报名。爸于是说:"去报个名吧,不报不好,我和你妈都是干部！"

报就报。世上事哪有那么巧,报个名就能验上？还真巧,报了名体检,体检不久就通知:你验上了！这一下潘荪有些呆、有些愣:北大还怎么考？妈的眼圈也开始红:都怨你爸！报名、报名！这下可报得好！爸勉强笑,笑里全是歉疚:到部

257

队其实也可以照样复习,或者考军队院校,或者回来接着考。潘荪不吭,只好默默地收拾了自己的复习资料。到部队,换了军装,对着镜子照,那军帽倏然间却变成了黑色博士帽。新兵三个月后,随部队来到前线。他是想继续复习,但好不容易找了点闲空坐下来,又无师可问,无参考书可看,遇到难题就没了办法。半个月前遇到的那道几何难题,至今仍无法解开它……

"九宝、九兄,烦你去潘荪那里给我拿张演算纸擦擦屁股。"大龚的轻唤,把潘荪从遐想中拉了回来。

"穷讲究什么?用块石头蹭蹭行了!"九宝不甚情愿。

"娘那蛋!这点忙都不愿帮?爷们拉肚子,屁眼本来就疼,晓得吗?"大龚火了。

"行,行。"九宝只好弯了腰走进洞。潘荪于是转身去挎包里摸,摸出的只有一本几何习题集,平日他演算数学题的纸已经用光。

"没了。"

"依我看,你要这书也没啥尿用!活了今天还不知明天能不能活,要它干啥?"九宝弯低了瘦长的身子,望着黑暗中的潘荪说。两只挺大的流萤飞过来,照出九宝嘴角那带了讥讽的笑。

也是!现在还想什么北大?潘荪把书扔了过去。一张白色的卡片纸随之从书页里飘飘掉在了地上,这是记着那道几何题的纸片。潘荪缓缓伸手捡起来,塞进了衣袋。

刺啦。九宝在利索地撕着书页,潘荪随着那声音哆嗦了一下。

"潘荪……老乡……给我点止痛片吃吃……给我找点白酒洗洗伤口吧……"猫耳洞底,忽然传来负伤的邹义呻吟似的低唤。这呻吟又增添了潘荪心中的怕,他探身刚想去洞底向邹义说几句安慰话,忽觉大地一颤,沉闷的声响由远而近传进了他的耳朵。他还没辨清这声音的性质,一群巨大而沉重、黑乎乎的物体落上了高地,倒立起一个个橘红色耀眼的圆锥体。

炮弹爆起的闪光中,潘荪那白皙俊秀的脸上浮出了孩子般的惊奇:为什么打炮?

"营长,营长,我是'341',我是'341',我们突遭敌猛烈炮击!猛烈炮击……"在炮声的间隙里,他听到排长在对着电话筒叫……

敌人的炮击潘荪原已经历过几次,但从无一次可与这次炮击相比。炮弹密到了难以形容的程度,以致当我方压制敌炮兵的炮弹飞过空中时,有的竟与敌人的炮弹在半空相撞而炸,潘荪甚至听出了两颗炮弹在空中相撞瞬间发出的那种叮当声响。爆炸的闪光和时明时灭的照明弹,像是几千架照相机的闪光灯一齐闪亮,令潘荪眼花目眩。一股股的热浪自天而降,在他缩紧的肌肉上硬榨出了汗。炮弹掀起的尘土、石粉和着TNT(二硝基甲苯)气味,让他觉到了一阵阵窒息。强烈的轰鸣撼摇着、撕扯着高地。这种扼杀生命的声响使潘荪一阵阵恶心。他更紧地贴在了洞壁上。

敌人打来的炮弹有一半是空爆弹。空爆弹在低空爆炸的那种瘆人响声,能撕裂人的耳膜。不过,若离远看这景象却很有几分漂亮,先是耀眼的火球一闪,随即便有三千六百块弹片冰雹一样地拖曳着光带向下砸来,因为击中的物体不同而发出不同的声音:啪!击中的是石头;嘶!是肉体;噗!是泥土;咚!是树木;当!是工事钢;哗!是碎石子。这景象使潘荪想起了小时候让舅舅摇枣的情景。舅舅抱住树干用力一摇,熟透了的红枣便密密麻麻地向地上砸来。那每一颗红枣带来的是甜,而这每一块弹片都可以使人变成终生残疾,都可以使人离开人世。排里已经有五人牺牲,四人负伤。潘荪觉得自己的心跳得太快,不得不用那只不拿枪的手去捂着心脏,以此来降低它的频率。

"哟——!"

又一群炮弹响过之后,潘荪听到近处的大龚叫了一声。他扭过头去,借着照明弹的光亮,发现大龚的右臂没了。他的心忽一下提起,直到喉咙眼里。他慌慌地爬过去,掏出急救包给大龚包扎。但他的手抖得厉害,大龚的那只右臂就掉在近处,惨白的五个手指还在抖动。他觉得自己的双臂也在疼,愈发抖得厉害了。

"日你姐哟!偏打爷们的胳膊!"大龚在嘶叫。

"各就各位!准备抗敌冲击!"潘荪听到排长在三号猫耳洞口喊。他侧耳一听,落在高地上的炮弹已经稀疏。敌人的炮火正向我后方延伸,敌人的步兵就要冲击了!他缠好大龚臂上的绷带,怯怯地左右看一眼,便向已快被炸平了的战壕爬去。

敌人的炮火刚一延伸,阵地前沿埋设的警戒雷便被他们的步兵踩响。全排所有能拿动枪的都随之开了枪。潘荪第一梭子弹全射向了前方不远处的一块石头,直把那石头打得火星乱迸,响声十分清脆。旁边的大龚朝他骂了一句:"娘那蛋!你瞄的什么东西?"潘荪在那一霎真羡慕已受伤的大龚和九宝的从容。但他做不到,扣扳机的手指总在颤,上下牙齿老在不停地磕碰。没办法,他只好让自己的上牙狠狠咬住下唇。

我们的炮兵不停地向空中打着照明弹,阵地上雪亮一片,潘荪能清楚地看见进攻的敌人在一个个倒下。忽然,他耳旁"嗖"的一声,四〇火箭弹!他在心里叫,但紧张和害怕使他竟愣愣地停在那里。就在这时,一个人扑到他的身上,火箭弹在近处爆响了。他听到身上的人"呀"一声,扭头看,原来是已负过伤的老乡邹义。个子矮小的邹义此时背部又钻进去了弹片,鲜血直涌,潘荪慌忙哭喊:"邹义——邹义——"

"喊尿哩!还不快给他扎住!"一旁的九宝朝他低吼,扔过来一个急救包,潘荪这才慌慌地去包扎邹义的伤口。

敌人的第一次冲击被打退了。排长拖着血糊糊的身子从战壕那头爬过来叫:"弟兄们,刚才向曹营长报告,话没说完,电话断了,报话机也被炸坏,无法呼唤炮火,要靠我们自己了!我们他妈的谁也不能当孬种,人在阵地在——"他的话还未说完,敌人的子弹又尖厉地叫着飞上来。

枪声中敌人在不停地倒下去,可我们的人也在倒。潘荪明显地听出,战壕里的枪声有些稀疏。但他却不再感到害怕了,紧张已不知不觉地飞走,手不再抖,舌不再发干,牙齿不再磕碰,他现在已经比较从容,有片刻他甚至觉得这极像小时候在巷子里的沙土堆上同伙伴们玩打仗的游戏。他把玩具枪对准充当敌人的二蛋的肚子和小鸡鸡,哒哒哒地叫着,很痛快地扣着扳机。

"眼!"

潘荪突然听到旁边的九宝喊。扭头一看,九宝一手捂着满是血的左眼,一手在战壕里摸。战壕沿上,抛着一团带泥的血肉,其间有一个乌亮的眼珠。"我的眼!"九宝还在摸。潘荪慌忙爬过去,含着眼泪给九宝的空眼窝里塞了一团纱布。

潘荪爬回来刚打了两枪,猛地觉得左臂一热,随即有一股挺暖的液体顺小臂在流。啥东西?他射出一梭子弹后抬手摸摸,鼻子立时就闻到一股温暖的腥味。血!伤了?伤了原来是这个样!不疼,光是觉着热,就像小时候半夜尿了床,尿顺腿往下流,温的、热的。

"潘荪,快向我开枪!"排长蓦然在左侧十几米外喊。三个敌人跳进战壕,与排长扭在了一处。

"快打!潘荪!"

扭打和枪托的碰撞声中,又传过来排长一声嘶哑的喊。敌人想活捉排长!潘荪迅速把枪口转过来,但他没开枪,他怕误伤排长。"日你——妈!快……开枪!"他听到排长断续的气极了的喊。手一抖,枪响了。那几个敌人和排长倒下了。

他踉踉跄跄跑过去,向几个敌人又各补了一枪,这才扶起排长,嘶声说:"排长,是我打死了你!"

浑身是血的排长声音弱极:"打……得好!我……才中你两弹……不打……就完了……"他扯过排长身上的急救包要给他包扎,排长抓了他的手:"……用不着了……见到营长……就说……弟兄们……尽了……力……"

"排长——"

当敌人的第四次冲击开始,趴卧在那里的潘荪感到喉咙有种甜蜜的、兴奋的刺激——这是对战斗开始产生的一种激情。他现在已经彻底从紧张的状态中分离出来了,打得十分顺手自如。弹迹像一条发蓝的炽热的铁丝,从他的枪口吐出,蜿蜒着扑向每一个他发现的目标。

"潘荪——"激战中他听到一旁的大龚在喊,大龚的一条腿又被打断了。"记着告诉连长,把我的抚恤金寄给我二姐,她有三个孩子。"

"你放心！大龚。"

潘荪喊。顾不得扭头，甚至顾不得想想他喊的什么。忽然就着照明弹的闪光，他看见大龚独臂抱着一捆手榴弹，拖着断腿爬上战壕沿，还没容潘荪叫出一声"快下来！"大龚拉了手榴弹的弦，横着滚向冲到阵前不远处的敌群。

潘荪猛地闭上了眼睛，他甚至都没听到那轰然的爆炸声，他只听到他的心咔嚓一响，心底有一扇门完全被打开了！哦，那里头竟藏了那么多蛮力、杀气、搏斗的欲望、厮杀的快感……

当敌人的冲击又被打退时，战壕里只剩下九宝、邹义和潘荪自己。他把邹义和九宝抱到战壕的一头，飞快地收拾起战友们剩下的子弹，把无人守的空战壕和战壕附近撒上一触就炸的触发雷。然后蹲在邹义和九宝的身边，牛一样喘息。

敌人很快又冲了上来，但潘荪的枪却未响。现在只剩他一支枪了。即使开枪也无济于事。要做出一种丧失抵抗能力的样子，把敌人放到近处，让那些触发雷帮他坚守。他这样想。谁知就在敌人匍匐着向战壕冲来时，半昏迷的邹义忽然声音含混地叫起来："老乡……潘荪……疼死我了……给个止痛片吧……给我点白酒洗洗伤口也中……求你了……"潘荪又惊又急，慌忙中伸手捂了邹义的嘴。不能叫呀！战壕的这一头没撒触发雷，若让敌人听到冲过来，凭他一支枪是抵不住的，三人就有可能被俘。

"用枪……把我……打死……吧……"潘荪的指缝里，又漏出了邹义有几分清醒的恳求，边说边去摸潘荪手中的枪。潘荪急忙把枪拿开。

敌人近了，近了，因为怕惊动敌人，潘荪捂紧邹义的嘴。在敌人触响那些触发雷的同时，潘荪的冲锋枪响了，敌人慌慌

263

地退去。潘荪这才急忙转身来看邹义,却见邹义已经停止了呼吸。"是我害了你呀——"潘荪一声哭尚未喊出来,又一名敌人突然出现在战壕的这头,向潘荪伸出了枪口。在这千钧一发之际,捂了左眼斜倚在壕壁上的九宝跃起瘦长的身体,迅疾用伤手抓住了敌人的枪管。

枪响了,一梭子弹打进了九宝瘦瘦的胸脯,血溅了潘荪一脸。潘荪"呀"地一叫,将弹夹里的子弹全倾泻过去。后边又拥上来几个敌人。不行了,换弹夹已经来不及。不能当俘虏!这个念头在潘荪脑子里一闪,他嗖地跃出战壕,几步奔到了两米之外的悬崖边上。

现在不怕了!

他从容地转过来,双眼红极,直瞪着围近了的敌人:开枪吧!爷们倒要看看你们的枪法!

枪未响。

想抓活的?

一刹那的静寂!

一颗照明弹落下,又一颗照明弹升起。

先让你们占一会儿"341"吧!潘荪恨恨地在心里叫骂,转身向崖下跳去。他觉着耳旁的风大得厉害,有什么东西猛击了他的面颊,他突然忆起了某种碧蓝的东西,但一道幕布阻住了一切,红色的……

四

土墙、瓦顶,带有木板阁楼的家屋,东一栋,西一座,面南的,朝北的,散落在这小山坳里。家家门前有芭蕉,户户屋后有竹。这是一团指挥所附近的小村青蕉坪。去前沿的公路从村中间穿过,把不大的村子又一分为二。这村子位于战区,居民本在疏散之列,但刚才敌人的炮击开始时,村中紧挨公路的一间草屋里,却亮起了黄黄的烛光。

一个穿着红内衣的姑娘,麻利地从床上爬起,趿鞋、披衣,敏捷地从一个箱子里摸出几个酒瓶。酒瓶是空的,已刷干净,瓶上贴着崭新的商标:金龙大曲。只见她熟练地向瓶里灌清水。每个瓶里灌了一些水之后,她又摸出几瓶原装的金龙大曲,启开盖,往那些盛清水的瓶里掺。转眼间,十几瓶掺了水的酒便被她熟练地用蜡封了盖,摆上了售货窗台。

她叫青凤。北方人的名字,汉族的血统。

她所以听见炮声赶忙起身制作掺水酒,是因为她知道,炮一响就有战斗,战斗之后就有士兵为庆贺胜利来买酒。

她已了解当兵的习惯,她要趁机赚钱!

哐哐!轰轰!炮弹就在村外飞落,炸响。但青凤不惊、不慌,她已经听惯了那些炮声,她现在一心考虑的就是赚钱!

就是因为没钱,她才让那个寡妇得了意,才被那个男人抛弃!

当初,高中毕业的青凤,第一个明白,在这滇南大山里光靠烧山种地,永远富不过附近农场的那些职工。她于是想出了主意:跑马帮,搞运输。说干就干,她说服了同村同学的小伙子,用两匹小马跑起了马帮,把本村和附近村子的香蕉、芭蕉以及其他农产品收购过来,再运到二十几里外的镇上卖给那些开店的店主。他们和镇上打交道最多的水果店的店主是一个二十八九岁的寡妇。不过半年时间,两人赚了五六百元。两人两马雾中来,雨中去,牵马并肩走,骑马挨膀行,随着那马脖子上铃铛的轻响,爱从两个人的心中升起,这爱既因了寂寞也因了友谊。终于有一天,这爱发展到了那一步,青凤极情愿地让他拿去了处女宝。自此后,她开始在心里甜甜地描绘未来生活的远景:她和他并马走在这高山大岭间,他们的身后是驮了两个摇篮的一匹大马,一边摇篮坐儿,一边摇篮坐女。摇篮马之后,就是驮着各种货物的几十匹马的马帮队。马铃叮当,鞭声清脆,他们将成为这深山区最富的马帮运输户。然而一个阴谋却正在她的眼皮底下进行:镇上那个水果店的寡妇店主,看中了实际上已是青凤丈夫的那个小伙子。青凤虽不是一点没有察觉,但她既相信自己年龄和相貌的优势,又相信二人之间的感情。突然有一天,那小伙子期期艾艾地对她说:他要同寡妇店主结婚。青凤如晴天霹雳击顶。她惊、她怔、她愤、她恨、她嘶哑了嗓子问:"为什么?"那小伙子说:"跑马帮这日子太苦,不想干了!寡妇店主有三千元存款,和她可以过安稳日子!"青凤的眼瞪得那样大,哦,三千元!三千元就可以买走一个男人的心?!天啊!钱!她愤怒地将马推下了山涧,自己倒在床上。也就是在这时候,上边来动员疏散搬家,她固执地不走。像好多遇到这种情况的姑娘一样,她也想到了死!她恨那个男人,她恨那个女人,并由此恨起了一切人,恨起了这个世界。她盼望有一发炮弹飞来,能使自己离开这个可恨的世界,而且不留一点痕迹。但那边打来的炮弹却总在村外炸,并不进村里来。她等得不耐烦,就去村边当兵的坑道口,偷来了一颗手榴弹,她想把自己炸死,却弄不响手榴弹。正当她在村边摆弄那手榴弹时,被一个姓潘的白脸兵发现,跑过来夺走了手榴弹。

她于是仍坐在自家屋里等炮弹飞来,盼把自己炸得无影无踪。她固执地不走,别人也无办法,当兵的更无心去管这些,何况村里也还有另外几家不走。这是一场特殊的局部战争,所以就有许多不同于过去战争的情况。情况之一,就是战场上有不参战也不负支前任务的百姓。

　　她坐在屋里等炮弹,后来就发生了那瓶酒的事。

　　那日,她无意中在柜里发现爹临向后方疏散时留下的几瓶酒。她拿起一瓶放桌上,想喝几口,在酣醉中等来死。不想一个当兵的从窗外走过,看到了桌上的酒瓶,便探进头来问:"姑娘,酒卖不卖?"她不吭、不应,她不愿再和男的说话。"卖给我吧,十块钱如何?弟兄们要上前沿,得给他们送送行!"她狐疑地看了一眼那兵,她不相信那兵会用十块钱来买这瓶酒,那酒爹买时只花了一块六毛钱。那兵见她不出声,便扔进一张拾元的票子,伸手拿走了那瓶酒。一瓶酒能赚这么多钱!她有些意外。于是她又把爹存的另外两瓶酒也拿出摆在桌上。不多久,两个兵又各用十块钱买走了。她望着手中那三十块钱,心里禁不住想:照这样,要赚三千块也不难呀。对,卖酒赚钱!只要超过三千元,就可以把那个男人和那个女人拆散,把他夺回来再把他扔开!就可以报仇雪恨!她那绝望的心立时被这个念头照亮!

　　青凤行动了!她跑到镇上买了酒拿回来。开始,仅仅提高每瓶酒的价钱,兵们大概因为打仗,不在乎钱,根本不像在镇上买东西那样讨价还价。说要多少,就给多少。后来她又发现,这些兵其实都刚刚学喝酒,对各种酒什么味并不能辨清,于是她就开始往酒里兑水,边卖边在心里安慰自己:这是为了不让他们喝醉!后来她又开始卖烟、卖糖、卖罐头。上了战场的官和兵都舍得花钱,而在这个离前沿不远的地方,除了她这个代销店,没有第二个可以让他们花钱的地方。于是她的生意越做越红火。经营范围不断扩大,她开始卖前线官兵和后方来慰问的人所喜爱的一切东西。她现在已经攒了两千五百多元,她要挣到四千元或五千元,那时她就要用这些钱去施行她的复仇计划!

此刻,她把瓶盖封好之后,吹熄了蜡烛,又躺在了床上。她开始等待天明。她知道,战斗一般在天亮之后结束,那些住在村外山上坑道里的兵,就要来买酒和其他东西庆贺胜利。

在隆隆的炮声中,她又入了梦……

五

高一脚、低一脚、头晕、耳鸣、踉跄、趔趄,曹大栓带着通信员向团指挥所走。

最初一判定"341"高地失守,曹大栓没来得及去想别的,他首先想到高地上的兵。两个半班的兵啊!高地失守,意味着战士们已经牺牲。那么多熟悉的面影:九宝、邹义、潘苏、大龚……他的心缩紧,胸灼疼。直到接了师长的电话。听了那一通怒斥,他才意识到自己打了一个败仗,自己是全师第一个打了败仗的营长;才想起营里"攻必克、守必固"的称号,坏在了自己的手上。

败仗!打了败仗!怎么向师长交代?怎么向战士们解释?怎么还有脸回故乡?曹大栓一边踉踉跄跄地走,一边断断续续地想。

原想打完仗,安心回家乡,现在如何回?为什么这么不顺?这一生为什么总不顺?当初上学,偏偏轮到他考中专、考大学时,开始"文化大革命";后来生孩子,偏偏轮到他时,来了"只生一个"的要求;后来提职,那么多没有文凭的、四十来岁的人都进了团的班子,偏偏轮到他时,开始"年轻化""知识化";这次打仗,一心想打好,想顺顺利利结束军人生活回家当百姓,可偏偏又打了败仗!这是为什么?难道冥冥中真有一个命?……

正当曹大栓这样胡思乱想时,后边的通信员赶上来几步道:"营长,团指挥所到了!"他抬头,已经到了团指挥所的坑道口。他向前走了两步,抬手要去撩悬在门口的雨布,忽然觉得两腿软得厉害,软得他直想就势坐在坑道口的石阶上。

门口的卫兵默默地为他撩开雨布,于是他强打精神,慌乱的目光径直投向室内。室内静极,所有的人都肃立在那里,无声地望着他,没有了往日的"来了,老曹"的亲热招呼,没有了"老曹,辛苦"的关切问候,只有电键的敲击声从隔壁的洞里传过来,嗒嗒、嘀嘀,极轻、极微。他的目光碰到了师长那冷怒相掺的眼睛,慌慌地便举手敬礼。

"你指挥得不错!"师长的声音平静,却冷得大栓打了一个寒颤。景凌耀原没准备使用这种冷而平静的语调。他本是要把肚里的一团怒火全喷出来的,但他到底是有自制力的人,在刚才电话中的那通发泄过后,他决心不再失态。

一串汗珠从大栓的额头上滚下来,挺响地砸下地。大栓对自己有些恼火:你他妈的这会儿流什么汗?但汗珠却没听从他的意愿,依旧一个劲地向下滴。于是他不得不去裤兜里摸他皱巴巴的手绢,不想掏手绢的同时,战斗开始前他写给妻子的那封半截信也带了出来,那信纸偏偏还飘飘地落到了师长的脚下。

若在平时,师长是绝不会低头去看从下级兜里掉出的纸片,那有失风度!但此刻景凌耀却把眼睛扭向了脚下。他倒不是想去看那纸上写些什么,而是想借这个动作压下又冲到他喉咙口的怒气。一看见曹大栓,他心中压下的怒气就又往上翻。但这么一低头,他于是看清了纸上的那两行字。咬肌动了一下,怒气便化作几句冷冷的挖苦从口中出来了:"这是

269

什么时候写的？战斗前？我说你这仗怎么指挥得这样漂亮，原来有精神力量！老婆又怀了孩子，你一高兴，仗当然就指挥得好了！不错！这——"

"丁零零。"

电话铃突然响了。否则，真不知景凌耀还会顺着这封半截信说出多少尖刻的挖苦话。一个参谋拿起话筒，转向景凌耀："师长，找你的，友邻师的杨副师长！"

景凌耀的眉心一耸，不情愿地接过了话筒。他刚应了一声，话筒里立时传来一个很响的声音："是'优等生'吗？能听出我吧？'及格生'。我把我师的情况向你通报一下，昨天黄昏，我们顺利收复了过去被敌人强占的'104'号高地，几乎没付出代价，怎么样，还可以吧？"话语爽朗、正经，但景凌耀却十分清楚军事学院的这位同学此时打来电话的用意。当初，景凌耀每受到一次赞扬，对方就要撇一次嘴。临近毕业，景凌耀被评为优等生并传说要破格提为师长时，对方曾不止一次地扬言：奶奶的，好马劣马咱战场上比！

"哟，怎么不说话呀！哈哈，当了主力师的师长架子就大了吗？"电话里的声音响亮。

"啪！"

塑料送话器猛然在景凌耀的手里捏碎，一股殷红的血顺着黑色的电话线向下爬着。他的嘴唇变得青紫且开始很厉害地哆嗦。

一片静肃的团指挥所，更静得连人们的呼吸声都能听清楚。

"听到了吗，你?!"景凌耀突然转过脸朝曹大栓声音嘶哑地吼道，"你把我当初交给你的阵地送到哪里去了？你把主力师的声誉丢到哪里去了？你这个笨蛋！"景凌耀的自制力被老同学的一番话又冲得无影无踪,那沉着冷静的风度刹那间又化为乌有,"回去!立刻回去组织突击队,一个半小时后发起反击,马上给我把'341'高地夺回来!夺回来!!"

曹大栓垂首听着师长的训斥,但听到最后两句话时,他吃惊地抬起头来:一个半小时后就反击?准备时间太短!他需要通过侦察重新选择反击路线,原来的那条通路被敌人炮火封锁得太严。他有心张嘴说出自己的想法,但看到师长那发红的双眼和哆嗦的嘴唇,他咽下了要说的话,想回答:"是。"却又说不出来。他举手敬完礼,转身疾步向洞口走去……

咯咯,咋样?你气吗?瞧,他是我的!你看我亲他!你恨吗?咯咯……丰腴的寡妇搂着男人,在向青凤示威,青凤气得脸发青、牙紧咬。你等一等,贱东西!看我不抓了你的脸、撕了你的嘴!青凤嘶声叫,她想不顾一切地跑过去,抓住那寡妇,但她的腿却总也挪不动,她气、她急,忽然"咚咚"一阵敲窗声,她倏然惊醒,挣脱了那梦魇。

她躺在床上喘息。

"有人吗?"

"天还没亮,干什么?!"

"买酒!"

一听说买酒,她麻利地起身、穿衣、点蜡烛、开窗户。一股凉爽的夜气扑过来,有两个战士提了挎包站在窗外。青凤立刻辨出其中一个是老兵,另一个是新兵。

"要多少?"青凤睡意犹存的脸露出了笑,一只白白的手臂伸出来,极亲昵地在那个新兵的手背上拍了拍。青凤知道,她越热情,买卖就越兴隆。平日常常有些战士从窗前过,原本并无心买酒,但一听青凤甜甜地喊:"勇士们,醉卧疆场无人笑,来呀,喝一口!"便大咧咧地走过来,豪爽地说,"来一瓶!"

此刻,那新兵被青凤这样亲昵的举动弄得不好意思,缩了手,红了脸。倒是旁边的那个老兵开了口:"你有多少?"边问边笑嘻嘻地捏住了青凤白白的腕。

"十三瓶。"青凤看看他的手,嘴角依旧挂着笑意。

"都拿来!"老兵说得干脆,"就这还差一点!"

"嗬!一次买这么多?"青凤的柳眉扬起来。

"要打反击,壮壮行!懂吗?"那老兵在她的手上拍了拍,然后去掏钱。

她笑笑地拿出了兑了水的酒,笑笑地去收老兵的钱,"哟,差你六毛,没零钱找了,给你盒三七烟,行吗?"她极正经地问。

"行!"老兵痛快地接过烟,伸手在青凤的腕上捏一下,走了。

"嘻嘻。"见兵消失在黑暗中,青凤轻笑一声,把指缝间夹着的六毛钱纸币扔进了抽屉。

大约赚了二十块!青凤在心里算。

高兴之际,她忽然想起了那个当初夺走她手榴弹,救了她一命的姓潘的兵。嚼甜思源,倘若没有那个姓潘的兵,也许自己早已变成黄土,哪还有今日?哪还有赚到的那几千块钱?

这一切都可以说是他给的!

姓潘的兵,你在哪里,我该用什么东西谢谢你?

青凤凝了神,默默站那里……

天,重新被火药燃红;地,再次被炮弹撼动。五分钟前,第一突击队开始冲击,但很快,曹大栓担心的问题就发生了:突击队被敌人的火力压在了通往"341"的那条狭路上。

反击开始前,当匆匆组织起来的五个突击队伏在出发位置上时,曹大栓想到反击路线仍是那条增援未能奏效的通路,敌人的阻击火力势必更密;如何使用我方炮火和对付敌人的炮兵,没来得及详细研究;敌人占我"341"后在面向我一方设置的雷场无法先行开通;突击队长们不熟悉"341"的地形;突击队里各组之间协同动作来不及演练,反击成功确实没把握,于是大着胆子给师长摇了电话恳求:"师长,请给我两天的准备时间,我保证一定夺回'341'高地!现在就反击实在有些仓促,恐怕要增加伤亡。趁敌立足未稳打反击虽然是一般法则,但今晚按这个法则办我总感到没有把握!"曹大栓刚说完,话筒里传来师长冷冷的一句:"你知不知道还有战场纪律?"他闻言一愣,随即低声答道:"我执行命令!"

此刻,高倍数的红外望远镜把那段狭路上的情况拉到了他的眼前,使他看得很清:倒下一个,其他人仍顽强地冲;又倒下一个,仍在冲;倒下,倒下,倒下;依旧向前,滚、跃、爬。曹大栓的心提到喉咙,嘴张得极大,想喊、想叫,但终于无声。他只觉得心上的刺疼已过,变成了一种钝疼,一种不知道怎么个疼法的疼。那倒下的每一个都是他的兵,他熟悉他们每个人的爱好、脾性和家庭,他平素就把他们当兄弟,但此刻却无法不让他们倒下去。

"炮群,炮群压制敌人!压制敌人!"他对着话筒喊,声音大极,似乎要通过这种嘶喊,把心里的什么东西喊出去。

"营长!第一突击队队长牺牲!"报话员突然向他报告。

"啊?!"曹大栓发出一声短促的惊叫。第一突击队队长是营里最棒的一个副连长,是他最喜欢的一个骨干,而且是这次参战前才结的婚。霎时,副连长婚礼上的情景闪过曹大栓的眼前。那是部队临行前的一晚,婚礼仓促、简短,但去祝贺的都有意搞得热闹一点,便玩了很多花样,花样之一就是:任何参加婚礼的人都可以向新娘提一个问题,而新娘不管对方提出什么古怪问题都要做出回答。临到大栓提问题时,一来是领导,二来年岁大,不可太荒唐,只顺口问一句:"你婚后的最大愿望是啥?"他原以为她会答:"要个儿子!"却不料新娘极郑重地说:"在一营凯旋的队伍里见到我丈夫!"……

曹大栓"咚"一拳砸到了自己腿上,转而向报话员叫道:"命令第二突击队上!"连他自己也能听出,他下命令时声音夹了犹豫。他曾闪过再向师长请求暂停进攻的念头,但想起师长刚才的那句警告,就晃晃头把那念头赶走。

他急忙又拿起望远镜,注视着那段狭路。一直盘卧在近处的花蟒,仍旧昂首,焦虑地看着大栓的望远镜头……

痛。灼痛、酸痛、刺痛、剧痛,最先恢复的是痛觉,这就使潘荪感到全身都在疼。肉疼、筋疼、骨头疼;头在疼、腰在疼、腿在疼、脚在疼。他努力地想睁开眼睛,看看究竟哪里在疼,但眼睛涩得厉害,总也睁不开,就像夏夜的杨湖边坐在凉席上听七爷讲故事,听得太久,就睡在了七爷的凉席上。妈妈去喊自己回家,尽管也想睁开眼睛跟妈走,却总也睁不开,于是只好躺在妈妈的怀里,任她摇摇晃晃地抱着走。

终于,他的两眼睁开了一道缝。他最先看到的是一片明亮的球状光亮,就像夜晚站在龙亭上看夜景那样,一条条的街道,一行行路灯,明明暗暗、闪闪烁烁。慢慢地,他注意到那些球状光亮在晃、在动,而且动得极快,如车灯、似流星。随着眼睛越睁越大,他到底辨清了,眼前是一群流萤。几百、上千只的流萤在他的眼前飞,它们把他的眼睛照亮,让他隐隐看见了身边的灌木枝条,看到了身下的枯草,看见了身上血糊糊的军衣。随着视觉的恢复,飘走了的意识又开始一点儿一点儿地回到了他的脑中,他于是记起了那过去了的激烈炮击,记起了全排弟兄同敌人的搏斗,记起了自己的跳崖,记起了失守的阵地。

我没有死?

他刚想挪动一下身子,一阵剧痛便又重新让他沉入了昏晕。

当他再次看清飞动的流萤,听到流萤的嘤嘤低鸣时,他感到极渴,迫切地想找点水喝。他费力地撑起上身,借了流萤的微光,他看见前边不远处有一堆罐头盒子。他知道那是排里弟兄们坚守阵地时扔下来的空盒子,这些天没下雨,那些盒子里不可能存水。他绝望着看着那些罐头盒子,动了一下几乎干透了的舌头。那些罐头盒子闪着微微的白光,渐渐地,那白光晃动了起来,仿佛是有了波纹,很像是笼在夜色下的杨湖水……

"轰轰轰"。一阵猛烈的炮声把潘苏从幻觉中震醒过来。他睁眼一看,发现自己已爬到了那片空罐头盒当中,而且双手做出了一个捧水的姿势。他苦笑了一下,侧耳听着炮弹的弹着点,判断着方位。片刻之后,他便咬了牙,用双臂撑着身子,开始像蜥蜴一样地往回爬。

营长,"341"失守了,可弟兄们尽了力,弟兄们尽力了。

那群萤火虫儿像是要为他带路,在他的前面飞飞停停、停停飞飞。谢谢!谢谢!他望着那流萤,怎么这么多?这么多……

敲窗,买酒;敲窗,买烟,窗子不断地被敲响。青凤意识到今夜是个做生意的时机,便干脆把窗口打开,把蜡烛移到窗台,让烛光把写有"小卖店"的木牌照亮,然后自己和衣倚被上,微闭了眼,让黑而长的睫毛垂下来。

一阵汽车的轰鸣,把青凤从浅睡中惊醒。她急忙下地打招呼:"喂,同志,要酒吗?"

"哦,"那男人闻声转过身,向窗口走来,"不要,谢谢!"

记者!青凤一看来人脖子上的相机和肩上的采访包,立时做出了判断,心中有些失望。她知道这些从后方来的记者和当兵的不同,他们一般不喝白酒,而且根本不能对着瓶口干喝。不过,青凤没有死心,仍又含了笑,极关切地说:"夜里天凉,喝两口暖和。来一两。咋样?"

"好,好,盛情难却。就来一两!"对方笑着点头。青凤麻利地从桌下摸出一个碗和一瓶金龙二曲酒,给对方斟上。这种二曲酒中兑的水更多,青凤专门卖给从后方来前方的人喝。

"我叫程进介,是记者。"男的喝完酒后抹一下嘴,立刻自我介绍。"听口音你像是本地人。我很佩服你一个女同志在这战火纷飞之夜,坚持开窗为过往参战将士服务的精神,我想给你拍一张照片,可以吗?"

"你买不买用铜弹壳做的戒指?"青凤没有理会对方要给自己拍照片的提议,她对那没兴趣。她知道这些从后方来的记者、慰问团的人和大学生,都特别喜欢这些来自战场的纪念品,回去好向别人炫耀。

"什么戒指?"果然,程进介听后很有兴趣,在给青凤拍了一张照片后,凑近窗口问。

"你看看!"

青凤伸手从墙角纸盒里摸出一个戒指递过去。程记者立时欢喜地叫道:"嗬?!"这种用黄铜弹壳打成的戒指,经砂纸一磨,涂上清漆,光闪闪、亮灿灿,似金子一样。更重要的是,在一般戒指嵌宝石的地方,还刻有四个宋体字:战地留念。

"一个多少钱?"程记者的声音里带了急切。

"两块……八。"青凤拖长了一下音,把原要说的"两块"后头又加了个"八"。

"好!两块八就两块八。买一个送给她,她一定会高兴的!"程记者欢喜地自语。

"还有一种用高射机枪弹壳做的拐杖,你要不要?"青凤做完那桩生意,看出这个顾客有钱,忙又问。

"是吗?拿来我看!"程记者又伸出了手。

"这拐杖城市老人拄着特别合适,拄上它稳重、威风,透着豪气,还有纪念意义,而且能稳定血压和减肥。"青凤边说边把拐杖递过去。她估计记者是城里人,买回去会送给领导、父亲或岳父。

程记者抚着那拐杖,只见它全用高射机枪弹壳做成,上头焊了一个扭弯了的弹壳做扶手,下边装了一个高射机枪废弹头当杖尖,通体放光,不亚于西方大亨拄的那种镀铬拐杖,便急问:"多少钱?"

"二十五。"青凤大胆地说道,说过之后又心虚。这东西的成本毕竟太低,弹壳是从兵那里要的,加工是村里的炉匠叔干的,她不过是给了炉匠叔一盒三七烟。

"二十三怎么样?"记者脸上带了笑。

"太便宜了吧?"青凤的嘴角弯起来,酒窝里却装着笑。

"那就再加五毛。"

"好吧,亏就亏一点,看在你记者辛苦的面上,收你二十三块五!"青凤一本正经地感叹着。

程记者刚交完钱,只听轰一声,一发炮弹在村边爆响,他慌忙缩下了身。

"咯咯咯,"青凤笑了,"看把你吓的!俺村里从来不落炮！俺村里有一个苓姐,嫁给了他们那边的阿田,阿田是他们的炮兵旅长,从不打我们村,知道吗？咯咯咯。"笑声响亮、清脆,笑声里有嘲弄,但更多的是欢喜……

兵压将,将压炮,炮压兵。三颗棋子被站在一团指挥所里的景凌耀紧攥在手心,扭结叠压在一起,几乎要发出痛楚的呻吟,但他早已忘了它们的存在。他另一只手紧握着通往一营的电话话筒,双眼的眼白发红,瞳仁冒火,睫毛颤动,眼角抽搐,正处于极度冲动之中。

曹大栓刚刚在电话里报告:第三突击队又已伤亡过半,失去了继续发展进攻的能力。

真是见鬼了?！

在这一刹那,他又想起了那个梦,那个该死的梦！不！他猛地摇了摇头。我要夺回"341"高地！业绩是人创造的！我不能让祖国丢脸！不能当一个无能的师长！腓特烈二世二十九岁战胜奥地利,拿破仑三十六岁成为大军统帅,我已经三十七岁,我要把"341"夺回来！夺回来！

"师长！"电话里传来曹大栓恳求的声音,"仗不能这样打了！不能这样硬拼了,该冷静冷静。你让我再准备两天,我一定把'341'夺回来,夺不回来你枪毙我！"

"第四突击队上！"失败只属于庸人,不属于我！拼到最后一人也要把"341"夺回来！夺回来！

"师长——"

"第四突击队冲！"

他现在已不要团长、不要参谋,直接握着话筒,越级指挥着一营。

他手背的青筋裸露,身子在轻微地哆嗦,掌心的三颗棋子几乎要被他攥碎。电灯光下,甚至能看清血液在他额头暴突的脉管里急速地流动。

滚开,黑凤！滚开,噩梦！

曹大栓那捧着望远镜的手又在剧烈地抖:第四突击队仍被阻在了那段狭路上,只有四五个队员冲上了"341"的山腰。大栓把镜头紧对着那四五个队员。希望,全寄托在他们几人身上了。

"营长——"

军工队抢运下的一批伤员被抬进洞,躺在担架上的一个排长大声喊。大栓刚一转身,只见那排长猛地从担架上滚下跪在了地上:"营长,弟兄们死倒不怕,就是觉着这仗的打法不对头呀……求你下令别再这样打下去,换个打法吧……"曹大栓慌忙弯腰想把那排长抱上担架,可他执意不起,口中连连叫着:"你快下令！快下令！下了令我就走！"曹大栓心如刀绞,但又只得恼怒地吼道:"快起来！否则我要执行战场纪律！"那排长这才恨恨地站起,摇摇晃晃地向担架走。

曹大栓又急忙跑回指挥位置,把望远镜对准冲上"341"半腰的那几个突击队员,可他立时便像被戳了一刀:那几个队员中又只剩下了一个。

"师长,第四突击队已无力发展进攻。"他对着话筒痛心至极地报告。

"第五突击队上！"电话里又传来了景凌耀那气极了的吼。

"师长——"曹大栓声音哽咽着喊,两串泪水由眼角涌下来。

"你是不是害怕了?!"电话里传来师长愤怒的斥责,"一营副,接替曹大栓指挥！"

大栓震惊地瞪大双眼,身子僵了似的站在那里。

在一旁协助大栓指挥的一营副,同时在自己的电话耳机中听到了师长的这个命令,他一愣,随即对着话筒高声叫道:"师长,不能换我指挥!我也完全同意曹营长的意见,该换一个打法了!这样硬拼不行啊!"

"都吓破胆了?"电话筒里传来师长冷而执拗的声音,"谁再胆敢动摇我的决心,我就执行战场纪律!"

"师长——"

一营副刚又喊了一声,曹大栓突然过来捂住了他的话筒,叫道:"老弟,别求他了!你来指挥,我上去!爷们死个样让他看看!"说着扔下了手中的地图,摘去望远镜。

"营长,你不能去!这里需要你指挥!"副营长忙阻拦曹大栓。曹大栓忽地推开他,抓起一支冲锋枪就向洞口冲去。

"站住!"副营长一个箭步上前扯住了他叫,"营长,你不能这样干!"

"走开!"曹大栓死命地往前挣,副营长只好向两个通信员厉声喝道:"快!把营长给我绑上!"两个兵闻令几步奔过去,麻利地夺了营长手中的枪,硬把他拖回来,用背包带把他死死地捆在了紧靠指挥位置的一个石柱上。

原本盘卧在那里凝望着曹大栓的花蟒,被眼前的这幕情景弄得有些呆,也有些急,只见它嗖嗖地沿着指挥位置连蹿了两圈,而后才盘卧在那里,茫然不知所措地望着曹大栓。

"放开我!放开我!"曹大栓死命地挣着背包带。

"营长!你冷静一下!"副营长的眼中也涌出了泪,"我去领着弟兄们冲,你留这里!"说罢,把手中的电话话筒往曹大栓的胸前一塞,转身飞步向洞外跑去。

"站住——!放开我!"曹大栓发狠地跺着脚,花蟒不知是想安慰他还是想替他分担一部分焦躁,唰一下爬过去,盘卧在他的脚边……

正对着洞口的远天,露出淡极了的晨曦……

六

反击失利了!

敌我双方的枪炮停息近一个小时了,景凌耀还直直地站在一团指挥所里,滴血的眼睛直盯着地图上的"341"高地。他的两手还在搓弄着那三颗棋子,但那已不是在悠闲地把玩,而只是一种下意识的动作了。

副团长富厚无声地站在指挥所一角,两眼直望着师长,望着师长手中的那三颗棋子,看着它们被师长的手指上下拨动。兵、将、炮,炮、将、兵,将、兵、炮,兵、炮、将,位置不断地变,秩序不断地换。全师干部战士都知道师长有把玩将、兵、炮三颗象棋子的习惯,但师长何以要玩棋子,却无人知道。有人猜测说师长这是在揣摩棋道,有人说他这是为了锻炼小脑,还有人说这是无聊的嗜好。但十分机灵精明的富厚的猜测却和大家不同。他总觉得,师长养成这个习惯不是要向人们显示什么,而是要提醒自己什么。究竟是要提醒什么?富厚就揣摸不透了。

"为了不影响士气,"师长突然喑哑地开口说道,"要尽量缩小这场失败的知悉范围,不许让记者采访!"

"是!"正站在那里默想的富厚闻声立正,答道。

电话铃响了。是师政治部主任打来的,说烈士已全部清洗、装棺完毕,请示师长是否可以掩埋。

"请等等。"景凌耀对着话筒说罢,便转身一步一步地向指挥所外走去。这是一个阴霾的白天。泛白的日头只在东天边晃了一下,便没入大堆的云团,一缕一缕的湿雾,从谷底缓缓地升起、弥漫,很快便接了那乌蒙蒙的天。

烈士墓地在那座小山后面。景凌耀走得极慢,他觉得极乏,极吃力。心头堆满了和这天气一样的阴霾。过去多少年积蓄的精血气,似乎在这一夜间全都泄漏殆尽了。他终于吃力地登上那个小丘,看到了烈士掩埋地,看到了向阳山坡上的那一排排摆了半坡的黑漆棺材。

他的身子倏地一抖,原来就苍白的脸孔一下子没了一点血色。在指挥战斗时,他当然也想到了有些战士会牺牲,但这念头只在他被愤怒搅成一团的脑里子一闪而过。他呆呆地站在坡顶,直直地盯着那些棺材,网了红丝的双眸,先是浸在惊愕里,跟着便僵了似的不动。

风起了,土的微粒被风裹起,又飘落到花圈上的那些白花里,发出了一阵低响,近乎抽泣。参加掩埋烈士的干部战士肃立在那里,默默地望着景凌耀。

"师长,是不是下葬?"政治部主任走过来低声请示。

景凌耀没有回答,艰难地挪步,向那些棺材走去。用抖颤的手,一个棺头一个棺头地抚摸着。

他的手指在棺头上哆嗦。

在最后一具棺材前,他遇到了摇晃着身子从地上站起的曹大栓,大栓瞪着血红的眼睛,直直地盯着他。他只看了大栓一眼,就移开了目光。

"师长,你现在该知道一营的弟兄们是不是怕死了吧?"曹大栓的眼睛瞪得有些可怕。

景凌耀那白得毫无血色的嘴唇嚅动着,但没有声音。他的手似乎想抬起,然而终于还是垂在那里。他觉得一阵剧烈的疼痛从两边钳住了他的头,使颅骨四周的肌肉抽搐。

一营副营长把曹大栓拉走了。

景凌耀还是定定地站在原地,目无所视地看着曹大栓刚才站立的地方。直到政治部主任又一次走过来请示可否安葬,他才恍然地点了点头。

哀乐响了,灵柩开始下葬。当掩埋的土块开始砸响棺盖的时候,他的双眼突然间瞪大。他感到有一只大鼓在近处敲击,鼓声响极!

他默默地盯着那一堆堆越来越高的坟土,瞳仁中的光亮却越来越小,越来越暗,终于完全熄掉。

"师长,已经安葬完毕,咱们回去吧。"政治部主任的声音使景凌耀睁开了眼睛,"你们先走。"他摆了摆手,微弱地说一句。

雾,越来越浓。终于,浓雾又转成了雨。雨细如丝,漫天抛洒,淅淅沥沥。警卫员从车上拿来一件雨衣给他披上,又被他掀开去。他就那样一动不动,静静地坐在这片新坟中间。从上午坐到中午,从中午坐到下午,从下午坐到黄昏。

天开始黑的时候,师政委来了,他无言地在师长身边站了一会儿,便和警卫员一起,硬把师长架上了车……

树在晃,山在移,天在旋,地在转。曹大栓伸手抓住一株树,靠上去,闭了眼,急促喘息。"啪",一串雨水滑下树叶,砸在额头上,凉凉的。

他已经三顿没吃一口东西。心里堵,吃不下去。那些伤了的、亡了的、躺下去的、倒下去的,一张张面孔,一个个身影,时时涌在眼前,让他难平心绪。团里通知他今天下午到师作战室开会,他拖着沉沉的身子赶了来。会刚结束,他想去收发室看看有无营里同志们的信,走到这个坑道口,突然感到了一

283

阵眩晕。

"听说了吗,老秦……"旁边的坑道传出副团长富厚的声音,"这两天上边不断有首长打电话来问师长的情况,十分关切,是不是又要提?""差不多吧!正师职中他最年轻,有文凭,又经过战争锻炼,军里正少一名副军长,早晚要提的……"

大栓听到这话心头一震:师长又要提?又要提了?!"341"还没有夺回来,那么多烈士的血还没有讨回,他就又要提,又要升,又要走了?曹大栓趔趔趄趄地离开倚着的树,向收发室走。在这一刹那,他想起了自己三十五岁还是个营长,想起了自己将来回地方后的那点前程,只觉得一股怒气在胸中聚:景凌耀,你当官的路可真是顺啊!一年一步,两年一级,营长、团长、师长,是的,你有大学文凭,你是军事学院毕业,你年轻,你懂得战略学、战役学、电子计算机!你应该提!我们这茬年龄过杠、没有文凭、只会当老黄牛的应该下!下……

"一营长,你们营的信!"熟悉的收发员看见他,跑过来把几封信放在他手上。他定了定神,看清手中的信,心头却禁不住又是一哆嗦:竟都是烈士家里寄来的!他手抖抖地去拆那些信。战场上,活着的人都可以拆开死去的战友的信,因为他们负有安慰战友遗属的责任。

"祥儿爹:祥儿一看见当兵的从村边过,就跑上去叫人家爹。俺也总想你。昨黑夜做了个梦,说你已坐车到了县城,俺欢喜地和祥儿坐七叔的手扶拖拉机去接你。记住!回来时可要先给俺娘俩拍个电报……"

大栓抬起了头,他不敢再拆那几封,他怕自己会站在这儿流眼泪。景凌耀,你看看这封信,你看看吧,看看你怎么回答这祥儿和祥儿妈吧!曹大栓心中这样想,脚已经跌跌撞撞地向前走,到了师长住的木板房前,他看不见师长脸上的表情,但他估计,景凌耀肯定也听到了即将提升的消息,也许正在那里沾沾自喜。这个估计使大栓心中的那股怒气加了倍,他不由得捏紧了拳,而当拳一捏紧,便使他又一次觉到了手中的那些信,这些信顷刻使他想到墓地里的那些黑棺材。

你这个混蛋!你不要再升了!不能再升了!他的手下意识地伸向腰间的手枪套。哈哈,你这个混蛋!还是让它来结束你的仕途吧!不能让你再升了!

就在这时,景凌耀突然起身,过来推开了玻璃窗。师长的这个动作使曹大栓吃了一惊:被发现了?但很快师长又转过了身,把后背极其清楚地暴露在了窗口上。好!曹大栓在心里叫一声。不知不觉地手竟向枪套摸去。但突然觉得手臂有些僵、有些硬、有些凉,血似乎不再流向那臂!

"凌耀,你为啥总不吃饭?"一个女人带了哭音地叫着,从师长屋里传出来。

这凄然的叫声使曹大栓的手一抖,食指离开了扳机。他听出这是师长妻子曲秋爽的声音。他想起了曲秋爽那张甜而文静的脸,想起了师长家里那个爱说爱笑扎着蝴蝶结的女儿,他拿枪的手又剧烈地抖了一下,便慢慢地把枪往枪套里插去。刚插进枪套,即又霍地抽出来,但不是指向景凌耀,而是猛地转向了他自己。

枪口好黑!扣呀,你!扣呀,你死了倒挺痛快!"341"什么时候夺回来?!

他的手慢慢地垂下去、垂下去,终于,手枪"啪嗒"落了地……

二百米!妈的,最多有二百米!

潘荪又一次从昏迷中醒来,天已经大亮。他这时才弄清了自己的位置:离悬崖才二百米。爬了半夜,才爬出这么点距离?

他又咬牙用手抓着前边的草,向前爬了一步,但就这一步,他又开始了急促的喘息。他觉得身上刚聚起的那点力气又没了。没了,不行了,爬不动了。就死在这里吧!死在这些荒草里。死在这些灌木丛里。妈妈,我回不去了。死了也该留下几个字,万一以后弟兄们发现我的尸体也好认出来。他下意识地去褴褛的作战服里摸纸和笔。笔没摸到,只摸到了一片硬纸,是那片记着那道几何难题的卡片纸。这道题我是永远解不出来了。倘不当兵,这会儿坐在开封市图书馆里,这道题大约不会难住我。不会的!可是妈妈,你不要抱怨爸爸。我恨过爸爸,归根结底是他让我当了兵。但我现在不恨了。因为只有当兵,我才知道了好多过去不知道的东西。我知道了什么叫"渴",原来我过去从不曾渴过。有时上学回来,我向你叫:妈,渴死我了!其实那不能算做渴,那只能叫喉咙干。真正的渴是舌头像棍一样麻木发僵,肠子如着火!我还知道了人初流血时其实不疼,只是觉到温、觉到热!妈妈,我真想你们啊!妈妈,你手上端的是什么?水!妈妈,老师今天领我们去了黄河大堤,我看到了黄河水!老师说我们的祖先不喝自来水,是喝黄河水的。是吗?可这水这样浑呀!可以沉淀?我喝一杯没沉淀的河水试试。妈妈,挺好喝!我在这床上睡一会儿!不要铺席。不要被子!太热,这样就行。妈妈,你把那本几何习题递给我,不是黄皮的,是绿皮。妈妈,我那本影集你不要看,不要看!那里面那张照片就是她的!是她的。她考上北大了。妈妈,你不是总问我为啥非要考北大不可吗?因为她考上了,因为她考上后给我来了信,说她的学习很忙,以后怕没时间读我的去信了。妈妈,我就是想让她知道,我也是可以上北大的……

在昏迷中又度过整整一个白天的潘苏,终于又渐渐恢复了知觉。他觉着有一个东西在他的耳朵上爬,爬得他有些痒。他吃力地抬了手,拨拉了一下耳朵。于是,一只萤火虫落到了他的眼前,潘苏茫无头绪的脑子又蓦地记起了跳崖,记起了"341"高地,记起了死去的排长、大龚、邹义、九宝,他的牙一咬:"我要回去!"他又伸手抓着前边的草,艰难地开始向前爬。

营长,"341"丢了,可弟兄们尽了力,尽力了……

夜一点一点地淡去,天渐显出它蔚蓝的本色。睡了一夜的几只山雀开始在窗外飞,在空中撒一串嘹亮的叫声。双颊下陷、口形变宽的景凌耀,推开面前的作战地图和前沿地形照片,让散散的目光随了那山雀移,移向那远处的山。

木板房被轻轻推开,曲秋爽悄步走了进来。这几天,她对丈夫的身体和精神状态十分担忧。从那天反击失利后,丈夫除了接电话时嗯嗯几声,一直不说话,笑容更是没有。那日,女儿从后方写来信,还夹寄了张弹琴的照片,她满心欢喜地拿来让丈夫看,一心指望能让他高兴高兴,结果丈夫只扫了一眼就扭开头,闷头继续抽烟。她问过警卫员,丈夫这些天吃得少,睡得更少,这怎不令她担忧?今天医院里组织医疗队,到最前沿的阵地去巡诊,秋爽报名参加了。这一去几天回不来,使她更放心不下丈夫。

她进屋看见丈夫的那双眼睛,那一缸烟灰,知道他是在椅子上过的夜,立时又是一阵心疼。

那天夜里战斗时,她是在前沿包扎所,她亲眼看到战士们伤亡的情况,也亲耳听到一些干部对指挥失误的议论。作为妻子,她为丈夫的指挥感到惭愧;又在心里为他辩解:他刚当师长不久,允许他失误一次吧。就是带着这种既惭愧又想辩解的矛盾心情,昨天下午她一个人跑到了烈士掩埋地,抖着手在每一个坟头上点燃一根自己带去的香烟,而后,面朝着那几排新坟,缓缓地跪下了双膝,在心里叫道:烈士们,俺代替景凌耀给你们下跪了,求你们原谅他的失误吧……

她轻手轻脚地给丈夫冲了一杯奶粉,边搅动羹匙边轻声责问:"怎么又不去床上睡?"

景凌耀没应声,只是默默地伸手去摸香烟。这当儿,秋爽极麻利地推开烟缸,把牛奶杯递到了他的手上。

"俺要去前沿给战士们看病,得个把星期不能来看你了,你可要注意身体呀!"秋爽低低地嘱咐。

景凌耀听了妻子的话,放下牛奶杯,无言地握着妻子的手。一刹那之后,秋爽感到丈夫在把自己向他身边拉,脸立时有些羞红,往门口看了一眼。警卫员早已乖觉地出去并把门关上了,她于是顺从地坐在丈夫的腿上。

"到前沿要多加小心。"景凌耀声音哑得厉害。

秋爽忙点点头。她心里一阵高兴,几天来丈夫终于开口说话了。

"以后要常给两家老人和孩子写信,代我向他们问候!"

秋爽又慌忙颔首。平日因为丈夫忙,家信都是由她写的,写完之后把丈夫的名字写在前头,自己的名字写在后边。

"你以后也要逐渐学得坚强点,不论出了什么事要都能挺下去,我就放心了!"

秋爽心里感到一阵温暖,平日丈夫因工作忙,很少对她做过这么细心的嘱咐,她禁不住动情地把脸偎到丈夫的怀里,直到医院那边响起了集合哨声,她才慌慌地起身拢拢头发。

当秋爽一边回味着丈夫的话一边跑回医院时,脑子里忽然闪出了问号:他为什么要说那句话?不论出了什么事要都能挺下去,为什么这样说?

她的心颤了一下,涌起一阵不安。但她已经没时间向丈夫问清楚,去前沿的医疗队集合登车的哨音响了,她只能在已经启动的卡车上,向丈夫的那个木板房投去不安的一瞥……

七

滴答、滴答、滴答。一下一下,洞顶的水珠不紧不慢地向罐头盒里滴着。曹大栓坐在子弹箱上,目光发直地看着盒里的水增加,原本就黑且有疤的脸上,又添了一种阴厉之色。加上胡子多日未刮,让不熟悉的人看上去会有些害怕。

盒里的水终于满了,开始往外溢,通信员走来端过去罐头盒,送到盘卧在近处的花蟒嘴前。花蟒低首去喝水,水喝完,尾一甩,轻轻把罐头盒扫到一边去。这当儿,恰巧有一只山鼠从洞前过,通信员伸手一指,打一声呼哨,只见花蟒身一抖,箭也似的扑过去,把山鼠压在了身下边。

丁零零,电话响了,曹大栓顺手摸起话筒,只听了一句,左颊上的疤痕就倏地一抽搐,喑哑地叫道:"重复一遍!"

"守卫'341'高地的一排战士潘荪还活着,受伤了,刚才爬到了我们哨位!"电话里的声音极清晰。

"立即将他抬来营部!"

他下完命令,双眉却狐疑地弯起:可能吗?已经七天了,一个受伤的人还能爬回来?是不是兄弟部队的某一个人,名字也叫潘荪?不,他说的是守"341"的。难道是真的?"通信员!"他喊了一声,提起冲锋枪向洞外走。

出洞没有多远，前沿哨位的几个战士气喘吁吁、小心翼翼地抬着一个形销骨立、衣衫褴褛的人向这边走来。他疾步迎上去，只看了一眼，就一下子扑上去搂住了那人的身子，口中呜咽着叫了一声："小潘——"尽管潘荪已经走了形，但他还是一眼认出了这是他的兵，是他的战士，是当初被自己列为不安心服役、一心想当博士的重点工作对象，是坚守"341"高地的幸存者！

潘荪仍在昏迷中，曹大栓不敢耽搁，急忙把他抬到了营部的山洞，一边让卫生员给他包扎身上的伤口，一边含泪用羹匙给潘荪口中灌着罐头汁。山洞里没有适宜这种极度饥饿的伤员吃的熟食，没有办法，曹大栓只好自己用嘴把压缩饼干嚼成糊状，然后一点一点地喂到潘荪的口中。这样喂了一阵，潘荪那微弱的呼吸才逐渐转为正常。又过了一阵，方慢慢睁开眼睛。当他的意识终于转为清醒，看清面前坐着的是营长时，颤颤地抬手抓着营长的臂，断续、微弱地叫道："……营长……'341'丢了……可弟兄们尽了力……得给他们记功呵……"

曹大栓猛地俯下身，把满是泪的颊紧贴在潘荪的脸上，声音哽咽着说："我相信弟兄们尽了力，我会给他们报功的……报功的……"

"……营长……你和我们连长……受处分了没？"潘荪又低弱地开口问。

"没，没受处分！"大栓眼中闪出了意外，不知潘荪何以问这个。

"……我怕……这高地失守……会连累你们……我得回来……说清……怨不着你们……"

大栓的眼泪又汹涌地流出来。哦！这就是他的战士！他的战友！他什么也没有再说，只是把含着自己唾液和眼泪的压缩饼干糊,不断地填到潘荪的嘴里……

程进介记者听说一团一营有个战士,在与部队失去联系七天之后只身爬了回来,立时欢喜地搭上一辆去青蕉坪的卡车,赶来采访。几年的记者工作使他懂得,绝大部分奇事都可以变成新闻。现在国内新闻界评价一个记者的能力,已开始着眼于他是否能提供真正的新闻。因此,他时时提醒自己,要像当年抢发里根被刺消息的那些西方记者那样,争取抢发一些最新的新闻。他不愿当平平庸庸的记者,他要像穆青、金风那样在新闻界干出点名堂。

走进一团指挥所,迎接他的是满脸含笑的年轻副团长富厚。富厚同程进介已经是熟人,上月初的一天,还在军司令部当参谋的富厚去军部附近刚从前沿撤回来的九连了解情况,程进介刚好也去了那里采访。程记者当时写了一篇小通讯"九连英雄多",需要在通讯中配一幅照片,富厚刚好在同几个立过功的战士闲聊天,程进介便抓拍了这个场面,并且在照片的文字说明中写上:"机关干部在同英雄们谈心,勉励他们再接再厉。"照片一发表,这里一位领导见面就拍了富厚的肩膀笑着说:"好!小富,做得对!就是要经常深入连队!"几天之后,他又接到了在步校学习时的几个同学的来信,说看了那张照片后很为他高兴,向他表示问候和慰问。母校老师还来信说:已特意把报纸上的那幅照片剪下来贴在学校荣誉室里。这是富厚第一次切身感受到记者的力量,所以此刻看到程进介,他心中的欢喜是当然的。

不过,当程记者说出他的来意,富厚脸上的笑容就减去了一些。因为一采访潘荪,势必就涉及那场败仗,把败仗的消息披露出去,首先有悖于师长的意思。"哎呀,真对不起,"富厚含了笑说,"这个战士你眼下还不能采访,我们正在了解他爬回来的经过情况。因为一个人尤其是男人,生命的耐力,不可能这么强,所以有些同志担心他能回来是不是还有其他背景。"

程进介一听这话,顿时有些失望,满腔的兴致很快转成了沮丧。富厚见状,便又笑笑:"其实,你到了这里绝不会空手而归,我们团可写的东西实在太多!别的不说,单是团里的几个领导,每个人在战场上都有一串故事,够你写一篇大通讯的!"

程进介一听这话,沮丧之中心又一动:也是!来一趟不容易,不该空手回去,能抓到一篇团领导干部事迹的通讯倒也不错。于是就点头说:"好,你能不能给我谈点团里干部的情况?"富厚闻言很为难地挠了挠头:"哎哟,我去二营还有点急事。这样吧,我有本日记,上边记了些我自己的事情,也记下了其他团里领导的不少事迹,你拿去先看看怎么样?"程记者一听,当然连连说:"可以!"富厚很快便拿来一个厚厚的日记本。

程记者不看则已,一看就被吸引住了,这日记记得很详细,每天干的什么事、什么感受,都有,不亚于雷锋日记的深刻。其中记了些其他团干的事迹,但主要是富厚自己的事,譬如:怎样在连续拉肚子三天的情况下以烈士为榜样坚持工作啦;如何省下发的水果罐头送给一线战士啦;怎样战胜疲劳坚持值班啦;如何深入前沿冒着危险了解情况啦,程进介看着看着,高兴得一拍膝盖,好!就写写这个年轻副团长富厚吧!他的事迹和思想境界这样过硬!

当程进介翻完那本日记时,一篇人物通讯的结构已在他的脑子里形成了,甚至连题目也已想好,就叫《战地新松挺》……

曲秋爽弯腰钻进洞里,"嗵"一下坐在地上,一边捋着头发一边大口地喘气,她来到了离敌人仅仅二百米的三十号阵地。

上半夜在另一个阵地看完病号,听说这里有几个战士总发低烧,她提出要来看看。这个阵地上级规定营以上干部和非战斗员不要来。曲秋爽惦着这几个病号,便好说歹说,和另一位女军医一起被几个战士送来了。

怎么也不会想到,她刚坐下不久,丈夫景凌耀竟会只带一个警卫员,从另外一条路也到了这个阵地,进了她坐的洞。

"你?"她吃惊地站起身,"不知道这儿不准来?"

景凌耀显然也为在这里碰上妻子感到意外。不过,他只看了妻子一眼,用微微的一颔首回答了妻子的话,便转脸向这里的班长询问起敌情来。

曲秋爽知道现在再说别的也无用,只好一边给战士查病,一边在心里盼着丈夫快离开这个危险地带。她担心敌人万一晓得这个地方有位师长,会不惜一切地向这里倾泻炮弹。

天亮时分,病号处理完毕。曲秋爽刚坐在洞口喘一口气,守在这里的那个班长哈着腰匆匆进洞,抓起电话机向他排里报告:"排长,师里一号不听我和警卫员的劝阻,执意在暴露地段观察'341'高地的情况,你说怎么办?"

"派两个人坚决把他拖回洞中!"话筒里传来排长果断中透着慌张的声音。

班长放下电话,朝另一个战士一挥手,便猫腰向洞外跑去,秋爽不放心,跟了出来。出洞弯腰沿一条浅浅的交通壕走二十几米,壕沟前方一个突出的石坡上,趴着师长景凌耀。在他伏身的那个角度,刚好可以侧看"341"高地。他正一边用望远镜观察一边在地图上标着什么,警卫员正一脸焦急地伏

293

在这边的战壕里。班长跟警卫员和另一个战士说了拖回师长的办法后,刚要跳出战壕,曲秋爽扯住了他们的胳膊。虽然她没在前沿直接参加过战斗,但毕竟是军人,知道在暴露地段一下子出现几个人,等于去呼唤敌人的狙击步枪和火炮。

"你们先在这里,我去叫回他!"说罢,不待他们回答,她极快地翻过战壕向丈夫身边爬去。她刚刚爬到丈夫身边,对面敌人的阵地上突然响了一枪。不好!秋爽在心里叫了一声。一向温顺娴静的她,突然像羚羊一样敏捷地跃起,一下子扑到了丈夫的身上。几乎在这同时,响起她低低的一声"哎哟!"这边的警卫员和班长不顾一切地纵身跃起扑过去,一人抱了一个向这边滚来,待几个人都到了战壕里,才发现敌人的子弹打中了曲秋爽的右大臂,并穿过了一只乳房,鲜血正顺着军衣很快地洇着。

景凌耀在最初的一刻,只是吃惊地看着脸色煞白的妻子,一句话没说,他大约是不理解怎么竟会是妻子扑到了自己的身上。直到他们进了山洞,同来的那个女医生给曲秋爽包扎之后,景凌耀才颤抖着声音低沉地说了一句:"你不该抢走这一枪!"

"凌耀,"秋爽哆嗦着惨白的嘴唇,低微的声音中满含着恳求,"答应我,以后别来这样的地方。"

看着妻子那几近哀求的眼神,景凌耀极缓地摇了下头。而在这同时,他那布满红丝的双眼中,分明也浮出了哀求。

明白了!现在秋爽明白了几天前丈夫说的那番话的含义!但她没再说什么,只是凝望着丈夫那瘦削的脸孔,那目光中有同情,有忧郁,有惊恐。随后,她伸出那只没有受伤的手,紧紧地抓住了丈夫的胳膊……

曹大栓一悸,霍地从地铺上坐起。鼾声、鼻息,战士们睡得正好,值班的副营长坐在那里。他看看表,时间还早,便披了衣,点了烟,深深地吸了一气,然后穿衣趿鞋,向洞口走去,抓住一根弯成弧形的螺纹钢,吸一口气,又开始想要把它扳成直的。

这些天,他常常半夜里惊起,起来之后再睡不着,便去拼力扳那根螺纹钢。那根螺纹钢是修工事时剩下的,被机器弯成弧形,硬度很强,一个人休想把它扳直。但曹大栓偏要把它一头绑在巨石上,用力硬去扳直它。没有人敢问他为什么要扳直它,扳直它以后干什么,每当大家发现他徒劳地扳那螺纹钢时,便都默默扭过了脸。此刻,值班的副营长看他一眼,没吭、没问、没劝,也是无言地转过身去,低了头,垂了眼,一支连一支地抽烟。这边,曹大栓咬了牙,使出全力扳那钢,只累得额上、臂上全是汗,才住了手,靠在石壁上大口喘气。

歇一阵,看看表,走到地铺前,悄悄拍拍几个战士的头。战士们便都麻利地起身,挎枪、携弹,随他向外边走。

自"341"失守后,每天凌晨的这个时候,他都要带这几个战士去前沿,观察"341"上敌人的活动规律和工事构筑情况,暗暗地做着夺回"341"的各种准备。

今天去的是五十二号哨位,离敌人仅有七十来米。悄步、敛声,小心翼翼地爬上哨位之后,曹大栓意外地瞪大了眼:师长景凌耀已经先来到了这里。此刻,师长正带了一个参谋、一个战士,披着初露的晨光,伏在那里全神贯注地观察着"341"高地。

在这个哨位上,一切行动要小心,相互交流也主要靠眼神和手势。师长见他上来,回头做了个让他爬去到身边的手势。曹大栓冷冷地皱皱眉头,他不愿挨近景凌耀,对师长的那团气恨还压在他的心底。他认为正准备提升调走的师长早把"341"高地忘了,他从没把夺回"341"的希望寄托在师长身上。不过,这里是最前沿,不是发泄气恨的地方,只好爬过去。

"你看,天亮之后,敌人在'341'上的岗哨只有两个。主峰两侧,一边一个。"师长声极低地说。

从这儿看"341"高地,角度是斜的,看得很清晰,曹大栓从望远镜中一下子就发现了那个岗哨。

"夜间敌人的岗哨是六处,十二到十个人。"师长的声音依旧很低。

"你怎么知道是六处?"曹大栓冷冷地斜了师长一眼。他一听这种绝对肯定的话就有些来气,他已经听够了景凌耀那充满自信的语调。

"师长已经连续在这里观察了三晚上。"旁边的参谋轻轻地解释。

曹大栓一愣。这才注意到趴在那里的师长衣服是潮乎乎的,两个裤脚剐得丝丝缕缕,一只解放鞋的后帮被石棱咬破,露出乌黑的脚后跟,没戴帽子的头上沾着几片树叶,眼里网着血丝,左鬓上大约是被树枝刮破的一道口,血痂是黑红的,裤带上竟也像好多战士一样,挂一个苹果大小的"光荣雷"。

大栓不吭,只扭了脸,去看望远镜。

"应该派人搞一次渗透侦察——"师长刚又开口,啪啪啪,正对着五十二号哨位的敌方高地突然向这边射来一串子弹。

"进洞!"

师长低叫了一声。几个人便都起身往回爬,曹大栓爬到洞口后才发现,景凌耀并没爬回来,仍伏在原地向"341"观察,他刚刚低喊了一声:"师长——"敌人的三四颗直瞄炮弹就在哨位附近炸响了。

当大栓趁了硝烟又滚回到景凌耀身边时,师长仍静静地伏在那里,聚精会神地端着望远镜,而在他脸前几十公分处,有一块刚刚嵌进石缝中的弹片,那弹片分明地还冒着一缕蓝烟。

八

红的核,黄的皮,橙的边,接下来是一抹青绿色。西天那些霞,不论是一缕,一团,还是一块,统统这个样。奇特的青绿色!夕阳燃烧了一天,释放出的该是红、是黄、是橙,青绿是从哪儿来的?程进介手扶卡车前厢板,眯了眼,直直地盯着西天的彩霞。是因为这儿的绿树青草太多,把云霞也染得变了色?他蓦然记起去黄土高原采访时,常在那里的晚霞中发现几缕苍黄。确乎,土地表层的颜色可以影响云霞的色彩?

丛林似海,长长的军车队在山路上蜿蜒,犹如巨龙在游,晃首、摆尾,游得自如,游得极快,车窗玻璃偶尔折射出一点亮光,像巨龙的金鳞在闪。

车到了青蕉坪,程记者朝着那些正在沉向夜色中的瓦房茅屋,无声地欢叫:"青蕉坪,我又来了!"他对这个战地小村有一种特别的感情,因为他那些最有意义的战地纪念品是在这儿买到的;因为他那幅发表在画报上的摄影作品《窗口》,是在这儿拍的;因为他的那篇关于富厚事迹的通讯,也是在青蕉坪村边的坑道里采写成的。

一想到那篇通讯,程记者心里就一阵激动。他当初实在没有想到,报社会把那篇通讯安排在第一版那样重要的位置。没想到会那么快就在读者中引起反响,富厚已收到二十来封读者来信。没想到报社的工作人员会联名给他写来一封那么热情洋溢的慰问信,而那些签名中就有他倾慕的军事部的那个女编辑的芳名。奋斗出欢乐!程记者真正尝到了奋斗后的欢乐。然而,他又清醒地意识到,这次胜利带有一点偶然性,自己还必须继续努力。这几天,他一直在琢磨怎样再写出一篇有影响的东西。昨晚,他和富厚通了一次电话之后,灵机一动,决定搞一次连续报道:继续报道副团长富厚在收到读者来信后,如何用实际行动回报人民的关怀鼓励。连续报道容易引起读者关注,这是一种新闻阅读心理。当年《光明日报》记者报道第四军医大学华山抢险事迹的成功,就是一个例证。程记者平日颇注意分析其他记者成功的经验。这种积累在此时帮助了他。

他迈着轻快的步子,向村东山坡上富厚住的坑道走去。经过青凤的小店时,他走到窗口高兴地说道:"姑娘,上次给你拍的那幅照片在画报上登了,待晚点画报寄到我给你送来。全国都知道你了!"

"你要不要用炮弹壳做的和平鸽?"青凤认出了这个慷慨的顾客,立刻开口问,毫不理会他说的照片的事,"还有用步枪弹壳做的削苹果刀,用手榴弹盖做的象棋,用炮弹引信盒做的酒盅和茶叶盒。"青凤边说边从窗台下拿出那些东西来。

"嗬!"程记者又惊喜地瞪大了眼睛。他没想到在这么短的时间里,这个小店中就又增添了这么多品种的战地纪念品。那个和平鸽做得真是栩栩如生,可以送给郑副社长,那老头酷爱收藏工艺品;那削苹果刀可以送给报社开丰田车的司机,小意思,但他肯定高兴要;那副象棋送给总编室的老黄,他爱下棋,肯定喜欢这种独特棋子!正当程记者边琢磨边掏钱时,身后不远处响起了一声亲热的招呼:"老程,程记者,你可来了!"

程进介扭头一看,是穿了一身新作战服的富厚!赶快转身伸出手去:"我就是来找你的!"

"我已经准备了酒菜等你一天了!"富厚热烈地摇着对方的胳膊……

缓缓地挪,一下一下,潘苏拄杖,走出了卫生队的坑道。

吃药、输液、打针,一天吃五顿饭,伤虽没好,身子还虚,但终于有了点气力,可以起床,可以慢慢地走路,上厕所不再需要人扶。

他仰靠在坑道前伪装网的支架上,把目光又移向了前沿,移向了"341"高地的方向。隔着几座山,看不见!但他极力睁大眼,排长的手枪、九宝的铁碗、大龚的扑克、邹义的药丸,看见了,看见了!

日你姐哟,为什么偏打爷们的胳膊?

见到营长,就说弟兄们尽了力!

把抚恤金寄给我二姐!

找点白酒给我洗洗伤口吧!

喊尿哩!还不快给他扎住!……

潘苏觉得眼前一黑,慌忙伸手抓住伪装网的支架,大口地喘着气。终于,他缓缓地转过脸,不再看前沿,不看!

他把目光转向几百米外的青蕉坪,望村中那高高的棕榈,伞一样的香蕉、芭蕉,那一丛丛的青竹、一幢幢的土屋。不看前沿,不看!

村头小溪边出现一个姑娘,穿着碎花的衣裳,弯腰、起身,干啥?挑水?他的目光散散地落在那姑娘身上,目光渐渐地开始变得专注:是不是那个叫青凤的姑娘?于是,他忆起了好

299

久之前的一个黄昏,他来团后勤领器材。走到青蕉坪村边,忽见有个姑娘在摆弄手榴弹玩。他觉了几分奇怪,便站在不远处看。那姑娘一会儿把手榴弹放头上,一会儿放胸前,一会儿捏弹体,一会儿揉弹柄,直到听见她气极地喊一声:"你为什么不炸?"他才意识到她不是在玩,而是想用手榴弹自杀,他忙几步奔过去,将手榴弹夺下……这姑娘是不是她?她现在活得怎样?听说她也是高中生,后来开了个小店,不知有没有几何方面的书,若有,借来看看,解解难题,也许就可以不再总去想"341"上的事情了。

他拄了拐杖,一步一步地向村中走去。

路虽不远,但潘苏还是歇了几次,才走进村子,走到青凤的售货窗口前。

青凤看见有人来,忙热情地招呼,却并没认出眼前站的是自己一心一意想报答的救命恩人。这倒也不怪她,潘苏那瘦极了的身子,那受伤结痂的脸孔,那说不清是冷是忧的复杂眼神,早已不同于当初那个白皙、漂亮、单纯的小兵了。

潘苏望了一眼屋内的货架,看看青凤白白的脸、红红的颊、笑笑的眉,知道这姑娘生活得不错,便含了笑问:"不认识我了吧?"

青凤急忙摇头,她想这个兵是要同她套近乎、占便宜,这样的事她常碰到。但对方的河南口音却突然让她觉得亲切,很快,她忆起了眼前的人。她问:"你姓潘!"潘苏刚点了一下头,她就"哎哟!"一声,几步奔出门,双手抓住潘苏的胳膊摇起来,边摇边高叫:"我到处打听你!打听你!嗨!天哟!"潘苏虚弱的身子被她摇得几乎散架,直到她看到他脸有些发白,才慌忙住手,把他拉进屋,又是拿糖,又是倒水,又是开罐头。

接下来,自然是相互问了对方的情况,彼此感叹一番。之后,潘荪就说了自己的来意。

"几何书?要那干什么?"青凤诧异地扬了扬眉。

"我有一道几何难题,想看看书把它解了。"潘荪边说边从衣袋里掏出记有难题的那张纸片。

"嗨!这会儿还解什么几何题!先把身子养好,看你现在瘦。再说,我那些书早不知放哪里了!你坐,我这就去给你煮饭!"

"没有书就罢了。"潘荪说着站起身。青凤一见他脸上的那股失望神色,知道书对他挺重要,便慌慌地又进屋去找,一刻出来,将几本书递给潘荪。潘荪一看,大都是初中、高中的几何课本,只有一本《几何习题集》还有点参考价值,便拿在手中:"这一本我借去看,看完来还,你忙,我走了。"

"哪里走?!"青凤一下子伸手抓紧了他的臂,"在我这里吃!我要把你养胖!"

"瞎说,怎么能让你把我养胖?"潘荪不好意思地说,就要迈步出门。

"坐下!"青凤不由分说地伸出两只有力的胳膊,一下子把潘荪又按坐在椅上,"我去给你煮饭!不是线米,是白米!"

潘荪红了脸挣着要走,青凤不让,直到潘荪脸挣得有些发白,青凤才不得不松了手。但在她送他到村边时,她望着他那孱弱的背影,又高叫了一句:"我要把你养胖!"

那声音在暮色中显得好响。

汩汩、汩汩,响声自地底来,极细、极微,若有若无,时断时续。就在这暗河的响声里,景凌耀睁大红肿的眼,在台灯下分析着技术侦察部门送来的几份情报。许久之后,他推开面前的文件夹,轻舒一口气。全搞清楚了:敌人在"341"高地的兵力是一个连两个班,分住在五个洞里。

五个洞里!

他站起身,揉揉眼。于是积蓄已久的疲劳就一下子全钻出来,将思维阻滞,将眼睑拽拢。五个洞里!现在可以睡一会儿,他把眼睛睁开转向了床。五个洞里!可以少睡一会儿!五个洞里!他向床边移。五个洞里!睫毛垂下,眼皮合住。五个洞里!需要多少兵?睡一会儿,可以睡一会儿。他的身子向床上倒去。五个洞里!他的头挨上了枕。五个洞里!

丁零零!电话响了。他勉强睁开眼,拿起话筒,只听了几句就又放下,忙匆匆向门外走去。

电话是师医院院长打来的。告诉他,秋爽刚才一个人在病房偷偷流泪。

是伤口疼?是因为自己没去看她?还是家里出了什么事情?疲劳被暂时赶走,他一下子记起了他好久没见的妻。

医院里没有别的女性伤员,所以曲秋爽便住了一个单间木板房。景凌耀进去时,她正仰靠在床头看一本书,她以为是护士,便没抬头,直到景凌耀把手抚在了她的发上,她才吃惊地抬起温润发红的眼。在看到丈夫的最初一瞬间,她的嘴角、眉头和温柔的下巴轻轻抽搐了一下,身子瑟缩起来。而且,有两滴泪珠在她的眼中一闪,不过很快就消失了。

"还去前沿吗?"她问,轻柔的声调中含满了担忧。

他摇了摇头,低声答:"该去的地方都去了。"说着,慢慢托了妻打着石膏的伤臂察看。

"不要紧,院长说,骨头接得没毛病。"

"乳上的伤怎么样了?"

"已经好了,可是……"曲秋爽的声音突然战抖得厉害,解上衣纽扣的手抖起来了。

他默默地拿开妻子的手,自己动手去解衣扣。秋爽怕有人从窗外看见,忙抬手拉灭了灯。

摸到了。可他的手却猛一哆嗦:在那个有疤痕的乳上,没有了乳头。

一颗水珠落到他的手腕上。

"下午……为这个流泪?"景凌耀轻轻地问。

"没……有。"话音未落,又有一颗水珠砸了他的手腕。

"都怨——"

他的话没说完,突然被妻子捂住嘴。随即,秋爽便扑倒在他的怀里,发出一阵抑低了的呜咽,"我知道……不该哭……那么多人命都没了……可我……总是想以后……夏天……穿单衣……"

景凌耀猛地把妻子搂紧了。

一只流萤从开着的窗户那儿飞进来,在屋里划了一个微亮的圆,又飞出去……

曹大栓撮紧了颊上的那个瘿,坐在石头上琢磨。刚才,景凌耀打来电话,要他挑选两名优秀的排长、十八名步兵、两名工兵、两名侦察兵、六名喷火手,集中起来吃好、睡好,待命。

是要打"341"!这么说,景凌耀并没有忘记那个高地!这一点兵力,只宜偷袭!偷袭!这使大栓心里有些宽松。这和他自己的想法一致。这些天,他其实也是按偷袭的打法暗中做着准备。

可惜,他这种宽松的心境,片刻之后就被接踵而至的两件事破坏了。第一件事是军工队员捎来了妻子的一封信,信上只写了两行字:"她爹:接生婆说是横位,要我去医院看看,可我害怕人家查出咱们是计划外怀孕。娥儿妈。"就这两行字,让大栓悬起了心:快要临产的人,不去医院咋办?第二件事,教导员告诉他,营部报道员写的那篇关于潘苏九死一生爬回阵地的事迹报道稿件,副团长富厚怕牵涉到那场失利的战斗,影响团里的声誉,不同意发。大栓一听,眼顿时瞪起来:"他不准发,我们自己批准发!打了败仗,耻辱在我,弟兄们身上的那种精神应该宣扬!"说罢,转对委委屈屈立在一旁的报道员说:"政治处不盖章,盖咱们党委的章,尽快把稿子寄出去!将来有人追查,我负责!"

那报道员把营党委的章在稿子上盖了之后,仍不走,大栓便问:"还有事?"报道员这才又说:"听讲有个程记者现在住在青蕉坪,我想把稿子拿给他看看,他是报社的,他要看中,发的可能性就大了。"

"可以可以!"大栓颔首。

那战士却垂了头,脚搓着地,声极低:"只是——"

"只是什么?"

"去见记者总得带点礼物,"战士嗫嚅着答,"听说人家三营还请几个记者喝过酒。"

曹大栓喉头急剧地一滚,似乎有话要叫,副营长这时拍了一下他的肩膀,去自己的挎包掏出慰问团送的一支钢笔,递到战士手里。教导员也拿来了一个朋友送给他的电动刮胡刀。大栓想了想,转身也去挎包里掏出了一个小罐头盒交给那战士。罐头盒里装了一对晒干的蛤蚧。蛤蚧泡酒对治风湿病有特效,是他托人刚从后边小镇上买的,准备寄给有寒腿病的父亲。

"告诉记者,这是本地产的一味中药,能治风寒病!"

他对战士说完,便转了身,走到那截弧形的螺纹钢前,慢慢地脱去上衣,吸一口气,伸出青筋暴凸的手,抓住,狠劲地想要扳直它。骨节咔咔,汗珠落地,但螺纹钢依旧原样,丝毫未见伸直。气力用尽,松了手、喘息、运气,片刻后,又死命抓住,狠劲地往下扳。洞中的干部战士都屏息、凝气,无言地看营长徒劳的举动,但没人发一声笑,全紧闭嘴,极肃穆。倒是卧在沿壁一侧的花蟒,渐渐有了些不安,终于忍不住,"嗖"一下蹿过来,横拦在大栓和螺纹钢之间……

一团副团长富厚望着手上的那沓稿纸,白净的面孔笼满了阴云。阴云越聚越厚,终于到了响雷闪电的时候,只见他"啪"一下,把手中的稿纸摔到了桌上。

岂有此理!

明明说过此稿不要发,可他们居然盖了营党委的公章坚持要发!

曹大栓怎么也不会想到,他让报道员送给程记者的那篇报道稿,此时又到了副团长富厚的手上。程进介一读完一营报道员送来的稿子,便想到副团长富厚对潘荪曾有过那么一番话,于是决定先把稿子送给富厚审查。富厚一惊,不过,他很快就用极平淡的口气说:"哦,这篇稿子嘛,我已经看过,里边大部分内容不实,已经告诉他们不要发。可能是写稿的战士急于想见报,又送给你了。"程记者一听这话,原有的一点兴趣顷刻消失,便又退出来,去赶写关于富厚在战场上苦读兵书、提高指挥能力的事迹通讯。

此刻,富厚坐在行军桌前,就着坑道顶的电灯,冷冷地看着在桌上的那份盖了一营党委公章的稿子,怒气把他那白净的脸庞拉得好长。

他确实很恼火!像一切上任不久又雄心勃勃的新官一样,富厚对藐视自己权威的事情异常敏感。他知道这样的事那战士报道员不敢干,肯定是一营长曹大栓干的!

305

曹大栓！

望着那沓稿纸，富厚禁不住在心里想，这份稿子虽然截下了，但他们以后还可以再写一份直接寄往报社，而且难保以后不会有记者去找潘苏采访。那样，随时有可能牵出那场战斗失利的事情来。富厚现在特别不愿人们提起那个败仗，还不光因为是师长曾经有所吩咐。由于程记者那篇通讯的影响，已经有消息说，富厚不久就要接任这个团的团长。就在昨天傍晚，军里一位老首长还特意打电话勉励富厚："要好好干，准备挑更重的担子！"在这个关键时候，一团打过败仗的事在报纸上捅出去，谁敢说对富厚不会有影响？

就在他这么静坐默想时，电话铃响了。卫生队打来的，向他汇报卫生队的战场救护准备情况。结束时，队长顺便提到了伤员潘苏说："这几天不知他从哪儿听说要打'341'，正闹着出院，不安心养伤。"卫生队队长顺口说出的忧虑，却使富厚的心蓦然一动。

"要照顾好这个战士！"他庄重地交代完，放下了话筒。

他盯着坑道壁，黄色的洞壁慢慢变成了水，水上起波浪，浪中有木屑。浪涌来，木屑沉下去；浪退走，木屑漂上来；沉下去，漂上来；终于，风止、浪平，木屑浮在那里。

他的身体莫名其妙地哆嗦了一下。随即，拍了拍自己的额头，牙咬起来……

吉普车冲上公路，利索地把横铺在公路上的雾幔冲断，剪烂，碾碎，然后再把自己一团团的废气抛进那一缕缕的湿雾中。引擎的吼叫声中，师长景凌耀双目微闭仰靠在吉普车后座上，最后一遍思考着收复"341"的战斗计划。

方案：偷袭！

时机：日出时发起！

为了保证偷袭的成功，各部分队近日已奉师长之令实施多种战术行动：

前沿步兵，夜间常组织班规模的对敌骚扰袭击，让敌人养成晚上紧张、白天休息的习惯。

炮兵，以冷炮射击方式，在不暴露企图的情况下有计划地拔除"341"周围的敌火力点。

工兵，秘密地迂回向"341"高地开辟两条通路，保证偷袭分队顺利接敌。

侦察兵，化装深入敌后，查清敌人电话线路，准备在偷袭转入攻击的瞬间将其破坏。

偷袭分队，在我后方与"341"高地相似的地形进行反复演练。

技术侦察分队，严密监视敌兵力部署的调动变化……

该准备的都已经准备！

可以出击了！

今天，他就是去一团一营参加偷袭分队出征会，出征会开完，偷袭分队就要分成两组，秘密进入屯兵位置，等待适宜偷袭的天气。

景凌耀赶到时，以曹大栓为首的指挥小组成员和全体偷袭队员、军工队员，已经全副武装地面对北方站定在那里。会场设在一处林间空地，除了风拂树叶的轻响之外，一片肃静。

"弟兄们，"他在开口的那一瞬间，用这个称呼换掉了"同志们"，他缓缓地说，"自古出征打仗，讲究将士一心，将信兵，兵信将。我景凌耀前不久指挥了一个败仗，不足以让人凭信。因此，我先宣布：信任我指挥的，站到对面去，准备出征；不信任我指挥的，自行解散，返回原单位，不以怯战论！"说罢，一个向后转身,背对着众人。

曹大栓一愣,目光冷厉地看着景凌耀的后背。战士们也都一愣,队伍静默、无声。片刻之后,曹大栓第一个迈步,慢慢走到景凌耀的面前,站定、立正。随后,战士们一个、一个,一列、一列,都走到对面去,站定、立正。

"谢谢!"景凌耀低沉地说,"现在宣布任务:收复'341'高地!抬回原一排战友们的遗体!"他话音刚落,就听曹大栓沉声叫道:"向亲人告别!"

全副武装的战士们闻声,唰一下回转身,一齐面向北方单腿跪地,头垂下。

一个无声的世界!

爷爷!

奶奶!

外爷!

外婆!

爹!

娘!

叔!

婶!

姑!

姨!

哥!

姐!

弟!

妹!

……

当战士们重新站起来时,景凌耀和师、团的其他首长默默地给每人送上一杯出征酒,战士们双手接过,立正,仰脖喝下,而后紧紧地一握首长的手,便快步向停在近处的汽车奔去。

　　景凌耀望着最后一名战士登车完毕,这才仰头向天,在心里无声地喊一句:老天爷,请赐我一个好天气……

九

　　云层初时很薄,星可偶尔挣出。渐渐,风起,云聚,星没了,天变成了一锅红薯面粥。地上的潮气随之加重,终于,一缕一缕,湿雾升起,很快变浓,把天地变得一片迷蒙。

　　曹大栓在腿上捶了一拳,狠狠地骂:"娘那蛋,这鬼天!"重重地坐在石头上。刚刚凌晨三点,他就钻出洞在这儿看天气,直到现在,终于又是失望。

　　今天是待机的第三天!也是第三个阴雾天!

　　湿雾天是这里出现最频繁的气象。倘不是因为战争,这边地之雾确实也值得看看。雾初起,常从谷底上涌,一团一团地翻腾,极像谷底有一垛燃着了的柴。待雾将谷填满,便四下里溢,顺坡顺山梁向远处漫,雾头奔腾跳跃,颇似一片奔跑的羊;待雾将四下罩满,人便如进了太虚仙境,走路都有飘然之感。人与人五步之外便只闻其声,不见其面。偶有风掠过,将一处雾刮散,那隐在雾中的山、草、树、溪、屋,便霎地出现,使人如看山水画展。而曹大栓对这雾天,却只有恨、只有烦!

　　几只流萤飞过来,在他的眼前转,大约因为这湿雾,它们飞得极缓,大栓盯着它们,直到它们重又飞远,却不料,那几只流萤刚走,又有一大群飞来,绕了他的身子转,一闪一闪,划出无数个圆。他有些惊异:这虫由哪来的?要飞去哪里?他从未见这么多的流萤,从未见过如此大的流萤阵容。他的心突然莫名地一紧,开始觉到了沉、沉、沉……

"营长,电话!"通信员在洞口喊。大栓睁开紧闭了的眼,流萤已不见。他怏怏地走进洞,拿起话筒,报了自己的名。于是,话筒里传来了副团长富厚十分郑重的声音:"一营长,有件事给你说一下。你们营那个战士潘荪,最近一再要求参加战斗;考虑到他在'341'高地坚守过,熟悉情况,团里同意让他去。你安排一下,接他回去。"

曹大栓握着话筒,惊得瞪大了眼。开出征会前他去看过潘荪,见过他那个瘦弱样子,走一点路就要出虚汗,如何能参加战斗?人手再缺也不能让他上呀!

"我不同意!"他对着话筒叫了一句。

"请执行命令!"话筒里传来富厚冷冷的声音。

对方这毫无情感的命令口气使大栓猛地记起,关于潘荪的那篇报道就是富厚借口维护团里声誉卡住的。霍然间,他明白了对方的用意,左颊的那瘢悸动了一下,便对着话筒冷冰冰、严厉地开口道:"副团长,请说明你的用意!"

"什么用意?为了胜利更有把握!"

"不!"大栓咬了牙说,"你想让人们永远忘掉那场败仗,你不愿让这个见证人还活在世上!人呀……你这样办,良心上过得去吗?让牺牲在'341'的那些战士知道,他们寒心不寒心?!"

"胡说!不准你这样瞎猜疑!"

"瞎猜疑?!"曹大栓从牙缝里迸出了一句愤极了的低叫,"告诉你!你只要敢把潘荪送到前沿来,老子立刻带人回去敲了你!我就用我这一百来斤换你那一百来斤!反正老子这一百来斤是红薯干养起来的,不值钱!你看着办吧!"说罢,猛地扣下了电话机。

他转过脸来,胸中的怒气显然没有发泄完,眼神阴厉地看着洞壁,战士们在开早饭,通信员小心翼翼地把一盒自动加热罐头递给他,被他"啪"一下摔到了地上,惊得躺在那里的花蟒忽地将头昂起。

他缓缓地向那根螺纹钢走去,慢慢地解衣扣、脱上衣,吸一口气,然后伸出手,抓住,死命地扳起来。

此刻,在电话的那一端,副团长富厚手抖抖地握着话筒,脸涨成紫红色。许久之后,才从他那颤动的嘴唇里飘出一句含糊的话:"曹大栓……武夫……会付出代价的!"不过,片刻之后,他还是摇通了卫生队队长的电话,沉声嘱咐:"注意照顾好潘荪,明确告诉他不能参加战斗!"说罢,无力地扔掉了话筒……

坑道里的鼾声此伏彼起,一直似睡非睡躺在床上的潘荪,这时轻轻起了身,凑着坑道深处的灯光看看表,两点。该动身了!

他轻手轻脚地收拾东西。

经过这些天的治疗,腿和臂的伤已经基本好了,只是身子还弱得厉害,走路总是腿软、出虚汗,他知道还要再经过一段时间的疗养,身体才会康复。但心里的那股不安宁常使他感到时光难熬。书,看不安宁。从青凤那里借来的那本《几何习题集》,本来是他最喜欢的书,但打开书页看不了一会儿,那些字里行间,那些几何图形上,就会浮出排长、大龚、邹义、九宝和排里其他弟兄的面孔,因此,他至今没把那本书看上几页,那道难题自然也没有找到解法。觉,睡不安宁。只要一闭上眼,"341"高地上的那些情景,便又会变成各种稀奇古怪的梦,来折磨他的神经。有好多晚上,他都是喊着、哭着从梦中醒来。药,吃不安宁。只要一拿到药片,耳畔就要响起邹义那

311

痛楚的恳求:潘荪,老乡,求求你了,求你给我个止痛片吃吃吧!给我找点白酒洗洗伤口……

他知道,如果他不和营里的同志们一起去夺回"341",不去亲手掩埋好战友们的遗体,不去把止痛片和白酒放到邹义的手边,他今后永远不会安宁!

他把东西收拾好,又把预先写给卫生队队长和富厚副团长的两封信放到床上,轻步出了坑道。

他还要再到青蕉坪青凤那里一下。一是去还她的书,二是去告别。这些天,青凤不断地给他送来奶粉、麦乳精和她自己做的饭菜,有时饭菜多得潘荪根本就吃不完。临走了,该去给她说一声。另外,去为邹义买一瓶白酒,止痛片他已经预先在卫生队要了一包,他要了却这个心思。再就是去告诉青凤,今后不要再进那种金龙酒。这几天,他不断听病友和卫生队的人说,从青凤店里买的这种酒里掺有水,有些人甚至怀疑是青凤掺的,这使潘荪很生气,怎么能乱怀疑?肯定是酒出厂时就有问题!他要去告诉青凤,今后再别进这种酒!他自己也不知道为什么,不愿别人说青凤的坏话!

大约是即将参加战斗的亢奋使他身上增了力,他没歇一次,一口气走到了青蕉坪村里。他小心地敲了几下青凤的售货窗口,片刻之后,窗开了,烛光下出现的却是村西的那个瘸腿炉匠,潘荪一愣,问:"青凤呢?"

"她昨日去镇上了,说是要给部队上的一个伤员买人参补身子,走时让我帮她照看店里。你要买东西?"

潘荪听了这话,想起前天青凤去卫生队看自己时,曾说过要给他弄点人参补身子,他当时连连摇头说不必,没想到她还真是去了。他感到心中一热,摸出纸和笔,伏在窗台上给青凤留字。写毕,掏出当初借的那本书递给炉匠说:"大叔,烦你把这本书和这张条交给青凤。"然后买一瓶玉液酒装进挎包，匆匆向前沿奔去。

一群流萤忽地拥来，轮番地在他的面前横着飞，那模样极像是要挡他的路，不让走……

终于盼到一个晴朗的天！

景凌耀慢慢从门前的一块石头上站起，向作战室走去。尽管昨晚气象分队一再保证：今天上午十点前是晴天。但他还是从半夜起就蹲在了门外，看星亮星灭，直到露出晨曦。

一进作战室，作战参谋就起立道："05报告，01、02、03已准备就绪，正等待命令。"

他点点头，在巨型作战沙盘旁的沙发上坐下，默默地掏出那三颗棋子在手上拨弄。炮、将、兵，兵、将、炮，三颗棋子在他的掌中慢慢地转、缓缓地旋。

其他师首长相继走进来，静静地在沙盘前坐下，把目光投向了"341"高地。室内只有那台校对作战时间的电子石英钟在轻微地嘀嗒嘀嗒响。

当火红的太阳就要爬上东侧的金寨山顶时，景凌耀对着面前的话筒沉声道："01、02、03出发！"

"05明白！"沙盘上方的一个音箱里，传来曹大栓那沙哑的声音。师首长们一齐把目光移向悬在那里的四个小型音箱，那是与01、02、03、05直接相通的电子通信装置。每个首长都可以扭开自己面前的话筒，直接与他们联系。

01、02、03的音箱里，每隔一阵都要响几下报告顺利、平安的咝咝声。景凌耀闭了眼睛，把头轻轻地仰靠在椅背上，双手悠闲地玩着那三颗棋子，他不需要看沙盘，不需要看地图，更不需要参谋的指点、说明，他对整个作战区域的地形已经透熟,虽闭了眼睛,但目光却又分明地跟着那三支小分队。他根据时间的延续,甚至能看见01到达那块独立石的右侧;看见02刚刚过去那两棵枯树;看见03穿过那条小冲沟。战区的地形,已经缩小比例,精确地立体地刻在了他的脑子里!

电子石英钟在不紧不慢地嘀嗒,01、02和03在平安顺利地向预定目标运动着,随着时间一分钟一分钟过去,一个又一个应付意外的对策无用了。七十五分钟之后,三个音箱里相继传来01、02、03报告到达预定战斗位置的信号。一直到现在,敌人对我小分队的行动竟无丝毫察觉,整个"341"方向没响一枪一炮。随后,05极清楚地报告:"敌两名哨兵已用微声枪干掉;敌通往后方的电话线路已被切断;五个屯兵洞已全被我火箭筒和火焰喷射器封住;敌人仍无察觉;二梯队已开始向山顶运动。请指示!"

师首长们默默地相互看了一眼,每个人的眼中都有惊喜:"竟这样顺利?"

景凌耀望一眼那边守在电话机前的几个参谋,平静地对着话筒说了一声:"打吧。"

"05明白!"

几乎在师长下令的同时,几个参谋一齐用电话向电子干扰分队、炮兵、佯攻部队等下达了开始行动的命令。转瞬之间,我电子干扰分队施放了强大的电子干扰波,使敌人前沿和浅纵深的任何一部电台都休想开机联络;我炮兵以台风眼式的炮火覆盖敌炮阵地,摧毁敌前沿所有可以给"341"以支援的火力点,切断敌后方所有与"341"相连的道路;佯攻部队从另外三个方向上同时发起佯攻,使敌人不能立时判明我方企图……

景凌耀在掌上轻轻地把那三颗棋子摞成一摞,又一颗一颗地把它们摆开。他抬了眼,望定墙角。那儿,似乎有一只蜘蛛在爬,爬得有些小心、有些谨慎……

天刚透一点亮,青凤就走出镇上的云香旅社,搭上了一辆开往青蕉坪的军用卡车回村。

原本很微的晨风,因为卡车的奔驰而变大了。风使劲地拂着她那长长的黑发,向后扯着她的衣服,使她感到了一种莫名的舒服。

人参买到了! 三棵。

虽然为买人参花了那么多的钱,求了那么多的人,但是她心里乐意! 为了使潘荪尽快恢复,恢复强壮,恢复原来的模样,她什么都愿干。她要报答。

她的父母很早已让她懂了那条做人的通则:受恩当报!

赶到家时,瘸腿炉匠刚刚起床。她一进门,老人就把五块钱递到她的手上:"天快亮时有个兵来买了一瓶酒,说是给人洗伤口用,他走时还让把这本书和这纸条交给你。"青凤接过书和纸片,脸色立时一变,忙细细地去读那纸片上的话——

青凤:

我要去"341"高地打仗了。书还给您,我原想通过读它解开那道几何题,可终于没心思读下去,只好罢了,待仗打完再读吧。谢谢您这些天对我的关照。另有一事相告,你以后不要再去镇上进金龙酒了,听卫生队的人说,那酒里掺有水,我估计那酒是出厂时就有问题。所以,你以后千万不要再进这种酒了,免得坏了店里的声誉,也免得让弟兄们喝了生气,他们中好多人今天喝瓶酒,明天说不定就要永远离去……

青凤读到这里,猛地扬起通红的脸问老人:"你卖给他的是什么酒?"

"就是这种玉液酒。"老人指了指货架上的酒瓶,"他挑的!"

"天呀!"青凤呻吟似的叫了一声,慌慌地弯腰从货架底下拿了一瓶原装玉液酒,出门没命地向村南通前沿的方向跑去。

潘荪——卖给你的那瓶玉液酒里掺水了!有水!店里摆在柜上的各种酒都有水!水是我掺的!我掺的!我怎么骗到你的头上了?!怎么能骗你?!骗你?!——天啊……

青凤没跑出多远,就听天上呜呜地响起来,她知道来了炮弹,但她并没感到可怕,她已经听了那么长时间的炮声都平平安安!何况还有苓姐,还有苓姐的男人阿田。她继续往前跑。就在这时,一群炮弹轰、轰、轰,在村中间爆出了灰蓝色的烟团,十几间房子转眼间极轻巧地塌下去。青凤回首,惊住了:"哦?"那震惊的眼神似乎在问:为什么打我们村?当她转身重又向村上跑时,空中突然传来嗖嗖的响声,青凤不懂这种声音的可怕,仍在直着身子跑。随了一声轰响,她一个跟跄扑倒在地,手中的酒瓶划一个弧形向前面飞去,她还挺身向前奔了两步,像是要去找那酒瓶,但随后就跪倒在地,用手慢腾腾地去摸膝盖,跟着,她就完全地扑倒下去。

两个在远处查线的战士,飞快地向这边跑来。当他们从血泊中扶起青凤,用绷带扎住她那白骨凸露的膝盖时,青凤痛楚地从牙缝里喊出了一句:"……那酒里掺有水呀!"

那瓶扔到几米之外的原装玉液酒,撞碎在一块石头上。醇厚的酒液,正缓缓地向地下渗去……

呼哧,呼哧。避开断树、碎竹、烂草,只踩石头、石头。潘荪艰难地向"341"高地奔去。

离开青凤的小店后,他就一步没停地奔到了连里,但回来得还是晚了,偷袭分队已到达"341"顶部。他利用大家都忙碌的机会,很快戴上钢盔,背上冲锋枪,围上子弹带,挎上水壶,装上手雷、手榴弹,放好匕首,武装起自己,再把装有止痛片和那瓶白酒的挎包背好,便悄悄地向"341"方向赶来。他知道走未经工兵开辟的道路有触雷的危险,便一路都用当初在前沿练就的走路方法:只用脚尖踩石头尖,向上攀登。

当炮火开始全线轰响的时候,潘荪才刚刚走到"341"高地的山脚。炮声使他明白战斗已在山顶打响,自己应该加快速度。然而,他已力不从心,两条腿如灌了铅一样的重,喘息粗得能把面前的草吹得乱动。蓦然间,他觉得眼前一黑,便软软地摔倒在地。

这种疲劳性的昏迷很短暂。片刻的歇息,他又醒过来。坐起身,喝点水,喘喘气便又开始摇摇晃晃地向上走,这时软软的双腿已使他不能像刚才那样踩着裸露在外的石头尖走路,他只好深一脚浅一脚跟跟跄跄地向前奔了。终于,当他的左脚又一次落下时,脚下响起了一声不大的轰响,那响声小到和春节的爆竹声差不多,甚至达不到吓人一跳的地步,但潘荪的左脚已斜斜地躺在了一米之外。

他没有惊慌,知道自己碰上了鹅蛋雷。他已看到不少人被这种鹅蛋雷拿走了一只脚。这种雷小巧玲珑,玲珑得见过它的人都忍不住要摸它一下,而且它还算仁慈,它不要你的大腿和上身,只要你的一只脚。他习惯地去摸急救包,但这时才发现自己原来忘记带了。血流得挺快,当他去撕作战服想扎住那断了的脚脖时,觉得手好像已经没了劲,但他到底还是用布条把脚脖扎住了。

他知道,剩下的这截路又该自己用身子爬了。爬吧,我当初已经爬了那么多路,我已经爬出经验了,我知道爬的时候手要先伸出去,抓住石棱或草根,然后再拉动身体。他爬出一步后,伸手去挎包里摸了摸,止痛片还在,白酒还在。

邹义,我来了,止痛片和白酒带了……排长、大龚、九宝,我来了……

静、寂静、沉静、彻底的静!当敌人知道再无夺回"341"的希望之后,停下枪、停了炮,停了反冲锋时的嘶叫,于是,我方的枪炮也停,于是这喧闹极了的"341"高地,就坠入了寂静。

曹大栓从壕沿上爬起身,抹一把下巴上的血,拄了通信员为他找来的树棍,拖着那条被炮弹片抓去一块肉的左腿,开始在高地上踉踉跄跄地走、跌跌撞撞地找,找他那半个多排的战士。

一排长,你们在哪里?

蓦地,他瞪大双眼。离他十几米的一个凹部,并排躺着几个人。他趔趄着奔过去,又猛地立住。

啊,那半个多排的战士全在这里了!那是一排长,那是大龚,那是九宝,那是邹义……他们被摆得很整齐,身上盖了草。看来,占领这个高地的敌人,还懂得应该如何对待对方阵亡的士兵。

他痛楚地闭了眼,双膝一弯,蓦然跪下去,口中呜呜咽咽地叫:"弟兄们……我没能……救下你们……"

通信员轻步走过来,扯扯曹大栓的衣角,低低地说:"营长,师长在等你汇报。"大栓缓缓地站起,一跛一跛地向电话机走去。"师长,高地已完全被我控制,敌亡九十二人,近一个连,我仅伤两人。战斗打响后,共持续二十七分钟!"

电流沙沙轻响,没有师长的声音。

"师长——"他对了话筒轻叫,"胜利了!"

依然没有声息。

"没通?"他转向电话员。就在这里,他的耳膜一震,听到了一种声音,那是象棋子在一起缓慢摩擦的声响。他明白了,师长在听着。

"营长、营长、营长!"高地棱线上,猛地传过来哨兵抑低了的急叫。曹大栓扔下话筒,提了枪就和几个战士向那边跑去。在离哨兵不远时,他骇然地停步。

前面的战壕沿上,爬着浑身是血的潘荪。

"谁叫你来的?谁叫你来的?!"

曹大栓气极地奔向潘荪,他的脑子里蓦然晃过了副团长富厚那白净的脸孔。于是,他发红的眸子上顿时现出了可怕的狰狞。

"……偷着……跑来的……"潘荪抬起他那苍白极了的脸,颊上露了一丝歉意。

"你这个混蛋!为什么要来?为什么要来?!"曹大栓气极地扬拳在潘荪身上砸一下,砸过之后又心疼地抱住他。

"……排里弟兄们……在哪?……我看看……给邹义带来了……酒和止痛片……"

大栓这才发现,潘荪身上除了一支枪,就剩下手里抓住的一瓶酒和一个纸包。

"在那边……"曹大栓哽咽着抱起潘荪,往一排战士们的遗体停放处走去。走到那儿,大栓刚刚说了一句:"就在这里。"一直攥在潘荪手里的酒瓶和药袋便"砰"一声落地。

躺在大栓怀中的潘荪,已经合上了眼睛,神色十分安宁。

"潘荪——"曹大栓凄厉地叫了一声。

东边的太阳似乎不忍听这叫声,倏地投入了云层……

十

云,慢慢地在空中集聚;雾,缓缓地从谷底升起。

该下山了。

防守"341"高地的诸项事情都已安排妥当,师、团指挥员又不断来电话催曹大栓下去。他默默地揭下了几箱罐头盒上的商标纸,一张又一张。揭完,又把它们撕成方的、圆的纸片,放进挎包。

他要把这当做纸钱!

他挎上挎包,默默地抬手,示意背着烈士遗体的军工队员随他下山。他一拐一拐地走在前边。

"弟兄们,咱们回去。"

他仰首向天,喃喃地喊一句,便抛上去一把纸钱。那白色的纸片在空中稍停一下,又缓缓地向下落。

一片白。

他要用他黄河岸边那个故乡的传统,来引领这些英灵回到野战营地。

肃穆的队伍,无声地向山下移。

一把一把的纸钱扔向天空。

一片一片的纸钱又落向了地。

云越低。

雾愈沉。

在营部的洞口附近,几十名战士肃立着迎接这支队伍。

战士们唰一下自动立正,缓缓举臂,向归来的战友致礼。

花蟒从洞中轻轻地爬出,昂首看着这一幕,转瞬之后,它也微微垂下了头。

又一把纸钱抛上去……

"341"被收复的消息传到青蕉坪一团指挥所时,富厚那年轻俊美的脸上全是笑,他强忍住没让自己发出一声欢呼。哦,终于胜利了,我的一团!从今以后,谁再提那个败仗,我们就有话说了,我们雪耻了!我们最后胜利了!

就在富厚沉浸在欢乐中时,卫生队队长把潘苏留给他的那封信交给了他。他有些意外,拆开,看见了那写在烟盒纸背面的钢笔字——

富副团长:

您好!

听说您亲自打电话来,不让我参战,要我安心休养,我心里很激动。您工作那么忙,还要为我一个战士操心!可是副团长,我怕要惹您生气了,我还是要上去!您知道,"341"是在我们排手里丢的,排里的弟兄们都还躺在那儿,我不上去看看,心里难受。我起码也该上山对弟兄们说一句:打了败仗,领导没有怪罪,好让他们安心啊……

富厚双眸凝住,水雾从眼底升起。他无言地放下信,抓起电话,他要亲自问问潘苏的情况,而话筒中传来的回答,却使他心里一颤。

烈士遗体运下来后,他紧跟着师长,到了"烈士清洗点"。看到了!潘苏那苍白却安宁的脸庞,那消瘦极了的身形,那失去了脚的腿。两个战士正小心地擦洗着潘荪身上的血迹,收拾着他的遗物。富厚注意到,潘荪的遗物中有一张纸片,纸片上是一道未解的几何题。他小心地拿起来看看,又小心地放下去。

他垂首站在潘荪的遗体旁,久久不动。直到挂着相机的程记者走过来轻声向他提醒:六点了。他才猛地想起,今晚八点半要在师部开祝捷会,师政治部主任要他作为指挥员代表参加会议,而且程记者要在会上给他拍几张照片,配在那篇关于他苦读兵书的通讯里发表。

他匆匆又望潘荪一眼,便转过身,随程记者急急向远处走去。"知道吗,老富,关于你的第二篇通讯发回报社,社领导看后都说不错,特意来电话告诉我,要给我记功,还要我继续抓住你这典型不放,连续报道。我想你哪天有时间,再找你谈谈这次指挥收复'341'高地的情况。"

"哎呀,我还有什么可值得写的?"富厚十分谦虚地笑了,"还是要多写战士们。"说着,步子分明地变得轻快了,而且,开始把思绪转向今晚的祝捷会。这样的会,上级首长肯定要出席,该换身衣服?不。就穿这身沾了泥迹的作战服,有时旧衣服比新衣服给人的印象还强烈,这叫做战尘未洗嘛!该准备几句发言,也许会让自己讲话的,但话不要长,要凝重有力,也不能透出欢欣,要显出沉稳。鞋要不要换……

他突然觉得心里异常轻松,轻松得比他最初听到"341"高地被完全收复时还要轻松。

他的脚步加快了……

无风。那些针叶林、阔叶林,高的树、矮的树于是不动,只变成暗绿的一团、一片,紧贴在山的表层。峰峦因而像穿了暗绿色外衣的人,无声地蹲在那里,一个挨一个、密密匝匝、重重叠叠,直抵西天的残霞。流萤在飞、蠓虫在叫,早出的几颗星星在天边闪烁。

景凌耀站在山丘顶部,双眼直望着那树、那山、那天,最后,把目光移向了那些苍青的烈士墓丘。他离开烈士清洗点之后,就径直来到了这里。"341"高地的顺利收回,并没有使他的心有些微的轻松,仅有一亡两伤的微小代价,使他更锥心地想起了上次的强攻失利,想起了在强攻中牺牲的战士。

代价,原本是可以这样小的!

这样小的!

他倏然闭上了眼睛。

他听到有人走来了。拐杖捣地的声音,嗒、嗒、嗒,缓慢、沉重,还掺着喘息。他慢慢地睁开眼睛,回身,只见曹大栓正拄着一根大棍向他走来。

"你?没去医院?"景凌耀沙哑着嗓子问。他离开指挥所时,特意在电话中叮嘱曹大栓去医院治疗伤腿。

大栓不答,只是拄了棍一步一步地走近。在师长跟前站定,望了师长的双眼。待喘息平下来,他低沉地开口:"师长,我曾经想用枪打死你!"

"啪!"不远处正举了水壶喝水的警卫员,闻言一惊,水壶落地。

景凌耀望着他,平静得出奇。

曹大栓感到意外。

"我打开窗户,把后背给了你,可我等了那么长时间,你为什么不开枪?"

"你——"大栓抓住了师长的手。

"我当时多盼望你给我一枪,一枪也行啊……"

323

"师长——"泪水从他的眼中涌出,在瘦削的颊上滚。

景凌耀凝立不动。一大群流萤从墓间腾起,划过来,在他们的身边飞。

景凌耀墨黑深邃的眸子,又缓缓掠过那墓丘、那流萤、那重峦、那密林,最后,望定暮色苍茫的远处。在那暗黑的、弧形的地平线那边,一轮巨大的橘黄色的月亮,慢慢地滚了过来,把一个新的神奇的地、天展现在他眼前……

尾声

许久之后的一个上午,风轻、云淡、天蓝,一群大学生走进了烈士陵园。在潘荪烈士的墓前,他们意外地驻足、伫立,只见在原有的烈士墓碑旁,又立了一块高大的石碑,石碑上什么也没刻,只刻着一道几何题:

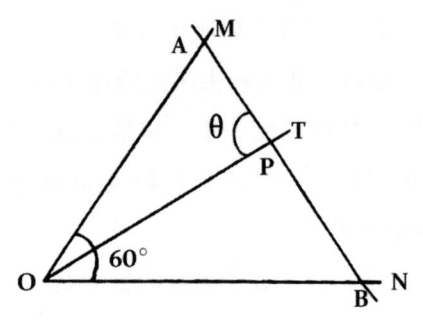

如图,$\angle MON = 60°$,OT 为它的平分线,P 为 OT 上的一点,OP=1,过 P 作直线分别交 OM、ON 于 A 和 B,设 AP=m,BP=n,$\angle APO = \theta$。

求证:$\dfrac{1}{m} + \dfrac{1}{n} = 2\sqrt{3}\sin\theta$

"嗬!这是干什么?"

"看！这个'θ'刻得不圆！"

一个男同学刚向石碑伸出手,近处突然响起一声女子的冷厉喝叫:"不要动!"

男同学一惊,慌忙缩手。

众人一齐扭头,只见一个挂拐姑娘,缓缓转身,蹒跚着向远处走。

目光重又移到那奇特石碑上,默默地看。

一株香蕉树伸出硕大的叶子,罩在石碑上,替它遮住了亚热带那灼热的太阳光线……

伏 牛

奇顺爷一辈子与牛打交道,少时当过放牛娃,长大当过阉牛的,后来当过牛经纪、牛贩子,再后来当过牛把式。他目下虽牙已落得只剩一颗,但讲起牛的事儿仍是一串一串。奇顺爷说,中国的黄牛共五种:南阳牛、秦川牛、鲁西牛、晋南牛、延边牛,南阳牛位居五牛之首。说南阳牛祖籍在伏牛山,最初发现它们的人是我们周族的一位祖先。说伏牛山里那时到处都是青草密林,发现牛时男女已不再在本族通婚。说我们周族的那位祖先身高力大,二拇脚趾特长且善使一柄石斧,那祖先看中了黄姓部落一个臀部奇大已经很高却没破身的闺女。有一天早晨,他肩扛一头野猪径直走进黄姓族长的茅屋,先把野猪在屋当中一放,而后平端了石斧在地上一跪,用手朝正在茅屋外撩水嘻哈着擦身的大臀闺女一指,说:我要她!

黄姓族长的眼皮一点一点放下,慢吞吞地说:野猪肉我们已经吃够了!

拿石斧的祖先听罢,点点头,起身,走出屋去,朝那撩水擦身的闺女只看一眼,就又上了伏牛山。第三天早上,他又扛来了一只小豹,但当他把那只豹平放到黄姓族长屋中时,族长照例把眼皮一耷拉,慢腾腾说:豹肉我们有!

我们那位祖先听了,又起身,默默无言重又上山。此后,几乎每天,他都送来一样猎物:野羊、虎、鹿、狼、山鸡、兔……但黄姓族长始终没有在脸上露一丝笑纹。我们那位祖先于是有些发愁!

那天,他又无精打采地向山上走时,忽听见他设置的一个陷阱里响起一声长吼:哞——他先是一喜,有野物!但飞奔到陷阱前探头一看,又一惊:这是什么东西?身子这么大!有毛!有角!有蹄!有尾!头如此难看!他还从未猎获过这种野物!那野物在陷阱里凶猛地冲,凶猛地跳,凶猛地叫:哞——叫声震人!他用他惯用的办法:用石头砸!他足足砸了半晌,才总算把野物砸死。但他却怎么也没办法把死了的野物拖出,那东西太重!他只好返回族内,叫来三个男人,一人抓一条腿,把它弄出,径直抬到黄姓族长的茅屋门口。

黄姓族长看见躺在地上的那个庞然大物,吃惊地迎出屋叫:这是什么?他也是第一次见到这种东西。他抽出身上的石刀,从那野物的屁股上砍下一块,扔进屋旁的火堆,一刹那,用棍拨出,拿起咬一口,嚼一下。好吃!香!那族长满意地大叫。这东西肉多,足够全族人吃上几天!众人围上来,齐问:它叫什么?族长抬头向天,思虑半晌,而后说,就叫它:牛!

众人欢呼,又发现一种可吃的野物!

欢呼声落地,族长转向我们那位祖先,指了指站在人群中的大臀闺女,叫:领走!

327

那祖先听罢,二话不说,把石斧往腰上一插,几步走到闺女面前,伸手横抱起她,就急急向我们周族走,边走边用手拍她那奇大的臀部……

不知奇顺爷讲的是真是假,但现在我们牛湾有两个地方似乎可算作这故事的佐证:其一,我们牛湾村里,到处都有牛刻,各家的堂屋前墙,都挂有一个木刻的牛神,村中的老树躯干上、村南的石桥桥墩上、村后山坡的大石上,都刻有大小不等的牛像。其二,我们牛湾人的后代,是男,二拇脚趾必定奇长;是女,长成姑娘后一律是大臀,画家们的说法叫丰臀美女,已经有几个画院来我们牛湾物色模特儿,但湾里没有一个姑娘愿去。

我小时候常去队里的牛屋,我和照进、荞荞就是在生产队的牛屋里玩熟的。那时候我爹和照进他爹都是队里的牛把式,也叫饲养员,荞荞她爹刘冠山是大队长,是干部,穿四个兜的很干净的衣服。那时候我和照进、荞荞都喜欢骑牛,每当我们在大人的帮助下坐在牛背上就又笑又叫又拍手;我们还喜欢手执一把青草伸近牛嘴,看牛伸出舌头一下一下把草卷进口里,边嚼边在鼻里喷气;我们也喜欢用毛刷子给牛刷毛,有时刷着刷着它们会嗵地卧在地上,舒服地闭上眼睛,尾巴在地上一扫一扫;我们特喜欢看牛喝水,牛牵到河边时它们总愿把前蹄踏进水里,头扎进水中咕嘟嘟半晌不起,它们喝水时我们就数数字:一、二、三、四、五、六、七,看它们一气能喝多久,最长时我们能数到十一;我们更喜欢看犍牛抵架,四只牛角相碰时咔咔咣咣,八只牛蹄把地弄得一晃一晃。那时候我和照进衣服很破而荞荞穿得很好。我问爹为什么我不能穿得和荞荞一样时,爹说:她爹是大队长!但荞荞也有不如我的地方,荞荞不会说话,荞荞只会呀呵啊地喊,荞荞是哑巴。所以当我们在牛屋前过家家时,总是我当照进的老婆。荞荞有时羡慕我羡慕得要哭时,我就说:你可以给我的孩子喂奶,就像我娘去你们家给你弟弟喂奶一样!那时候我娘生了妹妹不久,荞荞她妈也给荞荞生了一个弟弟,但是她妈没奶水,后来她爹刘冠山就叫我娘去给他的儿子喂奶,喂一天给我们一筐红薯。每天我娘从刘冠山家拐回一小筐红薯时我爹总要骂她:"丢人!"我觉得让荞荞扮这个角色最好,谁让她穿得比我漂亮,我要让她"丢人"!我想她将来给我的孩子喂奶时我也要给她一筐红薯!

奇顺爷说,自从人们发现了牛肉可吃之后,这方圆四周的人就开始进山逮牛杀牛,用弓、用箭、用棍棒、用陷阱,直把伏牛山里的牛十成杀了五成。那时候谁也没想到去制止,后来制止住这捕杀的是一个小孩,小孩是我们周族族长的长子。那孩子三岁半的那年夏天,有天中午晃晃荡荡走出窝棚玩耍,顺一条通往山里的小路一直往前走。小孩的妈妈大约那天太累从中午一直睡到日头偏西,待她起来喊孩子时孩子已经不见。先是他妈,后是他爹慌慌地四处寻找,再后来全族人都上了山,整整找了四天,四天后族人们都认为孩子已被野物吃掉,谁也不再抱他会生还的希望。二十天后的一个午后,我们族长领几十个男人进山猎兽,在一个偏僻孤寂的山坳里,突然听到了一个孩子的笑声,他们诧异地循声找去,最后呈现在他们眼前的那幅情景让他们又意外又惊喜:那笑着的孩子竟是族长丢失了的长子,那孩子正和一头小牛犊一起伏在一头仰卧在地的母牛腹上嘬吃奶头。吃一阵后那孩子就伸手扯扯牛犊的耳朵,而牛犊则用尾巴轻轻甩打一下小男孩的屁股,于是那男孩就咯咯地笑,老母牛微闭双眼模样舒服。这情景把人们看得目瞪口呆,族长欢喜得当即跪地仰天说道:从今以后,杀牛即同杀我族人!我们要和牛永远和平相处!当他们走近那母牛时,母牛紧张地把孩子和牛犊一齐护在腹下,最后他们很费了一番工夫才把那母牛和牛犊拉回了家,自此后这四周的人才逐渐停止了杀牛。

　　牛愿和孩子玩这话我相信。那时我和照进、荞荞就常在牛屋前同牛玩游戏。我们常玩的一个游戏是越牛踢毽,毽子是用四根淡红色的鸡毛做的,底座上绑着两个不大的写有"乾隆通宝"的铜钱。我们常让一头牛卧在地上,而后两人各站一边,用脚把毽子隔着牛头踢给对方,卧在地上的牛就不时把头摆来摆去看毽子飞,脖子上的铃铛叮咣乱响,我们就高兴得又叫又笑。但有时也有反常现象,那个天气暖和的上午发生的那桩事至今想起来我还有点心惊。那天上午我和照进在牛屋前玩的就是越牛踢毽游戏,荞荞来得很晚,她来时我俩一开始都没理她,那时我俩都已不愿同她玩,她是哑巴,和她一起玩游戏会影响乐趣,但后来我们差不多又一齐住手拿眼看她,因为她手上当时拿了一个白面蒸馍,白馍的香味已钻进我俩的鼻孔,那东西太诱人了!那阵子牛湾村能吃上白馍的只有荞荞一家。我和照进一年都甭想吃上一个,我听见自己咽了口唾沫,也听到照进哥咽唾沫的声音,我们太想吃一口了。现在已经记不起是我在前还是照进在前,反正我俩一齐朝荞荞走去。十哑九聋,但荞荞却是只哑不聋。我俩向她说明:你把白馍分一块给我们吃我们就让你做游戏。在说这话的同时我们两个相互挤了一下眼睛,我们已经做好了打算,只要她把白馍分给了我们,我们拿上就跑,决不跟她一块玩,跟一个哑巴有什么玩头!荞荞听了我们的话后咧嘴笑笑,我承认她笑起来很是好看,她一边笑一边把那白馍掰成两块,痛快地向我俩递来,就在我俩迫不及待地伸手去接的当儿,卧在旁边刚才同我们一块游戏的母牛突然站起大叫了一声:"哞噢——"我们从未听过母牛这样个叫法,那叫声震人心魄,我们被惊得一抖,荞荞手中的两块白馍随之落地。那母牛叫声刚停,又啪啪地挣断缰绳向我们跑来,照进拉了我的手急忙后退,那母牛就从我和照进面前跑过,把荞荞隔在身子那边,与此同时它用蹄子把那两块白馍猛踢到了旁边的牛粪坑里,我和照进眼看着那两块白馍在粪水中渐渐下沉,都被惊呆在那里。好多年后我才明白那是一个预兆,但当时我只是怔怔看母牛转身用眼瞪着我们。

奇顺爷说,牛的两只眼睛特别厉害,它能看到人的心里。民国三十五年有一天他牵着牛从地主周青善门前过,那是初冬,天冷,但他没有棉袄穿。他看见周青善门前扯着一条绳,绳上晒着一长串衣服,内中有一件袄子,在离那晒衣绳几十步远时,他停了步,直直地盯着那件袄子,心想:日他奶奶,那件棉袄要给我穿该有多好!他看见牛在望他,他没有在意,后来那牛忽然从他手上挣掉缰绳,径直朝那晒衣绳跑去。跑近时它用角尖一挑,刚好把那件棉袄从绳上挑下挂在角上直往家跑。周青善家没人看见,后来奇顺爷就穿上了那件袄子,在袄外套了一件旧褂,暖暖和和且无人知晓。

现在已记不起那是一个什么季节的早晨,反正是个早晨。就在那个早晨我说出了此生的第一个誓言。记得当时我和照进站在牛屋门前看牛把式们拉牛出屋,那是很壮观的一刻。队里的十八间牛屋长长一溜,有四个出口,随着饲养组组长一声哨响,四个门同时向外走牛,十八槇共三十六头役牛和十来头牛犊排队向外走,一头接一头,脖子上的铃铛响成一片,而且每头牛迈出门槛时都长叫一声:哞——声声相连,一时间惹得村子里的所有狗和驴跟着一齐大叫,闹嚷嚷热闹非凡。三十六头役牛出屋之后,相继被套上大车或栏拖,拖子上放着犁、耙、耧,跟着他爹和我爹和其他牛把式扬鞭一甩:啪、乒、叭!声音又尖又脆,牛们于是拖着车和栏拖,顺着通到村外的土路,迤逦下地。那天早晨最后一幞牛上路之后,照进望着那长长的牛行列说:"我长大后也要养牛,要养很多很多牛!"记得我当时立刻接口:"你要养牛,我就当大队长!我要像荞荞她爹管你爹管我爹一样管住你!让你听我的话!"照进听罢就笑,就说:"你吹牛!女的还能当大队长?"那天上午我和他一块坐在我爹的栏拖上下地,站在地头看他爹和我爹把牛套上木犁,而后牛鞭一挥,叫:走!于是牛们就弓起脊背把犁拉得嗞嗞地走,那酱黑色的黑土就被犁一缕一缕地平摊在身后。半晌歇息时,大人们坐地头吸烟,照进悄悄走到我爹的犁后,轻轻摸起牛鞭扶起犁,而后猛朝牛屁股上打了一鞭叫道:走!正垂首休息的牛一惊,拖起犁就走,照进没有力气把犁按住,那犁铧浮出地面,犁把一歪,"啪"一下把他压倒在地,嘴中啃的都是泥,两股殷红的血顺嘴角下滴。胡闹!他爹走过来扶起他叫,他没哭,只是"噗"一下吐掉口中的土,又跑上去扶起了犁,犁刚扶起,牛一走,犁把又将他打倒在地,他再次爬起要去扶犁时,他爹抓住了他的手脖。那是我第一次看到他的执拗,我看见他在他爹手里挣着叫:我要叫牛犁地!

奇顺爷说,我们周族的人开始并不知道让牛犁地干活。自从不杀牛之后,族里人逮住牛就把它们拉回来拴在树上,起先只是看着它们有趣,时间久了却又嫌喂它们麻烦,就不再捉了。一日中午,一头牛拴在一个用四根粗木头绑成的木台上,那木台的主人本想把它搬到村外河边用来观察洪水,无奈做好后才发现它太重搬不动。也巧,那天中午主人忘了给牛饮水,渴极了的牛便拖着木台竟去河边喝水。主人看见大惊,没想到牛还有这么大的力气。族长见状却喜得高叫:好!从今以后可有帮咱干力气活的了!于是便让人用木头做了那种四方形的拖子,人站在上边,让牛牵了走,后来人们又在那拖子下边装了木轮,成了牛车;再后来,人们才做出了让牛帮人松土的木犁。

后来我和照进、荞荞到了上学年龄,就都上了学。荞荞只上了一年,就不再上了,她是哑巴,读书难处太多。这样,我们同荞荞就越发有些生分。当我们在冬天的晚饭后再去牛屋玩时,就很少再约她了。牛屋是冬天全村最舒服的地方,因为怕牛冻着,队上允许夜晚在牛屋生火。牛把式们用喂牛的大竹筛端来铡碎的喂牛的麦草,在屋子中燃起火堆,那碎草并不是轰轰地烧着,而是慢腾腾地闷燃。火堆红红的,偶尔跳起一点火苗,大量的是蹿着一股股暖烘烘的白烟,整个牛屋就被那烟雾弄得十分暖和。队上爱闲扯的男人和牛把式们就在那大大的火堆旁散散地坐着,嘴上一边吧嗒着烟一边漫无边际地闲谈,要是奇顺爷也在场的话,大家就怂恿他讲牛的故事。每当奇顺爷讲故事时,我和照进就坐在离火堆不远的一堆碎麦草上,把脚和腿全用麦草埋了,鼻子闻着碎麦草发出的清香,耳朵就静听奇顺爷讲。大概是在我十岁的那年冬天的一个晚饭后,我和照进又坐在那草堆上听奇顺爷讲故事时,我的脚在碎草下一动,无意中伸到了照进的怀里,他笑笑,把手探进碎草捉住了我的脚,一边用笑眼看我,一边轻揉着我的脚趾、脚背、脚掌,一种又痒又甜又舒服的感觉升上心头,我一动不动,任他轻轻揉着。奇顺爷的声音在我耳边慢慢飞去,牛们喷鼻倒沫、卧倒的声音也渐渐消失,我只觉得自己的身子变得像飘在屋顶的那些白烟一样,很轻很轻。

那是我和照进第一次肌肤相触,自那晚以后,我俩见面显得更加亲昵,当然,那时候我还不知道这种感情会发展到什么地步。

在我和照进变得越发亲昵的同时,和荞荞却变得越发敌对。我和她完全不来往是我十二岁那年的冬天。那年秋天荞荞她妈又给她生了一个弟弟,但照样无奶水,于是我娘又被她爹刘冠山叫去喂奶——那时我娘又给我添了一个妹妹。有天后响娘去喂奶去了很久,家里的妹妹哭得厉害,我便去荞荞家喊娘。那时我还不懂什么礼节,我没有敲门就进了院,又猛地推开堂屋的门,在门推开的一刹那我被我看见的场面惊住。我看娘胸衣敞开着坐在刘冠山的腿上,刘冠山正用嘴噙着娘的一个奶头使劲吮吸,手还紧攥着娘的另一只奶子。我推开门时我听见娘尖叫一声捂上了脸,我看见刘冠山脸血红着说:西兰,你来了?同时把娘放下了地,他嘴角还沾着一点白色的娘的奶水。我那时虽然还不懂他们这是什么意思,但我已经知道害羞,扭身就跑了出来。我听见娘慌慌地跟在我的身后,到家后娘身子瑟瑟乱抖搂住我嘱咐可不能把我看见的事告诉别人,我点头答应,但当晚我把这事给爹说了——爹不是别人。可我没料到爹听后会那样气恨,上前揪住娘的领口就打耳光,随后又抓起一把菜刀说要去找刘冠山拼命,娘死死抱住他哭着恳求别惹人家,最后爹打了自己两拳又命令娘永不准再去刘冠山家。后来刘冠山来门前喊过娘两次,娘都没去。

这以后不久，刘冠山就在牛屋的那个土台上开了一次斗争我爹的会，说我爹偷了做牛料的麸子，让他低头弯腰在土台上站了半晌，这之后爹就一病半月，在病中爹抓住我的手说：刘冠山这是在报复！就是从那时起我恨开了刘冠山，也就是从那时开始，我同荞荞彻底断了来往。

我发誓长大以后要把荞荞她爹弄倒，不让他再当大队革委会主任是在我十四岁！当时我上初中一年级！那年春上刘冠山家盖房子，他家要盖一溜七间大瓦屋外加青砖砌成的院墙，开始盖时刘冠山派我爹用牛车去给他拉砖，从砖窑到村里来回十五里，他每天要让我爹拉五趟。爹说：这样干牛受不了，太累！但刘冠山执意不准减少。那天爹拉完第四趟看见牛累得浑身淌汗，就没有再去，那时天已将黑，就停了车在那里歇息。刘冠山看见过来开口便骂："懒蛋！不帮忙！"边骂边上来拉牛再走，驾车的那头犍牛先是长叫了一声，随即瞪眼俯角就朝他抵去，幸亏他躲闪得快，牛角尖只把他的小腿戳破一个口子。但这一下刘冠山不依我爹了，他说是我爹故意使眼色让牛抵他，存心要把他抵死，边骂边挥牛鞭去抽我爹。我爹知道人家是大队革委会主任不能惹，一味躲闪不敢还手，我亲眼看见他一鞭抽在爹的脖上，血把鞭梢都染红了，最后是照进最先冲上去攥住了他手中的鞭杆，几个牛把式上前好说歹说才算把他劝住。就在那个傍晚我在心中起誓：我长大后一定要把刘冠山弄倒！我同时望着爹喂的那犍牛暗暗祷告：牛呀牛，你下次要是再抵，就一角把刘冠山抵死！

奇顺爷说，牛抵人可是常事，抵死人的事儿也不断发生。自从人们开始让牛拉车犁地之后，它们心中一直不满，总还想

335

再回到山林里闲逛,但人们不许,偏要缚了它们逼迫它们干活。它们中的大部分把不满慢慢忘掉,少部分仍心存不满,遇到使它们特别烦心特别恼恨的事,它们就要抵人。民国三十二年,村里的老七江从柳镇上买了一头牛,回家套上犁刚犁了一犁地,不知哪一点惹恼了它,它竟忽然回过头来,拖了犁就来追他,他吓得转身就跑,那牛拖着倒了的犁竟追他二里地,硬把他撵上,先用头把他抵倒在地,在他腰上碰了三次,最后用角把他的肠子、肝、胃挑得满地都是。奇顺爷说:你上牛市上买牛,要是看到哪头牛身子挺壮、膘水怪好,卖主却在它的角上挂一块"减价二百"的木牌,你就该知道:那是一头抵人牛!卖主减价二百是为了给买主留一副棺材钱!有些胆大但没钱的人,就专买这种牛。

照进读了高一我读了初二之后,我们两个平日已很少见面,因为两所学校不在一起。当那个暑假我们再次在牛屋相遇时,他已经长成了又高又壮、唇边有一层茸毛的小伙,我也变成了一个不大不小的姑娘。那是一个黄昏,他去喊他爹吃饭,我去喊我爹回家,我们在牛屋相遇的最初一瞬,都不自然地笑了一笑。我先开口:"照进哥放假了?"他说:"你也放了吧?"而后我们走进牛屋,进屋后我俩都意外地瞪大了眼:一头母牛正在生犊,他爹和我爹,正蹲在母牛身边忙活。母牛那凄厉的号叫,那大股涌出的血,那浓烈的血腥味,骇得我轻叫了一声,转身就扑到照进哥的肩上。照进哥也是第一次见这情景,他的身子也在哆嗦,但他仍拍着我的背说:"别怕,没事!"母牛的叫声一下比一下短、一下比一下急。"别怕,干什么都要有代价!它既然想要儿女就要痛上一阵!"我听到他在我耳边说,"走吧,走吧。"我慌慌地向门口移步,他的手仍在揽着我的腰,他爹和我爹,正在聚精会神看牛,一直没发现我俩的来和走。到了屋外时我记得我轻声叹了一句:"母牛太苦!"他当时低而平静地重复了一句:"干什么都要有代价!"我听了他这话心竟莫名其妙地一悚。他拉我仰靠在牛屋山墙上,那阵子家家都在吃晚饭,村子很静,四周只有清凉的夜气。我感觉到他的手在我的腰上一动,一刹那,又慢慢下移,落到我的臀上,很胆怯,只抚了一下,就滑了下去。第二天,我和照进哥知道了那头母牛生下的是一个莠牛犊,他爹和我爹给它起名为"云黄"。云黄身架颀长,四蹄浑圆,毛色米黄,身上又光又滑,双眼又大又亮,叫声稚嫩好听,很惹人喜欢。整整一个寒假,只要没事,我和照进哥就都跑到牛屋一边帮他爹和我爹做活,一边逗云黄玩,逗它跳、逗它叫。荞荞那时也已长成一个和我个头差不多的姑娘,她爹让她在牛屋前负责称草,不论谁割了草送来,都由她来掌秤称,称完后按斤数记工分。荞荞也很喜欢云黄,常看见她在草堆上挑一把鲜嫩的苞谷苗送给云黄吃,也常见她给云黄刷毛洗澡。不过她倒知趣,每逢看见我和照进进去了,她便自动离开云黄,让我们去逗。那时我们三个都没有料到,日后的云黄会长成那么一副剽悍模样,会做出那么可怕的举动!

　　第二年夏天有天中午放学,家里来了客,娘让我去牛屋喊爹,进了牛屋刚要张口叫爹却忽地一愣:只见爹正站在牛槽前教照进哥给牛拌草:"这样,草筛完,倒进槽,抓豆料,水三瓢。撒上盐,用棍拌,左三右四拌均匀……"我看见照进哥极认真地听、挺笨拙地做,待告诉了爹家有客人他先走了之后,我上前诧异地问照进:"你不在高中上学,怎么回来学干这个?"他脸上晃过一丝痛苦,阴郁地说:"我爹有病,家里没钱,我得下学顶他干活!"我"哦"了一声,怔怔地看他。他苦苦一笑:"看

337

我干啥？从今以后,我就是一个真正的牛把式了!"那一阵牛屋里没有别人,我看见他眼角有干了的泪痕,我想他因为不能上学一定哭过,我知道他喜欢读书,他曾因为用他娘积攒的三个鸡蛋去换一本书挨过一顿鞋底。我觉得我应该安慰安慰他,谁知刚说了一句:"照进哥,你想开点。"自己的眼泪竟先流了出来。他极慢极慢地摇了摇头,说:"哭什么？西兰!也许这对我是一件好事,你看!"他边说边从衣袋里摸出一本书伸到我面前,我看出那是奇顺爷常翻常读的《牛资源》,"牛身上到处都是宝,肉可吃,奶可喝,肝、脾、骨、鼻可做药,皮可做绳、做箱、做鞋。早晚有一天,我要靠牛发财!我要成为比刘冠山还富的人。到那时,你要缺钱花了,只管来找我……"我没有听他说,我只是注意到他的双手握成拳头,在牛槽上奇怪地不停地磕,磕得手背上都出了血。

照进哥喂牛之后大约一年,因我娘又生了一个小妹,爹竟也不让我再上学,一番哭叫抗议之后爹仍不改变主意,我也就只好死了上学的心。那段苦闷中唯一可给我安慰的,就是照进哥那默默的满含理解的目光。如今,我们差不多又像小时候一样,天天在一起了,因为爹要忙家里的事,他喂的那犋牛就基本上交给我来喂,我日日要和照进哥一起筛草、拌草、垫圈、出粪。这时的照进哥身子已经长得更加壮实,上唇上的那层茸毛已微微发黑,说话开始带了嗡声。我喜欢看他在牛槽前忙乎的样子,尤其喜欢看他光着脊梁给牛铡草的架势:腰一直一躬,臂一抬一按,腿一屈一伸,肩一斜一平,身上的疙瘩肉一滚一滚,有时看着看着,心中就有一股热热的东西在翻,手就痒痒的直想上前摸摸他那光赤的脊梁。大约是在我十八岁的那年初秋,一个挺热的傍晚,爹忙乎着在菜园里浇菜,让我去牛屋给牛添草。我进去后,见偌大的牛屋里只有照进一人。他正光着上身给牛筛草,随着草筛在他手中的晃动,他那宽阔的光脊梁也在一扭一扭,几片草叶飞起,沾在了他冒着蒸气的后背上。我站在那儿望了一阵,心底突然腾起一个强烈的欲望:把他脊梁上的草叶捏掉!我上前叫了一声:"照进哥,你背上沾了草叶,我帮你拿掉。"我的手在他的背上一触,我觉出自己的心悠悠一颤,麻酥酥十分舒服,同时我也觉出他的身子一抖,肌肉一搐,我刚把那几片被汗水粘住的草叶捏下,就见他猛地转身,一下子抱住了我,这个冷不防的动作吓了我一跳,我看见他望我的眼里有火苗一蹿,感到他两手从背后抓紧了我的臀尖,没容我开口说句话,他又一下子把我抱起,猛扔到铡碎的麦草堆上,紧跟着就扑到了我的身上。我没想到我这一触竟会引起他这么厉害的反应,我被吓得有些呆,这当儿,他一下子掀开了我的衬衣,嘴唇狠命地向我的脸压来。我的呆愣转瞬间飞走,心里被他的这种粗鲁举动弄得火烧火燎,不由自主地伸手抱住了他的头,我感觉到他的手在使劲掰我的腿,就在那一刻,在牛槽后吃草的小云黄突然大叫一声:哞——骇得我俩身子一抖,几乎同时撒手站了起来。我慌慌地抖落掉身上和头发上沾的草屑。几乎在我把那些草屑抖净的同时,两个吃了晚饭的牛把式走了进来。好险!倘若云黄不叫,再有一两分钟我们不起来,牛把式就会看到我俩紧抱在一起的模样。天哪!小云黄存心要救我们!那晚我给小云黄添草时,特意在它的嘴前多加了一把豆料……

后来听奇顺爷说,牛有未卜先知的本领,不知是它们的耳朵还是眼睛还是神经特别管用,它们能预先知道一些将要发生的事情。民国二十三年阴历六月初六半夜,全村里的牛突然一齐大叫,叫声整整持续两顿饭工夫,直把全村的人都惊醒。把人惊醒后它们的叫声仍然不停,弄得人们十分烦躁恼火,好多人家在喝止不住后就愤而用鞭打牛,越打越叫,致使全村无一人能熟睡下去,都坐在床沿骂:瘟牛!半个时辰后,从伏牛山深处滚下的一场巨大山洪啸叫着向牛湾村扑来,幸亏人们都没睡,预先听到了那不正常的水声,便一齐向村后的山坡上跑,洪水扑到时,人和畜全都上了高处,水恼怒地把全村的房屋全都卷走,这时人们才知道,倘没有那阵牛叫,全村人谁也别想幸存!第二天,全村人把牛拴在一起,而后朝牛齐齐跪了下去……

荞荞那时在管着队上的牛料仓库。仓库就在牛屋的旁边,每天中午,荞荞来打开仓库门,让饲养员们去领当天的牛料,牛料是粉碎的豌豆和豆油饼。这活儿又轻又干净,是刘冠山特意为他的女儿安排的舒服活儿。荞荞那时身子也已长成,胸脯好高、双臀好饱,看上去也十分入眼,加上她穿的衣服又干净又光鲜,每当我替爹去领料时,总有一种被她比丑了的感觉。我那时常穿姐姐的破衣服,而且因为要在牛屋帮爹干活,衣服上总是灰土、草屑,因此心里就对她生出一股妒恨,常在心里叫:荞荞,你穿得再好也是个哑巴!好男人是不会要你的!我注意到,荞荞只要闲下来,也像我一样,好把目光晃到照进和其他男人们的身上,定定地瞅一霎,逢那时我就在心里冷笑:瞅吧,你,不会有男人要你的!

最使我气愤的是她和小云黄的亲密。不知怎么的,自那天云黄惊叫一声救了我和照进之后它再见了我们,就没有了往日的亲昵,无论我们怎么逗它,它都是一副懒懒不睬的样子,相反,只要它看见荞荞,便准定欢跳着跑过去,又是摆耳又是弹蹄,一会儿用舌尖舔她的手,一会儿用脸蹭她的腰,一会儿用尾掸她身上的灰。荞荞呢,隔一阵给它口中塞点青草,隔一霎又用她梳头的木梳给它刷毛,隔一阵又在它的脖子上系一根花布条,同它玩得热闹无比,致使牛把式们都夸:荞荞会养牛!听到那种夸奖,我心里就又添了一层妒意,就在心里骂:小云黄,你一定是看中了荞荞她爹有钱有势才这样巴结她,贱牲口!

奇顺爷后来说,云黄这不叫"贱"!这叫认准了荞荞这个人"可倚"。好多牛都愿在人中选一个"可倚"的伙伴,它们很精,它们怕自己病时、老时得不到照应。它们一旦选中了"可倚"对象,就会对他百般顺从,尽力去讨他高兴。它们选这种"可倚"对象时非常挑剔,全凭自己古怪的感觉选得很准。一旦别人惹了它的"可倚"对象,它会生气,会报复。为什么有些大人都不敢牵上去饮水的牛,有的五岁小孩却可以牵得它老老实实地走?道理就在这。我有些不大相信,云黄为什么单认准荞荞"可倚"?荞荞她凭什么?

自那个傍晚以后,我和照进哥见面就更多更勤。见面时也不再像过去那样只是说说笑笑,只要没人,我们便相搂相亲。我想尽办法寻找尽可能多的同他见面的机会,主动替爹揽下了在牛屋里的全部活儿,爹也很乐意让我去替他干这些,他养的全是女儿,家里让他操心的事儿也实在太多。我就利用这机会频频和照进哥相会,时间短时我们就急急亲一下嘴;时间长时,他总要揽我在怀,把手轻轻放在我的臀上抚。他常在我耳边轻轻说,他最喜欢用手抚我的臀,说这样做心里就舒服得像腾云。我估计他说的这是实话,我晓得村里的年轻人都爱看我的身子。我对镜照过自己,知道我的脸微黑泛红而耐看,晓得我胸高腿长腰细,我懂得我继承了牛湾女人的最大的优点:臀部丰满。有一个来我们牛湾画画的画家曾当面奉承过我:你是牛湾女人的代表!那年秋季的一天后晌,照进哥赶着牛车去地里拉棉柴,我和一群女人在拔掉的棉柴上寻摘最后一点残棉。他的车装满时,刚好我们摘棉的女人到了歇息时间,当其他的女人都去地头井边洗濯喝水时,借着装满棉柴的牛车的遮掩,我和照进哥抱在了一起,我的舌尖立刻尝到了他脸上汗珠的咸味,感觉到他那沾了棉花干碎叶的粗糙的手伸进了我的衣服,在我的臀上急急爬动,我的身子起了一阵战栗的快乐。开始我还能听到两头拉车的牛在车前甩着尾巴喷着鼻子,渐渐我就没进一片杳无声息的水里,直到一阵脚步声在车旁响起来时,我才睁开了眼睛。照进哥的身子也一抖,我们急速地分开,飞快地扭过脸:荞荞出现在牛车一边,正有些意外地望着我们。她的目光在照进哥身上停得挺长,她打了几个手势,我看懂她是说队长让照进快回去,让他用车向柳镇送什么东西。她在看照进时脸上露着慌乱和羞涩,当时我并未去想别的,只在担心她刚才是否看见了我和照进哥相亲的那一幕,但转瞬之后我就又安下心来:她即使看见也没什么了不起,她是哑巴,她不能去对别人传播!

  那之后,我就开始想到了结婚。那时我已经二十岁,到了该嫁的年纪。我常常在夜里做一些和照进哥在一起的梦,那梦境只要一想就觉脸红,我已在准备下次相会向他提出这件事,但没容我找到这样的机会,队里突然开始分牛。

  随着土地的重归私人使用,牛自然要分下去。我并未看重这件事,更没料到这件事给我生活带来的影响是那样巨大!

队里人多牛少,牛按人头分,十三个人一头牛,我们家六口,照进家七口,刚好两家合分到一头大犊。大犊就是已经可以干活的青年牛。我爹和照进他爹商量好,两家一轮一月喂,一替一天使。分完牛那天晚上,照进哥先把牛牵到了他家,我和我爹跟在牛后,牛进他家院子前,他爹娘已在院中放了一个木桌,桌上摆了那个用木头刻成的牛神——这是迎牛进院的规矩,牛神前摆了豆料、青草、麦麸、薯秧四种供品,供品两侧燃着四根蜡烛,大犊进院照进哥把它往当院的刺槐树上拴时,他爹他娘和我爹一起,已在那木桌前跪了下去,我爹和他爹口中喃喃低语:"牛神在上,小民在下,谨求吾神,降福我们,一保黄牛无病无灾,二保黄牛做活勤快,三保黄牛饲草不挑,四保黄牛早生后代……"我和照进哥默站在那里,看三位老人无声地跪在当院,那木刻的牛神在昏黄的烛光下似乎在和那刚进来的黄牛犊无言对望,四周很静,夜风很轻,摇曳的烛光在牛神身上晃动,它那木刻的眼睛似乎一下一下睁大,突然,那牛犊猛顿一下前蹄,几乎在它双蹄落地的同时,一股风向供桌上的蜡烛扑去,其中一根烛苗一惊一闪,熄了。我看见三位老人慌忙磕头作揖,口中低叫:"牛神息怒!吾神保佑……"

奇顺爷说,敬牛神开始于那场大牛瘟。一开始我们周族的人并不知道敬什么牛神,那时候伏牛山野牛多,自己的牛干活累死或是病死或是老死了,就喊上几个人进山去再捉。你捉我捉,山里的野牛就全变成了家牛,谁家想多养牛,就只有靠自己的母牛生犊,这时候人们对牛就看得重了。汉朝刘秀坐殿时,伏牛山里发生了一场大牛瘟,十牛八死,牛尸遍地。瘟疫过去后方圆的牛所剩无几,人们种田没了帮手,对牛想念至极,要是哪家的母牛生犊,往往全村的人都要跑去在母牛头前跪下,祈求生产平安,久而久之,这习俗就传了下来,只是人们渐渐不再向真牛下跪,而是用木头刻了牛神,挂在各家的堂屋门前,祈求保牛安康。

　　队里分牛时我一直在关心着云黄的归属,我虽然没有奇顺爷识牛的经验,但也能看出那云黄早晚是一个干活的好料。分牛的那天晚上,我看见荞荞在云黄身边转来转去,便生了一丝担心,后来听说凡不能干活的小犊一律送村办的牛场由集体饲养,又稍微放下心来。未料荞荞她爹最后突然宣布:他家分到了云黄的母亲,考虑到云黄年小离不开妈妈,就让云黄跟老牛去他家,由他家出一百元钱给公家算作补偿。他这时已改任为村长,众人听了这话无一人敢说一个不字,只在暗中彼此撇嘴。我看见荞荞听见这话后眉开眼笑的样子,恨得牙根都有些发麻!好你一个哑巴,就让你沾了这光吧!但愿云黄去你家后肉不长、骨不发、贪吃嘴、不拉犁,活活气死你!

　　大犊分来的第三天,我爹和照进哥的爹决定给牛穿鼻圈。这是牛犊长大后要当役牛必经的一关,也是牛犊要过的头一个苦关,好端端的一个鼻子,硬要用铁条在鼻中隔上穿一个洞,然后套上一个铁做的鼻圈,那能不疼?我和照进哥给两个大人当下手。我们先把牛的四蹄拴牢在四根柱上,用一块布将它的双眼蒙了,照进哥和他爹用双手各从一边抱了牛脖,然后我爹便手攥一根不长的一头磨尖了的铁条,猛朝牛鼻的中隔戳去,大犊疼得哞——地叫了一声,鲜血顷刻便向地上滴去,它使劲挣动四蹄摇晃脖子,不过它到底也没挣开蹄上的绳索和脖子上的两条胳膊,这当儿我爹又用铁条在那洞穿的口子上来回穿了几下,扩大洞口,而后攥一把预先碾碎的止血消炎草药粉抹上伤口,随后,便把一个浸了药水的铁环从洞口穿了过去。

奇顺爷说,任何东西都有降服它的办法,给牛穿鼻圈是人最后降服牛的最关键的一招。

大犊穿了鼻圈之后一连三天,我爹和他爹便让我和他轮流去村西的河滩上放它。事情就发生在第三天的傍晚。那天傍晚是我们命运全剧的起点,人生究竟从哪点拐弯岔道,有时真难预先知晓。

那天后响轮到照进哥在河滩上放牛,傍晚时分他正要赶牛回家时,我肩挑一担红薯从西坡地里回来经过河滩,我俩见面自然要坐下说话,说着说着他又动起手脚,我自然高兴,就闭了眼睛,偎到他的怀里听凭他的双手闹腾。那时节天已渐黑,我开始还能听到大犊在不远处啃草的声音,而且感觉到那声音在渐小渐远,但我没有在意,更没有睁眼去看或喊它走近。我被照进哥亲得透不过气,待我稍稍缓过气时,便开始悄言同他商量结婚的事,我们用耳语在那里讨论如何办婚礼,从如何向各自的爹说明到买一条什么样的床单,我们讨论得很细,一直到村中响起我娘喊我吃饭的声音我们才注意到天早已黑透,四周只能看清十几步远,凉气已经很重,才发现大犊早已不在近处,根本听不到它的一点蹄声。我俩先是喊了几声"大犊",不见回音后开始顺河滩向两头找,但两头各跑几百步仍不见大犊的踪影,这时我们才有些着慌,又喊又叫,惊来了他爹和我爹,后来两家人相继来了,拿着手电顺河滩向两头找,直找到天明,两头各跑出十里地,连一根牛毛也没找到。显然,大犊被人拉走了!

牛丢了,天塌了!两家十三口人没有一头牛可怎么种地?我爹在地上狠跺了三脚,照进哥的爹把照进一拳打倒在地,而且在他的屁股上乱踢,边踢边叫:"畜生呀!牛都能放丢呀！"……后来是我爹上前劝道："算了吧,大哥！啥事都是命！还记得那晚迎牛进院的事吗？那晚,供桌上的蜡烛不是熄了一根？当时我就担心,这牛怕是喂不长久,如今,咱们就认命吧！"

我默望着爹,没想到他会做出这种解释,但心里却也缓缓舒了口气,他总算没追问牛丢时照进在干什么。照进他爹当时望着我爹歉疚地说：这牛有你家一半,我们可拿啥赔你！我爹蹒蹒跚跚地向门口走,边走边叹道：还说啥赔,自认倒霉吧！照进哥那阵一直抱着头蹲在地上,双眼呆望着地上的一道裂缝,嘴角挂一丝带血的唾沫。

后来奇顺爷听说我们丢了牛,捻捻胡子笑着说,咱牛湾丢牛可不是第一回,就说照进家吧,他爷和他奶就丢过一回！民国三十六年九月初二响午时分,他爷和他奶在柳镇用几乎全部积蓄买了两头三岁口的牛往家走,他爷握两根牛缰绳喜滋滋走在前头,他奶奶挺着怀孕四个月的肚子手拿一根细木棍走在后边,不时用木棍敲一下牛的屁股催牛快走。他爷爷过后跟我说,他当时边走边想,四亩坡地一犋牛,老婆儿子热炕头,这滋润日子到底过上了！想着想着就唱开了：一把扇子两面晃唉,钥匙恋锁锁恋簧,姑娘们恋的是壮实汉,我恋的可是俏姑娘……他唱得正顺口时,身后的两头牛猛然昂头同时高叫一声"哞——"那叫声刚一落地,就见路左的苞谷地里"哗啦"一响,陡然蹿出两条黑色的大狗,"汪"一声直朝他扑过来,他慌忙中就扔下了手中的牛缰绳,挥拳踢脚地同两条狗相斗,那两头牛这时就跑进了苞谷地。他边躲闪着狗的扑咬边朝女人叫：拦住牛！拦住牛！照进他奶朝牛追了几步,被土埂绊倒,待她起来时,牛早已跑远。两条狗仍像闪电一样缠着照进他爷,乱扑乱咬,直到那两头黄牛彻底消失在那一人多高的苞谷地里时,两条狗才真的朝他的两个脚脖各咬了一口,而后,又箭一样地蹿进了苞谷地,转眼间消失得无影无踪。他气极地忍痛爬起顺蹄印去追,但哪里追得上?他绝望地拐回来看见女人还坐在地头,就气极地朝她踢了两脚,没想到这一踢又把女人的肚子踢坏了,裤裆里当时就浸出了大股的血水。事后有人说他爷命中不该有牛,上天特意派天狗来把牛收走;有人说那是卖牛人玩的计谋;有人说他买牛不该带有孕的女人同去;有人说他去前没敬好牛神。不管怎么说,反正牛丢了!不过那一丢还真丢出一点福来,两年以后土改开始,上边规定,凡有三间房四亩地一犋牛的,都划为富农。他家前两个条件已够,就是没牛,要不然富农成分是没跑了!

　　上次他家丢牛是福,这次是什么?老天爷,你睁睁眼睛!

　　我很快就体验到了牛对庄稼人的宝贵,拉犁、拉耙、拉车,如果没了牛,真能把人累死!大约是丢了牛的第四天下午,村东我家的责任田有半亩地要犁,爹把犁扛去,他掌犁,让我和娘和两个妹妹一齐拉。天,一个来回下来,衣服就完全湿透,娘累得脸色煞白,两个妹妹齐喊:俺不干了!爹蹲到那里闷头抽烟。那一阵我才明白为什么庄稼人要敬牛神,要牛神保佑牛的平安,人和牛真是不能离开!当晚,爹对娘说:下狠心借钱买牛!此后几天,爹去姑家、舅家、舅爷家、表叔家、姨家跑着借钱,最后总算借了一千一百一十七元,去村上办的牛场里买了一头犍牛回来。买牛的那天,爹让我和他一块去,牛场离牛湾几里地,一共养有五十来头牛,过去是为各小队无偿补充役牛,现在是谁要谁凭钱去买。进了牛场,我才知道荞荞已被她爹安排在牛场上班,还是管牛料仓库。荞荞看见我去,倒是

347

挺欢喜,同我们一块去挑牛,但我对她则爱搭不理,只在心里暗叫:你凭什么来管仓库?还不是因为你爹有权!

我们家的牛不管怎么说总算买了来,照进哥家却一直没钱去买,他爹因为长年有病,外边借的钱早已上千,亲戚邻居已经借了一遍,如今还问谁借?那天我见他娘掌犁,他一人腰弯如弓地在前头拉,脸上汗如雨下,背上热气升腾,喘气如风箱拉动,禁不住一阵心疼,就劝爹把牛借他家使使,但爹坚决不允,说:"怎么,还想把他家的晦气带给我?休想!"

眼看到了秋收种麦的时候,他家没牛可怎么办?我每次去他家,都见他爹他妈把牛神摆在供桌上磕头,可光磕头有什么用?一日,我忽然想起,村民有难可以贷款,便去找照进哥说:你该去找一下刘冠山,看能不能贷笔钱买头牛,现在别管利息高不高,先把牛买来再说!他听后忧郁地摇摇头答:"找过了,刘冠山说眼下村信用社代办点没钱可贷。""求求,再去求求!去时带一点礼物!"我违心地劝他,其实我何尝愿去求那个东西?但是没法,人到了这一步。后响,我把省下的春节时爹给我的八块买衣服钱塞到照进哥手里,催他去代销点买点礼物,并说去找刘冠山时我同他一起。他默默站了好长时间,才犹豫地点了点头。

我那阵儿还不知道,我正在一步一步把他向和我本意相反的那条路上推。

去刘冠山家是在一个正午。要不是为了买牛,刘冠山家的院子我永远不会再进。

我和照进哥商量好,我先去,借口是找荞荞玩,他提了礼物后到,先找刘冠山说,我再相机去帮腔。

刘冠山当年的那一溜七间瓦房已经扒掉,如今盖了一座二层小楼,上三下四,我这还是第一次进他家的新院子。一走到那高大的门楼前,一种莫名的威压使我忽然变得胆怯起来:能不能成?我敲敲门,刚好,荞荞来开的,她对我的来访显然有些意外,但一见我打手势是请她用花塑料绳帮我打个扎头发的蝴蝶,她就高兴地笑了,她的手巧,最擅编这类头饰。我随她走进院里,看见身高体胖的刘冠山正在假山旁踱步,那假山不大,但亭台楼阁俱有,假山的四周还有石桌石凳,我还是第一次看到这种排场的院子,那院子让我顿时意识到,照进哥拿来的那点礼物有些寒碜,办成事的信心越发有些减少。

荞荞的住房在二楼,屋里的摆设好讲究,盖有红毛毯的单人高低床、漂亮的梳妆台、本色的大衣柜,早听说刘冠山十分喜欢这唯一的哑巴女儿,却不知道他让女儿生活得这么舒服。那阵子我忽然想起自己住的那间低矮潮湿的土屋,和妹妹挤着睡的那张破旧木床,用来装衣服的旧纸箱,眼里就又想冒出火星。我勉强在脸上露出笑容,看荞荞坐那里替我编着塑料蝴蝶。不一会儿,便听见照进哥在敲门,听他那磕磕巴巴的声音:"村长……来、看看你……你,村长……"

荞荞显然也听到了那声音,肩头一动,扭脸飞快地向院中一瞥,我见状,急忙撺掇:"荞荞,咱们下到院中编吧。"荞荞没有推辞,而且我注意到她的脸不知何故有些发红。我们两个下到院中时,看见刘冠山正瞥着照进提来的那点礼物慢腾腾地说:"我说照进,贷款的事我不是给你说了吗,不行!不要事事都向集体、国家伸手,要自己多想想办法,找找亲戚邻居!你这么大的小伙子了,又上过高中,多动动脑筋嘛!"这当儿我就急忙插嘴故意问照进哥:"你是不是要找村长贷款买牛?"待他刚一点头,我便急忙转向刘冠山叫:"刘叔!"——这称呼出口时我一阵恶心,"你不知道,照进他爹这二年有病,花钱太多,别处已不好借了,只有求你村长帮忙,你要是让他把牛买了,这大恩大德他一辈子能忘了? 照进哥,你记住,逢过年时,你可要来给村长叔多磕几个头! ……"刘冠山现出一丝勉强的笑容:"你这姑娘倒会说话,可惜没钱可贷呀!"一股怒气顺喉咙上涌,我差一点想当面揭他:"昨天你还批准荞荞她舅贷款三千!"但我抑制住自己,仍含笑恳求:"如果眼下实在无钱贷他,你能不能让村牛场先借他家一头牛用,日后有钱时他再还!""那怎么行?"刘冠山瞪我一眼,"集体的牛怎么能给私人使用?"

呀呀呀! 荞荞此时突然开口,涨红着脸打着哑语,我立刻弄懂了那哑语表示的意思:"牛场那么多牛,为啥不可以借一头给他用?"她指了一下照进。

刘冠山笑了,笑得亲切柔和,他走过来轻拍了一下女儿的肩说:"孩子家,别插嘴!"

再说下去已经无用。

照进哥临出门时,刘冠山笑着叫:"照进,把你带的东西拿走! 年轻轻的,可别学这些歪道!"我看见照进哥牙关紧咬面色铁青地拎着二斤猪肉一斤酒向门外走。当我最后离开荞荞去找他时,他正坐在村西头的那棵老桑树下,面前摔着那二斤肉和那个酒瓶的碎片。见我走近,他慢慢抬头,咬牙低叫:"这个杂种,总有一天,我要把他的这个村长弄掉! 你等着看!"

"要弄掉他的村长你得当比村长还大的官。"我苦笑着接口,"不知你家祖坟上有没有这个风水!"

"也不一定!"他用拳头在桑树上砸了一下。

"好了,不说别的,得想一个买牛的法子!"我用手抚着他的头说。

"还能去找谁?"他绝望地捶了一下腿。

"反正不能再找刘冠山了,除非你是他的女婿!"我顺口说道,他当时没有吭气,半晌之后才冷笑了一声。

我为自己的这句话永远后悔!

但当时我未想别的,我只是在想牛!怎样才能为照进哥家买到一头牛!

我记起奇顺爷说过,当初天庭的御牛棚离天宫不远,牛们整日乱叫,惹得玉皇心中烦躁,便宣来牧牛大仙,命他速下凡间寻个去处,将御牛棚里的牛先养在凡间,御膳房要宰杀时可随时去领。那牧牛大仙驾云来到南阳地界,见八百里伏牛山草树繁茂,是放养牛的好地方,于是便把天庭的御牛全放了下来。自此后,天庭里要宰牛时,便派天兵或牧牛大仙来伏牛山领。

大约是这玉皇老儿贪吃牛肉,把俺伏牛山里的牛全领走杀光了,要不然,山里有牛,我和照进哥拼死也要去捉一头!

最后一遍绿豆摘完,苞谷秆一砍,种麦就要开始,就要犁地、耙地、拉粪、播种了。我心里暗暗替照进哥着急:他家那十来亩地怎么办?季节不等人!为此,我特意跑到我舅家,舅舅有一大一小两头牛,我恳求舅舅答应把那头小牛借几天用用,舅舅再三要我保证了不累坏牛之后,答应借给三天。那日傍黑,我去告诉照进哥这个消息,离老远,就看见他站在院门前同村里有名的身兼媒婆、神婆、沐婆三职于一身的银升婶说话,说得仿佛还很投机,银升婶不时夸张地抱着胳膊,照进哥则一个劲地点头。"说什么哪?"我好奇地紧走几步想去听听,不想他二人闻声立时住口,照进哥的脸上还显出一丝慌张。我当时没有在意,只含了笑问:"说什么哪?""几句闲话。"照进哥说。银升婶这时就扬了扬胳膊："你们说话,我走了。"我随后就开始跟照进哥说我舅舅愿借牛的事,我原以为他听了这消息会很高兴,未料他听后竟半晌无语,末了才说一句："这也不是一个长久的办法。"他的淡漠反应使我有些委屈,就声音很硬地顶他一句："那你可想个长久办法呀!"他缓缓地说道："我正在想!"我当时本应从他这话里听出一种不祥的决心,但我没有,我只是撇了一下嘴,把一丝不屑扔给了他。我根本未想这个动作给他造成的刺激,我只是生气——原以为一告诉他舅舅愿借牛的消息,他就会高兴地把我揽到怀里,而现在他竟如此冷淡!

我当时转身就走!

许久之后我才知道,那晚对我其实是一个机会!可我没有辨别那个机会的鼻子!

其实第二天晚上那事情又有些兆头显出,只是我仍没有在意。那晚我上床后总听见屋后有一个人来回踱步,来来去去,去去来来,步子缓而沉重,直到半夜还在那里。我有些诧异,就披衣拉门闪出身,就着淡淡月光一看,那踱步者竟是照进哥。我走过去问他怎么没睡,他说："心里乱,想来看看你。"我以为他还是为买牛的事难受,就抓了他的手劝他别太焦心,我也在想主意。我抓住他的手时感到那手冰凉冰凉且在抖,我问："你是不是病了?"并抬手摸摸他的脸,手指在他的鼻子两侧触到几个水珠,我问这是什么,他说是汗,浑身总出汗。后来我就掏出手绢擦干并把他劝了回去,直到我重又躺到床上时才想起有些怪:半夜天这么凉,他在那里踱步怎么还会出汗?但后来瞌睡扼断了我的这丝怀疑,我没有想下去。

第三天日将当头,我从地里挑一担苞谷秆回村,经过刘冠山家门前,忽然看见照进哥从那院门里出来,身上穿了一套过年过节才穿的半新衣服,刘冠山正满脸是笑地亲自送他出门,语气极亲热地嘱咐:"小进,得空来玩吧!"这和上次我与照进哥同去见的那个刘冠山判若两人!我当时一愣:莫非他又送了礼,使得刘冠山高了兴?待刘冠山转身进院后,我放下担子,急步跑过去拦住正低头往家走的照进哥问:"怎么,刘冠山答应贷款买牛了?"照进哥闻声抬头,见是我,身子似乎一哆嗦,脚向后退了两步,仿佛非常吃惊,先"哦哦"了两声,这才声音低微地说道:"也许能行。""你又送了什么礼了?"我又问。他没迎着我的目光看我,把眼睛移向村后的山坡,只答了一个字:"嗯。"脸变得十分阴沉。

我高兴地拍了一下手,叫:"送礼也值!"随即就又嘱他,"要抓紧,别让他拖!"他没有点头,双眼一动不动地盯住我,嘴唇动了几下,但未开口说话,我没有去想别的,只是为他高兴,解决了,牛到底有了!

我记得我重新挑起担子往家走时,还哼起了歌。这种快活心情一直持续到晚上。晚饭后,隔院的枝子嫂来家,向娘借一个绱鞋的顶针,见我在绣一个鞋帮,就说:"哟,巧手姑娘!看将来哪个有福的男人娶了你?"我瞪她一眼,未料她立刻又说,"晓得吧,和你同岁的那个荞荞姑娘,别看人家是个哑巴,还真有福哩,已说了个漂亮女婿!""男方是谁?"我漫不经心地边绣边问。"怎么,你不知晓?就是咱村的照进呀!听说很快就要结婚了,那小伙子除了家里穷点,其他可是样样都棒,身个高,面相好,听说刘冠山很高兴能找这样一个女婿,说要给女儿送很多很多陪嫁……"

轰隆一声,我觉得一团红色的东西在眼前炸开,一个尖利

353

的东西扎进了胸内的什么地方,枝子嫂下边的话我一个字也没听到,我勉强使自己坐在原地,强抑住就要出口的一声呻吟。胡说!我很想在心里替照进哥反驳,待枝子嫂刚一告辞出去,我就慌慌地出了门,径直朝照进家跑去。我不再顾虑被他爹妈发现我在找他,到他家就猛推开院门高喊一声:"照进!"

他们一定都被我这高喊吓了一跳,齐站了起来,我看见照进在向我走近,我折身院外,我听见他的滞缓脚步在我身后扑嗒,大约走到离院百十步的地方我猛转回身,一把抓住了他的领口,声抖抖地问:"听说你要和荞荞结婚,是真的?"

沉默。黑暗中我看不见他的脸孔,只听见他的喘气声陡然变粗。

"说呀!究竟是不是真的?"我摇晃着他的身子。他依旧无声,只是那喘息又慢慢变细。"说呀!你哑巴了?"我催。原本压在心里的那个判断翻了上来:假的!那传闻是假的!他现在是故意吓我,马上他就会大笑,就会在大笑之后告诉我:你怎么会信这谣言?我就那样傻瓜?去娶一个我不喜欢的哑巴?

我等待着他开腔,心情竟镇静了下来。我开始听见四周的草丛里有秋虫在叫,仿佛是两只蝈蝈,一老一少,嗓音一粗一细、一高一低。

"真的。"静寂中突然响起他嘎哑的声音。在那一刹那,我竟没有立刻理解他这话的意思,竟忘记了自己刚才的问话,又问了一句:"什么真的?"

"我要娶荞荞。"

这是沉重的一击!疼得闷、疼得重、疼得深,但不锐,因此,我还能张嘴说出一句:"你——你为什么?"

"牛!"他似乎咬着牙。

"牛?"我意外地打个寒噤。

"三头。她爹已经答应了!"

"啪!"我使出全身的力气,照着黑暗中他那张微微泛白的脸,猛地抡起了巴掌。我的力气用得太大,以至于巴掌击中他的脸之后,巨大的惯性使我的身子向一侧趔趄了几步。

我站稳,转过身,脚如踏棉一样一高一低地往回走。身后的他仍站在黑暗中,一动不动,一声没吭。

不能哭!我紧咬牙关,把呜咽憋回喉咙。

我整整睡了一天!借口是头疼。

娘好像知道我的病因,中午时分来告诉我:"照进他爹妈不愿他同荞荞订婚,说怕将来有了孩子还是哑巴,照进妈妈头晌找媒婆银升婶吵了一场,说她不该不经过大人就给照进说媒。"

我的心轻微一动,一丝微弱的希望重新燃起:但愿他爹妈的干涉能起作用。可不到天黑,这最后的一点希望也告破灭,隔壁的枝子嫂来说:"照进他爹妈拗不过儿子,加上听说刘冠山要为女儿陪嫁三头牛和五百块钱,点头了,银升婶已为两家择定,后天换八字,初六新娘过门。"

眼前只有金星在飘。

牛!你这该死的牛!

吃罢晚饭,我趁爹娘不注意,取下了挂在门旁墙上的牛神,把它抱回自己的睡屋,放在那个盛衣服的纸箱上,在它面前摆了两块豆饼,而后跪下,咬了牙说:"牛神,你要真是神,你就该显显灵!周照进为牛坏了良心,你该让他死在牛蹄下边!"

我记起奇顺爷说过,想向牛神讨要什么,须得血祭,敬奉者要将自己的血滴在牛神面前,它才能答应你的祈求。这是因为牛神想让人知道,牛血和人血一样也是红的,人应该珍惜!

我用剪刀把右手中指戳破,在牛神头前滴血五滴。

我直盯着初六这个日子一点一点爬近。我恨!我真希望老天爷能把这天从时日中抹掉,脑子中一闪过照进和荞荞走在一起的幻影,我的牙就禁不住咯咯作响。但那个日子到底还是来了,来了!

早饭我勉强吃了两口,半点食欲也没有,我所以坐到灶前端起碗,实在是不愿让爹看出我的反常来。扔下饭碗,我就匆匆背上割草筐子疾步向地里走,我要躲到野地里,把这可恨的一天挨过。但还没走到村边,就猛听到刘冠山院门前鞭炮唢呐齐响,村里人纷纷走出家门去看迎亲,几个相熟的姑娘瞧见我,不由分说地扯了我的胳膊叫:上地忙啥,快去看看热闹!我的脚不由自主地随着她们走,好!就去看看!就去看看周照进怎样娶这个哑巴新娘!我咬着牙,随那群女伴先走到刘冠山家门前。今天的刘家大门洞开,门两边贴了大大的双喜字,红黄绿的鞭炮纸屑在门前铺了一层,几支唢呐朝天,声音把空中的云块冲得乱动。一辆迎新的牛车就停在院门口,车尾朝门,车后放一个裹了红绸的方凳,凳下便是一张又一张新苇席,直铺到一楼客厅门口。尽管从刘冠山到照进家不过几百步,但仍行的是牛湾人习用的"牛车迎娶":两头黄牛一公一母站在辕前,脖子上挂着锃亮的铜铃,牛角上饰着红色的彩带,牛肚带用的全是新织的彩色麻绳;牛车上用芦席扎着拱形的顶盖,顶盖上也饰着红色的绸带;车内,铺了一床红缎子被,被子上放三个用麦秸编的涂了红色的圆坐垫,中间的坐垫大,那是新娘子的座位,两边的小,那是伴娘的位置。看着这排场,我心里对照进的恨又加了几分!

刘冠山正给人们散香烟,满脸都是抑制不住的笑容。他在为他的女儿高兴!过去他一直在愁女儿的出嫁,好小伙不愿要荞荞,残废小伙他又不同意嫁,如今他是满意了!

随着一声重重的锣响,几支唢呐齐吹出一声长笑,新娘出门了!人群在向前挤,我也被女伴们拥着向前移了两步。看见了!那个穿一色蓝布褂子、裤子的照进光脚踏着苇席来到了院门口,杂种!他的身后跟着由两个姑娘搀着的荞荞!荞荞头戴一顶平日由银升婶精心保管的花冠,身穿水红褂子和翠色裤子,脚上是一双绣着牡丹的缎子鞋。

她在笑!你这个哑巴!你穿上这身衣服是很漂亮,但只要你一张口,人们就会知道你是个不会说话的东西。不知怎么的,一看见她含羞带笑,我心里的恨忽然转了方向——对准了荞荞。你笑什么?照进本来是我的!我的!只是因为你爹有权、有牛,才被你抢走!你别高兴得太早!我不会让你活得安生!不会的!

荞荞被扶上了牛车,随着一声啪的鞭响,牛车的轮子转动了。牛铃叮当,牛蹄叩地。随着牛车的启动,送嫁妆的队伍出了院门,先出来的一个挑着一担食盒,食盒里溢着喷鼻的香气;接着出来的两个人抬的是一对黑漆箱子;跟着出来的三个人各捧一床缎子被;随后是四人抬的大衣柜;最后是六个人送的三头黄牛,两人一头,一人前边牵,一人后边赶,三头牛背上全披着红布。嘀!第一头是云黄!我认得它!"看见了吗?那后边两头牛是从村牛场买来的!"身边的女伴在议论。"多

357

少钱?""六十块!""这么便宜?""没看是谁买的!"……我没再听下去,我一看见那三头牛,顿觉眼中冒出了火。牛,该死的牛!

"哞嗬哞——"云黄和那两头牛忽然齐叫一声。

这是牛在笑!奇顺爷说过,牛会笑,牛这样叫的时候就是笑!"哞嗬哞——"它们笑什么?为自己成为新娘的陪嫁?瘟牛!

我到底挨到了天黑。但坐在屋里,照进家闹洞房的笑声仍然隐隐传来耳中,我狂躁地在屋里来回走,一幅又一幅往昔看过的闹洞房的情景又在眼前变幻:照进和荞荞并肩坐在洞房的床沿,一颗圆圆的红枣吊在他们脸前,两个人的嘴同时伸去,把枣各咬下一半……我不能坐这屋里想下去,这样会把我折磨死,我轻轻拉开门,向暗黑的野外走。四周空旷寂寥,邻村有狗在叫,天幕上悬吊的几颗淡星在云海中时隐时现,夜风把树梢弄得一摇一摇,我微闭双眼,漫无目的跌跌撞撞地在田野间走,不知走了多少时候,我忽然听到前边有照进的声音:"慢走!"我一惊,睁大眼一看,才知我已走回到了照进家门前。他正在送闹房的客人,刚才那话就是对闹房的人们说的。我站在暗处,看他把客人送走之后,在木栅院门前无声地站了一阵,这才又慢慢转身进院。我的双脚不由自主地向院门走去,隔了木栅院墙,我看见他走进他家的牛棚,牛棚里挂着一盏风灯,那三头陪嫁的黄牛,正卧在牛槽后边缓缓地倒沫。他走到牛身边,默默地看了它们一阵,这才把马灯拧小,折身进了堂屋。杂种!瘟牛!天开始飘起细雨,身后的树冠上有雨丝与树叶相触的声音,我的双拳一攥,而后开始挪步,我不知道我当时出于什么心理,反正我在他进了堂屋后就轻步从木栅院墙的一个间隙迈了过去——我过去夜晚悄悄找照进时都是走的这个通道。夜已经很深,院子里悄无声息,他的爹娘弟妹们显然都已睡了,只有照进和荞荞的新房里的灯还在亮着。我仔细地观察了一阵院子和墙根,我得小心别碰上别的听墙根恶作剧的人。没有!可能因为今夜天阴且又开始飘雨,人们都已乏了。我一步一步地走向窗根,我的双拳攥得生痛,上牙紧咬下唇,双耳嗡嗡作响,我心里怀着一个模糊的说不清的愿望,看看!看看他们!

窗上原来糊的粉色窗纸显然已被闹房的人们捣烂,现在贴在窗上的白纸还湿着,我估计这是荞荞或是照进的妹妹刚糊上的。我用手指轻轻一捅,那湿着的白纸就立刻破了一个洞。现在,新房的一切都可以看清了!这间屋子,我过去进过多少遍,但如今它已完全变了模样:四壁全用报纸糊了,一只红漆大木床贴里墙放着,靠前墙和山墙摆着大衣柜、箱子和梳妆台,好漂亮!荞荞正垂首坐在床沿,双手不停地搓弄衣襟,照进则坐在离床不远的一把黑漆木椅上吸烟,床头桌上放一盏有玻璃罩子的煤油灯,一个拴了红提绳的青瓦尿罐放在床腿旁边,一股新家具的油漆味和着照进喷出的烟味飘进了我的鼻孔,我的心脏在剧烈地撞着肋骨,我感觉到胸口憋得难受,我知道我最恨的那一幕不久就要发生。果然,是荞荞先抬起头来,望着默默吸烟的照进,她的脸上带着羞意印着红晕,但我第一次注意到,她望着照进的眼里带着一股大胆和渴望,那羞怯的眼瞳深处闪着一种火星,我知道那火星意味着什么,我自己过去有时看照进,看着看着眼里就会蹦出那种东西。她懂!这个哑巴姑娘像我一样,什么都懂!她慢慢站起来了,扭过身,伸手弯腰去铺床。她拿起了两个枕头,犹豫了一下,似乎不知道该把它们怎么放,但最后还是把它们并排放在了床的一头。她拉开了一床红缎面被子,把它小心地抻好,她的手像是在抖。这主动铺床的举动是她妈预先教她做的还是她自己想起的?床铺好之后,她又转过身,向照进望,那目光里含有鼓励!是的,几乎全是鼓励!好你个东西!我觉到我心中的火一蹿一蹿,一股强烈的妒恨使我真想冲进去撕她!照进没动,仍在低头吸烟。她开始解衣扣脱衣服,她的身子也好看!看那胸脯,紧挺的一对东西把小背心顶得好高;那臀,也好白好大;那腿,又长又韧。但你是个哑巴!哑巴!我在心里狂叫。她穿着白色的小背心和粉红的短裤很快钻进了被子。她躺下了,但把脸转过来直直地看着照进,漆亮的双眸里含一种柔柔的恳求,我多希望她此刻能呀呀呀地叫几声,那样一定会让照进哥再一次意识到她是个哑巴,破坏他的心境。但是她不吭,只那么柔柔地望。照进虽然仍坐在原处,但到底朝床扭过脸去了!我觉得一股又一股血在冲撞我的头顶。不,不能!照进本来是我的!我的!决不能让荞荞就这样夺走。在那一刹那,我想起了过去照进几次撕扯我的衣服我都把他的手推开的情景,一股巨大的后悔吞噬着我的心:我早该要了他!要了他!几乎在这个念头闪过的同时,一个愿望突然出现在心里:把他引出来,让荞荞在那里空等!空等!这个愿望死死地揪住我的脑子,让我的大脑不由自主地飞快去想引他出来的法子。牛!对!只要他的牛发一声惨叫,他就会出屋,那是他的宝贝!

想到这儿,我转身就轻步离开窗根向牛屋走去,就着微弱的风灯光,我看见墙上挂着一把割草的镰刀,我抓过那把镰刀不由分说照那云黄的屁股上就砍了一下:"哞——哞——"那原本侧卧在槽后倒沫的云黄被这突然而至的伤害痛得高叫了两声。那牛叫声还未落地,我就听到了照进从他的新房门口跑来。"牛怎么了?"厦屋里传来照进爹一声带了睡意的惊问。"我去看看,你睡吧!"照进此时已出了屋门,我飞快地隐身在牛棚门外,他进棚刚走到牛槽旁,我就突然闪出,用尽全身力气一下子把他推倒在一堆铡碎的麦草上,他在仰倒时惊得要张嘴大叫,一看是我,又倏地闭嘴,只是双眼吃惊而意外地瞪着我。我扔掉手中的镰刀,怀着一种因仇恨而激起的疯狂,猛地扑到他身上,使劲用手去撕开他的衣服,他先是被我的举动吓住,不停地躲闪着身子,以为我要害他,后见我又撕开了我自己的衣服,他就被骇呆在那里,一动不动地看我,直到我紧贴在他的身上,用牙狠咬着他的嘴唇,他才明白了我要干什么。我感到他的双手猛地把我抱紧,身子渐渐开始激动,而我的心里却全是仇恨,我没有尝到任何快乐,我只感到了一阵撕心的疼痛,与此同时,我的嘴里也有了一股血腥味,我把他的嘴唇咬得鲜血直流。我最后仰躺在草堆上时,我看见云黄和那两头黄牛六只眼睛全在惊望着我和照进,云黄屁股上的血珠还在顺腿流动。"滚开!"当事情结束后他还伏在我身上时,我猛然用手和脚把他推滚到了草堆下边。他提起裤子站在那里,愣愣地看我。"滚到你的哑巴女人那里去!"我让声音从牙缝里冲出。荞荞,现在让你要吧!他已经跟过我了!已经做过我的男人了!他的童身是我的了!你要的不过是个烂男人、旧东西!荞荞,你知道吧?!……

第二天中午,我远远看见荞荞把云黄拉在院外,拴在一棵树上,而后用水在洗它臀上的伤口,一下一下,洗得很仔细,洗吧,哑巴!你晓得那伤口是怎么出现的?

我恨牛!恨照进!恨刘冠山!恨荞荞!

361

我虽然再不进照进家,再不从他门前过,却一直在暗中注意着他和荞荞和那三头牛。我盼望着他们能出点事!

是在他们举行婚礼的第三天早饭后,我看见荞荞背一个草筐下地割草,我有些意外:牛湾的风俗,新媳妇三天之内不干活。在村边,她刚巧也碰见了她爹刘冠山,我听见刘冠山惊诧地问:"荞荞,怎么今天就出门割草?谁叫你干的?"荞荞默看一眼爹,缓缓抬手指指自己。"少割一会儿就回去。"我听到刘冠山在心疼地嘱咐。荞荞点一下头,急急向田野走。我晓得荞荞在娘家干活不多,像割草这一类的重活更少,看来结婚使她勤快了。

因为有了两头役牛和云黄,他家的地犁得耙得最快,种得最早。那天,我看见他把最后一耧麦种完之后,扶耧立在地头,默望着其余正在忙碌整地的人家,身子许久不动,末后便从衣袋里摸出一本书去看,虽然隔了两亩地,我还是认出那书是他从奇顺爷那儿借去的《牛资源》。

那之后没多久的一个早晨,我发现他牵了那两头役牛中的一头犍牛出村,过了三四天方回,回村时手上牵的是两头腿短身长的外地牛犊,那牛犊的毛色白底带黑纹,与本地黄牛完全不同。邻人们看见,就都新奇地上前问:"这是什么牛?"我听见他声音沉沉地答:"奶牛。"众人又问:"它们也能拉犁?"他又淡淡答:"不能。"我当时站在远处诧异:他用犍牛换来这牛犊是要干什么用?

那段日子每次晚饭后在我是一段最难熬的时间,过去,我常在这时出去同照进快活相会,如今,只剩下了无尽的痛苦和烦闷,我只有靠纳鞋底来打发这段时光,纳完一双再纳一双。一日晚饭后,娘破例地含笑坐我身边说:"西兰,有桩事想跟你商量,昨日你银升婶来家说,村东的赵老大家想跟咱们做亲,他家的儿子今年二十三,上过高小,家里两间房、四亩地、两头牛。你看——"

"少啰唆!"我呼地截断娘的话,恶狠狠地说,"我不嫁!你要是嫌我在家吃你的了喝你的了就把我杀了!"娘被我顶得噎住话,眼愣愣地瞪我。

找?现在找男人,我还能去找谁?我还能找到谁?让银升婶介绍还不如照牛湾人的老规矩,骑上牛,任它走,把我驮到哪家算哪家!

奇顺爷说,我奶奶就是这样来到牛湾的。我奶奶属牛,老家在秦坳,她长到十六岁那年,按那时的规矩,属牛的姑娘跟牛走,该骑牛找婆家了!她爹就牵出一头牛,对她说:闺女啊,人的命运神保佑,你这辈子属了牛,究竟找哪个男人好,你爹你娘都不晓,如今你就骑上这头牛,牛神我们已经拜过了,你骑牛走,我就跟在牛后头,牛勤劳,也会给你找一个勤快男人,牛最后在哪家的门口停下不走,哪家的儿子就是你的丈夫!我奶奶那时欢欢喜喜骑上牛,放松四肢任牛走,整整走了半晌,过了一村又一村,那牛就是不停蹄,最后把她驮到了牛湾里,在我家门前停下了,我奶奶在牛背上一看我家只有两间草房的穷酸样,立时慌慌地去打牛,想催它快走,可那牛就是不动蹄,急得她都哭开了。我爷爷那时可胆大,一见有牛驮个俊姑娘,知道这是寻夫的,不管三七二十一,上前就把我奶奶抱下了牛……

几月之后,村里人都发现,每天早晨天刚亮,照进都要借一辆自行车,驮两个白铁皮做的带盖的桶,飞快地向柳镇骑,却不知他这是干什么。直到一个早晨,几个早起的村人,看见照进和荞荞正钻在他买回的两头奶牛的肚子下挤奶子,惊呼一声,才引来了众人看,人们才知道他每天骑车去柳镇,原来是去卖牛奶。那日早晨我站在人群后,默看着照进和荞荞蹲在牛肚下,手不停挤压那硕大的奶子,一股股白色的奶汁呼呼啦啦注进桶里,心里忽然想起好多年前照进在牛屋同我说过的话:"早晚有一天,我要靠牛发财!我要成为比刘冠山还富的人……"也许,这就是他要靠牛发财的办法?我看看荞荞在牛奶子上灵巧捏动的手,望着四周人们脸上的羡慕,心中又泛出一丝酸楚:这双挤奶的手本该是我的!我的!我的眼珠从那硕大的牛奶子上转向了荞荞的胸脯,咬牙在心里恨恨地咒:但愿荞荞的奶子永远不出奶水!

到了那年夏天,照进就真赚了一笔钱。我原来在心里揣测,他即使赚也不过赚几个零钱花花,未料他竟赚了那么多!知道他所赚的钱数是一个有月的晚上,那晚因为天热,我去村外的河边擦澡,从刘冠山家门前过时,忽见照进拉着荞荞也向那门前走。刘冠山当时正坐在院门前乘凉,看见女儿女婿走来,忙起身招呼:"小进、荞荞来了。"借着从院里射出的灯光,我注意到荞荞的面孔十分苍白,她向她爹点一下头,就和照进在一条长凳上坐了。我当时就停步站在一个暗处,想看看照进究竟会和他岳父说些什么。一开始是几句平常的问候,接下来就听照进说:"我想再从村中牛场里买五头牛!""哦?"刘冠山显然有些吃惊,"你家里不是已有两头黄牛两头奶牛了吗?还买牛干啥?再说,那是集体的牛,并不是我一个人当家,咱总去买也不好——"照进这时慢腾腾地开口打断了岳父的话:"我这个人喜欢养牛,我想只要你说买,他们就会卖给你!"边说边用手掐了一下坐在他旁边的荞荞的手背,他这个动作刘冠山看不见,但我站的这个角度却可以借着从院中映出的灯光看得很清,那荞荞被掐得眉头一搐,急忙抬起头来向她爹呀呀叫着打手势,那声音很急,又仿佛带了哭韵。刘冠山一见女儿焦急的样子,只好点头说:"好吧,我给牛场讲讲,让他们卖给你们!可是如今牛贵得很,一头牛就得千把块钱,五头就是五千多,你们有那么多钱吗?""我只有两千。"照进说着从口袋里掏出一沓钱,扔到了岳父面前的茶桌上。我当时吃了一惊:两千?这么多!"两千怎能买五头牛?"刘冠山的眼略略有些瞪大。"我听说你上次从牛场买牛是六十块钱一头,我给四百块钱还不行吗?"照进的声音虽低,但我能听出里边带了一股压力。他刚说完这句,手就又在荞荞的腕上掐了一下。这一下大约掐得相当厉害,我看见荞荞的整个身子疼得一缩,仿佛有泪水已涌进眼窝,她急忙扭身,向她爹呀呀地打着哑语,我猜出那哑语的意思是:"爹,卖给我们吧,我求你了,求你了!"刘冠山沉默了半晌,而后点头微声说:"好吧。"一听到这两个字,照进立时起身:"那好,我们回了。"可荞荞还没站起,仍坐在原处,她仰脸望着丈夫,我看出那目光像是在恳求:"我再坐一会儿,好吗?"但照进却弯腰拉起她的胳膊,不容置辩地说:"我们走吧!"荞荞站起身,这当儿刘冠山走到女儿身旁,关切地嘱咐:"荞荞,你得注意身体,多吃点饭,怎么现在脸上没有多少血色?"荞荞头垂着点了点,便默默跟在照进身后向回走。

我就是在那晚知道了:照进靠奶牛已赚了两千块钱!这个会算计的杂种!

那晚过后不久的一个头晌,我果然就看见照进从村牛场一下子牵回了五头黄牛。村人见了,都吃惊照进竟有钱买这么多牛,只有我一人知道,这五头牛总共花了多少钱!那五头黄牛到家没有半月,照进却又在一个早晨牵上它们离开了村子,有人说是去了县城,有人说是去了南阳,六七天之后,忽又见他手牵了五头半大的奶牛出现在了村边。当那群奶牛"哞——哞——"叫着走进村子的时候,全村的人都围上去看。他家那破败萧条的院门前,一下子拴了七头奶牛和两头黄牛,威风顿起,把他妈和拄拐杖的爹笑得眼睛成一条细缝。我站在远处望着那片牛影,不得不在心里惊叹:这东西真能倒腾!

那年冬天特别冷,我每天都盼着从他家传出死牛的消息,却到底没有如愿。照进那东西动员了全家,买草、买料、铡草、筛草、喂牛、垫圈,一家人轮流值班。几乎每天早晨,我都看见照进和荞荞各挑了一担桶去井台挑水。荞荞过去在家用的是压水井,从未干过这活,每把水担往肩上一放,就见她脖子和腰深深弯了下去,好一副可怜样子!有天早上,她去挑水时我也去挑水,我俩刚好在井台相遇,她刚把水桶从井中提出,突然"哇"的一声蹲下呕吐起来,从已婚女人嘴里听来的经验使我断定:她是怀上了照进的坏种!我厌恶地刚想走开,却见她吐着吐着扑腾歪倒在了井台上,我这才过去把她扶住,一扶她的身子我才知道:她在发烧!身子热得烫人。我慌慌地把她搀进她家院中,喊来她婆婆扶住她。在我转身出门时,我瞥见站在牛棚里的云黄,它正双眼定定地看着软软倚在婆婆身上的荞荞,口中长长地出了一口气。

奇顺爷说过,牛会叹息!每当它们长长出气时,就是在叹息!它们当初见人们种庄稼从犁地、耙地、播种、收割、晒打、磨面到吃到嘴里,那么费力,便感叹人们活着其实也不容易,于是就常为人们叹息！这云黄是不是也在叹息？它是在叹息什么？

到了第二年春末时，那五头半大的奶牛就全开始出奶了。大约是照进同柳镇奶品公司签订了什么合同，每天早晨，都有一辆摩托三轮突突地开到他家院前，把新出的几桶奶全部驮走，人们看见，几乎每天那来驮奶的人都把一沓新崭崭的票子递到照进手上。周照进发了！村里人都开始议论，我也不得不怀着恨意承认：他发财了！我估计他下一步就该盖房子和让荞荞生孩子了！每次见到荞荞，我都注意地看一下她的肚子，看是不是已经鼓起，但一直没有看出信息。

到仲秋时，有很长一段日子不见了照进，他家里的一应事情都由他爹妈、荞荞领着家人和一个帮工的亲戚干着。有人说他进南阳城买彩电和录音机了，有人说他进山买木头回来要盖房子打家具了，当他终于在一个下午出现在村边的时候，人们又是大吃一惊，因为在他的身后，跟着二十多头黄牛犊，一个个欢蹦乱跳，哞哞乱叫，两边各有两个雇来的赶牛人招呼。我当时正在自家田里摘绿豆，看到这阵势也真的有些震惊：买这么多牛？这杂种是真要大干了！我看见刘冠山也有些意外地迎上去叫："嚄？买这么多？你是要开牛行了？"脸上却就溢了笑夸："中！行！不错！"

第二日上午，村里的几家山墙上都贴出了一张白纸，人们一看才知，那竟是照进要招帮工的告示。我是被邻居姑娘小胖拖着去看那告示的，告示上说要招两名男工两名女工，任务是挤奶、铡草、喂牛、出圈、放牛等，要求年龄在十八至二十五岁之间，未婚，身体强壮，有初中文化；待遇是每月发钱六十元，每日管三顿饭。"咱俩去吧！"小胖一本正经地同我商量，我鄙夷地摇头拒绝："我去给他干活？美得他！"话虽这么说，但告示上写每月发六十元这条确实令我心里一动,六十元对于我家可不是一个小数目!我娘这一年多不断有病卧床,抓一服中药两块多,加上原来尚未还清的买牛款,日子一直过得紧紧巴巴,一月要是有六十元那是太好了!但去照进家给他干活,不!

小胖去干了一月之后的那天晚上,攥一卷钱兴冲冲地来见我说:"看看,这是照进发给我的工钱!"看见钱后我心中怦然一动,嘴不由己地说道:"嗯,不错!"小胖望我一笑说:"你也去吧,干活挣钱,有啥?"我当时未答,未料几日之后的一个黄昏,小胖会突然跑来告诉我:"照进又要招两个女工,村里七八个姑娘挤着报名,我已替你把名报上了,照进说他明儿上午决定要谁!"我生气地瞪她一眼:"多事!"她咯咯一笑说:"报上去凑个热闹有啥?"我一听,也是,照进不会叫我这个仇人去他手下干活的,报了就报了吧。第二天头响我正在地里割谷,小胖忽然气喘吁吁奔到地里告诉我:"行了!照进同意让你干了!他刚让他妹子来给我说的。"我脑里顿时轰了一下:干不干?最初的那一瞬,"不干"两字差一点冲口而出,但六十元的诱惑力太强,我想到娘躺在床上为了省钱咬牙不吃药的模样,心一横,干!就去干!顺便也看一看这坏种还怎么发下去!再说,我也得挣一点嫁妆钱了,我不能总赖在家里,早晚要给一个男人当老婆,指望家里给我置办嫁妆已不可能,我得自己挣点钱了!

两天之后的那个头响,我随小胖去了照进家。他家的屋后原是缓缓的山坡,这阵儿已用土坯、木头、高粱秆和麦秸搭了几十间牛棚,分成两排,像当初队里的牛屋那样,牛棚里摆一行牛槽,奶牛和黄牛站在牛槽后吃草。我们去的时候,照进正站在牛棚前同招来的几个帮工说话,见我们过去,他扭脸看了一眼,我原来已准备好,只要他在看我时脸上露一点得意之色,我转身就走。但是没有,他甚至都没迎我的目光,只是看看小胖平静地交代:"你们先去牛棚里歇歇,待一会儿我先教你们挤奶!"

我和小胖走进那宽敞的牛棚,坐在那新铡的草堆上等待,淡淡的草香和着牛粪味儿钻进鼻孔,使我仿佛又回到了久远的过去,那时,我和照进哥在生产队的牛屋里嬉戏……

我和小胖的任务是跟着荞荞一起,上午先挤奶。挤完奶后,往一口小型铡草机里续草,直铡到中午吃饭。吃完饭,三个人一起把那些黄牛赶到村西的河滩、河堤上放。牛们很喜欢去河滩上啃草,在那里自由自在,随便溜达着寻自己最爱吃的草蔓,比在牛棚里舒服惬意多了。每当我们赶牛去河滩时,那些在田里干活的其他人家的牛见了,总要停蹄扬头,羡慕地叫上几句,而这些不干活的牛也常要自豪地应上几声。

放牛这活比较轻松,只需把牛群赶到河滩里,我们便可以坐下闲聊或躺在青草上晒太阳。荞荞这人挺怪,每次放牛时,总还要挎一个筐、拿一把镰,我和小胖玩时,她就在一旁挥镰割草,小胖喊她歇歇时,她总是笑笑,照样干。她的脸早已没了做姑娘时的那股红润,泛黄;身子也消瘦许多。我注意到每当她把草筐挎回,只要照进说一声"好"时,她便欢喜得脸颊发红,她似乎在用割草向照进表明着什么。

荞荞对牛们特别好,尤其是云黄!她从不拿鞭打牛;她给牛筛草时特别仔细,一小块石头也要拣出;她常亲自给牛梳毛洗澡,她似乎在家的时间不多,经常在牛棚里忙;每天把牛从棚里赶出去河滩上放时,她总要站在门口,用手在每头牛的头上或身上摸一下,她心里的爱仿佛没处倾,全注在了牛身上。

牛们也特别听她招呼,有两头牛特好抵架,有时竟抵得头破血流,我和小胖过去制止,它们从不听,用鞭打也打不开,但只要荞荞赶来呀地叫上一声,那抵架的牛便立时停止格斗,荞荞要是再对着它们比画一下手指,它们还会不甚情愿地凑在一起,互在对方身上舔一下表示和解。有时她在河滩上割草累得满头大汗,几头牛会突然跑过去,同时在她四周卧倒,使得她不能走动,不能挥镰,只好坐那里歇息。对她特别好的就是那头云黄,那云黄如今已长得又高又壮,剽悍威武,走起路来一副高傲轩昂派头,但在她面前一直俯首帖耳。一次,荞荞在河滩的草棵中走,突然发现前边几步远有一条蛇正昂头盯着她,她被吓呆了,这时只要她一动脚,那蛇就会扑过来,很巧,那云黄当时在附近吃草,一见荞荞那副样儿,就疾步飞奔过来,先是把蛇吓开,而后直追上去,用蹄生生把它踏死!

奇顺爷说,牛对人特讲感情,在有恩必报方面有时比狗还强!光绪年间,牛湾村有弟兄两个,养了一头牛,那当哥的懒,伺候牛的事全交给了弟弟。弟弟脾性好,对牛精心喂小心使,哥哥脾性坏,有气时常打弟弟。一日正午,他为弟弟晚动手为他做饭又动拳脚,正打时,那牛突然从牛棚蹿出,照那当哥的腿上就是一角、一蹄,生生把那当哥的腿骨弄碎,使他从此不得打人,常坐地上乞求弟弟给他端饭、端水。

记得有天午后,我和荞荞、小胖把牛赶到河滩,又一块儿蹲在河边洗手。当时天有些热,小胖恶作剧,突然撩起水向荞荞和我身上泼,一下子把我俩的衬衣都泼湿了。还好,河滩里没人,我一边骂小胖,一边脱下衬衣、背心去拧干,荞荞抿嘴笑笑,也学我的样子脱了上衣。一开始小胖被我吓得跑了好远,只在远处笑着拍手叫:"噢,洗澡了,洗澡了!"后见我未去追她,就又慢慢地踅过来在近处看热闹。我和荞荞没再理会她,只赶紧把衣服平摊在一片高茅草上,想早些晾干。那小胖这时又突然大惊小怪地叫:"荞荞姐,你的胸脯子咋还是这样?"荞荞闻声低头看了一眼自己赤裸的胸部,而后茫然地看定小胖,那眼神仿佛在问:"怎么了?""你已经结婚了,咋还和她的一样?"小胖脸色发红地指了一下我对荞荞说。荞荞听到这儿,身子发冷似的一下子用双臂抱紧胸脯遮住了那对和我几乎一样的奶子。我笑着对小胖骂:"死丫头!你懂什么?结了婚,只要不生孩子,胸脯就还是原样,懂吗?""那荞荞姐为啥还不生孩子?"小胖又笑问,荞荞听到这话身子一抖,面孔倏然转青,只见她慌慌拿起还湿着的背心衬衣套在身上,急急地提了草筐和镰刀向远处走。我望着她的背影,隐隐地在心里猜测,是不是他们两个中有一人有病?但愿她永远生不出孩子!让周照进绝种!

过了八九个月,周照进开始陆续卖那些已经长大的黄牛,有的当役牛卖,卖给鄂北、川东、陕南那边来买牛的农民;有的当肉牛卖,卖给附近的屠户和柳镇、县城的副食品公司;有的当药牛卖,卖前自己先将牛杀了,将牛胃里的牛黄取出卖给药材公司。牛黄是一味中药,挺贵,几头药牛平日单独由周照进喂,不知他给牛吃了一种什么东西,那些药牛都很瘦,但杀后取出的牛黄,卖价往往抵过卖两头牛;还有的母牛被专门留下来生犊,种公牛就是那头又高又壮的云黄,他在卖青壮年牛的同时,又不停地派人去附近的镇平、新野、唐河、邓县等处买牛犊,到了我去他家帮工的第二年初,他已养有奶牛、役牛、肉牛、药牛、牛犊三百来头。我不得不在心里叹服他的会盘算!

随着牛的增多,他又增雇了几个帮工,这些新来的帮工中,有一个叫二行的小伙,家住村东头,爱说笑喜打闹,我对他这种性格说不上喜欢,倒也不厌烦,因为有时在挤奶、筛草的间隙听他说几句略嫌粗野的笑话,倒也是一种调剂。他这人有时同女工们笑闹时,喜欢动手,不过也只是稍占一点便宜就乐滋滋地自动止住,并不太过分。记得有一天,我和两个女工用铡草机铡草,他在出牛粪,中间歇息时,他挑了空粪担也来到我们身边坐在了草堆上。先是那两个女工同他说话,问他:"你力气有多大?能不能伸胳膊托起一百斤东西?"他笑了叫:"小菜一碟!不信可以当场试!"我当时顺口接问一句:"怎么试?"他就嘻嘻地望定我,说:"我把你托到我的手掌上,保准能托一袋烟时间!"我笑着扔他一句:"吹牛!"话音刚落,未料他竟真的嬉笑着猛伸手把我抱了起来,想托住我的腰,我慌忙从他手中挣出,挣跌到草堆上时,我感觉到他顺势在我腿上摸了一把,我脸一红,骂他一声:"该死!"他也就止住手,站在那里心满意足地笑。我当时瞥见,周照进就站在不远处往这边看,我没有在意也没有把这事记在心里,接着就又干起活来。傍晚收工后,我向家里走了一截,忽又想起自己的两个发卡后晌干活时取下扔在牛棚的窗台上,便又转身去牛棚里拿。我从牛棚的西门进去,猛见周照进正站在东门后用冷厉、恼恨的声音训斥那个二行:"……以后再见你同西兰动手动脚,小心我开除你!"二行慌慌地辩解:"我……我那是跟她玩闹。""玩闹也不许!"他的声音冷极。二行又辩了一句:"我这人爱笑闹,你知道的。""跟别人笑闹去!"我看见周照进重重甩下一句,转身出了屋,二行随后也跟了出去。我站在原地,飞快地琢磨着他这个举动的动机:怕我们耽误干活?没有,那阵儿是在歇息!想从此制止工人们之间的笑闹?怕出问题?但他又允许他"同别人笑闹去"!为什么单不允许二行同我"动手动脚"？想到这里,我的心猛一动:难道他这是一种忌妒？如果真是一种忌妒,那就是说,他内心里对我还有感情?!

一串我过去未留在心里的事情重又在脑中闪现:当初那么多姑娘报名来帮工,他为什么单单挑了我？每当我挽臂在奶牛身下挤奶时,他为什么总要远远站在一边望？那次我干活热了把褂子脱下扔在那里,待我回去拿时,瞥见他正站在那褂子前直盯着看,是在看什么？那天小胖在赶牛时开玩笑地对我说:"银升婶正在给你说婆家!"当时周照进正从旁边过,为什么他会猛地停了步？我要试验!我要来证实我的猜测和判断是不是真有道理,倘要是真的,那就等于老天爷赐我一件法宝!法宝!

大约是在那天之后的第三日,我们几个帮工在粉碎机前粉碎豆饼,准备用来做料喂牛。二行和另外一个男工负责从远处的库房里向这里挑饼,我和小胖的任务是把饼往粉碎机里喂。四个人干得都很卖力,因为周照进刚给帮工们又加了工钱,人人都愿在这里长干下去。正干时,我瞥见周照进从他的账房那边转了过来,刚好那会儿二行挑饼走近身边,我忽然想起自己要做的试验,便捏住一小块豆饼猛朝二行嘴里塞去,边塞边笑叫:"来,二行,你先替牛尝尝这饼的味道!"喜欢笑闹的二行被我这一逗,闹性顿起,立时把我塞到他嘴中的豆饼又塞到了我的嘴里,我用双眼余光发现周照进已经走近,便索性一下子把二行紧抱在怀,又用手把那块豆饼塞到了他的嘴里,同时目光朝照进一飞,果然,他脸色通红且露着恼怒,并很快扭头向草场那边走。忌妒!我心中一下明白:我的猜测没错!那晚收工后,当我偷偷看到周照进在牛棚里猛朝二行脸上打一掌时,我最后在心中断定:他忌妒我同别的男人接触!

373

好啊！我记得我的心当时一阵颤动,这么说,周照进,从今以后我也可以给你痛苦了！你过去给了我那么多痛苦,你在我痛苦时享受了那么多的幸福！现在,我也有法子让你痛苦了！哈哈哈,老天爷,你的眼还没有全闭住！

那之后又发生了一件意外的事！是一个日头刚落的时辰,我们帮工正准备下班,忽然看见周照进接连从自家屋里抱几捆劈柴出来,在牛场上堆成一个柴架,接着就在柴架上泼了煤油。我们都觉诧异：眼下天又不冷,又无牛下犊需要烤火,他点火是要干什么？因为正是收工时间,男女帮工们见状都围了上来。这当儿就见他从衣袋中掏出火柴,擦燃,"啪"一下扔上了柴堆,火头便"呼"一下起来,火起之后,却又见他反身进了自家院子,径去堂屋门旁墙上取下了他们家那个木刻的牛神,众人看见他拎着牛神出来,都十分惊异,不知他这是要干什么,他爹娘也慌慌地追出院门外问："你要干啥？"他不答,直走到火堆前,"嗵"一下把那牛神扔进了火堆中,众人惊叫一声,他爹娘一边大呼："你疯了！"一边扑向火堆想去救那牛神,却又被周照进猛地推开,霎时间,那木刻牛神便燃烧了起来。众人都敛声屏息,带一丝惊诧和恐惧瞪眼看那牛神在火堆中挣扎。周照进他爹娘此时就软软地跪在那火堆前磕头,边磕边叫："罪孽！罪孽！我们保证再给你塑身！塑身！"我注意到周照进冷眼站一旁抽烟,眸子里有火苗在蹿。

奇顺爷后来说：这叫罚神！过去牛湾曾有过一例。敬神不成就罚神,这样做有时也能让神一惊,使他晓得有人恨他,令他不得不做些关照。崇祯年间,牛湾有一家人,因太穷,三代买不上牛,犁、耙全靠人拉,那家人一气之下,就点火烧了牛神,谁知第二年那家竟真在路上拾了一头牛犊。当然这容易让牛神气恼在心,也会带来大祸!崇祯年间那家罚神的人听说后来就死于一场大火!

最好带来大祸!祸,你要有眼,就该快来!

我在寻找着让他痛苦的机会,巧,不久,就让我找到了一个!是个后响,我和小胖去种牛群喂护几头将生的大月孕牛。那阵子,周照进已把他的牛分为三群:一群奶牛,一群役牛和肉牛,一群种牛和牛犊。他大约是通过他岳父刘冠山,又在紧挨山坡的两块不宜种庄稼的地上搭了牛棚,这样,三群牛分圈在三个地方,彼此相隔不远,每天的清晨和晚上,三群牛叫声此呼彼应,真有气势。那天后响我和小胖给几头孕牛喂草时,看见周照进和两个帮工一起,正在种牛棚前的空场上给两头母奶牛配种,那两个帮工中有一个就是二行。他们配种时用的公牛就是云黄,那云黄此时已长得越发威武英俊,论身高、身长、臀宽、腿粗在种公牛中都数第一,走路呼呼生风,叫声洪亮悠长。平日只要它在牛群中一叫,好多母牛都要扭脸看它一阵,有的还想方设法用舌尖舔一下它的身子。周照进已用它给许多母牛配过种,生下的犊儿都是又高又大,今天让它给奶牛配种,大约是想要一种杂交奶牛,据说杂交奶牛产的奶,味道醇美,养分更多。

我和小胖给几头孕牛喂完草、刷完毛、清了圈之后,便把它们牵到棚外溜达,边牵着牛走,边看周照进他们在不远处的操作。看到云黄那种迫不及待的模样,小胖羞得捂上了脸骂:"噢,鬼云黄!"我当时笑笑,只注意着二行和周照进的举动,寻找着恰当的说话机会,看见他们的事情将做完时,我用挺高的声音招呼二行:"嗳,听见吗,过来,待会儿我找你有事!""什么事?"二行走来边问边胆怯地瞥了一眼不远处的周照进,他知道主人不愿他和我接近。我故意压低声音,但那音量却足以让二行和周照进同时听到:"收工时在牛棚后等我一会儿,我有话给你说!"说罢我便转身走了。

我断定周照进在收工后会关注着我约二行的举动。果然,收工的哨子一响周照进又拎个草筛钻进了牛棚,牛棚的后墙上开有几个窗口,我晓得他会从窗口那儿来窥视我。我在牛棚后站定,瞥见了周照进的身影在窗内一闪,我佯作不知,笑眯眯地同战战兢兢如约前来的二行低声打着招呼:"来,快来!"二行刚一在我面前站定,我便一下子把他抱在了怀里,急急地去亲他的脸,二行吃惊之余慌慌地挣扎着,我抱紧他不放,一边在嘴里说:"二行,我多么喜欢你!"一边在心里叫:周照进,你看见了吧?我在和另一个男人亲!你心里感觉如何?舒服吗?……我伸脚轻轻把二行的腿一绊,我俩便一下子仰倒在地,我继续假装同二行亲热。在倒地之初,那二行还在抵拒,但转眼之间他胆子变大了,竟不再挣动且来撕扯我的上衣,我厌恶地想把他踢开去,但我一瞥见周照进那铁青的脸出现在窗口,我又把对二行的厌恶压下去,只在心中冷笑:周照进,你心里感受如何?……

"咳!"周照进在窗口那儿大声地咳了一下,被我挑逗起来正想作恶的二行闻声呼地跳起,他只跑开两步,就被越窗而来的周照进迎面拦住,"嗵"的一声,他被周照进一拳打倒在地。

我这才慢腾腾地坐起,一边扣衣服一边冷冷问:"周照进,你凭什么打他?"

周照进呼哧着气转过身来,二行趁这当儿跑开了。

"你要自重一点!"我听见他咬着牙说。

"我自重不自重与你何干?"我厉声问,"你又不是我的男人,你有权管我的事?"

"我不愿你和二行这样的男人来往!"他的声音变低却抖得厉害。

"嚇!管这么宽?当初你和村长的闺女结婚,没有人去干涉你吧?如今我跟男人睡觉,你凭什么来管?凭什么?"我选择着那最能刺心的字眼。

"你?!"他向我逼近一步。

"干什么?!"我站起身,也向他逼了一步。

"你会明白的!"他忽然咬牙说了这么一句,扭身走开了。很浓的暮色中,我瞥见他的两脚一绊一绊,每走一步,都像是要向前跌去。哈哈,周照进,你心里也有不好受的时候?我听见云黄又在牛棚里长叫一声,我感到脸上有什么东西在爬,伸手一摸:是水!

周照进家的楼房盖起来了,一层五间,三层。那房子盖得结实气派,刘冠山那二层小楼与这一比,竟显得十分土气。楼的一层安排的是买卖洽谈室、账房、兽医住室和药房,二层是他爹、娘、弟、妹们的住室,三层是周照进和荞荞的卧室和摆满各种表格、书报的书房。站在三楼走廊上,可以看见连接在一起的三个牛场。这楼房是牛湾最高的建筑,是村人们羡慕的对象,也是周照进一家觉得自豪的东西。我注意到周照进的爹、娘、弟、妹进出那楼房时,脸上都带着抑制不住的欢喜,独有荞荞,进出楼房时仍像以往那样默默无声,有时甚至还面带一丝怯意。她的脸照旧黄瘦下去,她白天依然和我们女工一样在牛场干活,要说她现在已是女主人,活完全可以少干,但她似乎不愿歇息。她仿佛有什么心事,常常凝神站那里不动。有天傍晚收工,我和小胖发现她在牛棚门口坐了许久没有回家,双手只是一个劲地抚摩着低头站在她面前的云黄的脖子,那云黄两眼默然望她,也一动不动。我和小胖走过她身边时小胖叫了一句:"荞荞姐,快到吃饭时辰了,还不回家?"荞荞闻声急忙抬手抹了一下脸,而后扭脸朝我们吃力一笑,在那一刻我注意到她的眼角有未抹净的泪,她在哭!我一愣:你哭什么?你的日子已经不错了!有丈夫、有楼房、有牛、有钱,你还要什么?后来她起身向那栋漂亮的楼房走去,她走得很慢,步子像是有些犹豫。当时我未想到别的,我那时还不可能去想别的。

　　周照进的牛还在不断增多,除了种牛群里不断有犊出生之外,他还不停派人出去买牛犊,整个牛湾此时变成了一个牛的世界,牛草一垛一垛,牛粪一堆一堆,牛棚一排一排,牛叫一阵一阵。由于要照管这么多牛,村里的青年男女差不多都被周照进招成了帮工,由于周照进给的工钱并不比种庄稼所得的少,所以人们也都乐意来干。村里人家早先种的坡地,如今都种上喂牛的苜蓿,周照进收购时按斤付款,村里只有那些平地仍种着庄稼。种庄稼的粪肥如今倒是充足,谁家种地,都可以去粪堆上拉粪,外村的人要想拉粪上地也可以,但是要拿薯秧、麦草来换。周家那时养的牛究竟有多少头,我倒无心去问,那些天,我主要操心的是:怎样利用二行来给周照进造点难受。你既然忌妒我接触二行,我就偏偏要接触他。有几次,都是看见周照进向我身边走来时,我故意同二行笑闹,或摸一下他的脸,或胳肢一下他的腰,或佯装往他怀里一倒,二行没占我多少便宜,却把周照进气得脖颈发红下巴抖动,每逢我发现这点效果后,心里就觉出一阵痛苦的高兴。

　　有天正午收工时,小胖跑来告诉我:周照进把二行辞退了。这消息倒在我的意料之中,我没替二行惋惜,只觉以后少了一个让周照进痛苦的武器。未料到的是,三天后的一个傍晚,二行竟托银升婶来家说媒,说既然我那么爱他,他就娶我。我听了五婶的转述差一点笑出声来:这个笨蛋,他倒信以为真了!不过随后一想,自己这个年纪也该嫁人了!二十五岁,一个女帮工,家里又这么穷,还盼什么?还能盼到什么?随便找个男人,生下两个孩子,把这辈子打发走算了!二行固然不是一个长相漂亮的有志有才的人,但也不是一个丑八怪和十足的笨货,给这样一个人做老婆,起码不会受他的拿捏!再说,我跟了二行,周照进大概也不会很快乐,让他难受一点不是也很好?别再对婚姻奢望什么了!这样思来想去,我就轻松随便地对银升婶说:"行吧,让他择个日子订婚。"银升婶大约也没能料到这媒能如此顺利说成,听完我的话后竟有些发呆,直到我重复一遍之后,她才欢天喜地挪动着一双小脚向院门口扭。

就在我和二行的订婚日临近的一个后响,我和十来个帮工被叫到周照进家的楼前去卸车。那是三辆装满了大小机器零件的卡车,大家都不知周照进买这些机器干啥,只照着他的指挥把东西一件一件卸下。活干完大家要散开时,周照进叫住我:"你来一下,我有事找你!"说罢,转身就向他的账房走。我有些意外:这是我来帮工后他第一次单独叫我。我随他进了他的账房,他那一向阴沉的脸上露出一丝笑意:"坐吧。"他指着一把椅子让道。我没有坐,只淡淡说:"有话就快讲!"他又吃力地笑一回,说:"你知道我买这些机器是要干啥?"我冷淡地摇了摇头:"不知道,我也不想知道!我现在只关心你这个主人每天派给我什么活,每月给我多少工钱!"他的眉头提了一下,又慢慢放回原处,缓缓说:"我买这些机器是要办两个小厂,一个是牛肉罐头厂。你知道,我养的肉牛过去都卖给了别处,他们压价太厉害,我有了做罐头的机器,就可以把该赚的钱都赚回来,我可以自己杀牛,鲜肉能卖出的卖出,不能卖出的就做罐头,我不仅杀自己养的肉牛,还可以收购四乡里的肉牛来杀;再一个是做奶粉的厂,你晓得,我现在的奶牛数量增加,鲜奶多,镇上和县上的牛奶公司有时收不完,常压我的价,以后有了这做奶粉的机器,我就不怕卖不出鲜奶了!我还可以去收购四乡别的养奶牛户产的奶,奶粉的销路很——""你这些话好像不该跟我说,你应该跟你的爹娘说!跟你的夫人说!跟我说干什么?"我截断他的话,挖苦道。我注意到他的身子哆嗦了一下,声音转低:"西兰,这些话我只愿跟你说,真的!"与此同时,他缓缓起身,向我身边走,"西兰,你为什么就不能听听我说?"接着,竟伸手攥住了我的手腕。我被他那两声夹了颤音的"西兰"喊得心有点软,但这不过是一瞬间的事,我很快想起了当年他引着牛车娶荞荞的盛景,我的心警觉地一跳:他这是要干什么?是不是想凭着他的钱财来玩弄老娘?啪!我猛地打掉他紧攥我手腕的瑟瑟抖动的手,把他向后推了个趔趄,冷冷一笑,咬着牙低叫:"姓周的,你要想凭你的钱财来打老娘的主意,小心我把你的眼抠了!"

"你?!"他的眼睁得极大,下巴一搐一搐,许久之后才又微弱地开口,"好吧,我不说别的了,说了你也不信,我只求你一句,别同二行结婚!"

我当时鄙夷地瞪他一眼:"跟哪个男人结婚是我的事,用不着你来操心!"我狠狠地说罢,拉开门就走。回到牛场,见荞荞正牵了云黄饮水,那云黄饮一阵水后抬头,用舌尖轻舔着荞荞的手腕,我瞥见荞荞那手腕上不知怎的竟满是伤痕,那云黄舔着舔着,忽然抬头发出一句呜咽似的叫声,那叫声凄楚至极,像是受尽了什么委屈,那叫声如一只粗手攥住了我的心,我不由自主停下步子,慌慌去看那呆立着的云黄,它怎么会这样叫。

奇顺爷有次看了云黄,说:这牛是火牛。南阳黄牛分五类,金牛、木牛、水牛、火牛、土牛。火牛爱动情也爱发火,动情时极端驯顺听话懂理,发火时爱用暴力。和它打交道可要小心。

那之后不久的一天,我就听小胖她们几个女工说,昨夜半夜时分,听到从周照进家的楼上传出荞荞的哭声,我听后笑道:"你们八成听错了!荞荞能哭吗?笑恐怕都笑不及,有楼住,有钱使,有牛养,又有一个漂亮男人在身旁,她会哭?"这事当时说罢就算,我并未放到心上,更没想到这事会与我有什么关系。

我和二行的订婚礼如期举行。那天到来时我既无欢喜激动也无悲伤的凄怆,我只是漠然地迎来了那个天上有云块在撞的白天。亲戚们一个个脸上全带了喜色,二行更是笑得眼都没了,我只是像一个旁观者那样,冷静而平静地扮完我那天应扮的角色。当双方八字换完酒席吃罢五婶和众客人打着酒嗝走了之后,我长长地舒了一口气:总算又走完这辈子必须走的一步!婚期已定,我现在剩下的任务就是等待那个日子的来临。二行是最后一个走的,临走前他红着脸摸进我的睡屋,先是同我说他要做些什么家具,后看看屋里没了别人,就面带小心眼露恳求可怜兮兮地蹭到我的身边,伸手来抚弄我的头发。我没有拒绝,既然早晚是他的人了,拒绝他还有什么意思?我闭上眼,任他的双手在我身上疯了一阵,恍惚中,我又回到了许久之前生产队的牛棚里,我正偎在照进哥的怀里,听凭他那双手在我身上欢游,当二行那越来越粗的喘息把我从幻象中拉出来时,当年那个可亲可爱的照进哥又变成了今天这个衣饰讲究的富豪周照进了!我推开了二行,告诉他:你该走了!

那晚上我睡得很晚,半夜时分猛听窗隙传进一声女人的哭,推开窗侧耳细听,那哭声来自周照进家楼上,是荞荞!我从只有哭音没有叫声的特征中辨清了。我蓦然想起了前些天小胖她们几个女伴说的话,荞荞是真在哭!她哭什么?

第二日早上我去牛场上班时,看见村长刘冠山迟迟疑疑地向周照进家门前走。如今刘冠山去女婿家再不似以往那样倒背双手,迈着方步,一副威武高傲模样,竟也显出些畏缩。周照进因为办起了"宛南牛资源综合开发总公司",家里拥有七百来头各种品种的牛,全村差不多有大半人当了他家的帮工,在方圆几十里成了首富,乡里、镇上、县里、专署里,不断有领导有记者来参观、来采访、来鼓励、来表扬,所以地位早在村长之上。连乡长来牛湾视察时,都是先到周照进这里坐坐再去村部,遇有什么有关牛湾的决策要做,据说乡长总要先征求一下周照进的看法。对周照进这种地位的提升,听说刘冠山一开始也挺高兴,到底是自己的女婿嘛,女婿受人敬重,岳父脸上也有光彩,但后来,心里似乎又有些发慌,据说他曾笑着向乡长提议,以后来牛湾,最好先去村部歇歇!

我看见刘冠山走到周照进家院门口时,停住步,咳了一声,挺直身子,反背双手,恢复了他平日在村中走路的姿势,而后高喊:"照进在家吗?"我在不远处停步,看周照进怎样接待他的岳父。院门开时,周照进出现在门口,只听见他冷淡地问:"怎么,你有事?"却并不向院中让。"哦,也不是什么大事,"刘冠山双脚动了一下,显然想进院门,但见女婿没有让进的意思,便停了脚,说:"昨儿半夜,荞荞她娘说她听见荞荞在哭,是不是你俩生气了?""荞荞夜里在哭?我怎么没听见?"周照进眼瞪了起来,而后朝院中凶声凶气地喊:"荞荞,你过来,你爹说你昨天半夜在哭,是真的吗?"荞荞低头走到门口,先看了一眼丈夫,而后朝爹很快地摇了摇头,就又转身进了院。"噢,没有生气就好,就好!"刘冠山急忙点头。"看来荞荞住我这儿你不放心是吧?"周照进语气刻薄地盯着刘冠山问,"你要是不放心的话,今天就可以把她领回家住!""哦,哦,你别多心,可能是荞荞她娘耳朵听错了,只要你俩好好过日子,我们就高兴。"刘冠山尴尬地转身走了。

那天上午,我和荞荞一块在种牛场堆牛草,在近处细瞧,她的眼泡不仅红着,而且左脸有些肿。她仍像往常那样默默地干活,堆完一垛后歇息时,她向云黄身边走去。云黄一看见荞荞走近,先低低叫了一声,随后就伸过头来,极亲热地在荞荞身上蹭,一霎,那云黄又抬起双眼,直直地盯着荞荞那张忧郁的脸,目光许久不动。

晚上回到家,爹在吃饭时说:"照进办的罐头厂后晌试产,一共生产了七十瓶牛肉罐头,乖乖,那压瓶盖的机器真他娘的绝,一压一个准,噗噗噗……"他已被招聘到罐头厂做工,他会杀牛、阉牛。如今我们家除了上学的一个妹妹外,剩下的全给照进招去做工了,娘在饲草收购站——七八百头牛的饲草供应光靠本村的地里长远远不行,要靠收购,她就管那个大磅秤,大妹在生牛购销处记账,如今四乡八县,要卖肉牛、牛犊和要役牛、奶牛,都来这里。"总共做几种罐头?"娘当时接了口问。"现在只做三种:牛肉、牛肝、牛鞭,听说牛鞭罐头是给南阳外贸上做的,人家要得很多,那东西外国人特喜欢,有钱的男人见了就——"娘用脚蹬了爹一下,爹立时噤口,而后不好意思地感叹,"真没想到,咱牛湾会因为牛红火起来了!"

奇顺爷说:伏牛山因牛红火是早该发生的事!好多好多年前,咱周族的一个先祖在山上砍柴,忽然间来了暴雨,他便钻到北山的一个山洞里避,他刚进去,一头奇大无比的牛突然堵在了洞口,他见状吓得发抖,倒退着想夺路逃走,可那牛却温和地开口:别怕,我是牛王,今天特来找你们人商量,若你等人从今往后在伏牛山给我们留下一块生息之地,那地方有水有草有棚,我等牛祖牛孙必将用血用肉用奶相报,保你们有吃有穿、生活美满!那先祖听罢,说:我愿,只恐一人说了不算……

几天之后的一个早上,周照进来家敲门,我开门一看是他,转身就走,边走边喊:"爹,有人找!"我知道他来家是找我爹去给他阉牛。每过一段日子,他总要来请爹一次,去帮他把那些将要长成的莠牛阉成犍牛。我爹是村里的阉牛能手,我没见过他怎样阉,只听说他阉的牛神不蔫,食不停,膘照样长。爹在里间听见我喊,应了一声:"就来!"这当儿周照进眼看着我双唇一动轻喊一声:"西兰!"我脸一扭,进了厨房,我不想同他啰唆。在这屋里同他说话会让我想起旧事!

当他和爹在外间说话的时候,我在心里琢磨,如今他办事一般不用亲自出面,像这叫爹去干活的事,他只需叫个工人来说一声就行,他坚持亲自登门,八成是想同我说点什么,滚吧!

现在你不论说什么老娘也不再相信!

　　巧得很,那天上午派我和小胖去肉牛棚前粉碎豌豆做牛料,爹刚好在那里阉牛,我边干活边注意爹在那边空场上的动作,这是我第一次在近处看爹阉牛。只见他先把自己带去的那个木刻牛神在一张小方桌上一摆,而后双手托起一把牛刀在桌前一跪,额头触地,低低地说着什么,我只隐约听见几句:"……公牛多,母牛少,小民为主公道,惶惶动刀,乞求不要怪罪才好……"说毕,起身,在周照进和几个小伙的帮助下,把一头壮实的莠牛按倒在地,在木桩上绑缚了四蹄,接着提刀上前,只听"噢"的一声,莠牛大叫声中,已见爹手提两个带血的圆东西站起,放进摆在供桌上的一个大碗里。"那是睾丸!"我听见小胖嘟囔了一句,我的脸顿时一红。接下来爹开始缝那刀口,别看爹年纪大,纫针缝口手疾眼快,不一会儿便已缝好,抓一把锅底灰往那刀口上一抹,拍拍牛脖颈,说:"好嘞,从今往后你就只长肉吧!"跟着便解蹄松绑,拉那阉牛起来,缓缓地走,那阉牛低低哀叫一声,似在抗议。

　　看爹阉了两头牛后,我去豆料仓库用地排车拉豌豆,进屋提起一袋正要转身装车,背后忽伸出一双手帮我抬起豆袋,扭头一看,顿时一愣:竟是周照进!"听说你再有半月就要结婚?"他望着我的脸沉声问。我没有理他,弯腰推车就要出门。

　　"等等!"他拉住车把,"告诉你,我可能会在你婚期来到之前,送你一件礼物!"

　　"不稀罕!"我冷冷瞪他一眼,又要推车出门,未料他猛抓住我的手,抬高了声音说:"慢慢你会明白!"

　　"我什么都不想明白!"我几乎是朝他吼了,我猛挣开他的手,把车推到了库房外。

当我重新来到粉碎机前时,我开始琢磨他刚才的那些话,礼物?什么礼物?老娘不稀罕!

"来,小根,拿去煮!"爹在那边喊,手中端着那盛了带血睾丸的大碗,"煮熟了你们一人一副,吃了之后敢做自己要做的事!"

奇顺爷说:阉牛的事《汉书》上有记载,但牛湾人懂阉牛比这还早,那功劳要归于一个树杈!有一次有头公牛在几棵断树桩子上跨着跳着玩,不小心叫一个树杈把蛋挂破,睾丸脱落,人们见状大惊,以为那牛准定要死了,未料它躺些日子后重又站起吃草,而且脾性一下子变得十分温顺,膘水也长得很快,比同年的公牛重出许多。从那以后人们才懂了阉牛!如今,阉过的牛长得快的每天都能增重一斤二两,宰杀时阉过的牛常比同龄公牛多杀出三百多斤肉!不过阉牛的事有违天理,阉牛的人一般都养不了儿子!

我想奇顺爷这话也许有些道理,起码说已有一个例证:我爹阉牛,于是我娘就生下我们四个女儿没有一个男的。

那之后就发生了村长改选那桩大事!

村长两年一改选。说是改选,其实不过是个形式罢了,每次选村长时,都是来主持改选的乡干部问大家:你们是喜欢投票还是举手?村民们不愿麻烦,总要答:举手!于是乡干部便指着坐在身边的刘冠山问:同意让刘冠山继续当村长的,请举手!自然不会有谁当着刘冠山的面不把手举起,随后乡干部便宣布:让我们鼓掌欢迎刘村长连任!刘冠山多少年的村干部,就一直是这样当下来的。

这次改选定在一个晚上。在改选的前一天后响,周照进突然意外地宣布：提前给帮工们发本月的工钱！而且发法也有改变，过去发工钱，都是周照进的妹妹提了钱袋，挨着到各个干活点发给大家，这次是周照进亲自发，且是坐在他的账房里，由帮工们一个一个单独进去领，一个出来，再进一个。不管怎么办，只要是提前发工钱，大伙就高兴。我注意到每个人进去领钱的时间都挺长，出来时又都笑模笑样。小胖在我前头进去，出来时眉开眼笑地朝我挤挤眼睛，我问她："多给你了？"她只笑着摇头。轮我进去的时候，却并没发现什么特殊的地方，周照进坐在账桌前，一五一十地给我数着钱票，而且一毛也不多，把钱交给我时，也一句话未说，只定定看我一眼，我没理会他那目光，匆匆走了出来，前后不过几分钟时间。

那晚上改选村长的会场就在周照进家种牛棚前的空场上，牛们进棚之后，这里就是全村最大的一个广场。两盏大灯泡从牛棚里扯出来，来主持选举的乡长和刘冠山坐在一张条桌前，其他的选民便三三两两散坐在空场上。我坐在场子一角的草堆上低头织毛衣，不用猜测，村长还是刘冠山的，不说过去的惯例，单有他女婿周照进的支持就可以。改选开始时和往年一样，先由乡长站那里说了一通选举的意义，而后问："大家是愿投票还是愿举手？"人们又答："举手！"于是乡长就站起指着刘冠山问："同意刘冠山继续任村长的请举手！"刘冠山笑眯眯地抬眼环视着他的选民，一脸的胸有成竹，他相信会同过去许多次一样，村民们会呼一下全把手举起。但灯光下可以看清，一丝惊慌慢慢爬上了他的眉心，因为当乡长说完那句话后，大部分人都继续低头抽烟说笑，举手的人寥寥无几。乡长显然也有些意外，又重复了一遍："同意刘冠山连任的请举手！"可举手的仍是当初已经举起的那不多几个人。刘冠山的双眼先是威严地扫视着全场，渐渐那目光里就露出恳求,有汗珠已从他额上沁出,电灯太亮,把那些汗珠照得一闪一闪、一晃一晃。我也有些吃惊,意外地望着这个场面。有几颗汗珠已从刘冠山的鼻尖上坠下,跌在条桌面上,摔得很碎。一股巨大的欢喜从我的心底涌出来了:哦!这个地头蛇!这个多少年不倒的官!到底到了开始晃动的时候了。这股欢喜过后,紧跟着的便是紧张,我担心人们顶不住他那目光的力量会改变主意而重把手举起。我扫视着全场,在心里狂欢地叫道:哦,我的乡亲们,你们到底明白了!到底有胆量了!我手中的织针已经掉到了地上,但我没去管它,我只是双眼一眨不眨地注视着事态的发展。沉默在继续,大多数人头垂下不看刘冠山的目光,手依旧没有举起。乡长站起来了,有些不知所措地说:"既然大家不同意刘冠山连任,请你们酝酿一下提个名,看谁合适——"他的话还未说完,小胖忽然站起来叫:"我提西兰,同意的请举手!"我扭脸吃惊地望着站在不远处的小胖,没想到她敢在这样的场合胡闹,但紧跟着发生的事更令我震惊:会场上的大部分人竟都举起了手!我慌慌地望着这个场面,最初我心里全是对小胖胡闹的气恨,但我听见乡长说:"好,那就让西兰同志干吧!"一阵突来的激动攫住了我的全身,我的双腿开始哆嗦,我当上村长了?我就这样当上了村长?刘冠山竟这样被弄倒了?噢!我感觉出一股股欢喜从身子的四面八方向胸中涌聚,从今以后我可以按照我的意愿来改造牛湾了!再不必受刘冠山的欺负了!天啊,事情竟然这么容易!我没有听清乡长走近向我说些什么,我没有注意周围的人们是怎么散的,没有看见刘冠山是如何拂袖走的,我只是呆望着被电灯照不到的远处的夜空,沉入一种恍惚之中,直到哞的一声牛叫从近处响起,才把我从恍惚中惊醒。我才发现牛场上已撤走了电灯,夜暗早已回了原地,值夜班的帮工已在牛棚筛草。我刚要抬脚走,猛听到旁边响起一个声音:"等等。"我扭头一看,原来是周照进站在那儿,"我记得你很早以前就说过,你想当村长!"他的声音很低。

"是的!"我向黑暗中的他傲然瞥了一眼,"我的愿望实现了!怎么,你不高兴?"说罢,不等他回答,我就转身走了。周照进,从今以后,我就不是你的雇工了!哈哈,老天爷总算讲了回公平,让我西兰有了今天。

当我就要走出牛场时,从牛栅门里无意中瞥见,荞荞还站在牛槽前,正直直地看我,在她的身后,云黄正昂首而立。我取代了你的爹爹!荞荞你感觉如何?

小胖在牛场外的路口等我,我冲过去抱住了她,口中喃喃地说:"小胖,谢谢你,谢谢你的提名!"

"不要感谢我!"小胖只在我耳边说了一句,就扭身跑开了。

第二天午饭后,主持选举的乡长派人来到我家,告诉我后晌去村部和刘冠山办理交接。我去到村部时乡长和刘冠山已经坐在那里。屋里静寂无声,刘冠山闷头抽烟,听见我的脚步时头抬了一下,接着又垂下去,他那颗谢顶的头很清楚地摆在我的眼下,我第一次发现他的大部分头发都已经变灰。"交吧!"乡长低声说了一句。刘冠山慢腾腾地抬起脸,不过一夜之间,他脸上的皱纹就添了很多,双颊也有些下塌。他不过是一个老头,过去使他威风的原来只是权力!他哆哆嗦嗦地从衣袋里摸出一串钥匙,啪地扔到桌上,"门上的、柜上的、抽屉上的全在上边!"他嘎哑地说罢,转身就向门口走。"老刘,把眼下要做的工作交代一下!"乡长喊他。"让会计给她说,我身子有病!"他没有停脚。"站住!"我追出门去,他恨恨地盯住我:"怎么?""当初村牛场里的那些牛你都卖给了谁,你要

389

给我说清！"我站在他面前，与他的目光对视，我瞥见一缕意外和惊慌从他的眼瞳中掠过。"会计那里有账。"他的声音有些犹豫。"我不仅仅要看账，我还要调查，我只要发现有一头牛去向不明，我就要报告你贪污！"他的肩头一斜，身子轻微一晃，我知道我这番话已起了作用，应该给他一个下马威！"我今日身子确实有病，我明日来给你交代工作。"他的声音软了许多。"明儿前晌9点！"我的话俨如命令。他点头，蹒跚着向院门走。

我成为一村之长。那日我正坐在村部苦想，忽听门外响起一句问话："村长在吗？"我有些惊奇，这么多年了，他的声音还能使我身子一动？"在，进来！"我亮声让，仍坐在办公桌前没动，我得让他看看我在什么样的位置上坐着。

他走进来，我指一下墙边的一把椅子让他坐下。"有件事要和村长商量！"他直直望我，我没碰他的目光，我怕一碰又碰出我心中的恨来。"说吧。"我点一下头。"我想办一个皮革皮鞋厂，请为我在村边拨块闲着的空场盖厂房。场地要钱也行，不要钱算做村里的投资也可，那厂子就算我们合资办的！我想你知道，咱南阳的黄牛皮，素有'南皮'之称，皮质细密柔软，每张皮多达十三平方米，是制革的优质原料。我的罐头厂每天都杀牛，过去牛皮都卖给别的皮革厂，太亏，我要自己干！这个厂只要建起，咱村里凡未在我那里干活的人，强壮的可以去制革，妇女老人可去做皮鞋，每月人均收入可在百十块钱左右，同时也能为村上搞点积累，你说行吗？"听他说完的最初一刹那，我在心里冷笑：你以为这里坐着的还是你岳父？想干啥就干啥？滚吧！但转念一想：他这个主意倒确实不错！反正村上的耕地不多，加上坡地又都种了饲草，不需照应,平地里的那点庄稼活人们在空闲时都可以做好,若同周照进合办一个皮革皮鞋厂,给全村剩下的劳力找一个挣钱的地方,大伙岂不高兴?好!他既然有钱有办法,何不利用他?"基本可以吧,明天最后答复你!"我慢吞吞地说,尽量不让声音里显出欢喜。他闻言站起身,却没向门口走,而是望了一下墙上挂的日历,突然莫名其妙地说了一句:"快了吧?"我被这没来由的三个字弄得一愣,张口问:"什么快了?""你的婚礼。"他的声音愈低。我觉出我的脸蓦然红了,我这才记起,那个预定的日子快到了,我几乎已把它忘记。"这个不用你操心!"我听出我声音里溅出了恨意。他没有再说什么,只是低了头向门口走,在门口,他的脚在门槛上绊了一下,几乎跌倒。当他的身影在门外消失之后,我又开始去想那个即将要建的皮革皮鞋厂,这是我上任后办的第一件事,我一定要办好!牛皮!看来我还要与牛打交道!

我记起奇顺爷说过:牛当初长皮就是要给人用的!起初,牛身上的皮并不像现在这样又厚又韧。一日,玉帝召见牛,要它下凡间撒点草籽,玉帝的旨意:走三步,撒一把,剩下的埋在岩石下。未料牛下界撒时摔了一跤,把旨意记成了:走一步,撒三把,剩下的埋在土坎下。结果,造成凡间野草丛生。玉帝听说,大怒,叫来牛,喝道:你犯下如此大错,先罚你终生给农人做苦力,再罚你长一张厚皮,死时好让人们取下做鞋、做箱、做衣!

我漠然地看着那个日子走近。当该要进行的仪式全都举行过之后,月亮已经吊在了当空,我看见二行双颊血红两眼燃火来撕扯我的衣服,我打起精神来应付。我不知他对女人知道多少,可我知道我必须把他逗得近乎疯狂,要不然他可能会发现他得到的不是一个黄花闺女。我佯装羞怯抗拒着他,使他的急迫趋近极限,我最后到底如了愿,他在颤疯和迷乱中根本没注意去发现什么,他只是在那里狂。我没有任何快感,只是感到疲劳,彻底的疲劳中我沉入一种似睡非睡的恍惚状态,恍惚中我忽然想起了很久之前周照进家的那个牛棚,想起了那头被我砍了一刀的云黄,我记起了云黄被砍后在原地的那一下吃惊的跳动,我看见血又顺着云黄光亮的臀部向下涌流——我没有料到瘦削的二行精力那么旺盛,他几乎把我折腾了一夜,鸡叫头遍时我才算入睡。我太累了,我睡得很死,我没听见最后一遍鸡叫,没听见婆婆做饭拉风箱的声音,没听见公公开外间门的响声,直到那一声瘆人的号叫传到耳中。

我沉入梦中太深,以至于那声音传进梦中时我的神经只是受了些微的一震,这时候又响起了一声,这一声才把我完全从梦中惊醒。我清醒后的最初一瞬并没有弄清那声音的性质,这时候又响了一声,这下子听明白了:牛叫!但不是一般的牛叫,是嘶喊、是悔嗥、是咆哮、是怒吼、是懊恼,各种成分都有,声大得使窗纸乱抖。我从未听过这种牛叫,它那么瘆人、惊人、震人、吓人、骇人!我被那声音弄得汗毛一竖、头皮一紧,打了一个冷战。"快,出什么事了?快去看看!"我听到院中响起老公公那慌张的声音和他们奔出院门的脚步,与此同时我听到屋后有人们凌乱的奔跑声和远处隐隐约约的人的喊叫声。出什么事了?!你是村长!我飞快地跃起穿衣,太慌张了,竟把二行的衬衣穿到了身上,跑到外屋门口才发现又慌慌地返回换下,睡眼惺忪的二行挺起赤裸的身子问:"干什么?"我没理他,飞脚奔出院子。这时我又听见了一声那种牛叫,来自周照进的牛场！我看见村人们都正向那边跑去。我没有耽搁,以最快的速度气喘吁吁跑到种牛场时惊得我又后退了几步,我看到的那幅情景是那样离奇而可怕:浑身是血的荞荞仰躺在牛场一角,肚子上有一个很大的伤口正向上冒着血沫;在她的身子一边,倒着那头高大的剽悍的云黄,云黄的半个脑袋没了,白色的脑浆洒得满地都是;云黄的头前,是平日拴牛的一棵小桶粗的枣树,此刻那枣树躯干被从半腰里弄断,雪白的树桩子上满是鲜红的血珠,血珠一晃一晃且冒着热气;在断树桩的一旁,脸色煞白无半点血色的周照进傻了似的站在那里,双腿在瑟瑟地打战。跑近了的人们都被惊定在那儿,整个牛场上无半点声息。最先打破这静寂的是银升婶,银升婶扭动着两只小脚向倒地的荞荞跑去,随后才有几个人犹犹豫豫地跟在银升婶身后。牛场上弥漫着一股微腥的血味,我被那血味噎得喘不上来气。我也想向前移步,但两腿软得厉害。"怎么回事?"我听到自己问了一句,声音在抖。"村长,小四一直在场!"身边有个声音说,随即一个面孔煞白的小伙被人推到我的面前:"是……是……这样……昨晚……我睡牛棚值班……照进经理也来了牛棚……在棚里来回走……一直没回家……我让他在床上睡……他不……他老在云黄的槽前走……天亮之后,荞荞拎一个饭篓找来……给他送的饭,荞荞把饭盛好,递到他面前他没看,也没接。后来荞荞把饭碗在他面前的窗台上放好,过来帮我向外牵牛,荞荞走到云黄槽前时,不小心撞倒了一个盛牛草的竹筛,筛里的草撒到了地上,这本来是桩小事,再把草捡起来就是了,可我没料到周经理会突然发那么大的火,只见他先是骂了一句:'憨货!'跟着奔过来就朝荞荞的脸上打,荞荞也没躲,只是任他打,啪啪啪。我跑过去拉,被他一下子搡了个仰八叉。后来我看见荞荞的鼻子、嘴都被打流血了,我听见荞荞哭了,可周经理还不住手,我拉他又拉不住,我想跑到门外喊人,就在那当儿,我听见牛槽忽然响了一声,我看见云黄在挣拴在槽上的缰绳,两只眼变得血红,我一开始没有在意,我以为它是受了惊。我刚在门口喊了一句:'来人哪!'忽听'嘣'的一声,扭头就见云黄已挣断了拴它的缰绳,缰绳挣断的同时,它叫了一声,那叫声太不同往常,咆哮一样,我刚一惊,就看见它扬起前蹄飞跨过了牛槽,直朝正打着荞荞的周经理奔来,我看着它那副低头竖耳伸角的样子,才知道不好!它要抵人!我喊了一声:周经理,看牛!那牛就朝周经理扑了过去,还好,周经理眼疾手快,早松了荞荞跳到门口。云黄这时又怪叫一声,从荞荞身前跃过,直朝周经理追来,周经理看出了云黄的劲头,就向门外跑,那云黄就又冲向了门外。它从我身边过时,我拦了一下没拦住。接下来云黄就在门外的牛场上疯一样地边吼边追起周经理来,我从没见过云黄那个吓人的样子,两眼滴血一样,浑身的毛全直立了起来,两条后腿上的肉憋成了疙瘩,一直紧追在周经理身后,我被吓呆了。这当儿荞荞带着一脸的血痕奔出牛屋,边呀呀叫喊边向云黄跟前跑,她想拦住它,但云黄根本不听。荞荞跑近云黄时,云黄正把周经理追逼到了牛场的那个角,你们看见了的,那是土坯垒的院墙,他跑不开了,他靠在墙上,转身害怕至极地盯着云黄。云黄那当儿猛吼一声,低头就用角朝周照进的胸口扎去,我以为完了!周经理必死无疑,谁料就在那当儿荞荞猛扑上去把周经理推开了。就在她推开周经理的同时,云黄连头带角抵了过去,只听见荞荞惨叫了一声,那云黄听见荞荞的叫声一惊,向后一退,角上带着血从荞荞的肚里拔了出来,荞荞就倒了下去。这时云黄低头用舌头舔了两下荞荞,就又大叫了两声,我想它是完全疯了,它在原地踏着蹄转了两圈才找到周经理,周经理那当儿就吓愣在几步之外,我喊了一声:'快躲开!'他才又想起躲,还算来得及,他跑到了几步外那棵平日拴牛的枣树后,云黄就绕着枣树追了他三圈,不知是云黄转晕了还是追得不耐烦了,只见它突然停蹄,怒吼一声,看定挡着周经理身子的树干,用头和角猛地撞去,'咔嚓'一声,那树干就断了,云黄的头也同时撞碎了,还好,倒下去的枣树冠没有压住周经理……"

底下的话我没再听下去,我直直盯着那倒地的云黄,现在我相信了奇顺爷的判断:它是火牛,火牛!

"……这桩事太怪!起因只是那翻掉的一筛牛草,太小的一件事,不知周经理为什么要发那么大的火,要那么狠心地打荞荞……"那小四还在絮絮地说着。是的,没有人懂,只有我懂!如果他不是在今天早上打荞荞,我也不懂!但是现在我懂了,懂了!

我听见了哭声,好像是荞荞她娘和她爹刘冠山的,我得过去!荞荞!我迈着软极了的双腿,向围在荞荞身边的那圈人墙走去……

按规矩,荞荞被安放在照进家一楼正对院门的房间里,身下是一张临时搭起的门板,头顶门,脚朝里,静静躺在那儿。荞荞这是凶死,村里凶死的人一般都要由银升婶来给她洗沐,洗沐之后要查伤口,每查一处伤口,银升婶都要微闭了双目,在嘴里低低咕哝一阵什么,大概一半是诅咒一半是祷告,以防这伤再落到死者的其他家人身上。洗沐、查伤、祷告、穿衣,该由银升婶做的事儿她已全做完了。穿上了新衣的荞荞猛看上去就像睡了一样,只是脸白得很,她的血差不多已经流光,胸前刚穿上的衣服又已被血水浸透。我进去的时候,照进正垂首坐在荞荞身边,一只手紧紧攥住荞荞的手,两眼直盯着荞荞的脸孔,眼珠一动不动,似乎在等着荞荞醒过来后要同她说几句什么。隔壁传来刘冠山断断续续的呜咽。我张了张嘴,想对照进劝慰几句,声音却一直不从喉咙里出来。最后是银升婶慢慢站起身走过来说:"照进,天热,该埋了!"照进仿佛没听见那话,身子直愣着没动。我终于能开口说一句:"我去安排人做棺材。""还有,"银升婶又看着照进开口,"荞荞不能埋进周家祖坟!"这一句照进听清了,他猛抬起头,直瞪着银升婶,半响之后他嘶哑着声音说:"她是替我死的!又是我的妻子!为什么不能埋进祖坟?""她是凶死!凶死的人进祖坟会给后人招祸——""我不管!她是我的妻子!"照进双眼瞪得有些吓人。"妻子?"银升婶嘴角露出了一个怪异的纹路,"我刚才给荞荞洗沐查伤时已经看见了,她那层膜儿没破,你没有挨过她!她还是黄花闺女身!"什么?!我的身子倏然一震,一股冰冷的东西霎时从胸部坠到脚跟,这么说,这些年他们——"不能埋进祖坟!"银升婶再一次强调。照进的双眼没敢再朝银升婶看,他的头一点一点低下去,最后,他猛扑到荞荞身上,发出一声撕心裂肺的呜咽。我哆嗦着走上前,抓起了荞荞的另一只手,我发现她的手也在抖,在那一刹那,我想起了许久前的那个午后,在河滩里,小胖把荞荞的衣服弄湿,她脱了上衣露出那对小小的奶子时我在心里所做的那些诅咒,哦,我的荞妹……

荞荞的墓地最后选定在种牛场前,正对着当初云黄所在的那排牛棚的正门,位置是照进自己定的,他说,这里离他近。离荞荞的墓地十几步,是云黄的墓,照进让做了一口巨大的棺材把云黄装了进去。他说,云黄是荞荞的朋友,让他们还在一起!

　　下葬是在第二天前晌。抬棺、埋土、吹奏。哭丧的人们相继散走后,照进仍跪在墓前没动,刘冠山依旧抱头蹲在坟边,我默立在不远处,呆望着荞荞坟头那不停摇动的纸幡,四周寂然无声。日头缓缓向天顶爬动,渐渐把墓前不远处周照进原先竖立在那里的"南阳牛资源开发总公司"的巨大广告牌照得闪光耀眼,广告牌上的几行大字在日光下变得血一样红:南阳牛,体质结实,身高臀宽,皮韧毛细,肌肉发达,为我国五大优良品种牛之一。本公司向您提供优良役牛、肉牛、奶牛,向您提供优质牛肉、牛肉罐头、新鲜牛奶、特级奶粉,向您提供优质牛皮、牛黄、牛骨……

　　吱嘎!吱嘎!种牛棚和邻近的肉牛棚、役牛棚的栅栏门相继打开,到了放牛的时间了,一群群的牛向河滩里向坡上的草场走去,嗒嗒的牛蹄声把大地敲得乱颤,把正午时分牛湾村和伏牛山的静寂打碎,也压下了周照进和刘冠山的低微啜泣。奇怪的是,所有的牛都没有像往常那样发出叫声,只是默然沉缓地迈动四蹄。

　　我擦一把蒙上眼的泪,我记起奇顺爷说过:牛懂人!牛对人间的什么事情都能看懂……

河里太阳

一

　　土墙瓦顶的三间老屋,显见得又颓旧了许多;门前的这条白河,似乎宽了不少,只是那清亮的河水,还如旧日那样迟缓而无声地流着;河对岸那片见了青的杂木林子,早先仿佛是没有;远处那斜卧着的青龙岗,像是又大了一些;屋后,那一畦一畦种了菜的田地,过去,记得种的常是豌豆、蚕豆、小麦一类的庄稼;西边不远处的苑城市区,确实也扩大了,往日离城好远的村子,这会儿看去,已几乎要连住那高楼林立的市区。

　　哦,都有些变了,变了!

　　昨日天擦黑时才偕妻携子转业回到老家的步兵团团长郝家后,早晨一起来,就站在门前,这样地望着、想着、感叹着。

"爸爸!"六岁的儿子原原从屋里跑出来,很响亮地叫。

"噢,你起床了。"家后回头招呼了一声儿子,便又把目光移向了辽远的地方望着。尽管这些年老母亲一直在家,但因为妻子已经随军,军务又的确繁忙,他已是多年没有回来了。他想尽快地看看,看看这个已有几分陌生了的故乡。

> 河边有块红薯地,
> 浇地用的白河水;
> 浇了一季又一季,
> 红薯浑身是白的。
> ……

东边的河堤上,传来了一个男子断续的歌声。家后一听这熟悉的乡音,脸上立时就浮出了笑容。

"爸爸,那叔叔唱的什么?"原原好奇地问。

"咱们这地方的歌。"家后侧了耳继续去听,可惜,那歌声已被晨风刮得似有似无了。

"原原,来,洗脸。"穿着一身素色衣服,显得十分秀美的家后妻子辛贞,这时端了一盆水在门口喊。

"妈,你来看,这河里是什么东西?"小原原非但没有被妈妈喊回去,相反的,却要把妈妈喊出来。

"什么呀?"

"快来嘛!"小原原跺了脚。

辛贞含了笑走到儿子身边,顺着他的手向河中望去。"哦,那是白鹤洲!"她看着河心的那三个小沙洲,柔声地答道。

"为什么叫白鹤洲?"小原原瞪大眼睛。

"传说那是为了纪念三只白鹤修的。原原,你在公园里见过鹤儿的,你看,那像不像卧着的三只鹤儿?"

"干吗要纪念三只白鹤?"原原要问就要问清。

"这里边有一个很长的故事,"辛贞拉了儿子的手,"先回屋洗脸,你奶奶早把饭做好了,洗了脸就吃饭,你爸上午还要进城去问工作安排哩,妈晚点再给你讲这个故事。"

"不,这会儿就讲!"原原倔强地把身子一扭。

这当儿,屋里突然传出了嗡嗡、嗡嗡的响声。

"什么东西响?"小原原立时又被这轻柔悠长的声音吸引住。

"是奶奶的纺车。"

"我看看!"小原原顿时忘了刚才的要求,飞快地向屋里奔去。

"娘至今还在纺线。"辛贞转向丈夫低低地说。

家后从远处收回目光,苦笑了一下:"让她纺吧。"声音中,分明地含着几分无奈。

嗡嗡、嗡嗡,纺车的轻柔声响,一缕一缕地被裹进了晨风里……

一片絮云,悠然地横过当空,继续向着西南的天边移动。

几只黑翅的雀儿,慵懒地站在门前的枣树枝上,间或发出一两声简短的鸣叫。

原原奶奶的手摇纺车,还在嗡嗡、嗡嗡。

"传说,在王母娘娘的宫里,养有好多好多的白鹤,娘娘累了的时候,就让鹤儿们给她跳舞唱歌……"坐在院中的辛贞,一边望着正擦皮鞋的丈夫,一边用轻柔的声音给儿子讲述白鹤洲的故事,"其中有三只白鹤,一个叫老鹤,一个叫大鹤,一个叫小鹤,那天在给王母娘娘跳了舞之后,就落在南天门外的红柱下歇息。无意之中,它们低头看到了人间咱们苑城这个地方,到处腾着一片热气,正闹着旱灾,老百姓挑着水桶四处找水喝,有的竟渴死在了路旁边。嗳,他爸,问了工作安排之后,就势问问房子,这几间老屋离城里这么远,上下班多不方便。"辛贞停了讲述,对丈夫说。

"放心,我好歹也是个团职干部,无论分到哪个单位,总会给解决两间住房的。"家后的话语中,很带了几分自信。

"快讲,妈妈,快讲!"小原原摇摇妈妈的胳膊催着。

"三只白鹤看了一会儿,就开始商议着,该下去挖条河,把水引到苑城去,让那被旱灾困住的人们有水喝。嗳,他爸,记着多带上盒烟,我听许炯说,地方上找人说话,要先掏支烟。"辛贞又停了讲述对丈夫交代。

"你怎么老停、老停的!"对于妈妈讲故事的时断时续,小原原终于发火了。

"噢,噢,"辛贞急忙歉意地对儿子笑笑,"它们商定之后,就回去偷偷对牧鹤姑娘讲了它们的打算。牧鹤姑娘心肠好,便悄悄应允了它们,并告诉它们把河挖成以后就回来,不要让王母娘娘发现——"

"请问,郝府中有人吗?"篱笆院墙外,突然传来一个挺高的男子声音。

"许叔叔来了!"坐在妈妈膝头的小原原一听这个声音,立时就欢叫着溜下地,向着院门跑去。

"郝公子,令尊大人在家吗?"随着这句带了笑的问话,一个面目英俊的高个子军人走进院来,转眼间,小原原已十分惬意地坐在了他的肩头上。

"许炯,你什么时候也不忘记耍贫嘴!"辛贞对着来人嗔怪地一笑,忙把自己坐的椅子递过去。

"我正说要去找你,一块进市里问问工作安排!"擦着皮鞋的郝家后抬头望了许炯一眼,便急急地去收拾鞋刷和鞋油。许炯也是这批转业,昨日同家后一家一起回来的。

"慌什么?瞧你那皮鞋擦的,黑乌乌的,一点也不亮!"辛贞这时疾步走到丈夫身边,拿过刷子又替丈夫擦起来。

"大哥,"已坐在椅子上的许炯看见辛贞的这个动作,立时朝郝家后笑道,"嫂子对你的照顾可真叫无微不至,连皮鞋也不用你动手擦。"

"又嚼舌根!"辛贞双颊微红地朝许炯轻声嗔道,"那你为啥不找个替你擦皮鞋的女人?"

"找了,找到了三十二岁,也没碰上一个长得像样的女人。我哪有大哥的福气!"许炯那浓得恰到好处的双眉间,顿时就显现出了两纹俏皮。

"胡说!我算个啥,老太婆了,丑八怪一个。"辛贞扬了扬她那秀气的眉毛说。

家后嘴角闪过了一丝笑,那笑中自然是含了十分的满足。

"家后,你上次不是说要把你们师医院的那个漂亮护士介绍给小许吗?怎么没兑现?"辛贞抬了头问丈夫。

"你问他!"家后朝许炯抬了一下下巴。

"嗨,见了一面。那姑娘漂亮是漂亮,只是用我的标准一量,嘿嘿,还差那么一点点。我这辈子在当官上没法和大哥比,他能当团长,咱只能当到副参谋长,但在找老婆上,我一定要和他打个平局,找一个和嫂子相貌不相上下的姑娘!"

"去,满嘴胡说!"辛贞的双颊这时就全红了。

"此次转业回来,咱的主要任务之一,就是选择目标,一定要漂亮的!"许炯一向知道,自己英武的外表对女性有着很大的吸引力,所以这话中,就含了十分的自信。

"叔叔,你要漂亮的什么?"小原原扭下头瞪着一对乌溜溜的大眼问。

"哈哈,你小子也来插嘴!"许炯把原原举过头顶,"叔叔要一个漂亮的阿姨!"

"要漂亮的阿姨干什么?"原原当然要继续追问。

"哈哈哈……"许炯、家后和辛贞一齐笑了。笑声中,辛贞敲着丈夫脚上那已被她擦得锃亮的皮鞋说:"好了,你俩去吧!记着别处先别逛,先去安置办公室,问清楚工作究竟是怎样安排的!"

"放心吧,嫂子!凭着咱大哥的团长职务和那枚二等军功章,工作安排不会差的!苑城也就是个地区级城市,我估计,就是降一级使用,也能给个市委、市府部、局的副职。像我这种正营职干部,最差也得在二级单位给我安排个副科长。"

"走吧!"家后扯了一下许炯的胳膊。

"嫂子,安心在家等着好消息!"许炯临出院门前,又响响地扔下一句……

嗡嗡、嗡嗡、嗡嗡……

家后娘微闭了眼,一手扯着纱锭,一手很是熟练地摇着纺车的手柄。

她已经不需要睁眼看,就能纺出又细又匀的棉线。在这白河两岸,论起纺线的技术,怕是没有人敢和她比的。

她已经纺了四十八年。

四十八年她究竟纺出了多少个线穗,外人自是无法知道。村上的人只晓得,每过那么一段时间,老人就要用白布兜上一些线穗,去村西的土地庙里点火烧掉,烧完之后,回来再接着纺下去。

她那是在还愿。

她在向"掌管着"白河岸畔这片土地的土地爷,表达着她衷心的感激。

她记得十分清楚,那一年她是十四岁。她随哥哥逃荒来到了这个地方,同比她大八岁的家后的爹完了婚。婚后几年,什么也不懂,她几乎年年怀孕,然而却没有一个孩子活下来,都是活了几天、几十天就夭折了。丈夫抱了头叹气,她自然也要哭,虽然那时她还小,然而做母亲的天性却是已经有了。当第五个孩子又夭折之后,绝望中的她和丈夫,便找了一个算卦的求问缘由。那算卦的经过一番掐算之后,告诉了他们原委:你们郝家的先辈人曾得罪了这里的土地老爷,因此,他老人家不愿收留你们家的后代!并告知,若想得到儿女,须到土地庙里烧香祈求土地老爷宽恕,祈求时要许下重礼,譬如,土地爷喜穿长寿衣,就可向他老人家许道:若赐俺儿女,日后会献万斤白线,为你缝制寿衣……

她和丈夫听了这话,自是千恩万谢,并很快依言办了。

还真的灵验!在她二十一岁那年,这地方连续收了两季好庄稼,她也明显地吃胖了些,这年怀下的一子,生下时就比往年夭折的孩子重得多,并且,孩子果真就平平安安向大处长:一岁、两岁、三岁……丈夫欢喜至极地给孩子起名为郝家后,妻子便开始用纺车纺线来还愿,向土地老爷表示感激。纺了一年、两年、三年……

然而,一个线穗,最大的也不过三两,万斤线得纺多少穗?而且,哪来那么多的棉花?

但是,许下的愿岂能不还?就是再苦,也要还上!

有了儿子,家后的爹却并没有欢喜多久,儿子五岁的那年,他去苑城卖红薯时,被马车撞成重伤,临死嘱咐妻子的最后一句话是:别忘了还愿!

家后娘当然不会忘了还愿,即使再苦的年月,只要有了一点点棉花的剩余,她便立时将它纺成线拿去烧掉。

信仰的力量大得无比!

家后长大后,为这事,曾跟娘争论了多少次,但娘在这件事上的执拗是那样的惊人,儿子说儿子的,她照样干她的。

儿子在部队当了营职军官后,多次劝她到军营享福,可她一想到去那儿再无法向这家乡的土地爷还愿,就执意不去。

儿子无可奈何,终于不再干涉她了。

她于是便把还愿当作她暮年的全部工作。反正,土地爷赐给她的宝贝儿子现在已经能够养活她了。

嗡嗡、嗡嗡,纱锭不停地转动。

然而,她只能看见锭子的转动,却早已听不见车子的嗡嗡声了。

她聋了,而且是双耳全聋!

天,已经完全黑透。

然而家后和许炯,却依然不见踪影,锅里的饭,都已经热第二次了。

辛贞估摸还需要等一段时间,就又去收拾屋子,该扫的扫,该擦的擦,该归拢的归拢。今天自丈夫走后,她忙的一直就是这个。多年来婆婆一个人住在家里,屋中的凌乱可想而知。破旧的老屋经过她的收拾,也显出了几分利索,进屋一看,也并不会给人多少难受的感觉。只是由于房子地基下陷,地面显得十分潮湿。她抹了抹额上的汗,就又用筐子挑进来一些干土,往地面上铺了一层。

辛贞的娘家,也在这苑城城郊,父亲是一个勤劳的菜农,母亲是一个贤淑的家庭妇女。在这种家庭长大的她,自然也就承继了父母的那些秉性:勤劳和贤淑。她随军这些年,每次军营里评选五好家庭,她都要领回一张奖状。在她,今日收拾房子的这点苦累,是完全不在话下的。

屋里收拾完毕之后,辛贞洗了手,便把原原放到腿上,用轻柔的声音继续给儿子讲着那个关于白鹤洲的故事:"……三只白鹤离开天宫,向咱们苑城这儿飞呀飞呀,它们落到地上一看,旱象比它们在天上看到的还要严重,四处的河、沟、井、塘都已干枯,引水必须到更远的地方去……"

丈夫和许炯的脚步声,到底在院门外响起来了。

辛贞急忙起身迎到门口,很带了几分急切地问:"安排在什么单位?"

走在前边的家后一声没应,只是"嗵"的一下,把放在门边的一把椅子踢倒在一边。

一股凉气立时就从辛贞的心里升起来,她转向许炯压低了声音问:"到底分在哪里?"

"俺俩都分到了市棉麻公司。大哥任公司的秘书科科长,相当于部队的一个副营职,我无任何职务,只是一名办事员。嗨!我就不说了,可大哥是团长,又是二等功臣,如此安排,岂有此理!"许炯手拍着椅子。

"哦?"辛贞轻叫了一声,这种安排的确太出乎她的意料。

"我问了一下,原来好多转业干部为了工作安置,都是提前几个月回来找人活动,花几百块钱送礼疏通关系的!"许炯的声音中分明含了几分气恼,"我们虽然提前回来几天,但相比已经太晚了,又没花钱送礼,当然进不了好单位。分到税务局的九十七团董营长今天给我说,要想进到一个好单位,得送礼打通三个关卡:第一是安置办公室;第二是想要去的那个单位的主要领导;第三是想要去的那个单位的人事干部。他为了给安置办公室、税务局领导和税务局人事科三处地方送礼,花了近六百块钱,相当于转业费的三分之一!"

"到哪里去都一样,棉麻公司就棉麻公司吧。他爸当兵前,我随军前也都在棉花厂干过一段时间,要说这也是专业对口。"辛贞知道,丈夫和许炯此刻需要安慰,自己也不能去抱怨,再给他们火上浇油,"来,你们先洗洗手,我这就去端菜,今黑里你俩喝点酒。"

"什么酒?嫂子,快拿来!"许炯顿时就拍着大腿催道,"咱有酒也不送别人,操!自己喝!"

辛贞刚把酒瓶和杯子递到许炯手里,许炯便乒地磕去了瓶盖,仰头咕嘟嘟灌了一气。

"菜还没端来,这样喝了伤胃!"一直闷头抽烟的家后这时抬了脸,瞪了许炯一眼。

"喝!见鬼去吧,那个管安置的小子还给老子讲道理,说什么要正确对待职务分配。老子当初在'256'高地挨炮弹时,他怎么不上去给老子讲课?"许炯说着,就又要把瓶口塞进嘴里,不防这当儿家后猛地伸手夺过酒瓶,冷冷说道:"去,帮你嫂子端菜!"声音中很带了一点命令的味道。

许炯看了一眼旧日的团长那冷峻的脸,只得站起了身。

家后又把指间的香烟塞进唇间,长长地吸了一口。

东间屋里,原原奶奶的纺车,依旧在嗡嗡、嗡嗡地响着⋯⋯

二

阳光,已是四月末的了,照在人身上,那暖意比冬阳强出了许多。苑城棉麻公司副经理曲承禄,不过是从家里走到了办公室,竟也满脸是汗了。

他刚在写字台前站定,掏出叠得极整齐的手绢去擦汗,秘书科的小汪就走进来向他报告:"曲副经理,分给咱们局的两个转业干部,一星期后来公司里上班。"

"噢,"曲承禄漫应了一声,一边用手指去理那一头乌亮的后拢发,一边问,"是两个什么人?"

"一个是步兵团的团长,一个是团副参谋长。"

"唉,要是来两个政工干部,也比这军事干部强些。"曲承禄那颇为漂亮的一字眉一皱,"反正不要也不行,来就来吧。他们的职务是怎么安排的?"

"那个副参谋长许炯安排在加工科当办事员,那个团长郝家后安排在秘书科当科长。"

"郝家后?"曲承禄倏地转过脸来,眼睛也蓦然瞪大,"那个团长叫郝家后?"

"对。"小汪点头,"他就是咱本市东郊人,怎么,你认识?"

曲承禄含糊地"嗯"了一声,眼皮突然耷拉下来。当小汪转身走出办公室时,一句压得极低的自语便从他的双唇间蹦了出来:"郝家后,我们又见面了!"

他伸手想去打开他刚刚带来的那个黑色的公文包,但他的手指竟莫名其妙地哆嗦起来,以至于他好久也没把包上的拉锁拉开。

又见面了!

曲承禄早就认识郝家后。

岂止是"认识",确切地说应该叫"熟悉"。

十几年前的那个秋天,他和郝家后几乎是同时进东郊棉花厂当临时工的。

两个人同是来自白河岸边,又同是那批工人中最引人注目的人。

郝家后的引人注目,是因为他那身惊人的力气和那副暴烈的脾气。他能把二百五十斤的花包,很是轻松地从这个垛上扛到那个垛上;他敢用脚毫不留情地把违禁噙着香烟进厂的厂长儿子踢出厂门。

曲承禄的引人注目,则是因为他那漂亮的外貌和善写新闻报道的才气。他能把厂里好多女工的眼睛毫不费力地吸引到自己的身上;他会把厂里的好多事情写成消息在市里的日报上发表。

两个人最初的交往并不很多,郝家后在打包车间打包,垛垛;曲承禄被借调到厂宣传科刷标语、写报道。彼此只是同龄工人间的一般面识罢了。

两个人的真正熟悉,则是因为辛贞和那篇上了省报头条的新闻稿。

辛贞那时是全厂最漂亮的女工,自然厂里的男人们就要争着向她献些殷勤,但最后赢得姑娘青睐的,却只有才貌双全的曲承禄。

记得那也是一个暖和的四月,曲承禄和辛贞的事似乎已成定局,彼此一天不见面,仿佛就有些难受。没想到就在这时,该死的郝家后会突然地插进来。曲承禄至今还记得他和她的关系最初被郝家后砸开裂缝的那个夜晚。

那原本是他最幸福的一个晚上。那天省报的头版登出了他写的长篇通讯:《棉花厂生产跃进,二烈士英勇献身》。晚饭后,他把辛贞约到厂门外的旱柳树下,十分自豪地把一张当天的省报递到了辛贞的手里。平时本就温顺的辛贞,那晚对他格外地柔顺。当他伸手要把她揽进怀中的时候,她就再没有像往常那样推拒,任他抚弄着她的身子。当曲承禄就要把自己的嘴唇贴到辛贞那丰润的唇上时,厂门口突然响起了郝家后的一声喝叫:"曲承禄,你过来!我有话给你说!"曲承禄不知郝家后何以知道他此刻在这儿,实在不想过去,又担心对方会径直冲过来,只得气恼而又无可奈何地松开辛贞向厂门口走去。

"姓曲的,我们车间那两位工人被机器轧死,明明是因为厂里不会管理所造成的事故,而你竟把他们说成是自愿献身,你还有没有良心?告诉你,我是事故的目睹者,我要写信给报社,揭穿你的骗子文章!"当郝家后这一连串夹着怒气的话语砸过来时,曲承禄先是一惊,随之便慌慌地开始为自己的文章进行辩解。在那些辩解被郝家后一一驳倒之后,他气极地走回到旱柳树下,不料,辛贞这时已经走了。

就是从那晚以后,他发现辛贞逐渐开始同自己疏远。几个月之后,他注意到辛贞和郝家后接近起来,他的妒意自然十分强烈。然而,尽管他使出了各种办法去阻挠,却终于没能阻挠得了。就这样,一个原本属于自己的女人,眼看着跟了别人。

问题还不仅仅在于曲承禄从此失去了一个漂亮的未婚妻,由于郝家后给报社那封信的关系,厂领导当初要提曲承禄当秘书的许诺自然也就没有兑现。虽然那篇假报道的后果由于厂领导的保护而没有变得更加严重,但终究使曲承禄在仕途上受到了一次挫折。一个重要的台阶被郝家后抽掉了,而在仕途上,这些台阶原本就是连着的,抽掉一个,曲承禄就要用几倍的气力去登另一个。这对于不想平平庸庸度过一生的曲承禄,不能不算是一个沉重的打击。倘若不是这样的话,曲承禄今天恐怕就不会只是一个副经理了。

曲承禄的两眼盯着摊在桌上的一份文件,然而文件上的那些字他却怎么也看不见,他看到的只是十几年前郝家后的那张透着倔强的脸。

他摇了摇头,强迫自己把面前的幻影赶走,把心思集中在面前的文件上。

从窗上透进来的春阳光线,显得越发地晃眼了……

三

上班时分的市街,人的确是多,自行车几乎是成排成排地向前拥着,郝家后不得不十分小心地蹬着车。

今天,他和许炯正式去棉麻公司上班。

这次的工作分配,确使他感到了意外和不满。转业命令公布后,对于工作单位和职务安排,他原本就不曾有过高的要求,也知道部队连年向地方转派干部,地方在安排上确有困难。但这次把他安排到棉麻公司并且在职务上又降这么多,确是他没有想到的。这开端的不顺利,使他很恼火了几天。不过,一想到这已是不能改变的事实,他也就罢了。反正,他这半生就没有多少顺利的时刻。

想当初,他长到五岁刚可以记事,正是该过那种既有母爱也有父爱的童年生活,却不料父亲突然遭遇不幸。家里的顶梁柱这么一断,他的童年生活立时就改了颜色。六岁时,他就挎筐在白河岸边拾柴了。

当他终于学完初中的课程,要去考高中或师范时,娘却突然得了耳病,他于是不得不放弃考试,陪着娘四处求医。在医生最终没能挽救娘的听力之后,他要在当好儿子的同时,还要学着去当好女儿。

当他在东郊棉花厂凭着自己的苦干,当上劳模就要转正时,上边却突然发下了暂停临时工转正的通知,他于是就只好继续当着临时工。

当他率领部队眼看就要攻上"256"高地时,没想到敌人的增援部队会悄悄地赶到,竟然用火力将他的部队压在了半山腰,有一颗炮弹刚好落在离许炯不远的地方,他为了救许炯,扑了上去,于是,一块弹片便斜穿过了他的腰部。

他的半生,顺利的事儿的确不多。当然,也不是没有一件,当年他和辛贞的关系,就发展得极为顺利。对辛贞那样漂亮的姑娘,以他那样的家庭,他原是不敢抱什么希望的。他不会向姑娘献殷勤,也根本没有向辛贞献过殷勤。当辛贞开始把对曲承禄的爱一点一点地向他身上转移时,他甚至有些不敢相信。当辛贞第一次倒在他的怀里时,他竟有些不知所措,慌得手都不知往哪儿搁……

正因为不顺利的事儿太多,所以,对于这次转业回来开头的不顺,他也就没有太当一回事,几天的苦恼过去之后,他的情绪就转为正常。此刻,当他骑车去棉麻公司上班的时候,心里甚至还带了一丝去赴新岗位的亢奋。

公司办公楼快到了,他看到许炯已如约地等在楼前,便急蹬了几下车子。

他和许炯走进了公司会议室,依次和宋经理、曲副经理和戚副经理握手相见,气氛还很有些热烈,倒不像是不欢迎的样子。当家后握住曲承禄那胖胖的手时,他并没有立时就认出对方是谁,直到曲承禄先叫了一声:"怎么,不认识老朋友了?"家后才从曲承禄那虽显富态但仍保持着几分英俊的脸上,认出了对方是谁,于是就十分意外地叫道:"哟,原来是你!"

"对,对!没想到在这儿见面吧?哈哈哈。"曲承禄极畅快地笑了,那笑声猛听上去完全是老朋友相见时的开怀大笑。然而郝家后却从那笑声中听出了一丝得意。家后的眉梢微微地抖了一下,旧日的一些记忆又升上心头,一缕"竟当了他的部下"的遗憾使他把脸上的笑意又敛去了一些。不过很快,他就把那丝遗憾赶开了:十几年过去,已当了领导的曲承禄大约不会再是过去的那个曲承禄了。

"怎么,你们认识?"戴眼镜的宋经理扭过头来含笑问。

"认识。"家后点了点头。

"岂止是认识,"曲承禄接过了话头,"我俩当初都在东郊棉花厂里当临时工,老朋友了。"

"噢,那更好!"宋经理笑道,"你们彼此了解,更便于以后在一起工作。"

接下去,宋经理介绍了公司里的情况,讲了对他俩的工作安排。告别时,宋经理特意对家后和许炯说道:"最近,我要到省里参加一个短训班,戚副经理要到一个棉花厂蹲点,你们生活上、工作上若有什么困难,就直接找曲副经理,他在家里主持工作。"

"放心吧,宋经理,我会照应他们的。"曲承禄答应得十分爽快……

许炯进了加工科的办公室,同科里的人见了面并做了一番寒暄之后,便坐在了分给他的那张办公桌前,神情非常抑郁。

往日在部队时,常挂在他脸上的那副带着自信和俏皮的笑容,完全不见了。

失望!他感到了一连串的失望!

首先是分配的单位令他失望!他原先估计,回到地方后,以他的年龄、职务和才能,一般是会分到党政机关任职的,却不料让他来和棉花、苎麻打交道,确实是让他感到了意外。

再是科里分给他的工作令他失望！科长刚才告诉他，让他负责管理科里的文件资料、分发票证、看守电话。这些，分明是一个公务员该干的差事。

还有，生活待遇也令他十分失望！房子，竟连一间也不能立时分到，他必须暂时借住到姐姐家里。

他觉得前边的路很有些难走了。

从懂事起到现在，他走的路一直很顺。他虽不是生在有权有势的人家，但父亲是医生，母亲是教师，也不是那种经济拮据的家庭。诸事满足的童年结束之后，便是上小学、初中、高中，那时学校的考试制度又不是很严，没有竞争，他自然也就无所谓挫折。高中最后一学期时，部队来学校选演唱队员，他又以他那英武外貌被挑上。到部队之后，刚刚排了一个月的戏，团政委见他机灵，调他做了自己的警卫员。之后政委又送他上了军区的步校。步校一毕业，他自然就当上了排长。接下去，他又被与他同乡的团长郝家后看中，抽他到团司令部当参谋。再后，他就由参谋、股长，直干到了副参谋长。在他转业以前走过的路上，似乎一直没有遇到什么大的坎坷。当然，说他路走得顺利，并不是说他全凭了机会，一点也没有经过自己的奋斗。许炯在自己的聪明之外，确实是还有一份干劲的。他当初任参谋时，为了标好地图，单练毛笔字就用了十几瓶墨水。七九年在南线作战，他凭着自己娴熟的参谋业务协助首长指挥，曾受之无愧地在胸前挂了一个三等功军功章。

总的来说，他遇到了很多好的机会，机会本是可以改变人生的，这些机会铺平了他人生路上原本可能有的一些沟沟坎坎，于是，那路便显得平而且顺了。

也许正是因为这样，眼下的不顺才使他感到了难以接受。

此刻，他突然怀念起部队的生活来。在部队，以他的年龄、职务、才能和英俊潇洒的外貌,是颇受人们尊重和上级看重的,倘不是他多次恳求,领导不会让他今年转业。他一心想回到故乡的这座城市,过几年没有军纪约束的自由自在的城市生活,却不料,一回来就感受到了失望。

"许炯同志,请喝茶。"一个姑娘的声音突然地在他耳畔响起,他扭脸一看,见是同科的那个有着一对厚嘴唇的丑姑娘董姝,捧着一只茶杯站在他的桌前。他只好起身去接,在他接过水杯时,他注意到,姑娘目光中含着相当多的亲切和热情。

他淡淡地说了句"谢谢"就坐下了。他并没有在意那目光。当初在部队,团卫生队、师医院的那些女干部和驻地附近工厂商店的那些姑娘,见了他差不多都要把目光黏上来。他知道自己的英俊外貌对姑娘们有相当大的吸引力,但他一般并不去注意,何况像董姝这样一个他根本看不上眼的姑娘。

"许炯同志,请吃瓜子。"片刻之后,当办公室里的其他人都出去时,董姝又向他的桌上扔来了一包"五香瓜子",语气中也透着更多的亲昵。

"我不爱吃这东西。"许炯说着就把那包瓜子又扔了回去。他此刻的确没有嗑瓜子的心绪。

"你家在什么地方住?"董姝含了笑同他搭讪。

"哦。"他含糊地应了一声。他的确无闲心同这个姑娘聊天。

他把目光移向了窗外。窗外,一棵不大的旱柳树在风中摇摆……

四

远处城区的喧嚣声,终于渐渐地沉了下去。

于是,河水轻舔岸边的声响便钻进耳里。

家后默站在篱笆院门外,双眼直望着躺在夜色里的白河。

一只挂着灯笼的夜行船儿,在河心缓缓地向下漂着。船上,一个男人在用粗嘎的嗓子唱:

  看看三星已偏西,
  赶紧起身来穿衣;
  妮说大哥慌啥哩,
  我说明黑还来呢。
  ……

嗡嗡、嗡嗡。娘大约又换好了一个线锭,纺车又响了起来,将一切别的声音统统压下。嗡嗡、嗡嗡。

家后深深地吸了一口烟,慢慢地向屋中走去。

"……老鹳、大鹳和小鹳,四处飞着,想找一个可往咱苑城引的水源,终于,它们在北边的中岳嵩山附近,发现了一个泉……"辛贞拥被而坐,手上在给丈夫的一件上衣缀着扣子,嘴上仍在给坐在怀中的儿子讲着那个故事,"那泉叫黄石砬泉,泉水清,水量大,可以往咱们这儿引……"

在妈妈那轻声慢语的讲述中,小原原打起了呵欠,随后,就渐渐地合上了眼睛。辛贞停了讲述,把儿子在身子一侧放平,转脸望了一眼走进屋来的丈夫,嘴唇张了张,似乎想说什么,但又终于没有开腔。

辛贞的确有话想给丈夫讲。

就在今天下午,她从东郊棉花厂下班后——她又被安排到随军前的老单位上班——自己临时决定,去了一趟曲承禄的家里。

那日,当辛贞最初听说曲承禄也在棉麻公司上班并且是丈夫的上级时,确实是大大吃了一惊。她没想到事情是这样的巧,两个旧日的情敌刚好又到了一块。不过很快,她又以她那善谅他人的心想开了:男子汉的心不会那样狭窄,过去的事大约早已忘记。想是这样想,但她却从未动起要去曲承禄家里看望的念头,她今天所以决定去他家里一趟,是因为听说他现在主持公司里的工作,家里住房的事实在需要去求他。

房子近来是辛贞十分挂心的事。现在住的这老屋,还是当年家后的爷爷盖的,土墙,早被风雨剥蚀掉了三分之一的厚度;屋顶,也因年代太久出现了不少的洞隙。按说是早该翻修的,因家后过去总想把娘接到部队去住,认为修了也是闲着,所以一直没有动手。现在住这老屋最大的问题是潮湿,被褥两天不晒,就湿乎乎的。辛贞知道丈夫腰间的那个伤疤最怕这种潮湿,最近几天夜里,她已见丈夫因为腰疼在不住地翻身。为此,她曾催丈夫去找曲承禄要求给解决两间住房,不想刚张口就被丈夫打断:"算了,先凑合着住吧。"没有办法,辛贞便决定亲自去见曲承禄一面,尽管她心里实在不愿见他,但为了丈夫,她还是硬着头皮做了这个决定。

她提着一个网袋向曲承禄的家里走着。网袋里装着她从商店里买的一点吃食礼物,她听说曲承禄也已有了两个女孩,按照常情,到有孩子的人家里,是该给孩子带点礼物的。

但到了曲承禄家的宿舍前,她又一下子犹豫了起来,没有了上前敲门的勇气。毕竟这是来求他——她过去拒绝了的一个男人。他将会怎样对待自己?对丈夫身体的关心使她丢掉了犹豫,上前敲了门。当她进了曲家那很是豪华的客厅之后,她又开始后悔,她估计在这个豪华的客厅里,对方一定会居高临下、面露得意地同她谈话。所幸的是,女主人告诉她,曲副经理今日外出不在家。她听后长长地舒一口气,匆匆向女主

417

人说明了来意,请她转告她丈夫,随后便留下礼物,逃似的出了曲家客厅……

辛贞此刻想给丈夫说的,也就是她去曲承禄家的经过。但她转念一想,丈夫一向不喜欢求人,知道她去求曲承禄给房子,说不定又会生气。干脆,等房子到手后,再把这事说给他知道,那时,他看到新分的房子,大约火气就不会太大了。

她又无言地看了一眼丈夫,低下头专注地去缀扣子。

东间屋里,原原奶奶的手摇纺车,仍旧在不紧不慢地嗡嗡、嗡嗡……

五

隔壁的办公室里,两个女同志在高声地谈论着牛肉涨到三块二的事,其中一个声音的愤怒程度,已近乎声讨了。

郝家后尽力不让自己的耳朵受到这声音的干扰,聚精会神地坐在办公桌前,一条一条地处理着手上的工作。

秘书科里的工作,大约因为涉及专业问题较少,与部队的机关工作颇有相同的地方,所以家后干着倒也并不觉得十分吃力,只是感到有些琐碎罢了。

上午,在科里一向很少说话,总是冷着一副脸孔的办事员老姚,拿着一封群众来信,很是郑重地放到家后的办公桌上,请示怎么处理。家后拿着信看了一遍,信是写给公司党总支负责同志的,信上反映的是:曲承禄副经理去年在西郊棉花厂蹲点时,为了证明他的蹲点有成绩,就把西郊厂有关生产的数字全部夸大,使这个厂在市里评上了先进企业,从市里领回一大笔奖金,欺骗了国家,并在离开该厂时,从厂里拿走了十斤一级棉花。信的署名是"西郊棉花厂十七名职工"。

家后觉得这封来信颇难处理:宋经理、戚副经理都在外边,家里的党总支负责人就只有曲承禄了,呈吧,显然不合处理群众来信的规定;不呈吧,就会落个扣压群众来信的名声。他很有些为难地抬起头,望着老姚问道:"你觉得怎么处理好?"

老姚的语调十分冷淡:"我按科长的意见办!"但家后却从对方的脸上看出了一丝隐约的失望,从对方的话音中听出了一种"此人不过如此"的味道。他的心里觉得有一点不舒服,于是,便很快地拿起笔,在那信笺的空白处批上:原件存档,抄写两份,分别寄宋、戚阅。

当他把信递给老姚的时候,他注意到对方的脸色已变得有点柔和,原本浸在冷水里的一对泛黄的眸子,此时竟有不少的暖意了。

因为事情繁多,到快下班时,家后已基本上把这件事忘到了脑后。

他做梦也不会晓得,就在他刚才批了那些字的一小时后,远在几公里外的市府招待所开会的曲承禄,就已经很清楚地知道了他所办的这件事。这个小小的公司机关,像许多大机关一样,人际关系也是网状的。乍来的人一旦莽撞地碰了某一张网,那网的各个部位便立时动起来,很快地做出反应。郝家后和老姚的举动虽然只是很轻地碰了一下曲承禄的那张网,但曲承禄还是立时就感觉到了。

并且要做出反应了!

许炯正在毫无心绪地分发着洗澡票、理发票,神色中透着一种抑制着的烦躁,恰在这时,董姝进来向他说道:"许炯,科长叫你去下个电话通知。"

"没看我在忙着吗?"由于心绪不好,许炯说出来的话就很带了几分火气。

"你厉害什么?"董姝一听许炯这话,一双不大的眼睛立时就瞪了起来,"你朝我发啥火?我只不过是向你转达一下科长的话,你凶什么?有本领朝科长发火去!告诉你,以后少在我面前摆一副不得了的架子!"

许炯被这串连珠炮似的话弄得很是吃惊。这种局面他的确还未曾遇到过。过去,姑娘们包括少妇们同他说话,一向都是很有些献媚的味道,即使他在言语上惹了她们,她们也至多是嗔怪地一笑,没想到这个厚嘴唇的丑姑娘,竟会如此待他。

他在相当长久的惊愕之后,才意识到该由自己来说句"对不起",于是,便很是尴尬地说了那三个字。

董姝这才气哼哼地坐在了自己的办公桌前。

她今天真是十分着恼!平日里,有哪个男人敢这样跟她说话?身为市长的长女,好多人想跟她说话她还不愿理哩。你一个转业兵有什么了不起?那日董姝主动同他说话遭了他的冷遇后,心里就很是窝火,没想到他今天竟然得寸进尺到如此地步,真是可气!

不过,董姝生气归生气,片刻之后,她还是禁不住扭头看了许炯一眼,目光依旧火辣辣的:这姓许的长得确实耐看。

许炯报到那天一进科里,董姝第一眼看到他,双眼就立时一亮:"好一个英俊的男人!"待到一听说许炯还未找上对象,一股欢快霎时就在她的胸中弥漫开来,她当即便在心里暗暗叫道:他可以做我的丈夫!我要让他做我的丈夫!

近几年中,尽管董姝的貌相十分一般,但上门求婚的人却是络绎不绝,内中有干部、有军官、有硕士,然而董姝却一概没有看上眼,统统不予理睬。董姝找对象的第一个标准,就是必须有十分出众的相貌。这个标准是董姝早在上高中时就立下的。

当初在高中上学时,董姝的班里有个男生,样子长得不错,班里的六七个女生都很愿同那男生搭话,董姝自然也不例外,而且心里常愿那男生就只同自己一人说话。但渐渐地,因为她长相差,那男生却唯独不愿与她搭话。董姝自己倒没注意到这种变化,依然常找那男生搭讪。一日,她从外边回到女生寝室,走至门口,忽听几个女伴在屋里议论:"董姝自己也不掂量掂量,那份模样,偏往人家男的面前凑!""应该给她买块镜子,让她照照才好!""就是想找对象,也该找个容貌相当的吧!"……从小就为自己的一双厚嘴唇感到苦恼的董姝,听了这话,立时气得七窍生烟。就是从那时起,董姝发誓,将来一定要找一个比那些女生的男人都要漂亮的丈夫!

这就是她拒绝了好多男子的追求,至今未婚的原因。

现在,她终于发现了一个合意的人,这就是许炯。他的貌相,在整个苑城都是数得着的。

她又扭头看了他一眼,默默地在心里叫道:"姓许的,别看你现在傲得不行,你早晚要成为我的人!"

六

曲承禄神色很是严肃地提了一个手提包走进会议室,在把那提包往长方形的会议桌上放时,一副十分当心的样子。

今天,开全体机关干部会。

自然地,谁也不会料到,他那包里会装着一网袋礼物——辛贞那日送去的那袋礼物。

曲承禄今天就是要利用这些礼物,让郝家后知道,他已经不是当初那个初出茅庐的曲承禄了，冒犯他是必须要付出代价的。

他把郝家后昨天上午处理那封群众来信的举动，看做是对他的又一次冒犯。

他已经不习惯别人这样冒犯他了。何况，已有消息说，组织部正在对他进行考察，让他任公司第一把手的可能性已经相当大，在这个节骨眼上，郝家后那样处理那封信，无疑是想再抽走他仕途上的一个台阶。不，抽走曲承禄脚下的台阶，已远非当年那样容易了。

曲承禄原本是并不想立刻就给郝家后什么颜色看的，这当然并不是因为他打算对过去的事全部忘记，实在是出于多方面的考虑。其一，他还没有完全弄清郝家后目前在苑城的人事关系背景。曲承禄深深知道，现今的人都不是孤立的，都存在于一个或大或小的关系圈子。有时乍看上去一个人并不怎么厉害，但他所在的圈子里却存在着有权势的人，这样的人照样不能惹。他一开始存了一份担心，怕郝家后已入了地方上的某个人事圈子，经过这一段的观察，发现郝家后背后并无什么过硬的人物，跟郝家后来往的，也只有本公司许炯一个人。其二，他是想看看郝家后的举动。如果郝家后这些年已经懂了些处世的道理，这次回来愿意和自己做朋友，他也想既往不咎，也愿把他划入自己的圈子里。曲承禄还有更大的追求，并不想当了棉麻公司的经理就停止奋斗，在他实现更大追求的过程中，朋友和帮手当然是越多越好的。那日辛贞送去的礼物他看到后，最初颇为高兴，他把这看作是郝家后有意靠近自己的表示。但昨天那件事，又使他立即明白，郝家后还是当年的郝家后。假若郝家后真想靠近自己，对那封群众来信就绝不会那样处理，或者是呈给自己，或者是悄悄压起。

所以,曲承禄决定,今天就给郝家后点颜色看看。

会议一开始是传达上级关于整顿党风的文件,曲承禄把几份文件读完之后,又讲了些要求,就宣布散会。就在人们要起身还未起身的当儿。只听曲承禄用十分随便的口气转向郝家后说道:"老郝,你的房子问题,我们正在努力想法解决。眼下公司里实在是没房子,想你能体谅我们的难处。如果你实在催得急,我们只好拿钱去招待所给你租一间,可你要把这些礼物拿回去。在一块工作,以后可不要再搞这个。"说着,便动手去提包里掏那袋礼物,一样一样地全放在了会议桌上。

原已开始有了散会气氛的会议室,立时就又静了下来,人们马上把目光投到了那些礼物和郝家后的身上,那目光中自然有好奇,有意外,也有鄙夷,而且那后一种目光,明显地占着多数。

用标准军人姿势坐在会议桌前的郝家后,一开始被曲承禄的这些话弄得有些莫名其妙——辛贞一直没把去曲家的事告诉他。但当曲承禄把那袋礼物推放到他面前时,他一看清那个熟悉的尼龙网袋,一下子全明白了。他的脸先是蓦然地变红,转瞬就又发紫了。

室内的人们带着各种各样的神色走出会议室很久之后,郝家后还定定地坐在那里,直到许炯走过来朝他喊了一声:"大哥,走吧。"他才伸出青筋暴凸的手,抖抖地去收拾那些礼物……

清清的白河水,仍旧如往常那样缓慢而无声地流。

不大的东南风,宛如一个顽皮的娃儿那样,把篱笆摇得簌簌作响。

今日歇班的辛贞,一边补着婆婆的一条裤子,一边继续给

423

坐在怀中的儿子讲着故事："……那三只白鹤,站在黄石碰泉边商议了一阵,就决定挖一条河,把泉水一直引到咱苑城来。可这两地相离几百里,挖河可不容易……"

伴着辛贞那轻柔话音的,仍是原原奶奶那手摇纺车的嗡嗡声。

"……它们就靠自己的爪刨嘴挖,刨呀,挖呀,每次尽管只是刨出、挖出一点点土块、石头,但它们明白,只要一直干下去,河总有挖成的时候……"

"哐"的一声,木条子钉成的院门突然被重重踢开,辛贞一惊,停了讲述扭过头去。

门口站着丈夫。

"哎哟,推门不会轻点?把俺娘俩吓一跳。"辛贞嗔怪地说着,随之就把怀中的小原原放到地上,"把椅子给你爸搬去,让他歇……"辛贞说到这儿猛地噤了声,她一下子注意到了丈夫那青得可怕的面孔。

"出什么事了?"她怯怯地问。

家后什么话也没说,只是阴沉着脸从提包里掏出一瓶橘子汁,"砰"的一声摔到了地上。

橘汁瓶带了一种尖厉的啸声碎成了片,黄色的橘汁立时便洇湿了地面。

辛贞的柳叶眉霎时被惊得弯成了弓,小原原吓得急忙向妈妈身边凑了凑。

耳聋的原原奶奶自然不会听到这可怕的声音,依旧在东间屋里嗡嗡地摇着纺车。

家后又从包里掏出一袋巧克力糖、一盒华夫香糕摔到了地上。

辛贞终于从这些东西的商标上,认出了它们的来处,她的脸因为意外和震惊,发白了。

当家后又"砰"的一声将一瓶苹果罐头摔到地上的时候,一块玻璃碎片飞到了辛贞那只穿一层薄袜的脚背上,殷红的血顷刻就涌了出来。

辛贞痛楚地蹲下了身子,抖着手去按那个伤口。

"妈妈……"小原原到底没能忍住自己的哭声。

家后定定站那里,双眼直直地瞪着地面上那些乱七八糟的东西,那神色,就仿佛呆了似的。

辛贞咬了牙站起身子,不顾脚上还在淌血的伤口,走到墙根拿过笤帚去扫摔在地上的那些东西。直到这时,呆立在那里的家后,才如从梦中醒了似的,弯了腰,夺过她手上的笤帚,伸手抱起她,把她放在了椅子上。

"他爸,我……"辛贞终于呜咽着说出了这几个字。

家后没有应声,只是转身从辛贞刚才做活的针线笸箩里拿过剪子,剪断辛贞伤脚上的袜子,用白布小心地包着还在渗血的伤口。

原原停了哭声,愣愣地看着爸爸妈妈。

嗡嗡、嗡嗡,原原奶奶的手摇纺车,依旧在不紧不慢地响着。

远处的河滩上,极清楚地传来洗衣女人们的捶衣声:梆!梆梆!……

七

几缕阳光斜透进玻璃窗,照在聚精会神伏案写作的许炯身上。

他正在写一份工作简报。这是自到公司以来,科长让他完成的第一件正经像样的机关工作。

科长的信任,令他感动。他决心把材料写好,他想用这份材料向人们作一点证明,他并不是一个不学无术的无能之辈!

这种简报原不是很难写的东西,加上他又竭尽全力动用了他过去的知识储备,所以从动笔到写成,也就是一个半小时的时间。在部队当参谋时,类似的机关公文他经常写,而且在参谋中,他的功夫还颇为拔尖,要不,他也不可能被提拔为团副参谋长。

他把简报又特别仔细地审视一遍之后,便去交给科长,不想科长刚好出去了,他就把简报放到科长桌上,出了办公室。因为任务完成得颇为顺利,他的心绪也就有些转好,脸上那多日不见的笑容又露了出来。当他走到办公室门外时,意外地听到公司里人称"笔杆子"的魏秘书正大声小气地说道:"来呀,你们看这个转业兵写的材料,上边把'棉绒'写成了'棉荣',他以为'棉绒'就是棉花光荣的意思;看,这儿的'湿度'写成了'实度'。哈哈哈。"

那笑声里露出的鄙夷和不屑十分清楚。

这笑声即刻就把许炯脸上的笑容抹掉,原本压在他胸中的那团烦躁,霎时也被这笑声弄得膨胀起来,只见他两步跨进门,面带了笑容说道:"魏秘书,转业兵惹你见笑了!俺知道你肚子里装了一肚子棉麻知识,本人不过是一介武夫,肚里塞了一肚子草,以后请你多多关照了。"

许炯的话音一落,整个办公室里霎时变得鸦雀无声。

站在那里的魏秘书,一丝强笑中含了些尴尬:"开开玩笑,何必当真。"

"当然,当然,何必当真。"许炯依旧含了讽说,"我也只是开开玩笑。想当初俺老许要不去当兵,不去边境挨那些炮弹的话，大约也会懂得'棉荣'与'棉绒'的区别，不至于被人看作草包了。"

"咯咯咯。"许炯这话一出口，屋角蓦然响起一个女人压低了的笑声。

许炯把恼怒的目光倏地转向那笑声的出处，是她，董姝！他那带火的目光直射到她那两片太厚的嘴唇上，依他心中的那股怒气，他真想上前挥掌给她嘴上一下……

变化十分突然。昨天上午一上班，曲承禄含了笑来到秘书科对郝家后说道："检验科一直缺科长，那个科的工作又十分重要，没有科长不行，我想调你到那个科工作，你觉得如何？"

家后当时自然是一愣：秘书科的工作经过这些天的熟悉，他已大致上可以适应，现在突然调到那个技术性十分强的科里工作，岂不又要作难了？然而，他到底没有说出口，自上次曲承禄当众退礼给了他那么大一个难堪之后，他已经明白，过去的事曲承禄还记在心头。既然有了这种背景，家后是绝不愿向曲承禄求情的，所以，他便点了点头说："我服从分配！"

家后当然不会晓得，调整他的工作，这是曲承禄在当众退礼后就决定了的。这一方面是因为秘书科的工作比其他业务科的工作要重要一些，让郝家后这样一个人占在这个岗位上曲承禄不放心；另一方面是因为曲承禄历来认为，对于一个对手，不治则已，要治，就要治得他无还手之力。他想利用郝家后在业务上不熟的弱点，让他在检验科出丑、出纰漏，待家后威信丧尽之后，再抓住他的一个失误之处，把他赶到下边厂子里去。

于是，家后今天就来到了检验科上班。尽管他对可能遇到的困难已做了一些思想准备，但他还是没有想到，上班的第一天就会当众出丑。

事情也真有些巧,他刚在办公桌前坐下,桌上的电话铃就响了,他离电话机最近,伸手拿过了话筒问道:"哪里?"

"我是北郊棉花厂生产科的王进福。"话筒里的声音非常响亮,办公室里的人基本上都可听见,"有件事想向你们报告一下,最近,我们就棉花检验办法的问题,采用'德尔菲意见法'进行了一次预测……"

"什么意见法?"家后打断了对方的话,用他习惯的军事用语说道,"重复一遍。"

"我们采用的是德尔菲意见法。"

"什么得一坏?你不能说清楚点?"家后因为听不准而有些着急。

"哎哟我的天,你又不是外行,怎么连这句话都听不明白。是'德尔菲'!"话筒里的声音分明地带着抱怨。

然而家后却始终没有听懂,他刚要再让对方"重复一遍",坐在他对面的一个办事员这时伸手拿过话筒说道:"我来,他讲的你不懂!他刚才说的是美国兰德公司一种收集意见的方法名称。"

一丝尴尬和着一份愠怒,顿时就从家后的脸上掠过。那丝尴尬是为着自己的不懂,那份愠恼,则是为着对面那个办事员说出的那句话:"他讲的你不懂!"

这简直是对他的公然藐视!

自他懂事以来,他还没有忍受过藐视!

十岁那年的夏天,他和村里的几个伙伴在白河边割草,身上出了汗之后,伙伴们便相继脱了裤子,光屁股跳进了河里游水。由于娘担心家后这个独苗遇到意外,从不准他学游水,他当时只是坐在河边看。这时,在河中游着的一个伙伴仰着脸讥讽地唱:"郝家后,大笨蛋,不会水,只会看,有本领,水中见……"这带了藐视的唱,立时就把小家后气了个脸儿煞白,只见他咬牙站起身,三两下脱了裤子,扑通一下就跳进了水里。他并不知道水的厉害,一下河自然就沉了底。幸亏其余的孩子,喊来了在岸边做活的大人来救,否则,就要被河水撑饱了。这一下,虽说把娘吓得半死,却也把伙伴们骇得再也不敢对他耻笑了。

他刚到部队时,有一次打靶,连里一个神枪手曾对打了个"烧饼"的家后轻蔑地说:"新兵蛋子,打靶也讲究个天赋,我看你这个笨样,不是个当枪手的料,趁早,到炊事班混吧!咱这话要不应验,你日后只管用枪通条打我的屁股!"家后从听到这句话起,就发誓要当神枪手。经过几年的苦练,他终于如了愿。当他获得"神枪手"证书的那天,他真的抽了枪通条,照那个蔑视他的"神枪手"屁股上狠狠揍了几下……

此刻,他只是默默盯了那办事员一眼,转身走向资料柜,从中拿出一本《棉花检验手册》,哆嗦着手翻了起来……

月儿似乎是在偷懒,只在西南方的天边站了一霎,便又钻进一团灰云中去睡,门前,顿时就又是那种有月无光的灰蒙。

白河,在这灰蒙的夜色里,仍旧不慌不忙地流。

辛贞坐在院中,双眼透过篱笆望着河心那三座依稀可辨的沙洲,轻颤着双腿,用极柔细的声音继续给儿子讲着故事:"……三只白鹤没明没夜地用自己的嘴来挖、用爪来刨。渴了,他们就飞到黄石砬泉里喝点水;饿了,就在附近找一点野果子吃……"

堂屋东间里,原原奶奶的手摇纺车,照旧还在嗡嗡地响。

露水,像是下来了。怀中的小原原缩了下身子,辛贞急忙解开衣襟,裹了裹儿子。按说,这会儿是该进屋了,可辛贞到底还是没动,丈夫正在屋里看书,原原奶奶的纺车响声对丈夫的读书已是一种妨碍,若自己再进去,原原又闹着让讲故事,那就更要分散丈夫的注意力了。

"……三只鹤儿挖了一天又一天,刨了一夜又一夜,一条几尺宽的小河,就在它们的苦干中,由黄石砬泉向咱们这儿慢慢伸来。那一天,三只鹤儿正在河沟中低头挖土,河沟一侧的大石头突然滚了下来,一下子把老鹤砸到了下边……"

原原终于发出一声含糊的呓语,睡了。辛贞停了讲述,抱他进了屋。待把儿子在床上放下后,辛贞又拿过针线,给丈夫补着一件内衣。

家后仍坐在桌边,皱着眉头读书。辛贞看了眼丈夫眉心间那深深的竖纹,知道他手上的那本《棉花检验知识》并不好读。这些年来,她已经习惯于从丈夫眉心间那皱纹的深度上,去揣测丈夫所做的事的难易和心境。"很难读懂吗?"她不由得低声问。

"唉——"家后发出一声长长的叹息。

辛贞听了这声"唉",心中当下一紧,立时想到应该找个话题,分一分丈夫的心,让他歇一歇脑子。停了一霎后,她就轻声说道:"娘后晌说她又纺了十几个线穗,明儿晚上她要去还愿,让我陪她去,还说她这辈子怕是还不全愿了,让我看看咋个还法,以后好去代她还愿。"

"哦,"家后扭了头望着妻子,"娘还要让你跟着她去受罪?待会儿我过去跟她说说!"

"算了吧,这又不是一年两年的事了,咱就别再惹她生气,你说呢?"辛贞双眼带了笑意望着丈夫。

家后坐在那里,默默地。许久之后,才又移开目光,把摊放在桌上的书又拉到了面前。很快,眉心间的竖纹又凸现了出来。

辛贞轻轻地穿针引线,甚至连针往头上的那一抿也极其小心,唯恐影响了丈夫。

打破夜的静寂的,只有那纺车的嗡嗡声……

八

报纸上的那些小号铅字,在许炯眼里,渐渐就又变成了曲承禄的那个批示:"工作为重,上学可暂缓考虑。"

他懒懒地卷起面前的报纸,眼皮塌着端起茶杯,鼓了唇喝一口,便又呆呆地望定了墙角。

前些天,省供销干校来招生,公司里符合招生条件的就只有许炯和另外一个青年干部。许炯听说后,心里的高兴自不待说,很踊跃地和那个干部一块写了报考的申请,然而申请书送到曲承禄那里后,批准的却只有那个并无太大学习兴趣的干部,许炯的申请书上批的却是:"工作为重,上学可暂缓考虑。"

许炯于是连看报纸也无了心绪。

"小许,小许!"门外,响了两声透着些亲切的女人的招呼。许炯不甚情愿地扭过头去,原来是秘书科管收发文件的袁嫂在叫他。

"有事?"他那声音也懒散得像刚刚从床上被喊醒。

"你来,我给你说个事。"袁嫂倒也没在乎他那不恭的态度,仍旧很亲热地喊。

许炯于是慢慢腾腾地走到门口。

"小许,你不是还没有说对象吗?"袁嫂招手让许炯走到离办公室稍远一点的地方,压得颇低的声音中很带了几分机密,"我给你介绍一个咋样?"

"哦?"许炯的声音中透了些意外。离队前,战友们同他告别时,都一再地嘱咐他,到新的岗位后,要紧的是先站住脚。这些天来,他记了这嘱咐,一味地忙着"站住脚",竟将找对象的事几乎忘了。此刻经袁嫂一提,原本压在他心里的那股对女人的渴念,顿时涌动起来,于是,便用了往日的那副俏皮腔调说道:"谢谢袁嫂的关照,不知介绍的是什么样的人?"

"我给你介绍的这个姑娘,保准你一听就满意!"袁嫂蛮有把握地一笑,还扬臂做了个含义颇难猜度的手势。

"是吗?"许炯的兴趣在极快地增加,心里原有的那股烦躁暂且被赶走了,"她在什么单位工作?相貌如何?你手边有她的照片吗?"

"用不着看照片,你早已认识她了。"袁嫂又是诡秘地一笑。

"到底是谁?"许炯感到了意外,声音中也透出了迫切,同时,脑子中也在极快地回想最近所接触的那些漂亮姑娘的面容。

"就是你们科的董姝姑娘,怎么样?"

"什么?"许炯倒吸了一口冷气,双脚同时不由自主地后退了一步,话音立时便近乎吼了:"你开什么玩笑?"他根本没想到袁嫂要给他介绍的竟是这样一个丑姑娘。天啊,过去追求他的姑娘中,随便拉出一个也比董姝长得漂亮。

"我怎么是开玩笑?"袁嫂依旧含了笑说,根本没为他的恼怒所动,那样子,像是早就料定他会做出这种反应似的,"你知道她父亲是谁?"袁嫂的语气仿佛是就要透露一个重要秘密。

"我管她父亲是谁哩！"一股被嘲弄的感觉使许炯很有些恼火，说着，扭头就要走。袁嫂见状急忙扯住了他的胳膊："等等，告诉你，她是咱们市董市长的女儿，你要找了她，保你——"

许炯挣开胳膊，逃也似的向办公室跑去。

"你想好了给我说一声。"袁嫂还不死心地在后边叮嘱了一句。

许炯一进办公室的门，不由自主地先向董姝的办公桌上看了一眼，结果也恰巧与对方的目光相遇，他即刻就感觉到了她目光中那种火一样的东西。

他扭过头，在心里气恼地叫了一句：瞧她那对厚嘴唇，谁要找了她做老婆，亲着能有滋味？

九

最后一点儿天光已经消失，月亮还没有升起，黑暗于是便遮掩了这条通往郊外的路。

家后瞪大眼盯着路面，小心地蹬着自行车。

晚了，回来得确实有些晚了。

其实，倘若正常下班，这会儿是早该到了家的，也是太巧，就在他收拾东西要和科里的几个同志走出办公室的时候，秘书科里的那个老姚，领着三四个农村老汉走进了办公室，一进屋便指着家后向那些老汉介绍道："这是我们检验科的郝科长，在部队当过团长，把你们的心里话，跟他说说。"

还没容家后说一句"请坐"的话，其中有一个老汉便屈了双膝跪到他的面前，口中也随之带了哭音喊："郝科长，郝团长，俺老汉给你磕头了！俺有冤呀！俺叫涂二塔，城西七里店人,俺的棉花卖得太贱了!四亩棉花,从种到摘到晒扔了多少汗珠子,明明是二级棉,可西郊棉花厂收时硬给压成了四级棉,这就毁了俺了!扣了化肥钱、农药钱、土地税,俺就一分不剩了,天哪,叫俺怎么活啊,你给俺们做主呀……"

其他几个老汉这时也一同诉说起自己的棉花如何被西郊棉花厂压级压价的事,声音连成了一片。

家后从短暂的惊愕中醒过神来,忙慌慌地弯腰去搀那跪着的老汉,可那老汉竟执意跪在那儿不起,只是一连声地带了哭音说:"你给俺做主不做?你给俺做主不做!你答应去查查俺再起来。他们枉法呀!跟他们熟的人他们就提级,四级棉能提成二级棉,一见俺们这号老鳖尾,就压俺们的级,天呀,你去查查呀!"

"中,中,我去查查。"家后为了搀起老人,急忙这样应允。

那老汉这才起了身,用袖子抹了一下脸上混浊的泪水,哑了嗓音说:"俺们知道你公事忙,不多打搅了,你应许了去查查就好,俺们走了。"说罢,转了身,和几个同伴就蹒跚着向门外走。

"竟有这事吗?"待几个老汉的脚步声消失之后,家后转向老姚问。

"岂止是有,"老姚的声音淡淡的,"压了无权无势的棉农们的级,就可以给自己的熟人、亲戚、有权有势的人卖的棉花提级;压了所有棉农的级,承包了棉花厂的人就可以得利,怎么会没有?不过,怕的是你不敢去查,你可知道,西郊棉花厂是曲副经理蹲点的厂。"

"不管谁蹲点的厂,只要有歪风邪气,就可以去查!"家后被老姚的话激得很有些着恼,声音便高了。

"这么说,我没有将那老汉领错门!"老姚破例地大笑了……

此刻,骑在自行车上的家后,一想到那姓涂的老头双膝跪地的情景,心里就涌上了一阵莫名的难受,"应该去查清!"他禁不住又自语了一句。

这当儿,一股浓烈的棉织品烧着了的煳味忽然钻进了他的鼻孔。谁家失火了?他慌忙下了车四顾着去寻找那煳味的来源。

找到了,就在前边百十米处的白河堤上,在那个土地庙的遗址处,燃着一堆闪烁的火,煳味就是从那里来的。借着隐约的火光,他看出火堆旁边跪着一个人。

蓦然,他明白了,那是娘在还愿!

她又在焚毁她没明没夜纺出来的那些棉线,向赐她儿子的土地老爷表达她的感激了。

娘身后站着的那个人影,家后认出了,那是陪着娘的辛贞。

他缓缓地推着车子向那儿走去,在离那火堆一二十米的地方,他停住了脚步。

他不能再往前走了,前边,是又一种信仰者心中的圣地。

娘抖着手把她一点一点纺出来的棉线,成缕成缕地扔进火堆,虔诚的祷告声时断时续地被风送了过来:"……俺郝家满门……感激你……今儿个俺再送来……愿你老……"

家后直直望着娘那双膝跪地的侧影。

四周静得出奇,脚下的黑土地似乎真的在倾听家后娘那虔敬的祝愿,只有那在夜色下缓缓流动的白河水,间或地拍一下堤岸,发出一声极轻的叹息。

远处的河岸上,隐隐传来一个夜行男子大约是为自己壮胆的歌唱:"……家在白河北岸住,二亩薄地两间屋。地里种着红萝卜,屋里坐个胖媳妇……"

十

天上,满是乌云,像是在酝酿着一场大雨。

许炯飞快地踏着自行车回到公司门口,一溜小跑着进了屋,那模样仿佛是在躲即将到来的雨。

其实,他根本没有看到天上的雨云,他这么快地跑回来是为了"告状"。

"状告"公司里的魏秘书。

昨天下午,科长找到许炯说:"公司领导要我们科出个人,随魏秘书去所属各厂跑一段时间,了解一下各企业的管理、生产情况,科里其他人都有事,你去吧。"许炯听到这话,心中很是高兴,因为他原本就不想干那些杂事,极愿跟人去学一点实在的企业管理本领。于是,就含了笑容去向魏秘书报到。不料魏秘书一听说让许炯随他下厂,脸上立时就露出了一点不悦。他的这种神色变化许炯自然不会没注意到,所以,许炯心里当时也就有了些不快。今天上午,两人到了麻加工厂后,魏秘书向厂领导介绍许炯时,又用的是一种很不经意的语气:"这是我们公司的小许,转业兵。"这就使许炯又对对方生出不少反感。接下去在听取厂领导汇报时,只要许炯一张口询问,魏秘书脸上总要露出几分不耐烦,许炯见状,心中的气就越来越大——在部队时,从未有人敢用这种态度对待他。厂领导汇报结束后,又带着他俩各车间转了一圈,许炯知道这叫视察,自己是外行,不能随便乱说。所以整个视察过程中,就没有多插一句嘴。当视察结束时,不知厂领导是出于客气还是真心想征求意见,就问起许炯对车间生产的看法,许炯觉得此时不讲几句,颇有些说不过去,便撇开技术性的问题,说了几句要搞好厂容厂貌的话。这些话原没有什么错,未料到魏秘书在厂领导离开之后,用了一种教训的口气对他说:"以后不要随便开口瞎说!"这句话差一点引爆了许炯积在胸中的怒气,不过,他到底还是咽了下去。快吃午饭时,魏秘书对陪同的一个副厂长笑道:"我说,今天我可不喝你们那宝丰大曲,要是有洋河就来一杯,没有就算了。"那副厂长听罢,立时就笑着走了出去。许炯当时听到这种明显的暗示,心里很有几分吃惊,便低声对魏秘书说道:"糟糕!他们怕真要去买洋河酒了!""这也值得大惊小怪?"魏秘书的脸上很露了几分轻蔑,"没见过世面!"

这最后一句话终于引发了许炯心中的怒气,他当即丢下一句:"你在这里喝吧!"便起身出门蹬车回来了。

他要向曲副经理讲讲魏秘书的所作所为,他要让魏秘书明白,转业兵并不是好欺负的!

他怀着此状必会告胜的信心踏进了曲承禄的办公室。

曲承禄从写字台上抬起头来望着他,目光中颇带了点威严。

"曲副经理,我——"

"不要说了!"曲承禄冷冷打断了许炯的话,"刚才魏秘书已经从麻厂打电话来全给我说了。你还年轻,要虚心!不要动不动就把部队的那套搬来,我们搞的是经济!"

许炯自然不会晓得,魏秘书正是曲副经理手下最得信任的助手。

许炯愣望着曲承禄那张威严的脸。他没有料到一进屋得到的竟是这样一顿教训,他在这一刹那间想起了临离队时战友们的那句告诫:你们回去,在社会上没有根底和靠山,诸事要小心……

437

恰在这时,秘书科的袁嫂进屋来给曲承禄送文件,许炯看着袁嫂的背影,突然想起什么似的双眉一扬,随后就见他牙咬下唇,脸上现出了一种下了重大决心后的平静⋯⋯

曲承禄把长长一把玻璃镇尺压在一份红头文件上,并郑重地把钢笔旋开放在文件旁,从提包里掏出一副精致的梯形镜片的眼镜在文件旁摆好,这才伸手端过茶杯,一边慢慢地呷着透了清香的茶水,一边静等着郝家后的到来。

一种肃穆的办公气氛,便在室内形成了。

每逢要在这间副经理办公室同下属谈话时,曲承禄总要创造出这么一种气氛。这种气氛能使进了屋的人立时就意识到自己是下级;同时,也能使曲承禄感受到一种可以左右他人命运的自豪。

今天,谈话的对象是郝家后,那气氛自然就要分外浓一些才行。

当初,他把郝家后调到检验科,原本是要看点笑话、寻些把柄的,可事情的发展很有些令他失望,大的笑话、大的把柄并不见有;相反的,郝家后很有些要在检验科站住脚跟的趋势。以老姚为首的几个同曲承禄并不一心的办事员,大有靠上郝家后同他结为一伙的可能。这就使曲承禄在失望之余又有点儿不安了。昨儿个,当他听说郝家后在接待几个喊冤告状的农村老头时,表示一定要将西郊棉花厂压级压价坑骗棉农的事查清之后,心里原有的那点失望和不安,便立时又转成了紧张。谁都知道,西郊厂是他一手抓出来的"先进企业",这些年,他凭着这个"先进企业",从上级那里获得了不少的赞誉和信任。如果郝家后真的要进那个厂去查,那么查出来的就绝不会仅是压级坑棉农一件事,曲承禄对那个棉花厂的情况是太熟悉了。因此,他必须尽快地进行制止。

他于是决定走"那步棋"!

今天,找郝家后谈话,就是要走"那步棋"的前奏。

他稳定一下自己的情绪,思考着如何开口同郝家后谈那个问题。他已经看出,郝家后不是一个简单的对手,粗心大意是万万不可的。

外面传来了脚步声,曲承禄一听就知道是郝家后来了。十几年前,郝家后就是迈着这种重重的脚步走来,先是十分轻松地把他的未婚妻夺走,接着又很是得意地抽走了他仕途上的一个台阶。咚、咚、咚,那越来越近的脚步声震得曲承禄的心头有些发疼。他的脸上在这一瞬间浮现了一种莫名的恨意,不过,当郝家后走进办公室时,那恨意已全然逝去,脸上又已满是庄重和笑容:"来了,老郝,快坐!"

郝家后刚在椅子上坐下,曲承禄就用随便中带点居高临下的口气问:"怎么样,科里工作还顺利吧?"

"还行。"家后点了点头,"有件事顺便向你报告一下,昨天,有几位棉农来科里反映,西郊棉花厂对普通棉农卖的棉花在检验时有压级压价现象,我们想去调查一下,你看是否可以?"

他的话语中带了明显的迟疑,他虽然不知道这事对曲承禄的触动有多深,但他晓得一定会有触动,可是,按照组织原则,他又不能不向对方报告。

"是吗,有这事?"曲承禄的眉毛极其诧异地扬起,"应该查清!应该派人查清!"

曲承禄的这种爽快是郝家后所未料到的,于是,原先的那份担心也就放了下来。不过,毕竟家后当过团长,有那么一点儿察言观色的本领,他在对方脸上的笑纹间,到底还是捕捉住了一丝做作。

"老郝,这件事我另外派人去查清,今天叫你来,是因为有一件重要的事要你去办。景龙棉花厂最近要开始进行企业整顿,这个厂的厂长有不少问题,公司决定拿下他来,由你先去负责厂里的整顿,顺便也摸摸厂里的情况,考查一下干部,而后公司再任命新的厂长。之所以派你去,一方面是考虑到你有魄力;再一方面是想让你借此了解一下企业情况,方便你以后的工作,你看咋样?"

尽管郝家后对对方存了一点戒心,然而,他从这段话中,也只听出了是要他另干他事,不参与调查的用意,他根本没有去想更多的东西。不管是谁去西郊厂调查,良心总是会要的,事情只要弄清楚就行。家后这样想着,也就点了点头:"中,我去景龙厂。"

"如果可以的话,你准备一下,就尽快去!"曲承禄又含笑交代。

"中!"家后就又点了一下头,既应下了工作任务,自然就不能再推三推四。

"到底是军人出身,痛快!哈哈哈!"曲承禄站起身放声笑了。家后自然不会明白,曲承禄那笑声原不是为了他的痛快。

嗡嗡、嗡嗡,原原奶奶的那架手摇纺车,又在把悠长的声响洒向静寂的夜空。

在停车换线锭的间隙,墙洞里会传出几声蟋蟀的低鸣。

"……老鹤被石头砸死以后,大鹤和小鹤放声哭了一场,然后,噙了眼泪把老鹤的尸体埋在河边,就又挖起河来。"辛贞一边给躺在床上的儿子讲着故事,一边为丈夫准备着行装。明天,丈夫就要去景龙棉花厂了。

"讲呀,妈妈!"小原原瞪了眼睛催。

"好,好,"辛贞忙又开口,"它俩挖呀,刨呀,嘴磨出了血,就用地里的止血草刺脚芽擦擦;爪磨出了泡,就用狗尾巴草把泡穿破……"

丈夫的提包收拾好的时候,躺在床上的小原原也已闭上眼睛入睡了。

"呃——"辛贞突然一阵干呕。

"怎么了?"正在看书的家后扭过头来问。

"没啥。睡吧,时候不早了。"辛贞端来洗脚水,望着丈夫说,眼里分明含着一丝担忧。

她担忧着丈夫明天去景龙棉花厂的事。自从她听说派丈夫去棉花厂的是曲承禄之后,这担忧就不由自主地生出来。

这担忧并不是没有来由。那次,她好心带给曲承禄孩子的一点礼物,被对方那样处理之后,她就凭着女人的敏感明白了:曲承禄还是过去的那个人。正是由于这,她对曲承禄这么急促地派丈夫去那个厂的动机很有点起疑。下午,当她在自己厂里听说,景龙棉花厂是全公司管理最混乱的企业之后,她的担忧便又开始加重。她记起临离开部队时,一些家属嘱咐她的话:"到地方人生地不熟,有时人家整咱咱还不知道是咋挨整的……"

她想劝说丈夫推掉这差事。

可是,她又知道丈夫的脾气,接受下来的任务,说啥也不会再推出去。

她下午想了许久,也没想出一个好办法。

"呃——"此刻,她突然又是一阵干呕。这阵干呕使她想起了这个月的例假已经过了半月还没来,于是心里就有些慌:莫不是又怀孕了?也几乎是在这样猜测的同时,她蓦地想起了一个劝说丈夫不去景龙厂的主意。

丈夫洗了脚上床之后,辛贞也洗了洗脚,然后坐在床边脱衣。早先没有小原原的时候,床上是只抻一个被筒的;后来有了原原,床上便开始抻两个被筒,丈夫一个,辛贞和原原一个。丈夫睡床边这个被筒,辛贞和原原睡里边那个。虽说结婚这么多年且已有了孩子,但辛贞对于夫妻生活,仍保持了做姑娘时的那份羞怯。平日里,只是当丈夫叫她的时候,她才掀开丈夫的被筒;她自己主动掀被筒的事,是从来也没有过的。她害羞,也含有一点儿担心,担心那样做会被丈夫看轻。可今晚她没管这些,径直掀开丈夫的被筒躺了进去。

家后略感意外地看了一眼妻子那红红的脸颊,就慌忙地把胳膊伸到了她的颈下。

辛贞在丈夫的怀里偎了一会儿之后,才抬脸轻轻地说:"我怕是又怀上了。"

"哦?"家后一惊,"真的吗?"

"例假总不来,而且这几天吃饭总恶心、干呕,还想吃酸的。"

"糟糕!偏偏这个时候!"家后抚摸辛贞身子的手停住了,声音里露出了一点无办法的慌张。

"咱们反正就一个儿子,我想生下来也行,万一是个女孩,一男一女多好。"辛贞故意说得十分轻松。

"瞎说!现在计划生育抓得这么紧,咱们又刚从部队上回来,这方面出个事,让人家看了会说啥?"

"那怎么办?你又出去不在家!不然的话,那你就请请假,陪我去医院流产。"辛贞心里感到了一阵紧张,终于接触到了那个话题。

"不行呀,我已经应下了任务,而且是企业整顿,挺急的,现在请假,怎么说得出口?"

"那让俺一个人去医院流产？家里又有老又有小,能行吗？"辛贞用手指在丈夫的胸脯上捣了捣。

"要不,我明儿个给许炯说一说,让他姐姐来照顾你几天。"家后到底想出了主意。

丈夫的这话一说,辛贞就知道,自己的这个阻止办法已经不行了。于是,只好直来直去地说道:"你不能不去景龙厂？曲承禄这么急地让你去那里,万一要有什么坏心咋办？"

"没事。"家后笑了笑,似乎是明白了妻子刚才那些话的含意,又将妻子搂紧了些,"我这又不是去打仗,你不必太担心。记得那年我去打仗,你不还在给我鼓劲吗？"

"打仗,枪子是从前边来的,你受了伤是英雄,可现在……"

"别想那么多,我去了小心就是。"家后在妻子的脸上吻了一下,"我明天走前给许炯说一声,让他姐姐来……"

"算了,"辛贞打断了丈夫的话,"你既然要去就放心去,我这是第二次流产了,不怕啥！你……"辛贞话没说完,丈夫就用吻堵住了她的嘴……

东间里,老人的手摇纺车,还在嗡嗡地响……

许炯慢慢地推了车子,拐上通往玖溪大桥的那条街道,慢而沉重的步子中,显出了十二分的犹豫。

那天,他从曲承禄办公室出来后,当即找到袁嫂,告诉她:"同意和董姝谈谈。"

袁嫂一听,立时就眉开眼笑地说道:"看看,到底是想通了,那样好条件的姑娘,哪里找呀！你要跟她结了婚,还不是想要啥有啥！中,中,放心！我这就去给她说,保准马上安排你们谈谈,她是早看中你……"

于是,就有了今天傍晚的这场安排:七点,玖溪大桥北头花圃,许炯和董姝面谈。

桥头快到了。他在街边一株龙爪槐下站住,向不远处的桥头花圃望过去,看见了,她已等在那里。然而,他心里竟无一点去赴约的喜气,没感到一丝儿的激动和甜蜜。

她转过身来了,脸上分明露着喜色,正悠闲地嗑着瓜子。大约是一个熟人从她旁边走过,她很高兴地笑了一下,他于是又注意到了她那对厚嘴唇,立时,一丝丝厌恶就又从心中升起。

走!你干什么要找这个你一点也不喜欢的姑娘?他这样想着,于是就掉转车头,飞也似的向回骑去。明天告诉袁嫂,就说忘记了今日的约会。

七八分钟后,他就回到了姐姐家住的楼下。自从他转业回来后,就一直借住在姐姐家里。姐姐家住在三楼一套两间半的单元房里,姐姐和姐夫住一间,他住一间,两个已成人的外甥挤住在那半间里。

大约是因为刚才那阵去不去赴约的犹豫消耗了他太多的精力,所以他此刻觉得十分疲劳,很想赶快进屋躺在床上歇歇。他刚刚走到二楼,忽听到三楼房里响起了姐姐带了气恼的斥责声:"……他说归他说,你的舅你总不能把他推出门外吧?"

姐姐的话似乎是关系到了他,他便一愣,站在那儿听。

接着响起的是大外甥那夹了气的粗音:"舅,舅,他不是参谋长吗,回来连间房子也找不到。挤到这里,搅得大家都不安生。"

许炯眼角一跳,自然是一切都明白了。

他这几天就发现了大外甥的脸色不大好看,可他竟没有想到是为了房子。

房子!

前天,他听说市房管处分给公司两套房子,便估计该分给家后和自己,于是就兴冲冲地去找曲承禄,未料得到的答复却是:"已经分了。别人都是几年前就排了号的,你和老郝刚回来,你又没结婚,老郝眼下也还有地方住,就发扬发扬共产主义风格吧!"

现在还去哪里找房子?

"你个小东西!不管你那个女朋友咋说,你要是在你舅面前露出一点赶他走的意思,我非跟你闹个样看看!"姐姐还在数落着外甥。

许炯慢慢地转过身,又一个台阶一个台阶地向楼下去。

他蓦然记起了袁嫂的那句话:"你要跟她结了婚,要啥有啥。"

他看到了他刚骑回来的那辆自行车,先是呆了一下,随即,很快地开了锁,扭了车头,蹬上就走。

几分钟后,他又来到了玖溪桥头。

董姝还悠闲地站在那里嗑着瓜子。

"对不起,有点事耽搁了一下,让你久等了。"他把车子存好走过来,脸上勉强挤出笑。

"没什么,"她满脸的欢喜,"我断定你会来的,所以也就没走。"

那"断定"二字,使许炯的心莫名地感受到了一阵刺疼。

"我们沿着河堤走走。"她边说边主动地伸过胳膊,他迟疑了一下,木然地伸臂让她挽住了。

他一点也没听清她说了些什么,只是当她那兴奋的声音终于停下之后,他才僵僵地说道:"请你帮我找间房子。"

"房子?"她愣了一下,不过转瞬就满脸溢笑了,"干吗一间?我们要找就找一套,两间一厅的,怎么样?"

445

许炯站住了。她说"我们"说得那样随便、自信,仿佛两人的事就已经由她定了。

"今晚回家我就悄悄给俺爸的秘书说一声,让他给曲承禄打个电话,曲承禄保管会很快给我们在房管处要到一套,他有办法。"

许炯先是惊看了对方一眼,随之,便低了头,木然地跟着她向前走……

十一

茶是信阳一级毛尖泡的,曲承禄轻呷一口,一股清香立时便沁满了胸腹。

他仰靠在沙发上,惬意地看着电视,间或伸手去茶几上捏一粒五香瓜子扔进嘴里。

一切都十分适意。

下午从景龙厂打来的那个电话尤其令他满意。

郝家后竟然一关也没过去。

他原本给郝家后设了两关,曾设想对方能过了其中的一关,然而,竟连一关也未过去。这不能不使他此刻在心里很为对方感到可怜。

第一关是减产关。景龙厂曾招收过一大批临时工,当时厂里自己规定,全厂干部职工均可招一个亲友进厂当临时工。现在因为临时工过剩,厂里开支增加,管理困难,厂子要整顿,这个问题势必要解决。可这问题牵扯到全厂每一个人,弄不好就会造成人心浮动,全厂减产。他知道郝家后不熟悉地方的人际关系,很可能轻易动手去触这个敏感的问题,只要因解决不当造成减产,他就可以追究郝家后的责任。果不其然,郝家后下厂不久就去触这个问题,结果引起工人不满,造成两个车间半停产一天,损失达十多万元。

第二关是烂垛关。景龙厂厂区小,籽棉垛大,垛温自然也就较高,加上由于收购籽棉时有开后门现象,垛中就免不了有湿度大的棉花混进去,这就极易造成烂垛。景龙厂前些日子已有过烂垛现象。懂行的领导人,在这种情况下一进厂,势必要抽出一定力量对棉垛进行检查;不懂行的,就可能把目光只盯在车间生产上。果然,郝家后不懂此管理知识,致使其中一个棉垛烂、污三级棉两万多斤!

这两件事自然都要追究郝家后的责任。

刚才,他已给在省里学习的宋经理打了长途电话,汇报了郝家后在景龙厂的情况。宋经理听罢十分生气和吃惊,一方面责怪他不该把未经过专业训练的郝家后派往那个复杂的厂子去主持工作;一方面也同意他的提议,对郝家后因工作不力、管理不善造成经济损失的错误,只给行政处分,不追究刑事上的责任,撤销其科长职务,下到东郊棉花厂当一般干部。

目前,剩下的任务就是起草给郝家后处分的报告送上级批准,而后在全公司名正言顺地公布了。

他感到了一种如愿以偿的满足。

这当儿,他那脸皮黄瘦的妻子来给他的茶杯里续水,望着妻子那毫无曲线的身材,一丝儿不快和遗憾顿时就从心里升起,他的眼前倏然晃过了当年辛贞那秀丽的身影,如果不是那个郝家后,今晚给他杯里续水的就是另一个窈窕漂亮的少妇了。

郝家后,你应该付出代价!

每个人在得到一件东西的同时,都要或多或少地付出代价,你到了该付的时候了!

447

"砰!"他禁不住猛地在沙发扶手上捶了一下。

"他爸,有事?"他那瘦瘦的妻子闻声立时走到客厅门口怯怯地问。

"没什么。"他又恢复了平静,把目光移向了彩电屏幕。

林冲仿佛是已经上山了。

他又捏起一粒五香瓜子扔进了嘴里……

正俯身办公桌上抄一份材料的许炯,不经意地抬头一看,见办公室里又只剩下了董姝和自己时,便又慌慌地起身想走出门去。这些天,他一直在躲着她,从不留一个两人单独相处的机会。然而,这一次躲得晚了,就在他刚刚站起身时,他听到了她带了几分愠意的声音:"你又去哪里?"

"我……我出去换换空气。"他努力笑了笑,举止显得有些失措。自那天傍晚他和董姝谈了后,对方又约了他两次,两人的接触次数尽管增多了,可他对她的感情却未见有丝毫增加。早先在部队同那个女护士交谈时所产生的那种乐趣和甜蜜感,如今竟根本不能重新体验。董姝在同他散步时几次故意跌倒在他的怀里,他也没有产生一点要拥抱、亲吻她的欲望,总是很正规地扶起了她的身子。而当初那个女护士在同他交谈时身子不留意碰他一下,他都会感到一种激动,一种要张臂拥对方入怀的欲望,就反复地折磨着他。要不是那时他有要找一个比女护士更好的姑娘的打算,用理智紧紧拘住自己的欲望,恐怕他早就把嘴唇压到那姑娘的唇上了。可是现在,面对董姝,他却根本没有了这种冲动,也就是因为这,他下决心断绝同董姝的交往,想着法子避开她。她几次写纸条告诉他已经找到了房子,让他去看看,但他总是找借口推辞了。他宁愿住在姐姐家遭大外甥的白眼,也不愿把自己的一生系在这个他一点也不爱的姑娘身上。

"不是告诉你了吗,房子在榴花街十七号楼二十二号,两室一厅的,你怎么一直不去看?给!这是钥匙!我已经搬那里住了,你今晚去看看吧,我等你。"董姝说罢,"啪"一声把钥匙扔到了他的桌上,出去了。

许炯带了几分厌恶地望着那把钥匙,鄙夷地"哼"了一声,连碰也没碰它一下,便又低了头去抄材料。

傍晚快下班时,材料抄好了。他装订好刚要给科长送去,不想科长却已脸带几分歉疚地走到了他的桌前说:"小许,有件事告诉你,公司领导决定由你去郊县十里店苎麻转运点,先工作一段时间。"

"什么?"许炯吃惊地叫道,他知道十里店转运点是公司最小最偏僻最艰苦的一个转运点,"我这会儿正在业大学习企业管理学,一到那个地方我还怎么听辅导?"这是真话,若不是因为要上业大,以他目前要躲开董姝的愿望,他是真想去那个偏僻地方的。

"我已经向曲副经理反映过了,你是不是再去说说?"科长的话语中分明含了同情。

"好,我去!"许炯带着火气扔下手中的材料。

曲承禄和颜悦色地接待了他。让许炯这个正营职转业干部去那个转运点工作,曲承禄内心里也觉着有点过分,但他又决心这样做。因为他知道许炯同郝家后的关系,他担心拔草留根,日后会带来后患。自然,他目前还不知道董姝同许炯的关系,董姝当初向他要房子时,只说是要结婚,并没说出对象是谁。当许炯诉说完他的理由之后,曲承禄很带了几分慈爱地说:"小许呀,越是艰苦的地方越是要去,这可是党对我们的要求,也是我们解放军的光荣传统!十里店你不去,他不去,那么谁去呢?你是军人出身,又是党员,该带个头,权当是支持我的工作,怎么样?"

很是冲动的许炯,听了这番话,一时竟无言可答。

他木然地移步回到办公室,呆呆地坐在了那里。

这就突然地离开这个地方吗?他的目光机械地在办公桌上移,蓦然,他看到了董姝扔给他的那把钥匙。

他猛地伸手拿过了它。

他把钥匙插进锁孔轻轻那么一旋,门便开了。

正坐在梳妆台前打扮的董姝,立时含了笑跑过来扶他:"快坐!看看我们的房间,怎么样?"

他的目光缓缓掠过这刷得洁白,还散发着淡淡油漆味、石灰味的漂亮房间。这么漂亮的、连家后大哥那样的团职干部都住不上的房子,难道真可能成了我的?

"这间是客厅,这间做我们的卧室,那间保姆住,那是厨房,那是卫生间,这里通阳台,阳台上给你放个躺椅让你看书。"她一一指点着,脸上浮着的是不加掩饰的欢喜。

她把一切都计划好了。他在心里想。然而,张口问的却是:"有酒吗?"

"有,山西汾酒。我专门为你预备的。可惜没菜,给你开两听罐头中吗?"

"中!快拿来!"他语气中透着迫不及待。

酒,倒进了杯,他端起就喝进了嘴。"知道了吗?"他说,"公司决定让我去十里店转运点工作。"

"哦?"她的眉毛竖了起来,"谁敢?放心!我明天去找曲承禄!"

他的眼角起了一个笑纹,望着她,又喝了一杯。

他注意到她看他的目光有些发直。他晓得,自己的脸又红了。美酒、酒美,美男俊女,喝一杯两杯,似醉非醉,会平添几分美。在部队同战友们喝酒时,总是头两杯下肚后,大家便说他的漂亮又添了几分,说话荤一点的,便开玩笑地叫:"恨不得变个女的,跟你睡!"

他又喝了一杯。

眼变蒙眬了。美在朦胧中,世有朦胧美,面前的姑娘在变美。

"天真热!"他听见她说。她脱了外衣,只穿一件薄薄的内衣,那胸前隆起的两座山,多像师医院那个护士的,真像!真美!

"你热吗?"他听见她问,他感到她走过来,一股香气直往鼻里钻,"晚香玉"型香水,和师医院那女护士是一样的香味,像她,是她!是她,像她!

"你去床上躺躺吧。"他觉得她扶着他走到了床边,"瞧你出了多少汗,把外衣脱下来。"他意识到她的手在解他的衣扣,那手柔柔的,多像那师医院女护士的手,像她,像她!是她,是她!

他一下子攥住了那手,含糊地说道:"我回来了……我当初不该不同你……"他感到他的嘴被一双温热的唇堵紧……

十二

辽远的天边,有两颗星在无精打采地眨着眼。

原原奶奶还在缓缓地摇着她的手摇纺车:嗡嗡、嗡嗡……

"……那一天,大鹤和小鹤把河挖到了一片树林里,挖着挖着,不小心挖断了一棵大树的根,那大树突然倒下来,一下子把大鹤压到下边,待小鹤把树挪开时,大鹤已经被压死

451

了……"辛贞还在给原原讲述那个未完的故事,然而,她的话音却没有了往日的那份平静,一副心烦意乱的样子。

她怎还有讲故事的心绪?下午,公司里的老姚跑来告诉她,家后在景龙厂出了两件事,她听后几乎被骇呆了:天呀,十几万元的损失,追究起领导责任来那还得了?

"妈呀,妈,大鹤死了咋办?"不懂事的原原还一个劲儿地在怀里催她。

"噢,噢,大鹤死后,小鹤哭了一场,便把大鹤的尸首埋在洞边,自己又继续挖起来,它决心要把这条河挖成,给咱们苑城这儿受旱灾的人们送水来……"

辛贞现在才算完全明白了曲承禄派丈夫去那个厂的用心。当初她阻拦丈夫不去,原只是出于一种猜测,而且远不是后果这么严重的猜测。噢,原来是这样,她感到了一种无法表达的气恨,啊,人,人,人呀!

她在气恨的同时,一丝儿隐隐的庆幸又缓缓地浮上了心头,哦,当初幸亏和姓曲的分了道,否则,那多么可怕!和这样一个男人生活在一起,天呀!

当年,十八岁的她差一点就要把自己的一切都献给那才貌双全的曲承禄了。她至今还记得那个晚上——曲承禄在省报发了头条新闻的那个晚上,他约她见面后,她已对他解除了任何戒备。对他才能的崇拜,使她在心里暗暗做了决定:不惹他生气,见面时他愿做什么都随他!当他把她拉入怀中时,她只是温顺地仰起她那温润的双唇,等待着他的亲吻,不料就在那一刹那,会突然响起郝家后那一声喊叫,倘若不是那声喊,也许,她就是曲承禄的人了。

哦,那是一个多么关键的时刻!

小原原已经睡熟了。

得想个办法呀！上级会怎么处理丈夫？会不会把他送进监狱？该去向领导求求情,求得人家的宽恕。

可找谁讲？向谁求？宋经理、戚副经理都不在家,找别人又不顶用,找曲承禄？

她的身子顿时就一抖。

当她重又想了一遍之后,她明白她只有去找曲承禄。只有他才是最终决定如何处置丈夫的人。就去求求他吧。家后,你不要骂我下贱,行吗？

她把原原在床上放好,走到里间给婆婆说了一声,便急急地走出了门。

曲承禄没有睡,还坐在录音机旁,静静听着电影《少林寺》中牧羊女的歌声。不知怎么的,他近来竟十分喜欢听这首歌,而且,那兴趣还异乎寻常得浓,一有空闲,就坐在录音机旁边闭上眼睛听。

其实,牧羊女唱的什么歌词,他倒没有认真去记,他只是听那种音调、那种旋律,因为那柔美的音调、旋律,会使他紧张了一天的神经得到松弛,会使他忆起远在白河下游的那个故乡,会使他想起儿时和伙伴们在白河岸边放羊时唱的那些歌:"……河水清凌凌,岸边青草生,俺放羊儿过,鞭声响河中……"有时,在那歌声中,他脸上会溢着一种纯净平和的光,那一刻,他就真想抛弃眼下的一切,回家再去过过儿时那无忧无虑、无烦无恼、无惧无怕的生活。

丁零零。有人按门铃。

妻子和孩子已经睡了。他只好恋恋不舍地关了录音机,慢慢地走去开门。就在歌声停下的一刹那,他脸上那层纯净平和消失了,他又从白河下游的故乡回到了现实中,开始紧张地思索:是谁？什么事？坏消息？好消息？

他奋斗到今天,得到现在的一切并不容易。因此,他必须时时警惕别人破坏他所得到的这一切东西!

他原本是白河岸边一个普通农民的儿子,他是凭了自己的聪明和农民父母遗传给他的韧劲,才一下一下地在苑城这个大地方站稳了脚。他并不想就此停止前进。

他拉开了门。但就在门拉开的瞬间,他的双眼意外地瞪大了:门外站着辛贞!

上次辛贞来家,他不在,两人其实已是多年不见,但他还是一眼认出了,从她那秀气的脸型、那黑而大的眼睛中认出了。何况,他至今还悄悄保留着一张当初两人相爱时她给他的一张照片。

"打扰了,曲副经理。"辛贞一声轻轻的招呼响起之后,曲承禄才撤去脸上的意外,笑着让道:"哦,是辛贞呀,快请进,请进。"

曲承禄走去给辛贞倒茶,不知怎的,他感到了自己的手有些抖。当辛贞叙说郝家后在景龙厂的种种难处时,他其实并没有听,他只是目不转睛地盯着辛贞那丰腴的红唇、那白嫩的双颊,奇怪,十几年过去,这个女人竟没有太多的变化,还是那样美。

"……求求你,看在他只懂打仗,不懂工厂生产的分上,不要处分得太重了,我求你了……"辛贞声音幽幽的,眼角已有了泪。

听到辛贞这句话,曲承禄心里顿时涌起了一股终于得胜的快意:哈哈,你这个女人! 今天到底来求我了,当初我哀求你的时候,你大概不会想到有今天吧？曲承禄心里虽这么想,出口的话却是十分温软体谅人的:"是呀,当初公司里也是只想到让他锻炼锻炼,好早点顶大梁,现在看来,当初的决定是有些草率了。这会儿损失已经造成,决不能只找他一个人的责任,首先我就有领导责任,何况,老郝刚从部队回来,情有可原嘛!听说有人提出要追究他的刑事责任,我坚决不同意!干什么?难道因为一点问题就置人于死地?现在已不是'四人帮'的时候了,放心,你放心!最多给个行政处分,谁要再追究我顶住就是。我们当初毕竟是一个厂里出来的,你说呢?"

辛贞未料到对方竟会这样通情达理,会这样大度地准了她的求情,在这一刹那,她那颗体谅他人的女人的心,立时对曲承禄生出了真诚的感激,以至于辞别时她双手握着曲承禄的手连摇了几下。本来,曲承禄望着辛贞那丰满顾长的美丽腰身心就跳得分外厉害,经辛贞这么一摇,他觉得浑身的筋骨都在变软,他真想一下子伸手把这个他梦寐以求的女人搂在怀里,但他最终还是抑制住了这个冲动。他还有更重要的追求。不!不能为了这个女人丢了那一切。

他牙咬了下唇,十分费力地把那个冲动压灭在肚里,慢慢地看着辛贞走出了他的视线……

十三

家后默然坐在桌前,双眼望着窗外那墨黑的天,身子僵了似的一动不动。

他是上午接到曲承禄要他回机关的通知,下午到家的。他怎么也没有想到,自己会在景龙厂闯下那么大的祸,造成那么严重的损失。当初指挥一个团那样得心应手,而今竟然在一个棉花加工厂里,栽了这样大的跟头。

他现在完全明白曲承禄派他去景龙厂的用心了。然而，又有什么用？就在下午，他还想向在省里学习的宋经理写信，向他反映反映曲承禄的用心，然而，信纸一摊，他却又觉得无话可写，写什么呢？人家当初派你去完全可以解释为对你的信任，别人至多能说他是派错了人，还能说什么呢？而且，眼下写信，还会给人一种推卸责任的嫌疑！他于是又默默揉碎了摊开的纸。世上有些事，除了当事者，别人是无法理解的。并不是生活中的所有委屈都可以伸，有些委屈，是要靠受委屈者自己咽下去的！

其实，关键还是怨自己。假若自己有本领、有能力，就根本造不成那样的损失。一想到损失，他的心就战栗了，天啊，那么多钱，那么多棉，够一个村的老百姓吃上一年呀！

他痛楚地闭上了眼。

嗡嗡、嗡嗡，娘的手摇纺车还在不紧不慢地响。

"……挖呀，刨呀，小鹤的爪子已被石头和土块磨得露出了骨头，它每挖一下土，都要在地上留下一点血迹，但它始终没有停下……"妻子还在给儿子讲那个故事。

辛贞不时把忧虑的目光投向丈夫。丈夫从下午到家至今，还没有说过一句话。

待会儿，得让他把衣服脱了换换；明天，该催他去理理发了，瞧他那蓬乱的头发和胡子。

"妈妈，妈妈，后来怎么样了？"原原又在怀里催。

"噢，噢，终于有一天，小河挖到了咱苑城，黄石碰泉的水引来了，咱们苑城人得救了。可小鹤的力气却用尽了，汗流完了，血流干了，它想去把老鹤、大鹤的尸首背回天宫去，可已经不行了，它只长长地叫了一声，便也死在了河岸上——"

咚咚！敲门声打断了辛贞的讲述，她起身开了门一看，门外站着许炯。

"噢,快进来!怎么,你也吸起烟来了?"辛贞看看许炯夹在指间的香烟,有了几分意外,她知道许炯在部队时为了保持牙齿的洁白,再好的烟也不吸。

许炯无言地走进屋,慢腾腾地在一把椅子上坐了,喝了几口水,这才抬了头看着家后,哑声说:"大哥,想开点。"他是今天上午听说家后出事的。

家后并没应声。沉默,便长久地占据着屋子。过了好长时间之后,许炯又开了口:"大哥、嫂子,我来也是想告诉你们我找对象的事……"

"哎呀!"辛贞听到这儿轻叫一声,打断了许炯的话,"我们厂医务室的小影护士还没找对象,人长得比你上次在部队谈的那个林文还要俏些,我那天把你的情况给她介绍了一下,探了探她的心思,她同意见见面。这几天我心里只装着你大哥在景龙厂的事,就把这件事给忘了,刚好,你看看定个日子,见见她怎么样?"

"不用了。"许炯缓缓地把头摇摇。

"怎么?你还要拖到什么时候?"辛贞的语气带了一点嗔怪。

"我已经找了。"许炯长长地吐了一口烟。

"哦,哪里人?"家后这时也扭过了头来问。这是他回到家后第一次开腔。辛贞见丈夫的心思被引到这个问题上,知道这会减轻他心上的难受,便也有了些高兴。

许炯又深深地吸一口烟:"就是我们科的那个董姝。"白色的烟雾随了话音从他的口中涌出。

"哦?"家后和辛贞就几乎同时扬了眉。他俩都见过那个董姝,知道那姑娘的相貌实在与许炯找对象的标准相差太远。

457

"我们已经决定了后天结婚。"许炯又点着了一根烟。

"她心地很好,是吧?"辛贞轻声问,她估计只有这个原因能解释许炯的行为了。辛贞晓得,他过去不愿谈的那些姑娘,哪个都比董妹漂亮。

"她爸爸是市长。"许炯漠然地说出了这一句。

沉默,霎时又充塞了屋子。

许炯还在大口地吐着烟雾。

"还有事吗?"片刻之后,家后突然望着许炯问,声调十分冷,"没有事了就走!我要睡觉了!"

"他爸!"辛贞慌慌扯了一下丈夫的胳膊。

许炯什么也没说,只是长长叹一口气,这才极费力地站起了身。

辛贞无言地走上前,伸手从许炯的嘴上拔下烟,掐灭了。

"嫂子,我举行婚礼时,你和大哥不要去,行吗?"许炯抬眼望着辛贞,眼里分明含了恳求。

"快走!我要睡觉!"家后突然暴怒地捶着床帮吼。

许炯垂下头转过身子,一步一步地向门外走,他原本十分挺直的身子,此时竟变得有些伛偻……

十四

天,蓝得很,于是阳光,便很明亮地照进来,映着那份打印的处分决定。

刚才,曲承禄用了十分庄严的声调,对公司机关全体工作人员宣读了给郝家后的处分决定:行政警告,撤去科长职务,下放到东郊棉花厂生产科任办事员。

又一个威胁解除了!

曲承禄感到了一股由内心升起的轻松,点着烟,吸一口,一边看了口中喷出的烟雾袅袅上升,一边听着对面郝家后正做着的检讨。当他的目光触到郝家后那凹陷的两腮、蓬乱的头发、长长的胡子时,他的心里又莫名其妙地升起一股似乎难受的感情。是的,我把你治得有些过于苦了,可你为什么偏要拦我的路?我一开始并没有打算治你的,是你迫使我动了手。这是没有办法的事……

当郝家后检讨完了的时候,曲承禄觉到了还有再说几句的必要,便呷了一口茶,用十分沉痛的语气说道:"家后同志这次受处分,其实我也有责任,我不该把那么重的担子一下子压到他的肩上;并且在交给他之后,因为忙其他的工作,也没有给他实际的帮助。老郝同志所犯的这点错误,与他的功劳相比,其实是算不了什么的。他在部队时曾经立过功、负过伤,是我们的功臣,这一点,我也是前几天才从他的妻子辛贞嘴里知道的。那天,辛贞同志大概是担心这件事会交由法庭处理,到我家找我说出了这个情况,我当时就对她说:不用你请求,我们绝不会把一个人民的功臣送到法院去……"

辛贞去他家里求他?家后听到这话身子一激灵。他听出曲承禄的话里含了多少轻松,带了多少怜悯,夹了多少嘲弄。好一个贱女人!曲承禄下边说的什么话,家后一句也没听进,他只是在心里气恼地不断重复着那句话:"好一个贱女人!"曲承禄一宣布散会,他便带了一腔怒气骑车向家里赶去。

午饭做好了。

丈夫还没回来,在小原原的催促下,辛贞又坐在厨房里讲着故事:"……那一天,天宫里的牧鹤姑娘出了宫门散步,忽然听到凡间咱苑城这儿的人们在哭,便好奇地驾了云头来看,一看才明白,原来是咱苑城人正围着那三只白鹤的坟头痛哭。

牧鹤姑娘听到人们边哭边诉说着三只白鹤的功绩,心里十分感动,决心把三只白鹤挖出的那条小河再加宽一些。于是,她便回到宫中,趁王母娘娘睡熟的当儿,悄悄取下王母发髻上的金簪,沿那条小河划了一下,立刻,那小河便变成了如今的这条大河。后来,河两岸的人们又一起动手,加宽河道,加固河堤,并在河心堆了三个很像白鹤的沙洲,用来永久纪念那三只白鹤,还把河的名字起成了'白河'——"

辛贞讲到这儿,突然听到了一阵急促的喘息,扭头一看,原来是丈夫铁青着脸站在门口。

"他爸,下班了。"辛贞站起身来想给丈夫端水洗手,不料丈夫已一步跨到了她的面前,用冷得怕人的声调问道:"你又去曲承禄家了?"

辛贞望着丈夫那不住抖动的下巴,无言地点了下头。

"啪!"家后突然抬手朝妻子脸上重重打了一掌,几乎在这同时,又向她的肩上捶了一下。

"妈妈……"原原见状惊恐地叫了一声,想向妈妈身边跑去,但当爸爸那暴怒的脸转向他时,骇得他又猛地止了步,噤了声。

"贱女人!"家后咬着牙吼,同时恨恨地用脚向妻子踢去。他心里窝着的那些烦躁、委屈,一刹那间,就都顺着这个口子泄出了。

辛贞沉重地倒在地上,她双手紧搭着腹部,眉头痛楚地皱紧了,但她始终没有吭声。

"妈妈……"小原原终于哭叫着向倒在地上的妈妈扑去,辛贞艰难地伸出一只手去搂孩子。就在辛贞趔趄着挪动身子时,家后突然发现,妻子的裤子上和地上都是血迹。

那鲜红的血骤然冷却了他炽热的神经,使他一下子向辛贞俯下身去："血,哪来的？"

"可……可能是流……流了……"辛贞的脸已经煞白。

"啊？"家后这才想起妻子曾提过的怀孕的话,忙慌慌地问道,"你怎么还没去医院流掉？"

"没……来……得……及……"辛贞艰难地说完这四个字,就颓然地倒下了。

"辛贞……"家后叫了一声,慌忙弯腰抱起妻子向门外跑去。

堂屋东间里,双耳全聋的原原奶奶,依旧在摇她的纺车,嗡嗡、嗡嗡……

十五

许炯慢腾腾地向着新房走,那迟缓的动作,仿佛已是个七旬的老翁了。

婚礼是那样的热闹,新房布置得是那样的漂亮,收到的礼物是那样的多而贵重,然而那新婚的欢乐,许炯心里则一点也没体验到。

他机械地把钥匙插进锁孔,推开了门。那漠然的神态,似乎是进一个并不相干的空房。

室内的董姝见丈夫回来,立时欢喜地跑过来,在丈夫脸上很响地亲了一口。

许炯烦躁地一下子推开了她。

董姝很是意外地看了他一眼,旋即又红了脸,要往丈夫的怀里偎。

"走开！让我安静一会儿!"许炯突然暴怒地喊,一只脚还极重地在地板上跺了一下。

"你凶什么?"董姝的脸上也倏地浮了怒气,"刚结婚就这么厉害,那以后还不把我吃了?"

看到妻子脸上的怒容,许炯一下子意识到刚才的感情失了理智的控制,有些过分。既然已经到了这一地步,发火已是无用的了。他于是就急忙笑着说:"噢,对不起,刚才我的心口疼得厉害,心里就有些烦,请原谅。"

"哟,你怎么不早说?"董姝信了这话,关切地走到他身边去揉他的胸口,"一定是你这两天喝酒喝多了,总喝,总喝,会伤胃的。我一会儿去给你要点药!"

"不要紧的。"许炯轻轻地把她揽在怀里,毫无感情地在她的唇上吻了一下。

董姝立时甜蜜地闭上了眼睛。

"嗳,还有两个消息要告诉你,"片刻之后,董姝在他耳边说,"一个,曲承禄给我讲,他打算把你提为加工科的副科长……"

"哦?"许炯惊愕地睁大了眼。

"让你当副科长其实属于落实政策!你在部队时就是副参谋长,正营职,在公司里当个副科长还不是理所当然?我要让别人看看,我的丈夫不是一个无能之辈!"董姝说得十分气壮。

许炯两眼愣愣地望着她。

"还有一个,待会儿,我在高中时的几个女同学要来看我。你现在去把那身咖啡色的衣服换上,把头发梳一下,上点发油,我要让她们看看,我找的丈夫比她们每个人的都要漂亮!"

听了这话,一股阴燃的暗火又在许炯的眼里闪了一下,不过,转瞬就又消失了。只听他淡淡地应道:"好的,我这就去换衣服……"

　　仲夏正午时分的阳光,威力的确不小,好多人都被赶到了白河里洗澡。

　　几只蝉儿,在门前的树上扯着嗓子唱,在它们那叫声的间隙里,便又传来原原奶奶那纺车的声音。

　　辛贞搓了几下盆里泡洗的衣服,一粒粒的汗珠,就又从那苍白的额上渗出。她是两天前刚从医院回来的,由于流产时出血过多,她在医院就整整住了半月,至今身子还十分虚弱。

　　她看了一眼从厂里下班后坐在门前歇息的丈夫,见他正出神地向白河上望着,便把一杯早已凉好了的茶递给原原:"去,给爸爸喝。"

　　"爸爸,你在看什么?"小原原端了水到爸爸身边。

　　"沙洲。"家后没有回过头来,只是低声答。

　　"是那三个白鹤洲吗?"

　　"是的。"

　　"妈妈说,那是人们为纪念挖河累死的三只白鹤堆的。"

　　"是的。"

　　"你去白鹤洲看过了吗?"

　　"没有。奶奶为了爸爸的平安,从不让爸爸去学游水。"

　　"我想去看看,行吗?"原原把茶杯递到了爸爸手上。

　　"那得先学游水。"家后喝了一口凉茶。

　　"我现在就去学,中吗?"

　　"中!"

　　"噢——"小原原欢喜地蹦了个高,立时便拉了爸爸往河边走。

　　"他爸!"一直听着父子俩对话的辛贞,这时慌慌地叫。

家后回了头,对妻子笑笑:"既然住在河边,就该学会游水!"

"小心,去吧!"辛贞终于这样说。

她站在门前,定定地望着跳进河水里的丈夫和儿子。

嗡嗡,嗡嗡,奶奶的纺车还在摇。

知了,知了,树上的蝉儿仍在叫。

河边,猛地传来几个游水人扯着嗓子的唱:

  天上有太阳,
  河里太阳亮;
  谁要不下河,
  谁就冷得慌。
  ……